当代浙江学术文库

DANGDAI ZHEJIANG XUESHU WENKU

浙江省社科联省级社会科学学术著作出版资金资助出版（编号：2014CBB05）

「沈宋体」研究

李娟 著

浙江大学出版社
ZHEJIANG UNIVERSITY PRESS

目　录

下 编 “沈宋体”创作论

引 论

一

作为中国古典诗歌的最高峰，唐诗一直是学术界的关注热点，若依据明人高棅在《唐诗品汇》中“初、盛、中、晚”的四分法[①]，以此观照现代学术界对唐诗各阶段的研究状况，不难发现，处于唐诗开局地位的初唐诗歌，在相当长的时间内，未能得到应有的重视。由于被认为是南北朝文学纤弱绮靡风气的延续，初唐诗歌在当时就备受指斥，杨炯在《王勃集序》中指出：“尝以龙朔初载，文场变体，争构纤微，竞为雕刻。糅之金玉龙凤，乱之朱紫青黄，影带以徇其功，假对以称其美，骨气都尽，刚健不闻。”[②]这种否定在历代都得到了不少响应，如“调入初唐，时带六朝锦色”[③]、“唐初沿其卑靡浮艳之习，句栉字比，非古非律，诗之极衰也”[④]等，这也造成了中国古代文学研究进入现代化进程以来，初唐诗歌在学术界不受重视的事实。在二十世纪的前四十年中，初唐诗歌的研究成果仅限于一些文学史、诗歌史中吉光片羽式的散论，这种状况持续到二十世纪八十年代后才得到根本改善。与此相关，学术界对初唐诗人的研究也并不充分，其中沈佺期、宋之问这两位一直以来因人

---

① 高棅《唐诗品汇总叙》曰：“有唐三百年，诗众体备矣……略而言之，则有初唐、盛唐、中唐、晚唐之不同。”见高棅《唐诗品汇》，上海古籍出版社 1982 年版，第 8 页。

② 杨炯：《王勃集序》，见《全唐文》卷一九一，上海古籍出版社 1990 年版，第 851 页。

③ 陆时雍：《诗镜总论》，见丁福保《历代诗话续编》，中华书局 1983 年版，第 1411 页。

④ 叶燮：《原诗》卷一，见王夫之等《清诗话》，上海古籍出版社 1999 年版，第 569 页。

品卑劣受人诟病的诗人更是在研究中处于尴尬境地。

一方面沈佺期和宋之问是初唐时期极为重要的两位诗人，他们在律体定型中的贡献很早就得到承认，中唐时元稹已将“沈宋”与“律诗”联系起来，称：“唐兴，学官大振，历世之文，能者互出，而又沈、宋之流，研练精切，稳顺声势，谓之为律诗。”①《新唐书·宋之问传》中也提到：“魏建安后迄江左，诗律屡变，至沈约、庾信，以音韵相婉附，属对精密。及之问、沈佺期，又加靡丽，回忌生病，约句准篇，如锦绣成文，学者宗之，号曰沈、宋。”②均肯定沈、宋在“诗律屡变”进程中的作用和地位。至南宋，严羽的《沧浪诗话》第一次明确提出“沈宋体”这一概念，并将“沈宋体”与律诗合而为一，称为“沈宋律诗”③。其后历代诗话中的类似评语不胜枚举。“沈宋体”与律体定型的具体关系还可进一步探讨，但历代诗评亦足以说明沈、宋在诗歌律化进程中占据不可忽视的重要地位。另一方面，历代评论中对沈、宋人品的责难也从未停止，即便进入二十世纪以来，沈、宋的人品依然令不少学者耿耿于怀。闻一多先生对宋之问的评论较有代表性，他在肯定宋之问创作成就的同时，亦不忘提及其人品缺陷：“可是他的诗的确高明，正如明代的严嵩和阮大铖，诗风和人品是那样的不相称”、“是古今文人无行的重要代表”、“人格的卑污下流却是臭名昭著的”。④ 因此，尽管沈、宋在诗歌创作上取得相当大的成就是无法回避的事实，但在要求诗品与人品吻合一致的评价标准下，学术界在一段时期内对沈、宋的诗歌创作采取了贬抑的态度，有关沈、宋的研究成果远远逊色于同时代的其他诗人，对“沈宋体”的研究更是少之又少。

直至二十世纪八十年代后，随着初唐诗歌研究的不断深化，以及研究观念的转变，对沈、宋及其诗歌创作的研究持论才渐趋公允，关注者日众，取得了一些成绩，“沈宋体”也开始进入学者的视野。从既有的研究成果来看，或对沈、宋诗歌创作概而略论，或对其生平事迹、诗作真伪加以考辨，或对二人诗品人品进行探讨，较少对“沈宋体”做专门研究，故有关“沈宋体”的研究还

---

① 元稹：《唐故工部员外郎杜君墓系铭》，见《全唐文》卷六五四，上海古籍出版社 1990 年版，第 2946 页。

② 欧阳修、宋祁：《新唐书》卷二〇二，中华书局 1975 年版，第 5751 页。

③ 郭绍虞：《沧浪诗话校释》，人民文学出版社 1961 年版，第 48 页。

④ 郑临川：《闻一多论古典文学》，重庆出版社 1984 年版，第 97 页。

存在较大的拓展空间，这也是笔者选择这一论题的原因之一。

此外，若将“沈宋体”置于诗歌发展的历史长河中，以现代学术眼光加以考量，不难发现其对唐诗发展产生的重要影响。在中国古代文学的发展中，唐诗是一座令后人高山仰止、难以企及的高峰，诗人之众多、作品之丰富，均远超前代，从体裁看，既有乐府、歌行等古体诗，律体也已最后定型，达到了众体兼备的程度。其中代表唐诗最高成就的是律诗的创作，正如许学夷《诗源辩体》所云：“然唐诗之所以独工者，盖由齐梁渐入于律，至唐而诸体具备，其理势宜工。”①律体定型完成于初唐，其在篇制、押韵、平仄、对仗等方面都有着相当严格的规定，因与古体相区别，故后世也称“近体”，大致可分为律诗、排律、绝句三大类。虽然初唐时期既乏大家也少佳篇，也没有出现影响深远的诗派，但在这一时期定型的律体却在体裁上为盛唐诗歌的繁荣做好了必要准备，其对唐诗发展的重要性毋庸置疑。对律体定型起到关键作用的正是“沈宋体”诗歌，沈、宋吸取前人在实践和理论等方面的有益经验，“回忌声病，约句准篇”，以五言为主，创作了大量工密严整的诗歌，后人以“沈宋体”统称之。分析“沈宋体”诗歌可知，五言律诗体制已经定型，七言律诗的体制也渐趋规范，可以说，正是这部分“沈宋体”诗歌为一般诗人提供了律体写作的范例。除了在诗体形式方面的推进作用外，“沈宋体”亦在诗歌的创作技巧、题材内容等方面有创新之功，对唐诗发展产生了深远影响。综合以上两方面原因，故将研究视点着落于此。

二

在对“沈宋体”及其创立人沈、宋进行系统研究前，有必要对已有的研究成果作一番回顾整理。

（一）二十世纪八十年代之前

在二十世纪八十年代之前，学术界对沈、宋的研究非常有限，没有出现单篇的专题论文，只在文学史、诗歌史或其他论著的相关篇章稍有提及。综

---

① 许学夷：《诗源辩体》卷三四，人民文学出版社 1987 年版，第 330 页。

观这些研究成果，均沈、宋并举，将二人的诗歌创作以贬谪为界分为前后两期，对后期诗歌创作的评价高于前期，虽然肯定沈、宋在诗歌格律发展中的贡献与作用，但大多寥寥数语带过，无意深入，以下择其要者略述之。

谢无量的《中国大文学史》[①]在第四编《近古文学史》中有若干章节提及沈、宋，在指出沈、宋诗歌"浮靡"缺点的同时，亦肯定他们诗歌形式的精切美观。李维的《诗史》用了三章的篇幅论述《初唐诗体与沈宋》[②]，肯定沈、宋在初唐诗体建设中的作用，这在后代的诗歌史中也极为少见，遗憾的是书中论述平平，缺乏新意。陆侃如、冯沅君的《中国诗史》在中卷《中代诗史》第三篇《初盛唐诗》[③]中，较有创见地把初唐诗人分为两群：一是反对齐、梁风尚的，以王绩、陈子昂为代表；一是继承齐、梁而加以改进的，沈、宋属于这一群，认为沈、宋的功绩在于诗体的完成，并指出七绝七律到沈、宋已经成熟。郑振铎的《插图本中国文学史》将初唐文学分割为第二十三章《隋及唐初文学》和第二十四章《律诗的起来》两部分[④]，特别强调沈、宋对绝句、排律的建立之功，在七言律诗的成立上，认为沈、宋主要是"倡始号召之功"。

二十世纪三四十年代，闻一多先生在唐诗研究方面取得不少成果，其中偶有涉及沈、宋之处，观点大胆新警。他认为王、杨和沈、宋一脉相承，"就奠定五律基础的观点看，王杨与沈宋未尝不可视为一个集团，因此也有资格承受'四杰'的徽号"[⑤]，而沈、宋在当时被推重的原因在于其五律诗创作，"五律无疑是唐诗最主要的形式，在那时人心目中，五律才是诗的正宗"[⑥]。此外，他认为沈佺期的《独不见》是开启时代新风的首创作品，对宋之问的古体诗创作也予以肯定。

稍后出现的一些综合性论著中，涉及沈、宋的部分大多沿袭成说，不再

---

① 谢无量：《中国大文学史》，中华书局 1918 年版。

② 李维：《诗史》，东方出版社 1996 年版（据石棱精舍 1928 年版编校再版），第 92—109 页。

③ 陆侃如、冯沅君：《中国诗史》，百花文艺出版社 1999 年版（大江书铺 1931 年初版），第 339—350 页。

④ 郑振铎：《插图本中国文学史》，北京出版社 1999 年版（北平朴社 1932 年初版），第 272—311 页。

⑤ 闻一多：《四杰》，见《唐诗杂论》，上海古籍出版社 1998 年版，第 25 页。

⑥ 闻一多：《四杰》，见《唐诗杂论》，上海古籍出版社 1998 年版，第 26 页。

一一列举，值得一提的有以下几部：刘大杰的《中国文学发展史》[①]评论沈、宋，“律诗到他们的手里，是完全成熟，后人再无须修改了。不管这些诗的格调是如何的低，宫体的气味是如何的浓厚，他们在诗史上，总是有相当地位的”[②]。苏雪林的《唐诗概论》第四章《沈宋与律诗》[③]将律诗成立归功于沈、宋，并提出原因在于齐梁以来的酝酿、前人对对偶的讲求和帝王的熔陶。邱琼荪的《诗赋词曲概论》在第四章第四节《唐代的诗》中，指出“沈佺期、宋之问乃确立律诗的格式，而被称为律诗之祖者”[④]。郑宾的《中国文学流变史》第六章有《上官体与沈宋的诗律》一节[⑤]，对沈、宋诗歌的论述较为具体，他在郑振铎提出的沈、宋对律诗有“倡始号召之功”的基础上，进一步指出这与沈、宋在官场上的地位有关。

建国后出版的一些新编文学史中，游国恩等主编的《中国文学史》是其中影响较大的一部。此书对沈、宋的诗歌创作采取了更为宽容的态度，除了肯定沈、宋在诗歌声律方面的贡献外，也不否定沈、宋的诗歌创作具有一定的艺术价值：“尽管沈、宋两人都还没有摆脱齐梁的影响，但这些诗都有一定的生活体验作基础。语言的锤炼，气势的流畅，和齐梁浮艳之作不同。”[⑥]另有马茂元的《读两〈唐书·文艺(苑)传〉札记》[⑦]一文注意到了沈、宋的区别，并对二人的生平事迹进行了考证。

总体而言，二十世纪八十年代以前，“沈宋体”乏人问津，对沈、宋的研究也零散不成体系，基本停留在一般性的概述上，成果寥寥无几，处于研究的发轫期。

---

① 刘大杰的《中国文学发展史》初版分为上下卷，上卷完成于 1939 年，于 1941 年由中华书局出版，下卷完成于 1943 年，出版于 1949 年，因笔者未见初版，故以下有关此书的引文按百花文艺出版社 1999 年版标注页码。

② 刘大杰：《中国文学发展史》，百花文艺出版社 1999 年版，第 360 页。

③ 苏雪林：《唐诗概论》，商务印书馆 1933 年版，第 27—32 页。

④ 邱琼荪：《诗赋词曲概论》，中国书店 1985 年版(据中华书局 1934 年版重印)，第 103 页。

⑤ 郑宾：《中国文学流变史》，上海北新书店 1936 年版，第 262—278 页。

⑥ 游国恩等：《中国文学史》，人民文学出版社 1963 年版，第 25 页。

⑦ 马茂元：《读两〈唐书·文艺(苑)传〉札记》，见《马茂元说唐诗》，上海古籍出版社 1999 年版，第 141—146 页。

(二)二十世纪八十年代之后

进入二十世纪八十年代之后,初唐诗歌逐渐引起学者们的关注,成果日增,九十年代之后,研究更是出现很大的飞跃,与此相关,学术界对于初唐诗人的研究也取得了不少成绩,沈、宋研究开始进入发展期,并出现了有关“沈宋体”的专题论文。尽管相比同时代的初唐四杰、陈子昂等人,有关沈、宋及“沈宋体”的研究仍相对冷清,但较之二十世纪八十年代之前,无论是研究方法,还是研究的深广程度,都呈现出可喜的变化,概而言之,有以下特点:

其一,研究观念发生改变。此前的不少学者对沈、宋人品指斥严厉,因之贬抑二人诗歌创作的情况不在少数,但“倘有取舍,即非全人,再加抑扬,更离真实”[①],这种因人废文的做法并不可取。二十世纪八十年代之后,这种情况得到改善,不少研究者认为应当看到作品的相对独立性,“对作品的思想艺术分析毕竟不能用对作家的道德评价来替代”[②],这样的研究心态无疑更为客观,有助于沈、宋及“沈宋体”研究的全面深入。

其二,研究范围得到拓展。除了对沈、宋人品和诗歌的进一步深入研究外,还出现了一些新的热点,如沈、宋贬谪后的心态与创作,沈、宋及“沈宋体”在律体定型中的作用等,一些专题论文在这些问题上论述较为深入。沈、宋对唐诗发展的贡献和影响,也开始被研究者们关注,此外,还出现了对沈、宋的生卒、交游、诗集,乃至诗歌用韵等的考辨研究。

其三,研究成果日渐丰富。据粗略统计,二十世纪八十年代至2005年,有关沈、宋及“沈宋体”的单篇论文达到56篇,其中单论沈佺期的13篇,单论宋之问的25篇,沈、宋并论的10篇,沈、宋与其他诗人并论的7篇,“沈宋体”1篇。在一些以初唐诗歌为研究对象的论著中,也有不少篇章对沈、宋及“沈宋体”进行了较为深入的研究,诗集的整理注释也取得了零的突破。

以下分沈佺期生平研究、宋之问生平研究和沈、宋诗歌研究三个方面对二十世纪八十年代以来的沈、宋及“沈宋体”研究逐一进行介绍。

---

① 鲁迅:《“题未定”草》,见《鲁迅全集》(第六卷),人民文学出版社2005年版,第436页。

② 陶敏、易淑琼:《沈佺期宋之问集校注·前言》,中华书局2001年版。前言的一部分以《沈宋论略》为题发表于《湘潭师范学院学报》1996年第2期,第6—10页,因前言内容更全,故在下文研究成果的综述中,取前言而舍论文。

1. 沈佺期生平研究

关于沈佺期的生卒年尚无专门论文考证，各种观点散见于文学史、诗歌史或其他论著中，均未展开考论。综合吴海林、李延沛编著的《中国历史人物生卒年表》[①]、连波和查洪德校注的《沈佺期诗集校注》所附《沈佺期年谱》[②]、刘开扬的《唐诗通论》[③]、宇文所安的《初唐诗》[④]、傅璇琮主编的《唐五代文学编年史》(初盛唐卷)[⑤]等书的观点可知，沈佺期生年约在唐高宗永徽元年(650)至唐高宗显庆元年(656)之间，有650年和656年二说，卒年在唐玄宗先天元年(712)至唐玄宗开元四年(716)之间，有712年、713年、714年、716年诸说。沈佺期的生卒年目前尚无定论，有待进一步考证。

关于沈佺期生平事迹的研究，八十年代后成果较多，据笔者所见，有：李云逸的《沈佺期"考功受赇"考辨》[⑥]、《沈佺期"配流岭表"考辨》[⑦]；傅璇琮的《唐才子传校笺·沈佺期》[⑧]；谭优学的《沈佺期行年考》[⑨]；查洪德的《沈佺期年谱》[⑩]；陶敏、陈尚君的《唐才子传校笺·沈佺期》[⑪]；傅璇琮的《唐五代文学编年史》(初盛唐卷)[⑫]；杨墨秋的《初唐诗杂考三十一·沈佺期贬台州录事参军时间考》[⑬]、《初唐诗杂考四十四·沈佺期配流岭表原因考辨》[⑭]；陶

---

① 吴海林、李延沛：《中国历史人物生卒年表》，黑龙江人民出版社1981年版，第118页。

② 连波、查洪德：《沈佺期诗集校注》，中州古籍出版社1991年版，第218—230页。

③ 刘开扬：《唐诗通论》，巴蜀书社1998年版，第77页。

④ 宇文所安：《初唐诗》，三联书店2004年版，第259页。

⑤ 傅璇琮：《唐五代文学编年史》(初盛唐卷)，辽海出版社1998年版，第149、533页。

⑥ 李云逸：《沈佺期"考功受赇"考辨》，载《学术论坛》1983年第3期，第97—99页。

⑦ 李云逸：《沈佺期"配流岭表"考辨》，载《学术论坛》1983年第4期，第96—98页。

⑧ 傅璇琮：《唐才子传校笺》(第一卷)，中华书局1987年版，第75—84页。

⑨ 谭优学：《沈佺期行年考》，见《唐诗人行年考续编》，巴蜀书社1987年版，第38—63页。

⑩ 查洪德：《沈佺期年谱》，见连波、查洪德《沈佺期诗集校注》，中州古籍出版社1991年版，第218—230页。

⑪ 陶敏、陈尚君：《唐才子传校笺》(第五册)，中华书局1995年版，第8—10页。

⑫ 傅璇琮：《唐五代文学编年史》(初盛唐卷)，辽海出版社1998年版，第149—533页。

⑬ 杨墨秋：《初唐诗杂考三十一·沈佺期贬台州录事参军时间考》，载《江海学刊》1998年第2期，第89页。

⑭ 杨墨秋：《初唐诗杂考四十四·沈佺期配流岭表原因考辨》，载《江海学刊》2000年第3期，第64页。

敏、易淑琼的《沈佺期宋之问简谱》[①]和翟海霞的《沈佺期驩州赦归考辨》[②]等。其中傅璇琮的《唐才子传校笺·沈佺期》对沈佺期由协律、考功郎受赇到长流驩州之间的事迹做出重要补正，对于沈佺期受赇入狱的时间，认为有长安四年(704)和长安元年(701)两种可能，流于驩州则在中宗神龙元年(705)春初，并据《旧唐书·中宗记》和沈佺期的《哭苏眉州崔司业二公》诗，考其北归的具体年月为"神龙三年七月宣赦，是年八月即北归途径谭州"。查洪德的《沈佺期年谱》附见于连波、查洪德校注的《沈佺期诗集校注》，是较为详细的沈佺期年谱。另陶敏、易淑琼的《沈佺期宋之问简谱》，对沈佺期生平事迹做了简单勾勒。

目前在沈佺期的生平研究中，一些关键事迹如受赇入狱、遇赦北归等的时间尚有歧说，有待考证。

2. 宋之问生平研究

八十年代之前，对于宋之问的生卒年，学术界大致有以下两种观点：闻一多先生认为，宋之问生于高宗显庆元年(656)，卒于玄宗先天元年(712)；苏雪林的《唐诗概论》认为宋之问约生于高宗永徽元年(650年)，卒于玄宗先天元年(712)。八十年代后，对宋之问的生卒年，大多数论著均从闻一多的观点，如刘开扬《唐诗通论》、乔象钟和陈铁民主编的《唐代文学史》、傅璇琮《唐五代文学编年史》(初盛唐卷)等。此外，也出现几种新的观点：王达津的《宋之问与〈灵隐寺〉诗》[③]一文认为宋之问生年为高宗显庆五年(660)，卒年为景龙四年(即景云元年，710)；章培恒、骆玉明主编的《中国文学史》[④]将宋之问卒年定为约713年；另有龚延明《初唐一首灵隐寺诗作者的再探索——兼考骆宾王、宋之问生年》[⑤]一文，将宋之问生年考为671年。

---

① 陶敏、易淑琼：《沈佺期宋之问简谱》，见《沈佺期宋之问集校注》，中华书局2001年版，第776－811页。

② 翟海霞：《沈佺期驩州赦归考辨》，载《青海师专学报》2002年第5期，第32－34页。

③ 王达津：《宋之问与〈灵隐寺〉诗》，载《河北师范大学学报》1981年第4期，第12－16页。

④ 章培恒、骆玉明：《中国文学史》中册，复旦大学出版社1996年版，第24页。

⑤ 龚延明：《初唐一首灵隐寺诗作者的再探索——兼考骆宾王、宋之问生年》，载《杭州大学学报》(哲社科学版)1980年第1期，第133－135页。

关于宋之问生平事迹的研究成果较多，其中有论文18篇，内容涉及籍贯、交游、贬谪、告变、卒地等诸方面，按发表年份排列，统计如下：傅璇琮《关于宋之问及其与骆宾王的关系》[①]和《唐代诗人考略·宋之问》[②]、龚延明《初唐一首灵隐寺诗作者的再探索——兼考骆宾王、宋之问生年》、王达津《宋之问与〈灵隐寺〉诗》、马斗全《宋之问的籍贯及〈渡汉江〉诗》[③]、昭民《宋之问"赐死"钦州考》[④]、王启兴《宋之问生平事迹考》[⑤]、刘振娅《宋之问两谪岭南新考》[⑥]、郁贤皓《宋之问事迹和交游五题考辨——与谭优学先生商兑》[⑦]、杨墨秋《宋之问与崖口、五渡》[⑧]、张锡厚《宋之问告变考补》[⑨]、陶敏《宋之问卒于桂州考》[⑩]、刘振娅《对宋之问研究的几点质疑》[⑪]、杨墨秋《宋之问研究二题》[⑫]、杨恩成《宋之问与骆宾王联句质疑》[⑬]、杨墨秋《初唐诗杂考二十八·宋之问贬泷州"召回"新考》[⑭]、杨墨秋《初唐诗杂考十五·宋之问任司礼主簿时间辨》[⑮]和《初唐诗杂考二十九·王勃与宋之问交游考》[⑯]等。此外，一些著作中也有对宋之问行迹的详细考辨，如：傅璇琮《唐才子传校

---

① 傅璇琮：《关于宋之问及其与骆宾王的关系》，载《杭州大学学报》1980年第2期，第17—21页。

② 傅璇琮：《唐代诗人考略·宋之问》，原载中华书局《文史》1980年第8辑。

③ 马斗全：《宋之问的籍贯及〈渡汉江〉诗》，载《中州学刊》1982年第6期，第91—93页。

④ 昭民：《宋之问"赐死"钦州考》，载《学术论坛》1982年第6期，第97页。

⑤ 王启兴：《宋之问生平事迹考》，载《贵州大学学报》1987年第4期，第40—47页。

⑥ 刘振娅：《宋之问两谪岭南新考》，载《文学遗产》1988年第6期，第75—84页。

⑦ 郁贤皓：《宋之问事迹和交游五题考辨》，载《文学遗产》1993年第1期，第26—31页。

⑧ 杨墨秋：《宋之问与崖口、五渡》，载《江海学刊》1993年第1期，第183—184页。

⑨ 张锡厚：《宋之问告变考补》，载《中国文化》1996年第2期，第101—111页。

⑩ 陶敏：《宋之问卒于桂州考》，载《文学遗产》2000年第2期，第125—127页。

⑪ 刘振娅：《对宋之问研究的几点质疑》，载《广西教育学院学报》2000年第2期，第59—64页。

⑫ 杨墨秋：《宋之问研究二题》，载《中国典籍与文化》2002年第3期，第26—30页。

⑬ 杨恩成：《宋之问与骆宾王联句质疑》，载《陕西师范大学学报》(哲学社会版)2003年第6期，第28—31页。

⑭ 杨墨秋：《初唐诗杂考二十八·宋之问贬泷州"召回"新考》，载《江海学刊》1997年第5期，第174页。

⑮ 杨墨秋：《初唐诗杂考十五·宋之问任司礼主簿时间辨》，载《江海学刊》1995年第4期，第29页。

⑯ 杨墨秋：《初唐诗杂考二十九·王勃与宋之问交游考》，载《江海学刊》1997年第1期，第49页。

笺·宋之问》[①]；谭优学《宋之问行年考》[②]；陶敏、陈尚君《唐才子传校笺·宋之问》[③]；傅璇琮《唐五代文学编年史》(初盛唐卷)；陶敏、易淑琼《沈佺期宋之问简谱》等。从以上研究成果来看，关于宋之问的生平事迹，目前还有不少问题尚无定论，在学术界引发了一些争论，主要集中在宋之问的籍贯、与骆宾王联句成诗《灵隐寺》一事和宋之问的卒地等几个问题上。关于宋之问的逐年行踪，有不少论文、著作进行了细致的考辨，其中谭优学的《宋之问行年考》、傅璇琮的《唐五代文学编年史》、陶敏、易淑琼的《沈佺期宋之问简谱》考索详尽，可资参考。此外，傅璇琮的《唐才子传校笺·宋之问》对宋之问生平的重大事件进行了笺证。

在八十年代之前，指责宋之问人品卑劣之声不绝，但并无深入的考辨论述。八十年代之后，对宋之问的人品研究出现了一些专题论文，立场可分为两种，一是持完全否定态度，有常平《宋之问与〈代悲白头翁〉的著作权案》[④]、盛海耕《小人宋之问》[⑤]、赵彩芬《由〈渡汉江〉看宋之问诗格与人格的背离》[⑥]等。另一种则认为宋之问人品并非高尚，但也未必如旧史所载那么龌龊，一些主要劣迹是否属实还有待求证，同时强调人品不能等同于诗品或者文品，不该因道德上的缺点贬低其诗歌成就，主要论文有：沙先一《试论沈佺期宋之问的两重人格及其审美境界》、陶敏、易淑琼《沈佺期宋之问集校注·前言》、周斌《人品污下而恶归焉——宋之问人品的接受情形诠释》[⑦]、尹贤《宋之问告密及其他》[⑧]等，其中有两篇沈、宋并论。

3. 沈、宋诗歌研究

对沈、宋诗歌的研究，大多二人并论，除了对诗歌创作的综合评述外，还

---

① 傅璇琮：《唐才子传校笺》(第一卷)，中华书局 1987 年版，第 85—96 页。

② 谭优学：《宋之问行年考》，见《唐诗人行年考续编》，巴蜀书社 1987 年版，第 1—37 页。

③ 陶敏、陈尚君：《唐才子传校笺》(第五册)，中华书局 1995 年版，第 10—14 页。

④ 常平：《宋之问与〈代悲白头翁〉的著作权案》，载《文史哲》2003 年第 6 期，第 27—32 页。

⑤ 盛海耕《小人宋之问》，载《中华诗词》2004 年第 10 期，第 45—47 页。

⑥ 赵彩芬：《由〈渡汉江〉看宋之问诗格与人格的背离》，载《邢台学院学报》2005 年第 1 期，第 69—70 页。

⑦ 周斌：《人品污下而恶归焉——宋之问人品的接受情形诠释》，载《阴山学刊》2005 年第 2 期，第 13—16 页。

⑧ 尹贤：《宋之问告密及其他》，载《中华诗词》2005 年第 4 期，第 51—52 页。

包括其他诸多方面的内容，从研究成果看，出现了一定数量的专题论文，此外在一些文学史和唐诗研究论著中也有涉及。

其一，关于沈、宋诗集的考辨整理。迄今为止，未见有对宋之问诗歌进行单独整理。沈佺期诗歌的整理成果有查洪德、连波的《沈佺期诗集校注》，此校注本存在不少问题，故其后王友胜撰有《〈沈佺期诗集校注〉注释商兑》[①]一文，对此书中存在的问题摘要条述，指出其中的误注、失注现象，以正其讹误，补苴罅漏。2001年，中华书局出版了由陶敏、易淑琼校注的《沈佺期宋之问集校注》，将二人作品合刊，是目前所收作品最为完备、注释最为详切的校注本。此外还有陶敏的《〈宋之问集〉考辨》[②]一文，就宋之问诗集中诗篇的收录情况对宋之问诗集的流传存佚做出考订，有助于对宋之问诗集的整理研究。2002年有两篇硕士学位论文，刘正平的《沈佺期诗集与诗歌研究》[③]和朱红霞的《宋之问研究》[④]，其中也有对沈、宋诗集的辨析，可资参考。此外，还有杨墨秋的《宋之问任职朝廷期间部分诗文系年考辨》[⑤]和陶敏的《沈佺期〈峡山诗〉〈峡山赋〉均为伪作》[⑥]等论文对沈、宋诗歌进行考辨。

其二，关于对沈、宋诗作的综合评述。这一时期出现一些对沈、宋诗歌创作全面考察的论文，基本肯定沈、宋在唐诗发展中，除了对诗歌声律化进程的促进作用外，还做出了其他贡献，计有刘开扬《关于沈佺期、宋之问诗的述评》[⑦]、葛晓音《论宫廷文人在初唐诗歌艺术发展中的作用》[⑧]、房日晰《论

---

① 王友胜：《〈沈佺期诗集校注〉注释商兑》，载《古籍整理研究学刊》1996年第4期，第33—36页。

② 陶敏：《〈宋之问集〉考辨》，载《湘潭师范学院学报》1994年第5期，第3—6页。

③ 刘正平：《沈佺期诗集与诗歌研究》，西北师范大学硕士学位论文，2002年。

④ 朱红霞：《宋之问研究》，西北师范大学硕士学位论文，2002年。

⑤ 杨墨秋：《宋之问任职朝廷期间部分诗文系年考辨》，载《南京师范大学学报》1992年第4期，第118—122页。

⑥ 陶敏：《沈佺期〈峡山诗〉〈峡山赋〉均为伪作》，载《铁道师院学报》（社会科学版）1995年第4期，第49—50页。

⑦ 刘开扬：《关于沈佺期、宋之问诗的述评》，载《社会科学研究》1981年第4期，第61—66页。

⑧ 葛晓音：《论宫廷文人在初唐诗歌艺术发展中的作用》，原载《辽宁大学学报》，后收入《诗国高潮与盛唐文化》，北京大学出版社1998年版，第25—44页。

沈宋诗继往开来的历史贡献》[①]、陶敏、易淑琼《沈佺期宋之问集校注·前言》、李峰《宋之问其人其诗》[②]、张锡厚《略论沈宋及其诗歌创作》[③]、田彩仙《宋之问诗歌在初唐诗坛上的创新意义》[④]等。其中葛晓音的《论宫廷文人在初唐诗歌艺术发展中的作用》一文在论及武后到中宗时期的宫廷文人时，着重探讨了沈佺期、宋之问等对初唐诗歌的贡献，虽然仅占一节篇幅，但立论新警，论述深透，较之旧说，对沈、宋诗歌成就的评价更为客观，可谓发人先声，此后多数专论沈、宋诗歌的论文，亦赞同或沿用此文观点。

此外，在一些文学史和诗歌史论著中，也较为详细地介绍了沈、宋的诗歌创作，如刘开扬的《唐诗通论》、宇文所安的《初唐诗》、乔象钟、陈铁民的《唐代文学史》、章培恒、骆玉明的《中国文学史》等。

其三，关于对沈、宋流贬诗创作的研究。沈、宋在贬谪时期的诗作脱离了宫廷诗旧轨，在研究中受到较多关注，大略统计，有以下论文：章继光《宋之问迁流岭南及有关诗作述略》[⑤]、储兆文《论杜审言沈佺期宋之问的山水诗》[⑥]、章继光《宋之问贬流岭南诗论》[⑦]、《在荣辱中升沉的诗魂——宋之问李绅迁谪岭南与诗歌创作关系之比较分析》[⑧]、董连祥《论山水·述离居·叙情怨——略说沈佺期、宋之问诗歌的意蕴、意象》[⑨]、田彩

---

① 房日晰：《论沈宋诗继往开来的历史贡献》，载《晋阳学刊》1994 年第 2 期，第 84—89 页。

② 李峰：《宋之问其人其诗》，载《历史教学》1996 年第 10 期，第 50—51 页。

③ 张锡厚：《略论沈宋及其诗歌创作》，载《琼州大学学报》(社会科学版)1997 年第 4 期，第 58—64 页。

④ 田彩仙：《宋之问诗歌在初唐诗坛上的创新意义》，载《山西师大学报》(社会科学版)2000 年第 4 期，第 63—66 页。

⑤ 章继光：《宋之问迁流岭南及有关诗作述略》，载《五邑大学学报》(社会科学版)1995 年第 2 期，第 17—21 页。

⑥ 储兆文：《论杜审言沈佺期宋之问的山水诗》，载《唐都学刊》1999 年第 1 期，第 29—31页。

⑦ 章继光：《宋之问贬流岭南诗论》，载《求索》1999 年第 5 期，第 98—101 页。

⑧ 章继光：《在荣辱中升沉的诗魂——宋之问李绅迁谪岭南与诗歌创作关系之比较分析》，载《中国韵文学刊》2001 年第 2 期，第 70—75 页。

⑨ 董连祥：《论山水·述离居·叙情怨——略说沈佺期、宋之问诗歌的意蕴、意象》，载《昭乌达蒙族师专学报》(汉文哲学社会版)2001 年第 2 期，第 16—22 页。

仙《从宋之问后期诗歌看其贬谪心态》[①]、钟良和罗显克《简论沈佺期在岭南的诗歌创作》[②]、朱红霞《宋之问贬谪的心路历程及逐臣心态研究》[③]和王志清《流贬：人性诗性的急转弯——沈宋流贬诗与盛唐山水诗的关系研究》[④]等，其中不少成果注意到沈、宋流贬诗和盛唐山水诗的渊源。

其四，关于对“沈宋体”及其与律体定型关系的研究。这一时期出现了一篇专论“沈宋体”的论文，许总的《“沈宋体”形式与内涵新论》[⑤]，第一次对“沈宋体”进行了全面细致的观照。另外胡可先的《论武则天时期的文学新体》[⑥]一文中，也对“沈宋体”进行了专门论述。八十年代以来，关于沈、宋在律体定型中的具体作用，也开始引起学术界的关注，有刘宝和的《律诗不完成于沈宋》[⑦]和綦开云的《论沈宋体诗与近体诗的完成》[⑧]等论文。近年来一些以初盛唐诗歌为研究对象的论著中，也较多地涉及了沈、宋与诗歌律化的关系，如：尚定《走向盛唐》[⑨]、何伟棠《永明体到近体》[⑩]、杜晓勤《齐梁诗歌向盛唐诗歌的嬗变》[⑪]、聂永华《初唐宫廷诗风流变考论》[⑫]等。

此外，一些论文关注到沈、宋诗歌的其他方面，如论及沈、宋诗歌在后代

---

① 田彩仙：《从宋之问后期诗歌看其贬谪心态》，载《集美大学学报》（哲学社会版）2001 年第 3 期，第 97—100 页。

② 钟良、罗显克：《简论沈佺期在岭南的诗歌创作》，载《钦州师范高等专科学校学报》2003 年第 4 期，第 33—37 页。

③ 朱红霞：《宋之问贬谪的心路历程及逐臣心态研究》，载《南京工业大学学报》（社会科学版）2004 年第 1 期，第 54—57 页。

④ 王志清：《流贬：人性诗性的急转弯——沈宋流贬诗与盛唐山水诗的关系研究》，载《学术论坛》2005 年第 5 期，第 162—166 页。

⑤ 许总：《“沈宋体”形式与内涵新论》，载《江西师范大学学报》（哲学社会版）2002 年第 3 期，第 55—60 页。

⑥ 胡可先：《论武则天时期的文学新体》，见《政治兴变与唐诗演化》，中国社会科学出版社 2003 年版，第 22—27 页。

⑦ 刘宝和：《律诗不完成于沈宋》，载《中州学刊》1984 年第 3 期，第 86—88 页。

⑧ 綦开云：《论沈宋体诗与近体诗的完成》，载《黑龙江教育学院学报》2001 年第 4 期，第 56—57 页。

⑨ 尚定：《走向盛唐》，中国社会科学出版社 1994 年版。

⑩ 何伟棠：《永明体到近体》，广东高等教育出版社 1994 年版。

⑪ 杜晓勤：《齐梁诗歌向盛唐诗歌的嬗变》，台湾商鼎文化出版公司 1996 年版。

⑫ 聂永华：《初唐宫廷诗风流变考论》，中国社会科学出版社 2002 年版。

的影响，有王少华《论沈佺期文学世家对盛唐诗歌的贡献》①、周斌《宋之问诗歌艺术接受述论》②等；考察沈、宋诗歌用韵的，有师为公、郭力《沈佺期宋之问诗歌用韵考》③一文；还有一些文章对沈、宋诗歌进行赏析解读，各有心得，在此不一一详述。

三

从目前的研究现状来看，沈、宋及"沈宋体"正逐渐引起学术界的关注，也取得了一些成果，但较之沈、宋对唐诗发展的实际贡献，其研究的深广程度依然远远不够，尤其目前对"沈宋体"的专门研究不多，相关的初唐诗歌研究论著，又受限于论题，未能对此充分展开，有关"沈宋体"的形成溯源、艺术特质、贡献影响等诸多方面还存在不少问题有待解决。故本文试在已有的研究成果基础上，以"沈宋体"为主要研究对象，兼及沈、宋研究中的其他问题，对"沈宋体"的成因、成就及其与律体定型的关系作进一步研究。

作为个案研究，要避免孤立狭隘，达到较高的学术含量，必须既对作家作品进行深细分析，同时将个案置于文学史的大背景下加以考察，对其文学史地位做出恰当的判断，因此，研究方法的选择也至为重要。胡可先在《唐代文学文化史研究方法论的思考》④一文中总结古典文学研究的治学方法大体有三："一是以乾嘉考据为宗，对史料进行钩稽探赜，注重实证，但易陷入为考据而考据的怪圈，流于饾饤琐屑；二是以灵性感悟为本，侧重于主体细腻入微的感受与体验，然缺乏理论深度，易流于肤廓表面；三是以理论分析为主，大多运用西方现代理论对中国古典文学文本重新解读，却时有生吞活剥之嫌。"并进一步指出："这三种方法各有利弊，无优劣之分，依个人主观性情择善而从。对于唐代文学研究而言，作为研究者的个性差异，所写的论

① 王少华：《论沈佺期文学世家对盛唐诗歌的贡献》，载《河南社会科学》2003 年第 5 期，第 137—139 页。

② 周斌：《宋之问诗歌艺术接受述论》，载《唐都学刊》2005 年第 3 期，第 5—8 页。

③ 师为公、郭力：《沈佺期宋之问诗歌用韵考》，载《苏州科技学院学报》(社会科学版) 1987 年第 2 期，第 4—9 页。

④ 胡可先：《唐代文学文化史研究方法论的思考》，载《河南社会科学》2003 年第 5 期，第 16—20 页。

文与著作可以有所侧重，但作为整体而言，在各种方法互补的情况下，应该取得总体的平衡，从而在此基础上产生重大突破。”对此笔者深以为然。在研读前贤的研究论著时，闻一多先生的《唐诗杂论》对笔者触动尤大，其考证与审美并重的路数，即是以上三种方法的完美结合，就治学方法而言，达到了唐代文学研究的理想境界。笔者限于学力，对此虽不胜向往钦佩却力所不能及，唯有要求自己在“沈宋体”的研究中立足文学，尽力做到文史结合、以小见大，并希望能在以下方面有所突破：

首先，全面考察“沈宋体”的形成原因。“文变染乎世情，兴废系乎时序”[①]，文学的变化除了自身发展的内因，也离不开政治、经济、文化等一系列外在因素的影响，“沈宋体”的形成同样如此，因此在考察其成因时，本文拟从文学传承、时代背景、个人遭遇等三方面加以观照。其一，从诗歌的声律化进程来看，这一文学进程并没有因为改朝换代而发生断裂，从六朝到初唐，出现了“永明体”、“徐庾体”、“上官体”等在诗歌律化进程中具有重要意义的诗体，“沈宋体”更是被不少学者视为诗歌律化的终点。“沈宋体”这一名称最早见于南宋严羽的《沧浪诗话》，自诞生之日起就和“律诗”紧密联系在一起，合称为“沈宋律诗”，其后历代诗话中论及“沈宋体”，也很少提及声律之外的成就，现代学者认为可以把“沈宋体”看作是律体定型的标志。“文学的发展总是在前人所达到的成就的基础上继续起步的，任何新文学的产生都需要以一定的文学遗产作为它创造的借鉴”[②]，“沈宋体”与诗歌声律的关系如此密切，其成就不是沈、宋的凭空创造，而必然是吸收了前代文学的养分而取得的，因此在探讨其成因时，有必要上溯齐梁，了解齐梁以来的诗歌律化进程对“沈宋体”产生的影响，以及“沈宋体”与“永明体”、“徐庾体”、“上官体”等诗体之间的继承发展关系。其二，文学的发展虽然具有相对独立性，与时代的发展并非完全同步，但作为审美意识形态的文学，其发展也受制于一定时代的社会存在，正如黑格尔所说：“每种艺术作品都属于它的时代和它的民族，各有特殊环境。”[③]故也应看到“沈宋体”形成中的时代原因，对其所处的“特殊的环境”加以考察，尤其是唐代政治对社会风气和文学

① 刘勰：《文心雕龙》，浙江古籍出版社 2001 年版，第 244 页。

② 王元骧：《文学原理》，浙江教育出版社 1989 年版，第 111 页。

③ 黑格尔：《美学》第一卷，商务印书馆 1979 年第 2 版，第 19 页。

创作的影响。唐代文学受政治影响很深,“沈宋体”在初唐形成,也可以看作是在这一时期政治、经济、文化整体基础上形成的社会心理的反映。史载贞观四年后,连年丰稔,天下大熟,牛马布野,外户不闭,斗米三四钱,生活物质丰富的同时,追求声色犬马的享乐心理也在宫廷蔓延。享乐心理对诗歌的影响并非完全消极,如君臣宴集是当时宫廷生活的一项重要内容,宴则赋诗,与诗歌创作最是密切相关,从初唐应制诗及有关宴集的历史记载来看,时人对诗歌的审美特质分外重视,如太宗对诗歌的妙思雅词、文藻色彩就十分喜好。《唐诗纪事》载,宋之问作《龙门应制》“文理兼美”,得到了武后的锦袍赏赐。帝王的喜尚,侍臣的“以文华取幸”,极大地影响到诗歌创作,使文人对诗歌声律等形式问题格外关心,专注于对结构、韵律、节奏等创作技巧的揣摩,表现出对诗歌本身审美价值的重视,“沈宋体”的形成与近体诗创作的蔚然成风,无法脱离当时的政治影响和因此形成的社会心理。其三,如果说文学发展到初唐,诗歌的律化已经进入到最后冲刺阶段,那么正是极富个性的“沈宋体”诗歌为数百年来的诗歌律化进程划上圆满的句号,这固然与文学发展、时代背景等原因相关,亦无法忽视因个人遭际而产生的内在动力。在所有影响并促成创作个性形成的因素中,“关系最为直接的,就是他个人的经历和遭际;其他社会因素,都是这样或那样地通过他的经历和遭际才对他的创作发生影响”①,故分析“沈宋体”的形成原因,必须在前文宏观考察“沈宋体”形成的文学原因、社会原因的基础上,再从微观的角度进一步探索“沈宋体”形成的个体原因。将“沈宋体”放在广阔的社会背景下,结合诗歌律化进程和诗人个体的生平遭际,既观照宏观环境,又关注微观个体,尽可能全面地分析“沈宋体”的成因,这是本文计划解决的第一个关键问题。

其次,深入分析“沈宋体”诗歌的创作特征。历代诗评中对“沈宋体”的关注基本集中在他们对诗歌形式上的贡献,对“沈宋体”其他方面的艺术特征、创作成就等,大多语焉不详,可以说,“沈宋体”是一个约定俗成但又模糊不清的文学概念,重新探索其内涵很有必要。此外,从“沈宋体”的创作实际来看,仅仅是格律形式上的进步,并不足以概括“沈宋体”的全部成就。沈、宋的作品可大致按二人的经历,分为宫廷时期和贬逐时期两类。他们同为

① 王元骧:《文学原理》,浙江教育出版社1989年版,第219页。

初唐著名诗人，经历遭际极为相似，早期都是武则天宫廷中的受宠文人，擅长奉和应制之作，后期遭贬，在抒写去国怀乡、流放落魄的生活感受中诗风发生了很大变化，意境渐趋开阔，感情更加真切，使初唐柔弱诗风有了根本改观。在宫廷文人生涯中，沈、宋均作有为数可观的宫廷应制诗。在君王的提倡和群臣的配合下，初唐宫廷的创作越来越看重诗歌的形式，诗人们积极寻找诗歌形式美的最佳体现，作为宫廷文人中的佼佼者，沈、宋在前人“属对精密”的基础上，进一步强调诗歌创作的技巧，使诗歌在对偶、声律、篇制等方面达到完善统一，可以说宫廷文臣的经历极大地促进了沈、宋创作技巧的成熟化，特别是在押韵、平仄、对仗、格式、构思等方面，为他们创作出合乎规范的近体律诗奠定了良好的基础。其后，他们从受宠诗人一变而为贬谪罪臣，人生道路发生陡然大变。贬谪对文人本身虽属不幸，但对文学创作却属大幸，它使沈、宋写出情辞并茂的诗作，在诗境风骨的构建上初露盛唐气象，如沈佺期《入鬼门关》、宋之问《度大庾岭》等一些长期为人们传诵的诗篇，都写于南贬途中。诗歌形式和内容情感的进展与提升具有一定的同步性，因此，本文拟对“沈宋体”诗歌进行钩玄提要的分析，除了关注“沈宋体”在格律体制方面的成就，亦对其诗境风骨、题材内容等其他方面的成就加以归纳。

再次，梳理律体定型诸说，明确“沈宋体”在律体定型中的作用。关于沈、宋对律体定型的作用，是当代研究中涉及较多的部分。从历代诗话的论述来看，几乎众口一词将律诗成熟定型之功归之于沈、宋名下，张表臣《珊瑚钩诗话》有云：“苏李而上，高洁古淡，谓之古；沈宋而下，法律精切，谓之律。”[①]王世贞《艺苑卮言》云：“五言至沈宋，始可言律。律为音律、法律，天下无严于是者，知虚实平仄不得任情而度，明矣。二君正是敌手。”[②]类似言论不在少数。但不少当代学者提出，这样的说法并不恰当。如许总在《“沈宋体”形式与内涵新论》一文中指出：“沈宋律诗的成功实践及其合格率在文章四友的基础上进一步提高，既离不开诗歌律化进程的历史延续性，又离不开同时众多诗人艺术实践的共同作用力。”也有学者认为：之所以后人将律体定型的功劳全归之与沈、宋，主要是因为与久居下僚的杨炯、骆宾王、杜审

---

① 张表臣：《珊瑚钩诗话》卷三，见何文焕《历代诗话》，中华书局1981年版，第476页。

② 王世贞：《艺苑卮言》卷四，见丁福保《历代诗话续编》，中华书局1983年版，第1004页。

言相比，沈、宋是皇帝的侍从之臣，官位较高；与地位更高的李峤相比，沈、宋更多地参与朝中应制诗创作，因此在诗歌上的影响力超过李峤，受了完成律诗之名。近体律诗的成熟定型毫无疑问是一个前后相继的漫长历史过程，完全归功于沈、宋是不恰切的，那么沈、宋及“沈宋体”在其中的作用方式、作用深度与广度又如何？要解决这个问题，最好的办法，莫过于将沈、宋与同时期有代表性的诗人加以比较，对他们的诗歌做出技术分析，则结论自出，沈、宋及“沈宋体”在律体定型进程中的作用可以得到更客观的定位，这些诗人包括：杜审言、李峤和同时代的其他诗人等。

傅璇琮先生在《唐才子传校笺·重印题记》中谈到：“学术著作，包括社会科学和自然科学，应该似一级一级的楼梯，要扎实，便于扶着向上，使人能‘更上一层楼’，以便‘欲穷千里目’。”[①]注重实证、严谨细致，这是一种值得尊敬和应当提倡的研究方法。在本文的写作中，笔者将努力结合历史、文本、作家这三大要素，将研究对象放在较为广阔的社会背景下加以分析，既关注时代对文学产生的共性影响，亦不忘作家的个体特性，既重视诗歌史的发展轨迹，也对研究对象作必要的断点深入，在此基础上，借助图表定量分析等方法，对文本进行深入分析，力求做到文史结合。所谓知易行难，要达到理想中的研究境界依然是相当困难的，笔者愿追随前贤，勉力以从。

① 傅璇琮：《唐才子传校笺·重印题记》，中华书局1987年版，第1页。

上编　「沈宋体」形成论

李唐一代，诗人齐名并称者众多，如胡震亨《唐音癸签》中举有数例："唐人一时齐名者，如富、吴，苏、李，燕、许，萧、李，韩、柳，四杰，四友，三俊，皆兼以文笔为称。其专以诗称，有沈、宋，钱、郎，又有钱、郎、刘、李，元、白，刘、白，温、李，贾、喻，皮、陆，吴中四士，庐山四友，三舍人，大历十才子，咸通十哲等目。"①这种诗人并称的情况，一定程度上体现了唐代诗歌体派的丰富繁荣，仅从严羽《沧浪诗话》中《诗体》②篇所列的"以人而论"三十六体来看，唐代诗体占据了二十四强之多，其中诗人并称的就有"沈宋体"、"王杨卢骆体"、"韦柳体"、"元白体"、"张籍王建体"等。

与后代具有统一创作纲领、标举宗派而形成的诗体不同，唐代这类由诗人并称产生的诗体，其组合更为灵活复杂，或因趣味相投、或因诗风相似、或因"工力悉敌"③在某一方面贡献相同等原因而聚合，有当世即齐名并称的，也有被后人追加确认的，从严格意义上说，大多并非规范的文学流派，只是对某种诗歌风格约定俗成的代指，因而各种诗体所包含的内涵特征比较模糊，缺少准确的界定。

沈、宋并称的原因，贺贻孙在《诗筏》中曾有提及："同时齐名者，往往同调。如沈、宋，高、岑，王、孟，钱、刘，元、白，温、李之类，不独习尚切靡使然，而气运所致，亦有不期同而同者。"④肯定了二人在诗歌风格上的相似性。作为沈、宋诗风的代名词，"沈宋体"这一概念在现代学术研究中已被越来越多地使用到，但对其具体含义的辨析诠释并不多，故本章通过考辨历代文献中的有关评述，对这一概念重新探索，作出适当的界定，并追根溯源探明其形成原因，以此为起点展开对"沈宋体"的全面研究。

---

① 胡震亨：《唐音癸签》卷二八，上海古籍出版社 1981 年版，第 288 页。

② 郭绍虞：《沧浪诗话校释》，人民文学出版社 1961 年版，第 48 页。

③ 顾安：《唐律消夏录》，见孙琴安《唐诗选本提要》，上海书店出版社 2005 年版，第 355 页。

④ 贺贻孙：《诗筏》，见郭绍虞《清诗话续编》，上海古籍出版社 1983 年版，第 142 页。

第一章　“沈宋体”释名

考历代文献，沈佺期与宋之问不仅生在同时，且生平行事相同之处亦颇多，如均于上元二年登进士第、在武后朝扈从应制、谄附张易之兄弟、修《三教珠英》、神龙元年因张易之败而遭流贬、北归后于中宗朝为修文馆直学士、以诗文媚上等。在一系列的史实记载中，沈佺期与宋之问的名字经常联系在一起，加上二人同属宫廷文学侍臣，常从人主游宴赋诗，故涉及唐代君主游宴的记载中，已有不少将沈、宋相提并论，较为著名的有《唐诗纪事》卷三所记：

> 中宗正月晦日幸昆明池赋诗，群臣应制百余篇。帐殿前结彩楼，命昭容选一首为新翻御制曲。从臣悉集其下，须臾纸落如飞，各认其名而怀之。既进，唯沈、宋二诗不下。又移时，一纸飞坠，竞取而观，乃沈诗也。及闻其评曰：二诗工力悉敌，沈诗落句云：微臣雕朽质，羞睹豫章材，盖词气已竭；宋诗云：不愁明月尽，自有夜珠来，犹陟健举。沈乃伏，不敢复争。①

可见在当时媚辞取悦的群臣中，以“领袖群伦”来形容沈佺期与宋之问的地位，并不过分。作为宫廷文学侍臣中的佼佼者，沈、宋二人不仅工力悉敌，而且风格相似，因此在唐代已经出现将沈、宋并提而评论其诗歌创作的情况，

---

① 计有功：《唐诗纪事》卷三，上海古籍出版社1987年版，第28页。

最早可见的记载是天宝末年独孤及撰《唐故左补阙安定皇甫公集序》中，论及五言诗之源时，将沈佺期与宋之问并提：

> 历千余岁至沈詹事、宋考功，始裁成六律，彰施五色，使言之而中伦，歌之而成声，缘情绮靡之功，至是乃备，虽去雅浸远，其丽有过于古者，亦犹路鼗出于土鼓，篆籀生于鸟迹也。沈、宋既殁，而崔司勋颢、王右丞维复崛起于开元天宝之间，得其门而入者，当代不过数人，补阙其一人也。①

其后元稹的《唐故工部员外郎杜君墓系铭》中将“沈宋”与“律诗”联系起来，另在《叙诗寄乐天书》中也谈到沈、宋：

> 得杜甫诗数百首，爱其浩荡津涯，处处臻到，始病沈、宋之不存寄兴，而讶子昂之未暇旁备矣。②

晚唐诗人李商隐《漫成五章》其一评论初唐诗人成就，亦以沈、宋为代表：

> 沈宋裁辞矜变律，王杨落笔得良朋。当时自谓宗师妙，今日唯观对属能。③

以上所引几则记载，对沈、宋诗歌的评价并不高，但均可说明沈、宋因诗歌创作而齐名并称这一情况，在唐代就已经广为文人接受。

从沈、宋并称，到将沈、宋和诗体联系起来，经历了较为漫长的过程。首次明确以专有名词来指称沈、宋诗歌创作的，是南宋严羽的《沧浪诗话》，在《诗体》篇中，严羽提出两个有关沈、宋诗歌的概念：“沈宋律诗”与“沈宋体”。

---

① 独孤及：《唐故左补阙安定皇甫公集序》，见《全唐文》卷三八八，上海古籍出版社1990年版，第1743—1744页。

② 元稹：《叙诗寄乐天书》，见《元稹集》卷三〇，中华书局1982年版，第352页。

③ 李商隐：《漫成五章》，见《全唐诗》卷五四〇，中华书局1960年版，第6216页。

严格来说，这两个概念所涵盖的意义是不同的，试加以分析辨别。

首先在《诗体》开篇论及诗歌的发展变化时，严羽将沈、宋与律诗合而为一：

> 风雅颂既亡，一变而为离骚，再变而为西汉五言，三变而为歌行杂体，四变而为沈宋律诗。[①]

此处“沈宋律诗”与“离骚”、“西汉五言”、“歌行杂体”等诗体并列，被视之为中国诗歌演变史中的四大嬗变之一。

继而严羽分“以时而论”和“以人而论”来辨明各家诗体，在“以人而论”中按时间先后列三十六体，“沈宋体”为其中之一：

> 以人而论，则有苏李体、曹刘体、陶体、谢体、徐庾体、沈宋体、陈拾遗体、王杨卢骆体、张曲江体、少陵体、太白体、高达夫体、孟浩然体、岑嘉州体、王右丞体、韦苏州体、韩昌黎体、柳子厚体、韦柳体、李长吉体、李商隐体、卢仝体、白乐天体、元白体、杜牧之体、张籍王建体、贾浪仙体、孟东野体、杜荀鹤体、东坡体、山谷体、后山体、王荆公体、邵康节体、陈简斋体、杨诚斋体。[②]

古人论诗，常以“体”辨之，严羽的《诗体》篇正反映了这种风气，不仅有“以诗”、“以人”而分的诸体，其后更列出“选体”、“柏梁体”、“杂体”等不下数十种诗体，细辨之，这些“体”的含义各不相同。罗根泽在《中国文学批评史》中曾有论述：“中国所谓文体，有两种不同的意义：一是体派之体，指文学的格（风格）而言，如元和体、西昆体、李长吉体、李义山体……皆是也。一是体类之体，指文学的类别而言，如诗体、赋体、论体、序体……皆是也。”[③]以此观之，则严羽提出的两个关于沈、宋诗歌的概念分属于以上两种不同的意义，“沈宋律诗”属体类之一，严羽《诗体》篇中有“又有古诗，有近体；有绝句，有

---

① 郭绍虞：《沧浪诗话校释》，人民文学出版社 1961 年版，第 48 页。

② 郭绍虞：《沧浪诗话校释》，人民文学出版社 1961 年版，第 58—59 页。

③ 罗根泽：《中国文学批评史》，上海古籍出版社 1984 年版，第 146 页。

杂言”的论述，在“近体”下自注“即律诗也”，可见严羽仍将律诗归为文学类别之一，冠以“沈宋”之名，更多的是肯定沈、宋诗歌创作在律体定型中的作用，并不改变律诗作为文学体类的事实。

从目前的研究情况来看，无论是可作为唐代律诗创作代表的诗人，还是目前具有较大争议的律体定型的代表诗人，均未必由沈、宋独占，因此以“沈宋律诗”来指称一种文学体类并不恰当。反之，从沈、宋的角度来看，这一概念肯定他们在律诗创作上的成绩，却抹杀了其他方面的特点，律诗为律体的一类，而沈、宋诗作中除了律诗外，排律也占了相当的比重，仅以律诗概括之，不免有以偏概全之憾。再看“沈宋体”，与“徐庾体”、“陈拾遗体”等并列，则当属于体派之一，严羽在《诗评》篇中有云：“五言绝句，众唐人是一样，少陵是一样，韩退之是一样，王荆公是一样，本朝诸公是一样。”[①]可视为对以人分体的进一步诠释：所谓以人分体，乃是家数之辨，着眼点在于各家诗人创作不同的风格体貌。因此，“沈宋体”的“体”，可借用刘勰《文心雕龙》中《体性》篇的概念，解释为“体性”，即包含作品的体貌风格和作家的创作个性两方面内容。由此可见，研究沈、宋诗歌，无疑以“沈宋体”之名来指称更为恰当。

《沧浪诗话》对诗歌的分体述论，只是论其大概，并未对每种诗体做出具体界定，除了自注“佺期之问也”以标明“沈宋体”的所属外，严羽对这一诗体的内涵未作展开，因此，要明晰“沈宋体”所指称的具体的体貌风格和诗人个性，不妨考察《沧浪诗话》之前之后的历代文献中各家对沈、宋诗作的评论，梳理出公认最主要的沈、宋诗歌特征，为“沈宋体”的名义作一番诠释和界定。

前文所引唐代天宝末年独孤及所撰《唐故左补阙安定皇甫公集序》一文是目前所见最早将沈、宋并列，并对其诗作进行评论的。此文论述五言诗的演变，认为源自“国风”，经《离骚》、李苏，直到魏晋曹刘，五言诗乃是“朴散为器”、“质有余而文不足”，至沈佺期、宋之问，才“裁成六律”、“彰施五色”，达到“言之而中伦”、“歌之而成声”的效果，诗歌的“缘情绮靡之功，至是乃备”。所谓“不以六律，不能正五音”[②]，“六律”是一个音律概念，“裁成六律”、“歌

---

① 郭绍虞：《沧浪诗话校释》，人民文学出版社1961年版，第141页。

② 杨伯峻：《孟子译注》卷七，中华书局1960年版，第162页。

之而成声”，都是肯定沈、宋在声律方面的贡献。除此之外，这段文字也论及沈、宋诗作在语言方面的特点，晋代陆机在《文赋》中提出“诗缘情而绮靡，赋体物而浏亮”①，强调诗歌因情而生，故应文辞美丽，独孤及认为五言诗发展到沈、宋，“彰施五色”，改变了之前“朴散”、“文不足”的缺陷，不仅“言之而中伦”，而且“缘情绮靡”的功能也得以完备，因此“虽去雅浸远，其丽有过于古者，亦犹路鼗出于土鼓，篆籀生于鸟迹也”，这一方面肯定了沈、宋诗歌在语言方面的巨大进步，另外也有对沈、宋诗歌符合“诗缘情”艺术本质的肯定。

对于沈、宋诗作在语言、抒情等方面的特点，中唐诗僧皎然在《诗式》中概括得更为简洁明晰：

> 洎有唐以来，宋员外之问、沈给事佺期，盖有律诗之龟鉴也。但在矢不虚发，情多、兴远、语丽为上，不问用事格之高下。宋诗曰：“象溟看落景，烧劫辨沈灰。”沈诗曰：“咏歌《麟趾》合，箫管凤雏来。”凡此之流，尽是诗家射雕手。假使曹、刘降格来作律诗，二子并驱，未知孰胜。②

皎然不仅高度赞扬沈、宋诗歌，推之为“律诗之龟鉴”、“诗家射雕手”，并进一步对沈、宋诗歌的具体特点加以概括。“情多、兴远、语丽”的评语，关注到沈、宋诗歌在声律规范之外的特点。所举诗句，“象溟看落景，烧劫辨沈灰”出自宋之问《奉和晦日幸昆明池应制》③，为扈从帝王游昆明池而作，此为第四联，用汉武帝开掘昆明池的典故，既紧扣眼前景，又契合帝王游幸一事，不失皇家身份。末句“不愁明月尽，自有夜珠来”用汉武帝救大鱼而得明珠的典故，“不愁”、“自有”二词，对比同时沈佺期所作的“微臣雕朽质，羞睹豫章材”，确实显得更为矫健而有气势。“咏歌《麟趾》合，箫管凤雏来”出自沈佺期《岁夜乐安郡主满月侍宴》，“麟趾”典出《诗经·周南》之《麟之趾》篇，为赞美周文王子孙繁衍多能之诗，沈佺期以此恭贺乐安郡主分娩生子，赞颂皇室子孙繁盛，亦十分贴切。皎然所举两诗都属宫廷应制诗，内容的空虚在所难免，但沈、宋以恰当的典故、工致的组合，使得这些诗歌不仅符合声律规范，

---

① 张少康：《文赋集释》，上海古籍出版社1984年版，第71页。

② 李壮鹰：《诗式校注》卷二，人民文学出版社2003年版，第205—206页。

③ 考《全唐诗》与《沈佺期宋之问集校注》，“象溟看落景”均作“象溟看浴景”，特此注明。

且语言典丽，呈现出较其他应制诗更为开阔的气势和意境，个别诗作已有“言尽意不尽”的效果，置身当时的宫廷文学中，确有鹤立之势，“情多、兴远、语丽”之语，不为过誉。

元稹在《唐故工部员外郎杜君墓系铭》中对沈、宋诗歌的评价也很有代表性，常被后人引用：

> 唐兴，学官大振。历世之文，能者互出。而又沈、宋之流，研练精切，稳顺声势，谓之为律诗。[①]

元稹不仅指出沈、宋诗歌在语言声势上的特点，并将“研练精切、稳顺声势”的沈、宋诗歌与“律诗”这一诗体等同起来。前面所引独孤及一文，已关注到沈、宋诗歌在声律方面的特点和贡献，元稹则更进一步，明确把律体定型之功归之于沈、宋，这一说法是否恰当，还可商榷，单就这条评论的影响而言，在后代可谓应者云集。论及沈、宋诗歌，类似“唐律诗之祖”[②]的评价不在少数，明代徐师曾在《文体明辨序》中直接引用元稹的观点以说明律体定型中沈、宋的作用之大，王世贞的《艺苑卮言》中也有类似的说法：“五言至沈、宋，始可言律。”[③]可以说，唐以后对沈、宋诗歌的评论，关注最多的还是他们在声律上的特点，肯定沈、宋促进律体定型的作用，追溯此类评论的源头，正是出于元稹的“研练精切、稳顺声势，谓之为律诗”之说。

除以上所引独孤及、皎然、元稹之外，唐人对沈、宋诗歌尚有如下评论：李商隐《献侍郎巨鹿公启》的“效沈、宋则绮靡为甚”[④]；司空图《与王驾评诗书》的“国初，上好文雅，风流特盛，沈、宋始兴之后，杰出于江宁，宏肆于李、杜，极矣”[⑤]；顾陶《唐诗类选序》的“爰有律体，祖尚清巧，以切语对为工，以

---

① 元稹：《唐故工部员外郎杜君墓系铭》，见《全唐文》卷六五四，上海古籍出版社 1990 年版，第 2946 页。

② 方回：《瀛奎律髓》，黄山书社 1994 年版，第 10 页。

③ 王世贞：《艺苑卮言》卷四，见丁福保《历代诗话续编》，中华书局 1983 年版，第 1004 页。

④ 李商隐：《献侍郎巨鹿公启》，见《全唐文》卷七七八，上海古籍出版社 1990 年版，第 3599 页。

⑤ 司空图：《与王驾评诗书》，见《全唐文》卷八〇七，上海古籍出版社 1990 年版，第 3761 页。

绝声病为能。则有沈宋……之流，实繁其数，皆妙于新韵，播名当时，亦可谓守章句之范，不失其正者"①。

综合以上诸家之说，可勾勒出当时公认的"沈宋体"的风貌特征，概而言之，基本集中在声律、语言、抒情等三个方面。在声律方面，有"裁成六律"、"歌之而成声"、"律诗之龟鉴"、"稳顺声势"、"妙于新韵"等评语，对沈、宋诗歌在声律方面的典范地位，多持肯定态度，故"沈宋体"诗歌并不等同于沈、宋的全部创作，而必须是合律或基本合律的诗作。语言方面，有"彰施五色"、"言之而中伦"、"其丽有过于古者"、"语丽"、"研练精切"、"绮靡"等评语，初唐文风尚带六朝绮色，宫廷应制诗更是典丽华赡，从沈、宋的实际创作来看，他们的应制诗也不乏丽色，但已经很少出现"糅之金玉龙凤，乱之朱紫青黄"②的情况，而是经过精心研练，清丽、典丽多于浮艳绮靡，如"薄霜沾上路，残雪绕离宫"（沈佺期《扈从出长安应制》）③、"野含时雨润、山杂夏云多"（宋之问《夏日仙萼亭应制》）等诗，虽名为应制，却出现了与皇家富贵气象并不相称的朴素自然的景致，这样的诗句在沈、宋应制诗中并不少见，故沈、宋诗歌中的丽色，以"清丽"概括更为恰当。抒情方面，有"缘情绮靡之功，至是乃备"、"情多、兴远"等评语，对于沈、宋诗歌在抒情方面的成绩，历代诗评家关注得并不多，但考察沈、宋贬谪期间的创作，有不少感情真切的诗歌，或借景抒情，或直抒胸臆，极富感染力，如沈佺期的《入鬼门关》、宋之问的《度大庾岭》等，因此沈、宋诗歌在抒情方面的特色也不应忽视。

如前所述，"沈宋体"属于以人分体、辨明家数的概念，包含着沈、宋作品的体貌风格和作家的创作个性两方面内容。严羽在《沧浪诗话》中列出"沈宋体"，却没有对此做出具体的解释和界定，只注明这一诗体属于"佺期之问也"，可见严羽本人并未对沈、宋诗歌的评价另立新说，而是接受历代诗评家对沈、宋诗歌风貌特征的共识，以"沈宋体"这一名词概括之，由此推之，则唐时公认的沈、宋诗歌风貌也正是"沈宋体"的具体内涵，即：精于声律、语言

---

① 顾陶：《唐诗类选序》，见《全唐文》卷七六五，上海古籍出版社 1990 年版，第 3527—3528 页。

② 杨炯：《王勃集序》，见《全唐文》卷一九一，上海古籍出版社 1990 年版，第 851 页。

③ 本文所引沈佺期、宋之问诗歌，均引自《沈佺期宋之问集校注》，中华书局 2001 年版，以下不再一一注明。

清丽、情多兴远。后文将结合具体作品，辟专门章节对“沈宋体”的内涵特征加以分析，这里不再展开。沈、宋在创作实践中最终形成具有独特体貌特征的“沈宋体”，一方面与他们的个性有关，即“情性所铄，陶染所凝”①的原因，另外，也有文学传承、时代背景等方面的影响，如“沈宋体”精于声律这一特点的形成，绝非沈、宋二人的独立创造，而是与前人的文学遗产密切相关，是在声律的不断发展、累积基础上形成的，远则有齐梁时代沈约的“四声八病”说，近则有《笔札华梁》、《诗髓脑》等诗学著作和“上官体”创作实践的影响。学术研究不仅要知其然，更要知其所以然，在分析“沈宋体”具体内涵特征之前，先溯求本源，探知其形成原因，对这一诗体会有更深刻的了解，以下就从“沈宋体”形成前的诗歌律化进程、“沈宋体”形成前的初唐社会和初唐诗坛及二人的生平遭际等几个方面展开对其形成原因的研究。

---

① 刘勰：《文心雕龙》，浙江古籍出版社2001年版，第156页。

第二章 “沈宋体”形成前的诗歌律化进程

关于律体的起源和发展轨迹，胡应麟在《诗薮》中有如下描述：

> 五言律体，兆自梁、陈。唐初四子，靡缛相矜，时或拗涩，未堪正始。神龙以还，卓然成调。沈、宋、苏、李，合轨于先；王、孟、高、岑，并驰于后。新制迭出，古体攸分，实词章改革之大机，气运推迁之一会也。①

胡氏认为，五言律体的萌芽，早在梁陈时期就已开始，发展至初唐，四杰的五言诗创作尚有辞藻过于靡丽、声韵时或拗涩的问题，不能算是唐代律体的正式开始。律体真正“卓然成调”，应在神龙年间，也即是武周至中宗景龙约二十年间，律体定型非一人一时所能，但其中特别肯定以沈、宋为首的初唐诗人对于律体法度的确定之功。就沈、宋及“沈宋体”与律体定型的关系来看，较之很多将律体定型完全归功于沈、宋的观点，胡应麟的这一描述要客观得多，目前学术界对这一问题的争论较多，笔者将专辟章节加以分析，容后再论，这里仅简略地从沈、宋的创作实际来看。首先他们诗作的合律程度很高，其次历代诗评中，不乏“五言至沈、宋，始可言律”②的观点，可见沈、宋诗作与律体的联系之密切，因此，沈、宋的诗作，特别是代表他们主要风格的

① 胡应麟：《诗薮》，上海古籍出版社 1979 年版，第 58 页。

② 王世贞：《艺苑卮言》卷四，见丁福保《历代诗话续编》，中华书局 1983 年版，第 1004 页。

"沈宋体"精于声律的特点应是不争的事实。诚如胡氏所言，五言律体起自梁陈，至唐成调，经历了一个漫长的过程。这一诗歌律化进程犹如一场历时持久的文学接力赛，各代诗人诗体所取得的成就中不仅包含自身的努力，亦无法抹杀前代诗人的积累，而沈、宋作为促成律体"卓然成调"的重要环节，也是整个律化进程中的组成部分，在考察"沈宋体"成因时，有必要把它置于整个诗歌律化进程中加以观照。因此，本节的重点在于梳理入唐之前的诗歌律化进程，细辨每个重要阶段的成就积累，从文学传承角度对"沈宋体"的形成原因进行探讨。

第一节 诗歌律化进程的起点

所谓律体，顾名思义，是按照一定格律来写作的诗体。律体的格律主要体现在对篇制、押韵、平仄、对仗等方面的严格限定。"文学通变不穷，声律实其关键"[①]，在律体的写作规范中，最关键的莫过于平仄和押韵，故对诗歌律化进程的梳理，重点放在对诗歌声律发展、演变的考察，兼及其他。

我国古代诗歌的分类较为复杂，王力先生的《汉语诗律学》在目录编次时将之分为古体诗和近体诗，近体诗又包括律诗、排律和绝句三大类。[②] 为汉语音韵特点所拘，我国古代的诗歌无论是古体诗还是近体诗一般都有格律，区别在于古体诗的格律比较自由，近体诗则更为严谨，格律由宽到严，是一个相当长的探索、演变过程，对于这一过程的起点应定于何时目前仍有争议。胡应麟将诗歌律化的起始定于梁陈，即沈约及"永明体"盛行时期，这并不确切，正如王力先生所说："声调的交互是中国历代的人们长期创作所积累的艺术经验，决不是少数文人所发明的。远在魏晋时代，诗人们可能就已经探索用声调的交互作为一种艺术手段，沈约等人不过更积极更有意识地提倡罢了。"[③]若从对汉语音韵的探索和创作中诗人对句、联中平仄变化的运用来看，则还可以把时间往前推，至迟在东汉已有对汉语声韵的研究。

对汉语声韵的最初探索与东汉末年佛教的传入有关。佛教的传播主要

① 范文澜：《文心雕龙注》卷七，人民文学出版社1958年版，第556页。

② 王力：《汉语诗律学》，上海教育出版社2005年版。

③ 王力：《古代汉语》，中华书局1981年版，第1515页。

依靠对佛经进行咏读、歌唱的“赞呗”行为，所谓“西方之有呗，犹东国之有赞。赞者从文以结音，呗者短偈以流颂，比其事义名异实同”[①]。因“汉梵既殊，音韵不可互用”[②]，故在佛经的翻译中需要加以转换使之适合汉语音韵特点，梁代慧皎在《高僧传》中记载了这一情况：

> 自大教东流，乃译文者众，而传声盖寡。良由梵音重复，汉语单奇。若用梵音以咏汉语，则声繁而偈迫；若用汉曲咏梵文，则韵短而辞长。是故金言有译，梵响无授。[③]

慧皎认为：自佛教传入后，我国对佛教进行的大量翻译工作中，因为梵音多音节的特点和一字一音的汉语难以匹配，故经文虽翻译较多，但梵音赞呗却未能得到传授，无论是用梵音咏汉语，还是用汉曲咏梵文，都存在声韵方面的困难。因此在翻译过程中，必须考虑到汉字的音韵特点，用适当的汉字翻译佛经，以消除“声繁偈迫”或“韵短辞长”的缺陷，使之能顺利地得以咏读、歌唱，由此开始了对汉语的声韵的研究和探讨。颜之推在《颜氏家训》之《音辞》中提出：“孙叔言创尔雅音义，是汉末人独知反语。”[④]认为在汉末已出现反切。这种用两个字来注另一个字的注音方法，前提是必须析出每个汉字的声母与韵母，因此反切法的出现说明人们已对汉字的声音结构有了一定的分析，而要提高反切法注音的准确度，也必然会考虑到汉字的声调。因此，作为诗歌律化的基础，音韵理论的初步研究年代可前推至东汉。

从五言诗的创作实际来看，在东汉文人的五言古诗中，已有二、四字异声的现象。所谓二、四字异声，指五言诗每句的五个字中，第二字与第四字声调不同，平仄相异，以使诗句在诵读时达到抑扬交替的效果。这种二、四字异声的现象，离真正的律体形成尚远，但诗人们毕竟把对声韵的探索所得运用在实践中，开始注意每个单句的平仄变化。诗歌是一个整体，诗句是这个整体的重要组成部件，其内部平仄协调的解决，无疑是形成诗歌声律规范

---

① 周叔迦、苏晋仁：《法苑珠林校注》卷三六，中华书局 2003 年版，第 1165 页。

② 周叔迦、苏晋仁：《法苑珠林校注》卷三六，中华书局 2003 年版，第 1171 页。

③ 慧皎：《高僧传》卷一三，中华书局 1992 年版，第 507 页。

④ 王利器：《颜氏家训集解》卷七，中华书局 1993 年版，第 529 页。

的前提，这种二、四异声现象，亦可视为诗歌律化进程的最初起点。以班固的《咏史》[①]诗为例：

三王德弥薄，惟后用肉刑。（平平仄平仄，平仄仄仄平）
太苍令有罪，就递长安城。（仄平仄仄仄，仄仄平平平）
自恨身无子，困急独茕茕。（仄仄平平仄，仄仄仄平平）
小女痛父言，死者不可生。（仄仄仄仄平，仄仄仄仄平）
上书诣阙下，思古歌鸡鸣。（仄平仄仄仄，平仄平平平）
忧心摧折裂，晨风扬激声。（平平平仄仄，平平平仄平）
圣汉孝文帝，恻然感至情。（仄仄仄平仄，仄平仄仄平）
百男何愦愦，不如一缇萦。（仄平平仄仄，平平仄平平）

全诗八联十六句，除第一联、第四联、第八联外，其他各联均已做到二、四字异声。这首现存最早的完整的东汉文人五言诗，内容是歌咏西汉文帝时少女缇萦上书救父的故事，语言质朴，叙述简洁。章培恒、骆玉明主编的《中国文学史》中评论这首诗："诗中引进了冷静的理智成分，表现出文人诗的一种特点，在这方面对后来诗歌的发展也有一定影响……班固的《咏史》诗是现存的第一首文人五言诗。它标志着五言诗体正式登上了文人的诗坛，开始全面取代楚歌的地位，在文学史上有重要的意义。另外，后代很盛行的'咏史'题材，也以此为起点。"[②]这首诗在诗歌史上具有重要地位，它对诗歌句联中平仄变化的探索，较之一些汉代无名氏古诗中的二、四字异声现象，应当更能引起当时或后代诗人的注意和仿效。

徐青先生在《古典诗律史》中曾对这种二、四字异声的现象进行分析和论述，除了班固的《咏史》诗之外，还对辛延年的《羽林郎》、赵壹的《疾邪诗》、孔融的《临终诗》等文人诗和一些汉代无名氏创作的古诗做过分析[③]，指出其中存在的二、四字异声现象，可资参考。这些存在于汉代诗歌创作中的大量二、四字异声的现象，至少可以说明，在汉代人们已经开始对汉语音韵的

---

① 班固：《咏史》，见《先秦汉魏晋南北朝诗》，中华书局 1983 年版，第 170 页。

② 章培恒、骆玉明：《中国文学史》(第一册)，复旦大学出版社 1996 年版，第 243—244 页。

③ 徐青：《古典诗律史》，青海人民出版社 1980 年版，第 20—28 页。

探索，并将研究所得运用于诗歌创作的实践中。

魏晋之际，文学进入了"自觉时代"，在诗歌声律的探索方面也更进一步。颜之推在提出"是汉末独知反语"后，进一步指出：

> 至于魏世，此事大行。高贵乡公不解反语，以为怪异。自兹厥后，音韵锋出。[①]

另据《隋书》之《潘徽传》记载：

> 末有李登《声类》、吕静《韵集》，始判清浊，才分宫羽。[②]

陈澧在专门研究古代音韵的《切韵考》一书中对颜之推的"音韵锋出"作了具体阐述：

> 其言厥后音韵锋出者，同时李登已作《声类》，此音韵锋出之最先者。盖有反语，即类聚之，即成韵书，此自然之势也。[③]

魏晋时人李登的《声类》和吕静的《韵集》，是目前文献所载的最早的韵书，是颜之推"音韵锋出"的最先代表，这两本书虽然都已亡佚，具体情况不得而知，但专门的韵书的出现和文献的记载足可证明在当时人们已经开始注意分辨汉字的声母、韵母、清浊、声调等音韵要素。这些日趋成熟的音韵研究成果，正是诗人们赖以建立诗歌格律的理论基础。

这一时期的音韵理论得到较大拓展，对于诗歌创作中音律节奏等形式方面的具体经验，也有了理论的总结。陆机在《文赋》中提出：

> 暨音声之迭代，若五色之相宣。虽逝止之无常，固崎锜而难便。苟达变而识次，犹开流以纳泉。如失机而后会，恒操末以续颠。谬玄黄之

---

① 王利器：《颜氏家训译注》卷七，中华书局 1993 年版，第 529 页。

② 魏徵：《隋书》卷七六，中华书局 1973 年版，第 1745 页。

③ 陈澧：《切韵考》，广东高等教育出版社 2004 年版，第 157—158 页。

秩序，故泱漭而不鲜。[①]

陆机认为，诗歌中字音声调的交替使用，正如绘画中色彩的交错搭配一样，能形成美感；虽然声音变化无常，难免艰涩而不易掌握，但如能掌握变化的规律，就能如开渠纳流一样，顺畅流利；若音声颠倒失去调和，那么即便续写下去也会音调错乱，就如颠倒玄黄秩序导致色调污浊混沌，使文字失去美感。不仅提出诗歌创作须“音声迭代”的要求，也谈到了协调音律的难度和得失，可见这时期的文人已经对诗歌的声律问题有所重视，只是论述不深，并未形成系统的诗歌声律理论。

魏晋时期诗歌创作上的进展则表现在两个方面：一是诗人开始有意识地关注声律；其次是五言诗的创作在二、四字异声的基础上进而出现大量的律句和律联。

细考现存史料，魏晋之际出现了文人由关注佛经进而关注声律的记载，承接上文所引慧皎《高僧传》的材料而下还有曹植“深爱音律”、“为之制声”的记载：

> 始有陈思王曹植，深爱音律，属意经音。既通般遮之瑞响，又感鱼山之神制。于是删治《瑞应本起》，以为学者之宗。传声则三千有余，在契则四十有二。[②]
>
> 原夫梵呗之起，亦肇自陈思。始著《太子颂》及《睒颂》等。因为之制声，吐纳抑扬，并法神授。[③]

从材料来看，曹植不仅“属意经音”，且亲自实践制作佛曲，慧皎举“鱼山梵呗”为例。曹植游览鱼山闻岩岫诵经，因感其声清婉遒亮、远俗流响，遂拟其声而制梵呗一事，见载于《高僧传》、《法华玄赞》等佛教经籍或《异苑》等笔记小说中，一般视之为传说，但这一传说当有所本，据《三国志·魏书》记载：“初，植登鱼山，临东阿，喟然有终焉之心，遂营为墓。”[④]《法苑珠林》记载：

---

① 张少康：《文赋集释》，上海古籍出版社1984年版，第94页。

② 慧皎：《高僧传》卷一三，中华书局1992年版，第507页。

③ 慧皎：《高僧传》卷一三，中华书局1992年版，第508—509页。

④ 陈寿：《三国志》卷一九，上海古籍出版社2002年版，第526页。

"植每读佛经，辄流连嗟玩，以为至道之宗极也。"[①]综合以上材料，再结合曹植诗歌较为重视声律配合的现象加以推测：曹植是否始制梵呗尚无从考证，但喜读佛经，并由此而"深爱音律"，则是可以肯定的。

早在东汉文人的五言诗创作中，就已有合乎平仄的"律句"和平仄相对的"律联"出现，如辛延年的《羽林郎》[②]，出现了"昔有霍家奴"（仄仄仄平平）、"胡姬年十五"（平平平仄仄）、"银鞍何煜爚"（平平平仄仄）、"就我求清酒"（仄仄平平仄）、"不惜红罗裂"（仄仄平平仄）等律句，更有"不意金吾子，娉婷过我庐"（仄仄平平仄，平平仄仄平）这样平仄对仗工整的律联。至魏晋，律句、律联出现的频率更高。以曹植为例来看，他虽然没有留下有关声律的理论文章，但在诗歌创作中确实存在着较多的暗合声律之处，显示出其对声律的探索之功。

以《情诗》[③]为例：

微阴翳阳景，清风飘我衣。（平平仄平仄，平平平仄平）
游鱼潜绿水，翔鸟薄天飞。（平平平仄仄，平仄仄平平）
眇眇客行士，徭役不得归。（仄仄仄平仄，平仄仄仄平）
始出严霜结，今来白露晞。（仄仄平平仄，平平仄仄平）
游子叹黍离，处者歌式微。（平仄仄仄平，仄仄平仄平）
慷慨对嘉宾，凄怆内伤悲。（仄仄仄平平，平仄仄平平）

在这首诗中，几乎所有的诗句都注意到了平仄的交替使用，其中"游鱼潜绿水"、"慷慨对嘉宾"等句，已符合五言律诗的基本句式，而"始出严霜结，今来白露晞"则是上下句平仄相对的完整律联。这样的诗歌在曹植的创作中并非特例，其他如《赠徐干诗》、《赠丁仪王粲诗》、《赠白马王彪》、《七哀诗》等诗中，律句、律联的出现也比较集中。故范文澜先生认为曹植诗歌"平仄调谐，俨然律句，不能概指为偶合"[④]，"故谓作文始用声律，实当推原于陈王也"、"魏晋之

① 周叔迦、苏晋仁：《法苑珠林校注》卷三六，中华书局 2003 年版，第 1171 页。
② 辛延年：《羽林郎》，见《先秦汉魏晋南北朝诗》，中华书局 1983 年版，第 198 页。
③ 曹植：《情诗》，见《先秦汉魏晋南北朝诗》，中华书局 1983 年版，第 459 页。
④ 范文澜：《中国通史》，人民出版社 1978 年版，第 330 页。

世，声律之学初兴，故子建、士衡虽悟文有音律，而未娴协调音律之定术”[①]。

除了曹植以外，其他的魏晋诗人也开始关注声律并在创作中有所探索。钟嵘在《诗品·总论》中指出：“若‘置酒高堂上’，‘明月照高楼’，为韵之首。”[②]其中“置酒高堂上”出自阮瑀的《杂诗》，已符合“仄仄平平仄”的律句特点。沈约在《宋书》“谢灵运传论”中也以声律为标准分析前人的诗歌：“子建‘函京’之作，仲宣‘灞岸’之篇，子荆‘零雨’之章，正长‘朔风’之句，并直举胸情，非傍诗文，正以音律调韵，取高前式。”[③]此外，傅玄、张华、陆机、左思、陶渊明等人的诗作中，也都有较为明显的律化倾向，出现不少律句和律联。

由此我们可以确定，诗律的萌芽可以一直推进到东汉，而到了魏晋时期，诗人们在创作实践中对诗歌声律的运用作了有益的尝试，注意到诗句内部的平仄交替和上下句之间的对仗协调，虽然未能进一步对诗歌整体结构加以探索，但这无疑已为诗歌声律的进程奠定了坚实的基础。

第二节 沈约声律理论与“永明体”诗歌

齐武帝永明年间(公元483年—493年)，诗歌的律化得到更为深入的探索，刘大杰在《中国文学发展史》中对这一阶段的文学趋势有过如下论述：

> 在唯美文学的潮流里，作家无不倾心于辞藻音律与形式的美丽，因此新诗体的制作，在当日是一件很可注意的事。五言古诗起于东汉，经过魏晋，诸诗人的写作，达到完全成熟的阶段。七言古诗完成于魏文帝的《燕歌行》，两晋作者无闻。到了南北朝，因对偶的风盛，声律之说兴，再加上乐府小诗的影响，于是在诗的形式上产生了各种各样的新格律。[④]

南北朝之际，我国诗歌体制发生了重大变革，在对偶风盛、声律之说兴起的形势下，诗歌形式产生了各种各样的新格律。所谓“声律之说兴”，是从

---

① 范文澜：《文心雕龙注》，人民文学出版社1958年版，第555页。

② 陈延杰：《诗品注》，人民文学出版社1961年版，第5页。

③ 沈约：《宋书》，中华书局1974年版，第1779页。

④ 刘大杰：《中国文学发展史》，百花文艺出版社1999年版，第242页。

理论指导的角度观照这次诗体变革，从现存文献来看，南北朝时沈约著有《四声谱》、周颙著有《四声切韵》，都是较早明确区分汉字四声的。随后诗人们将汉字的四声知识用于五言诗歌创作，即以汉字的平声为格律中的平，而以汉字中的上、去、入三声作为格律中的仄，在诗歌创作中有意识地将平声仄声交错使用，以构成声音的抑扬错落之美，根据这一规则创作的诗歌被称为“永明体”。“永明体”的产生既有理论指导又有创作实践，是诗歌律化进程中具有里程碑意义的事件，尤其对“沈宋体”的形成影响深远，《新唐书·宋之问传》中在论及沈、宋创作时也特别提到这一时期“诗律屡变”的影响，有学者认为“永明体”是近体的母体①，从声律的发展传承来看，我们在探寻“沈宋体”声律方面的形成原因时，也不妨把“永明体”看作“沈宋体”的母体加以考察。

“永明体”最早见载于《南齐书·陆厥传》，从所载材料来看，“永明体”的创作无论是理论或是实践，都与当时著名文人沈约密切相关，考察“永明体”诗歌的兴起、发展，以及对诗歌律化进程所起到的作用，沈约是其中研究的关键。

沈约，字休文，吴兴武康人，据《南史》本传②和《梁书》本传③记载，生于宋文帝元嘉十八年(441)，卒于梁武帝天监十二年(513)，年七十三。据本传记载，沈约出身豪族，但自小遭家难，“流寓孤贫”，因“笃志好学”，“遂博通群籍，善属文”，入齐以来，出入东宫，尤被亲遇，“每旦入见，景斜方出”，“时竟陵王招士，约与兰陵萧琛、琅邪王融、陈郡谢朓、南乡范云、乐安任昉等皆游焉。当世号为得人”，是文人群体中的核心人物。纵观沈约一生，历仕宋、齐、梁三朝达五十余年，在政坛具有崇高威望，同时著述丰富，对文坛亦产生重大影响，被公认为“一代辞宗”，梁简文帝在《与湘东王书》中对他评价极高：“至如近世，谢朓、沈约之诗，任昉、陆倕之笔，斯实文章之冠冕，述作之楷模。”④就文学

---

① 详见王思源《论永明体的格律诗地位》，见《中国地质大学学报》(社会科学版)2001年第1期，第38—40页。

② 李延寿：《南史》卷五七，中华书局1975年版，第1410页。

③ 姚思廉：《梁书》卷一三，中华书局1973年版，第233页。

④ 萧纲：《与湘东王书》，见严可均《全上古三代秦汉三国六朝文》，中华书局1958年版，第3011页。

而言，沈约可谓是这一时期的领袖人物。

封演在《封氏闻见记》中对沈约在诗歌声律中所起的作用有较为详细的记载：

> 永明中，沈约文辞精拔，盛解音律，遂撰《四声谱》，文章有八病，有平头、上尾、蜂腰、鹤膝，以为自灵均以来，此秘未睹。时王融、刘绘、范云之徒，慕而扇之，由是远近文学转相祖述，而声韵之道大行。[①]

可见当时的音韵研究促进文人在创作中讲究声律，并成为一时风尚，沈约的贡献不仅在于“文辞精拔”的创作实践，还有声律理论方面的探索，并在当时具有极大影响，乃至于“远近文学，转相祖述，而声韵之道大行”。尽管现代学者对沈约的声律理论褒贬不一，但对封演的这一说法大多持认同态度，游国恩主编的《中国文学史》中的论述具有一定的代表性：“沈约把四声运用到诗歌的声律上，提出‘四声八病’之说，创造了‘永明体’，为律诗的形成奠定了基础，开创了我国‘近体诗’发展的时代。”[②]以下从理论和创作两方面来观照沈约的“声律论”和按此理论创作的“永明体”诗歌，考察其在诗歌声律方面对“沈宋体”形成的推动作用。

沈约的声律理论主张散见于史论、书信中，以《宋书》之《谢灵运传》和《南齐书》之《陆厥传》中所载最为集中，其理论核心，正如叶燮在《原诗》中所说“沈约乃为音韵之宗，以四声八病叠韵双声等法，约束千秋风雅”[③]，主要内容正是“四声八病说”。

《宋书》成书于永明中，沈约在其中的《谢灵运传》后附八百字“史臣曰”，对自《诗经》至魏晋及宋的历代文学现象和重要文人加以点评概论，继而提出一个纲领性的文学主张：

> 夫五色相宣，八音协畅，由乎玄黄律吕，各适物宜。欲使宫羽相变，低昂互节，若前有浮声，则后须切响。一简之内，音韵尽殊；两句之中，

① 封演：《封氏闻见记》，学苑出版社 2001 年版，第 27—28 页。

② 游国恩：《中国文学史》，人民文学出版社 1963 年版，第 237 页。

③ 叶燮：《原诗》卷四，见王夫之等《清诗话》，上海古籍出版社 1999 年版，第 603 页。

轻重悉异。妙达此旨，始可言文。①

并举“子建函京之作，仲宣霸岸之篇，子荆零雨之章，正长朔风之句”为“音律调韵，取高前式”之作，认为此声律理论“自《骚》人以来，而此秘未睹”。联系上文所述自东汉末年至汉魏的文人在汉字音韵和诗歌声律等方面的探索，可知沈约的声律理论也是在前人的实践基础上总结而得，但能在前代文人的个体性探索中总结出规律性的理论主张，无疑是诗歌律化进程中从量到质的一个飞跃。

再看《南齐书》之《陆厥传》。在这篇传记中，首次出现了“永明体”的概念：

永明末，盛为文章。吴兴沈约、陈郡谢朓、琅琊王融以气类相推毂，汝南周颙善识声韵，约等文皆用宫商，以平、上、去、入为四声，以此制韵，不可增减，世呼为“永明体”。②

随后记录了陆厥与沈约关于声律的一次书信论战，陆厥首先对沈约在《宋书》之《谢灵运传》中提出的声律理论发难，他认为：“质文时异，古今好殊”，文章的评判标准是古今不一的，同时，文人的风格也各有差异，即便同一人在不同的文章中也会表现出差异，所谓“一人之思，迟速天悬；一家之文，工拙壤隔”，因此提出质疑，“何独宫商律吕，必责其如一邪”？沈约在《答陆厥说》中，针对文章是否需要声律约束提出观点：“若以文章之音韵，同弦管之声曲，则美恶妍蚩，不得顿相乖反”、“故知天机启，则律吕自调；六情滞，则音律顿舛也”、“韵与不韵，复有精粗，轮扁不能言，老夫亦不尽辨此”等，强调声律的重要。

此外，唐人李延寿的《南史》中对“永明体”概念的说明更为具体，可为《南齐书》记载的补充：

---

① 沈约：《宋书》卷六七，中华书局1974年版，第1779页。

② 萧子显：《南齐书》卷五二，中华书局1972年版，第898页。

> 时盛为文章。吴兴沈约、陈郡谢朓、琅邪王融以气类相推毂，汝南周颙善识声韵。约等文皆用宫商，将平、上、去、入四声，以此制韵，有平头、上尾、蜂腰、鹤膝。五字之中，音韵悉异；两句之内，角徵不同，不可增减。世呼为“永明体”。①

沈约声律论的核心是“四声八病”说，“四声”是按照汉字读音四个声调的特点，将之运用于诗歌创作中，规范诗歌声律，以求吟诵时达到抑扬错落的声韵美感；“八病”则是列出作诗时力求不犯的八种病犯。以下就所引的三则材料，分别梳理沈约声律论中“四声”和“八病”的具体指导原则。

关于“四声”在诗律中的运用，三则材料显然均是针对五言诗创作而言，首先从“四声”的约束范围来看，已不仅仅局限于在此之前的二、四字异声或单个句子，沈约在“一简”、“五字”的基础上，明确提出“两句”的概念，将诗歌声律规则的运用范围由句扩展至联。虽然上下对句的形式在中国古诗中早已大量存在，但在此之前的对句，绝大多数着眼于词类的搭配，而沈约的这一理论，明确规定对句在内容匹配的基础上同时应注重声韵形式的协调，使声律规则贯穿整首诗歌成为可能，无疑将诗歌律化进程大大推进了一步。

其次从“四声”的具体运用来看，在一句之中，要做到“音韵尽殊”、“音韵悉异”，两句之内，须做到“轻重悉异”、“角徵不同”，最终达到“若前有浮声，则后须切响”、“以此制韵，不可增减”的效果。“一简”、“五字”是诗歌最基本的构成单元，从吟诵习惯来看，我们在诵读五言诗句时并非字字停顿，而是将之分成双音节音步和单音节音步的组合来加以停顿，同时结合句意，组成节奏。这里的“音韵”一词理解成声韵相同的字更为恰当，因此“一简之内，音韵尽殊”、“五字之中，音韵悉异”，都是指在创作时要避免一句内使用同声或同韵的字，而应在音步的停顿之间错开声调的高低轻重，使句子显示出音律的节奏感来。“角徵”，即“轻重”，即声调的不同，据陆德明《经典释文》之《序录》中“或失在浮清，或滞于沈浊”②，则“浮声”即指清声，“切响”与之对举，当为浊声，据此，“两句之中，轻重悉异”、“两句之内，角徵不同”，则是要

---

① 李延寿：《南史》卷四八，中华书局 1975 年版，第 1195 页。

② 陆德明：《经典释文》，中华书局 1983 年版，第 3 页。

求在上下对句之间,也做到声韵的变化使用,最终使诗歌整体呈现出上下相对、清浊错落的音乐美感。这种对"一简"、"两句"中声韵的使用规定也是诗歌格律中平仄之法的最早雏形。

除了从正面提出声律主张,沈约也从反面提出了一些创作中应力求避免的病犯。

与"四声"理论明确见载于《南齐书》不同,《南史》之《陆厥传》中仅载有四病的名称,即"平头、上尾、蜂腰、鹤膝",唐代《封氏闻见记》中在提到文章八病后,也只列出同样四项病犯。因此"八病"是否确由沈约提出存在争议,如纪昀在《沈氏四声考》中所说:"休文但言四声五音,不言八病,言八病自唐人始。"①

但从唐宋人的记载来看,卢照邻《南阳公集序》中有"八病爰起,沈隐侯永作拘囚"②的说法,宋代王应麟的《困学纪闻》也有类似说法,并载有完整的"八病":

> 李百药曰:分四声八病。按《诗苑类格》,沈约曰:诗病有八,平头、上尾、蜂腰、鹤膝、大韵、小韵、旁纽、正纽。唯上尾、鹤膝最忌,余病亦通。③

另《文镜秘府论》引沈约《与甄公书》:"作五言诗者,善用四声,则讽咏而流靡;能达八体,则陆离而华洁。"④其中的"八体"一词,前辈学者多考释为"八病",如郭绍虞的《永明声病说》和逯钦立的《四声考》,本文从之不赘。可知确由沈约提出这八种有碍诗律的病犯。但沈约对"八病"的具体解释已不可见。唐贞元二十年(804),日本僧人空海入唐,后携回不少诗学著作,并撰有《文镜秘府论》一书,"保存了中国久佚的中唐以前的论述声韵及诗文作法

---

① 纪昀:《沈氏四声考》,《丛书集成初编》本。

② 卢照邻:《南阳公集序》,见《全唐文》卷一六六,上海古籍出版社 1990 年版,第 745 页。

③ 王应麟:《困学纪闻》卷一〇,商务印书馆 1935 年版,第 858 页。

④ 卢盛江:《文镜秘府论汇校汇考》,中华书局 2006 年,第 303 页。

和理论的大量文献”[1]，其中他将这“八病”列入“文二十八种病”中，并一一作了阐释。这是目前所见最早对“八病”做出具体解说的记载，兹录如下：

> 第一，平头。平头诗者，五言诗第一字不得与第六字同声，第二字不得与第七字同声。同声者，不得同平上去入四声。犯者名为犯平头。
>
> 第二，上尾。上尾诗者，五言诗中，第五字不得与第十字同声，名为上尾。
>
> 第三，蜂腰。蜂腰诗者，五言诗一句之中，第二字不得与第五字同声。言两头粗，中央细，似蜂腰也。
>
> 第四，鹤膝。鹤膝诗者，五言诗第五字不得与第十五字同声。言两头细，中央粗，似鹤膝也。以其诗中央有病。
>
> 第五，大韵。大韵诗者，五言诗若以“新”为韵，上九字中，更不得安“人”、“津”、“邻”、“身”、“陈”等字。既同其类，名犯大韵。
>
> 第六，小韵。小韵诗，除韵以外，而有迭相犯者，名为犯小韵病也。
>
> 第七，傍纽。傍纽诗者，五言诗一句之中有“月”字，更不得安“鱼”、“元”、“阮”、“愿”等之字。此即双声，双声即犯傍纽。亦曰，五字中犯最急，十字中犯稍宽。如此之类，是其病。
>
> 第八，正纽。正纽者，五言诗“壬”、“衽”、“任”、“入”四字为一纽。一句之中，已有“壬”字，更不得安“衽”、“任”、“入”等字。如此之类，名为犯正纽之病也。[2]

细辨其意，这八种病犯分别针对诗歌创作中所用字的声、韵、纽作了严格的限制。平头、上尾、蜂腰、鹤膝四种病犯是对使用声调相同的字的限制，分别规定了诗句中特定位置的字与字之间不得同声；大韵、小韵是对诗句中使用同韵字的限制；旁纽、正纽则是对诗句中使用同声母字或者同音字的限制。这些限定，都是为了避免诗句在吟诵时过于单调，与“四声”中“轻重悉异”、“角徵不同”是一脉相承的，是在此基础上更为具体化的创作规则。

---

① 卢盛江：《文镜秘府论汇校汇考·前言》，中华书局2006年版，第15页。

② 卢盛江：《文镜秘府论汇校汇考》，中华书局2006年版，第913－1039页。

“四声八病”是沈约声律理论的核心，也是最早的较为系统的声律论，从创作实践到有理论的产生，这在中国诗歌史上是一次巨大的进步，以此为指导纲领，永明文人在创作上也有了更为积极的尝试和探索，以下从创作实践来考察“永明体”在诗歌律化进程中的作用。

“永明体”诗歌被认为是“古诗与唐诗中间一大关键”，它在诗歌律化进程中起到承上启下的转型作用，对“沈宋体”的形成具有重要意义。从创作实践来看，承继魏晋及更早的诗人们在创作中对律句、律联的探索经验，宋齐时代的文人在推进诗歌律化的进程中已经有了更为显著的进步。许学夷认为谢灵运、鲍照等南朝宋代诗人的创作已接近律体：“灵运体尽俳偶，而明远复渐入律体。”[①]继而指出南朝宋代的五言诗创作，对“永明体”的形成也起到了一定作用：“元嘉五言，再流而为永明。”[②]到了南朝齐代，沈约总结出一套声律理论，当时以“竟陵八友”为首的文人，自觉将这一理论运用于诗歌写作，出现了注重声律、力求平仄谐调的“永明体”诗歌，成为一时风尚。尽管后代对“永明体”的评价褒贬不一，认为其形式大于内容、空洞平庸的意见不少，但若仅从形式发展的角度来看，它在诗歌体制上“去晋渐遥，启唐欲近”[③]，其价值和地位是不容忽视的。

“永明体”诗歌的创作群体以“竟陵八友”为主，其中“一代辞宗”沈约诗文数量较多，兼之位高年耆，声望卓著，在其影响下，诗坛风气发生转变，大批诗人加入了讲究诗歌声律对仗的队伍，是“永明体”诗人中功不可没的中坚人物。此外被沈约誉为“二百年来无此诗”的谢朓，其五言诗创作，已接近唐代成熟的律体，“句多清丽，韵亦悠扬”[④]，堪为“永明体”诗歌之代表，严羽在《沧浪诗话》中评价其为：“谢朓之诗，已有全篇似唐人者。”[⑤]考察以沈约、谢朓为首的“竟陵八友”等诗人的创作，可归纳出“永明体”诗歌在声律上的独有特点。

首先，诗歌句数减少，在体制上向成熟的律体靠拢。这里试对比南朝

---

① 许学夷：《诗源辩体》卷七，人民文学出版社 1987，第 116 页。

② 许学夷：《诗源辩体》卷八，人民文学出版社 1987，第 121 页。

③ 陈祚明：《采菽堂古诗选》，《四部丛刊》影印本。

④ 黄子云：《野鸿诗的》，世楷堂本。

⑤ 郭绍虞：《沧浪诗话校释》，人民文学出版社 1961 年版，第 158 页。

宋、齐两代重要诗人的创作情况，以说明“永明体”诗歌句数发生的变化。按《先秦汉魏晋南北朝诗》[①]中的收录情况，南朝宋代以存诗最多的谢灵运为例，南朝齐代以“永明体”的代表诗人沈约、谢朓为例加以比较分析。据统计，所得数据如下：

谢灵运存诗 137 首，其中五言诗 96 首，这 96 首诗去掉仅存二句的不计在内，其余以句数分，四句 11 首，六句 5 首，八句 15 首，十句 2 首，十句以上者 60 首。

沈约存诗 198 首，其中五言诗 158 首，去掉仅存二句的不计，其余以句数分，四句 29 首，六句 23 首，八句 47 首，十句 16 首，十句以上者 41 首。

谢朓存诗 164 首(7 首联句诗不计在内)，其中五言诗 136 首，去掉仅存二句的不计在内，其余以句数分，四句 16 首，六句 0 首，八句 43 首，十句 32 首，十句以上者 43 首。

四句到十句之间的诗歌与近体诗句数相同或相近，故作为一类进行比较，则谢灵运 33 首，占总诗歌数的 34%；沈约 115 首，占总诗歌数的 73%；谢朓 91 首，占总诗歌数的 67%，可见从南朝宋代到齐代，诗歌整体句数的减少是相当明显的。其次，再看沈约和谢朓从四句到十句的诗歌数量，则其中八句诗明显多于其他。律体的一个重要特征是句数的限定，从以上分析比较来看，“永明体”诗歌的句数变化呈现出由多到少、由不定到同一的趋势，这种变化一方面体现了“永明体”诗歌处于转型阶段的特点，另一方面作为诗歌律化进程中的一个重要环节，也为后代“沈宋体”诗歌的形成奠定了体制上的基础。

其次，平仄合律的句、联更为普遍，在此基础上，更讲求内容上的对仗。沈约声律理论的基本原则即是“一简之内，音韵尽殊；两句之中，轻重悉异”，在此理论影响下，“永明体”诗人在创作中显然更注重字韵平仄的交错使用，以及两句之间的平仄相对，因此句、联的合律现象较之前代大大增加。作为永明声律理论的倡导者，沈约本人的创作也体现出推进声律的努力，他的诗歌中不仅律句、律联多，而且很注重内容的对仗。如“微风摇紫叶，轻露拂朱

① 逯钦立：《先秦汉魏晋南北朝诗》，中华书局 1983 年版。

房”[①]一联，不仅已基本符合律体“平平平仄仄，仄仄仄平平”的形式，从对仗来看，偏正结构的名词“微风”与“轻露”相对、“紫叶”与“朱房”相对，动词“摇”与“拂”相对，也是相当工整。再如“坎壈元淑赋，顿挫敬通文。遽沦班姬宠，夙窆贾生坟”[②]，从字韵的交错运用来看，第二、第四句符合律体“仄仄仄平平”的基本形式，而在内容对仗上更出现了四句连对。谢朓的五言诗创作中也很能体现出“永明体”诗歌的这一特点，如“逶迤带绿水，迢递起朱楼”[③]，平仄搭配为“平平仄仄仄，平仄仄平平”，在声律上虽然与严格律联尚有差别，但基本做到了平仄相对，在内容上则对仗工整；再如“空濛如薄雾，散漫似轻埃”[④]，平仄搭配为“平平平仄仄，仄仄仄平平”，则无论是声律还是内容的对仗，都已接近严格的律联，体现出“古变为律，风始悠归”[⑤]的转变。

再次，“永明体”诗人对诗歌声律的探索并不仅仅停留在“一简”和“两句”的狭小范围内，而是尝试把“一简之内，音韵尽殊；两句之中，轻重悉异”这一创作的基本规则推广至诗歌全篇，形成了最早的“对式”声律结构，并在此基础上进一步发展，在个别的联与联之间，探索出“粘式”声律结构。关于“永明体”诗歌中出现的这些声律结构现象，已有不少学者对此作了深入研究，其中徐青先生在《南北朝对式律诗和诗律》一文中，已对这些声律结构做出详细定义，今从其说：

> 古诗格律类型的划分应是以律联之间的结合关系为依据的。所谓粘式格律，即是指律联之间是以同声相粘的关系结合成诗的；所谓对式格律，则是指律联之间是以异声相对的关系结合起来的；如果律联之间时粘时对、不能以一种关系贯彻全诗，那末就是粘对混合式格律了。[⑥]

---

① 沈约：《咏芙蓉》，见《先秦汉魏南北朝诗》，中华书局1983年版，第1658页。

② 沈约：《怨歌行》，见《先秦汉魏南北朝诗》，中华书局1983年版，第1621页。

③ 谢朓：《入朝曲》，见《先秦汉魏南北朝诗》，中华书局1983年版，第1414页。

④ 谢朓：《观朝雨诗》，见《先秦汉魏南北朝诗》，中华书局1983年版，第1432页。

⑤ 陈祚明：《采菽堂古诗选》卷二〇，《四部丛刊》影印本。

⑥ 徐青：《南北朝对式律诗和诗律》，载《湖州师专学报》1993年第4期，第29页。

从“永明体”诗人的创作来看，最常见的是采用同一种异声相对的律联，重迭构成全诗的“对式”声律结构。如沈约的《咏芙蓉》：

微风摇紫叶，轻露拂朱房。（平平平仄仄，平仄仄平平）
中池所以绿，待我泛红光。（平平仄仄仄，仄仄仄平平）

虽然这首诗还没能做到完全的工整相对，但全篇已基本符合“平平平仄仄，仄仄仄平平”的律联节奏，体现出“永明体”诗人在声律探索上由句联向诗歌全篇拓进的趋势。

谢朓的《铜雀悲》[①]则更是“对式”结构的典型例子：

落日高城上，余光入繐帷。（仄仄平平仄，平平仄仄平）
寂寂深松晚，宁知琴瑟悲。（仄仄平平仄，平平平仄平）

全诗基本是以“仄仄平平仄，平平仄仄平”的声律结构叠加而成，从平仄相对角度考察，已相当工整。

此外，其他的“永明体”诗人也写作了不少符合“对式”结构的诗歌，如“竟陵八友”中的王融、范云等，王融的《临高台》、《法乐辞》等诗不仅符合“对式”声律结构，且从四句扩展到八句，向成熟律体更进了一步。

在“对式”结构基础上，“永明体”诗人们进一步探寻诗歌声律新的组合方式，以使诗歌更符合“曲折声韵之巧”[②]，由此出现了“粘式”声律结构。所谓的“粘”，采用王力先生的说法，即“平粘平，仄粘仄；后联出句的第二字的平仄要跟前联对句第二字一致”[③]。这种“粘”的声律现象在东汉、魏晋曾偶有出现，如在张华、张协等人的诗作中，基本限于诗歌的局部。在“永明体”诗歌盛行的年代，“对式”声律结构还是占据了优势，但“粘式”结构已从局部的偶尔出现成为一种较为常见的声律现象，并在一些诗歌中得以向全篇扩展，形成以“对”为主、以“粘”为辅的“粘对混合式”格律结构，表现出诗歌律

① 谢朓：《铜雀悲》，见《先秦汉魏南北朝诗》，中华书局 1983 年版，第 1420 页。
② 沈约：《答陆厥说》，见萧子显《南齐书》卷五二，中华书局 1972 年版，第 900 页。
③ 王力：《诗词格律》，中华书局 2000 年版，第 29 页。

化进程中由“对式”向“粘式”发展的趋势。如谢朓的《出藩曲》[①]：

云杖紫微内，分组承明阿。（平仄仄平仄，平仄平平平）
飞蝗游极浦，旌节去关河。（平平平仄仄，平仄仄平平）
眇眇苍山色，沉沉寒水波。（仄仄平平仄，平平平仄平）
饶音巴渝曲，萧鼓盛唐歌。（平平平平仄，平仄仄平平）
夫君迈惟德，江汉仰清和。（平平仄平仄，平仄仄平平）

其中的第三联出句的第二字与第二联对句第二字平仄一致，第四联出句第二字与第三联对句第二字平仄一致，这三联之间的平仄组合已符合“粘式”声律结构。同样的现象在王融的《法乐辞·供具》和范云的《巫山高》等诗歌中也有体现。

作为一种提倡形式技巧的理论以及在这种理论指导下创作的诗歌，沈约的声律理论和“永明体”诗歌经常遭到后人责难，如皎然在《诗式·明四声》中指出：“沈休文酷裁八病、碎用四声，故风雅殆尽，后之才子，天机不高，为沈生弊法所媚，懵然随流，溺而不返。”[②]对沈约过于强调声律和诗歌作法的理论提出批评，具有一定的代表性。但这种指责是片面的，文学作品的内容固然重要，若没有恰当的形式加以配合，也不免逊色，形式与内容总是相对同一、互相促进的。纵观中国诗歌发展的历史，沈约无疑是提出诗歌声律理论的第一人，恰如《诗筏》所说：“休文复倡为声病之说，音韵稍促，遂开古体近体分途之渐。”[③]正是在沈约的提倡下，“永明体”诗人创作了大量讲究声韵格律的诗歌，从而完成了诗歌律化进程中的重要一环。当然，“永明体”与律体毕竟是不同的，整个诗歌律化进程的完成还有待于初唐诸杰的努力，尤其是沈、宋及“沈宋体”的出现。但在整个诗歌律化进程中，沈约的声律理论推动了“永明体”诗歌的创作，共同完成了一次诗体变革，成为完成诗歌律化进程的一个必不可少的过渡阶段，为后代更为重要的诗歌体制变革揭开序幕，也为“沈宋体”在声律经验上提供了有益的借鉴，奠定了必要的基础，这一历史地位是无法动摇的。

---

① 谢朓：《出藩曲》，见《先秦汉魏南北朝诗》，中华书局 1983 年版，第 1415 页。

② 李壮鹰：《诗式校注》，人民文学出版社 2003 年版，第 14 页。

③ 贺贻孙：《诗筏》，见郭绍虞《清诗话续编》，上海古籍出版社 1983 年版，第 163 页。

第三节 梁陈宫体诗与诗歌律化进程

萧梁时期，紧随“永明体”之后出现了“宫体诗”这一文学现象。关于“宫体诗”，《梁书》中有如下记载：

> （梁简文帝萧纲）雅好题诗，其序云：“余七岁有诗癖，长而不倦。”然伤于轻艳，当时号曰“宫体”。①
>
> （摛）幼而好学，及长，遍览经史。属文好为新变，不拘旧体。……摛文体既别，春坊尽学之，“宫体”之号，自斯而起。②

隋唐时期的文献中也有相关记载，摘录如下：

> 梁简文之在东宫，亦好篇什，清辞巧制，止乎衽席之间；雕琢蔓藻，思极闺闱之内。后生好事，递相放习，朝野纷纷，号为宫体。流宕不已，讫于丧亡。陈氏因之，未能全变。③
>
> ——《隋书》
>
> 梁简文帝及庾肩吾之属，始为轻浮绮靡之辞，名曰“宫体”。自后沿袭，务为妖艳。④
>
> ——《岑嘉州集序》
>
> 梁简文帝为太子，好作艳诗，境内化之，浸以成俗，谓之“宫体”。⑤
>
> ——《大唐新语》

综合以上材料，可知所谓“宫体诗”是指盛行于梁代的一种诗风，以梁简文帝萧纲、徐摛、庾肩吾等诗人为代表，内容以艳情为多，风格轻浮绮靡，这种诗

---

① 姚思廉：《梁书》卷四，中华书局 1973 年版，第 109 页。

② 姚思廉：《梁书》卷三〇，中华书局 1973 年版，第 446—447 页。

③ 魏徵：《隋书》卷三五，中华书局 1973 年版，第 1090 页。

④ 杜确：《岑嘉州集序》，见《全唐文》卷四五九，上海古籍出版社 1990 年版，第 2077 页。

⑤ 刘肃：《大唐新语》卷三，中华书局 1984 年版，第 42 页。

风在宫体诗人的倡导下,"递相放习",以致"朝野纷纷",成为一时风尚,影响一直迄于初唐。

由于在取材及风格上所呈现的特点,对"宫体诗"的评价历来毁多于誉,如《隋书·文学传序》中所论就很有代表性:"梁自大同之后,雅道沦缺,渐乖典则,争驰新巧,简文、湘东启其淫放,徐陵、庾信分路扬镳。"[①]但假如摒弃这种近乎政治或道德的批评标准,仅从诗歌形式的角度来加以考查,不难发现,作为与"永明体"前后相继的新诗体,"宫体诗"大多声律协调,体制短小,较之"永明体"更为完善,呈现出一些近体诗的特征。

《梁书·庾肩吾传》中有相关记载揭示出"永明体"诗和"宫体诗"之间前后相继的关系:

> 齐永明中,文士王融、谢朓、沈约文章始用四声,以为新变,至是(指萧纲立为太子)转拘声韵,弥尚丽靡,复逾于往时。[②]

萧纲立为太子后,与周围文人一起继承永明文人的传统,讲求四声,"转拘声韵,弥尚丽靡",在声律方面更甚于永明文人,在"永明体"基础上,将诗歌声律又往前推进一步,因此,不妨把"宫体诗"和"永明体"一起放在诗歌律化的进程中,看作"诗歌发展同一潮流的不同发展阶段"。胡应麟在《诗薮》中曾经谈到梁陈宫体诗人对唐诗的影响,如"五言律体,兆自梁、陈"[③]、"梁、陈诸子,有大造于唐者也。何也?唐之首创也,以梁、陈启其端也"[④]等,因此,在探究初唐新诗体"沈宋体"成因时,也有必要对这一处于诗歌律化进程中的梁陈"宫体诗"稍作分析,从声律推进的角度考查其达到的高度和所做的贡献。

需要说明的是与"宫体诗"同时,还有"徐庾体"的说法,见《北史·文苑传·庾信传》:

---

① 魏徵:《隋书》卷七六,中华书局 1973 年版,第 1730 页。

② 姚思廉:《梁书》卷四九,中华书局 1973 年版,第 690 页。

③ 胡应麟:《诗薮》,上海古籍出版社 1979 年版,第 58 页。

④ 胡应麟:《诗薮》,上海古籍出版社 1979 年版,第 148 页。

> 父肩吾，为梁太子中庶子，掌管记。东海徐摛为右卫率。摛子陵及信并为抄撰学士。父子在东宫，出入禁闼，恩礼莫与比隆。既文并绮艳，故世号为“徐庾体”焉。当时后进，竞相模范，每有一文，都下莫不传诵。①

徐摛、徐陵父子和庾肩吾、庾信父子，都是依附于萧纲的宫体诗代表作家，“宫体诗”与“徐庾体”的说法，区别仅在于一是以萧纲为主导，一是以徐庾父子为主导，在实质上并没有太大不同，因此所谓“徐庾体”，也即是“宫体诗”，在下文的论述中，也将主要以徐、庾父子的作品为例，兼及其他宫体诗人的创作，对“宫体诗”在声律方面的推进做出分析。

按《先秦汉魏晋南北朝诗》中所录作品统计，徐摛存诗 5 首，庾肩吾存诗 101 首，徐陵存诗 42 首，庾信存诗 258 首。以其中的五言诗作为主要考察对象，则可发现，在这些“宫体诗”创作中，已经出现了在体制上与后代成熟的绝句、律诗极为接近的作品，有学者将之形象地总结为“新绝句”和“准律诗”②，其中所谓“准律诗”，即指“宫体诗派诗人创作的大量八句型五言诗”，与“沈宋体”形成的文学传承原因有着密切联系，极大地推动了诗歌律化的进程。

首先，“五言八句”的形式较之“永明体”时代更为普遍，成为宫体诗人创作中的重要趋势。以存诗较多的庾肩吾、庾信为例来看，庾肩吾的全部存诗中采用五言八句形式的有 44 首之多，而其余也大多以四句、六句、十句为多。庾信的作品中，出现了以五言八句形式写成的组诗，其中《奉和永丰殿下言志诗十首》全部为五言八句，《咏画屏风诗二十五首》除最后两首为五言十句外，其余也全部采用五言八句形式。此外在梁简文帝萧纲、梁元帝萧绎等其他宫体诗人的作品中，也出现了大量五言八句的诗作。可以说在诗歌的篇幅句数上，“宫体诗”比“永明体”更接近律体，在诗歌律化进程中又前进了一步。

其次，“宫体诗”大多平仄协调、对仗工整。宫体诗因题材狭窄、内容单

---

① 李延寿：《北史》卷八三，中华书局 1974 年版，第 2793 页。

② 石观海：《宫体诗派研究》，武汉大学出版社 2003 年版，第 309 页。

薄常为人诟病，但并不能因内容上的不足而抹杀"宫体诗"在形式技巧上的进步，虽然与唐代成熟的律体还有不小的距离，但在"永明体"的基础上，宫体诗人们对声律音韵更为讲究，接近律体的诗作也更多。在谈到沈约声律论和"永明体"诗歌的影响时，刘善经这样描述后学者："从此之后，才子比肩，声韵抑扬，文情婉丽，洛阳之下，吟讽成群。及从宅郸中，辞人间出，风流弘雅，泉涌云奔。动合宫商，韵谐金石声，盖以千数，海内莫之比也。"①这段话用来描述宫体诗人对沈约声律理论和"永明体"诗歌的追随也同样合适。与"永明体"阶段不同的是，"宫体诗"虽然有自己的理论，但其中缺少声律方面的系统理论，梁元帝萧绎在《金楼子·立言》中，曾经提到文学形式的重要性，约略与创作中字词音韵的使用相关："至如文者，惟须绮縠纷披，宫徵靡曼，唇吻遒会，情灵摇荡。"②文中的"宫徵靡曼"，是与沈约的声律理论一脉相承的，但仅以此认定宫体诗人对诗歌律化的理论方面有多大贡献，显然颇为勉强，"宫体诗"阶段的主要贡献在于创作实践。

进入到"宫体诗"时代，要在诗人们的作品中寻找合乎律体的诗作已非难事，即便是徐摛这样仅存诗 5 首的诗人，唯一的一首五言八句诗《咏笔诗》③也做到了平仄交错，对仗工整：

本自灵山出，名因瑞草传。（仄仄平平仄，平平仄仄平）
纤端奉积润，弱质散芳烟。（平平仄仄仄，仄仄仄平平）
直写飞蓬牒，横承落絮篇。（仄仄平平仄，平平仄仄平）
一逢提握重，宁忆仲升捐。（仄平平仄仄，平仄仄平平）

从用韵来看，"传"、"烟"、"篇"、"捐"均为下平声"先"韵，一韵到底；从平仄来看，除了其中"奉"、"一"、"宁"三字外，几乎已完全符合律体平仄相对的要求；从对仗来看，中间两联也对得较为贴切，可以说《咏笔诗》基本符合后代五律仄起式的基本格式，这在宫体诗人之前是较为少见的。

同时的庾肩吾留存诗歌较多，其中近乎律体之作也较多，较为典型的是

---

① 刘善经：《四声论》，见《文镜秘府论汇校汇考》，中华书局 2006 年版，第 247 页。

② 萧绎：《金楼子》，见郭绍虞《中国历代文论选》，中华书局 1962 年版，第 301 页。

③ 徐摛：《咏笔诗》，见《先秦汉魏南北朝诗》，中华书局 1983 年版，第 1891 页。

他的《和竹斋诗》[1]：

百拱横笲节，千栌跨篥竿。（仄仄平平仄，平平仄仄平）
回龙仍作柱，置笛且成栾。（平平平仄仄，仄仄仄平平）
向岭分花径，随阶转药栏。（仄平平平仄，平仄仄平平）
峰归怜蜜熟，燕入重巢干。（平仄平仄仄，平仄仄平平）
欲仰天庭掞，终知学步艰。（仄仄平平仄，平平仄仄平）

这首诗的韵脚“竿”、“栾”、“栏”、“干”均为上平声“寒”韵，最后的“艰”为上平声“删”韵，虽和前四个韵脚不在同一韵部，但也属邻近韵部；在平仄上，若以联为单位分析，则大多数均已符合成熟律体平仄递换的规则，对式格律的使用严整规范。这样基本符合平仄格式的诗歌出现在“宫体诗”中，正说明这一阶段的诗人对声律规则的使用已经更为纯熟，诗作与律体的差距也渐趋缩小。

徐摛之子徐陵和庾肩吾之子庾信继承上一代的创作趋势，继续推进了诗歌律化进程。其中庾信存诗258首，且工力深厚，其五言八句的诗作中有不少从平仄对仗、句式章法上均已初具唐人律体雏形。清人刘熙载在《艺概》中对庾信在诗歌史上所起的作用极为推崇：“庾子山《燕歌行》开唐初七古，《乌夜啼》开唐七律，其他体为唐五绝、五律、五排所本者，尤不可胜举。”[2]故庾信可以说是这一时期最为重要的诗人。庾信的诗作在声律上较之他的父辈更为严密，近乎律体的诗作比例也更高，如《出自蓟北门行》[3]：

蓟门还北望，役役尽伤情。（仄平平仄仄，仄仄仄平平）
关山连汉月，陇水向秦城。（平平平仄仄，仄仄仄平平）
笳寒芦叶脆，弓冻纻弦鸣。（平平平仄仄，平仄仄平平）
梅林能止渴，复姓可防兵。（平平平仄仄，仄仄仄平平）

① 庾信：《和竹斋诗》，见《先秦汉魏南北朝诗》，中华书局1983年版，第1991页。
② 刘熙载：《艺概》，上海古籍出版社1978年版，第57页。
③ 庾信：《和竹斋诗》，见《先秦汉魏南北朝诗》，中华书局1983年版，第2348页。

将军朝挑战，都护夜巡营。（平平平仄仄，平仄仄平平）
燕山犹有石，须勒几人名。（平平平仄仄，平仄仄平平）

除了偶有几字不合平仄格式外，通篇几乎全为“平平平仄仄，仄仄仄平平”的律联重迭，已与唐代排律相差无几。

庾信最为人称道的是《舟中望月诗》①：

舟子夜离家，开舲望月华。（平仄仄平平，平平仄仄平）
山明疑有雪，岸白不关沙。（平平平仄仄，仄仄仄平平）
天汉看珠蚌，星乔视桂花。（平仄仄平仄，平平仄仄平）
灰飞重晕阙，蓂落独轮斜。（平平平仄仄，平仄仄平平）

这首诗受到推崇并不全在于它的格律，更多的是对其艺术手法的肯定。题为望月，诗句紧扣主体的动作“望”与客观对象“月”，将眼前景与心中情融为一体，语言新颖，对仗工整，尤其“山明”一联，不仅平仄合乎律体规范，且在构思上也饶有新意，以雪之白、沙之白比拟月色之皎洁明亮，真当得上“绮而有质，艳而有骨，清而不薄，新而不尖”②的赞誉，即便与唐人五言律体相比也不遑多让。

此外，庾信尚有不少近律的诗作，如《咏画屏风诗》二十五首中几首、《对晏齐使》等，其他宫体诗人的创作中也有不少平仄协调、对仗工整的诗作，如梁简文帝萧纲的《筝赋附歌》、《拟沈隐侯夜夜曲》，柳恽的《独不见》等。

再次，宫体诗人继续沿着“永明体”诗人的发展方向对诗歌句联的“粘对”组合规则进行探索实践，除此之外，宫体诗人的创作中还出现了“拗救”、用“险韵”等有益的尝试。所谓“拗救”，按王力先生的说法，即“上面该平的地方用了仄声，所以在下面该仄的地方用平声，以为抵偿”③，可分为两类，本句自救和对句相救，如庾信的“天汉看珠蚌，星乔视桂花”，就属本句自救，其中的“天汉看珠蚌”，第一字该仄而平，故第三字该平而仄；再如萧纲的“玉

---

① 庾信：《舟中望月诗》，见《先秦汉魏南北朝诗》，中华书局1983年版，第2393页。
② 王仲镛：《升庵诗话笺证》卷三，上海古籍出版社1987年版，第88页。
③ 王力：《王力近体诗格律学》，山西古籍出版社2003年版，第87页。

叶散秋影，金风飘紫烟”（《咏云诗》），平仄格式为“仄仄仄平仄，平平平仄平”，出句第三字该平而仄，故对句第三字该仄而用平，都是很典型的“拗救”诗例。而宫体诗人在用韵上的大胆也对唐人产生了较大影响，明人谢榛的《四溟诗话》中曾对此有如下论述：“诗用难韵，起自六朝，若庾开府‘长枪手中浛’……韩昌黎、柳子厚长篇联句，字难韵险，然夸多斗靡，或不可解。拘于险韵，无乃庾、沈启之邪？”①

综上所述，尽管“宫体诗的内容比较贫乏、格调不高”，但在形式上，宫体诗派的诗人们在永明诗人的基础上“踵其事而增华，变其本而加厉”②，在创作实践中不断加以深化，推动了诗歌律化进程的继续前进，为后代诗人的进一步探索奠定了基础。入唐以后，诗歌律化进程继续往前发展，但为了叙述需要，关于入唐后至神龙年间这一阶段中诗人们对诗歌声律的探索放在下一节中与初唐社会和初唐诗坛一同论述。本节则重点梳理入唐之前的诗歌律化进程，以分析在诗歌律化这一线索上每个重要阶段所达到的高度。正是这些前人的成就积累，才使得入唐以后“沈宋体”的出现成为可能，对于文学发展上的历史继承性，王元骧《文学原理》中有论：“文学对于经济基础的相对独立性还表现在，不是所有的旧时代的文学都随着经济基础的变革而或早或迟地消亡，其中一些优秀的作品会作为一种人类的精神财富，一种作家创造的艺术美，被当作文学遗产继承和保留下来，不断地充实和丰富着民族文学的传统，并在新的社会条件下继续发挥它的作用。”③从魏晋南北朝到初唐，文学传承并没有随着改朝换代而断裂，前人积累的艺术经验、创立的艺术形式，都作为后代文人的创造借鉴而继续发挥作用。假如没有这些前人的积累，被严羽称为“沈宋律诗”的诗作在初唐的出现是不可想象的，换言之，正是这些律化进程中的阶段性成绩为“沈宋体”的形成做好了文学上的准备。

---

① 谢榛：《四溟诗话》卷四，人民文学出版社1961年版，第99—100页。

② 萧统：《文选》（第一册），上海古籍出版社1986年版，第1页。

③ 王元骧：《文学原理》，浙江教育出版社1989年版，第108页。

第三章　“沈宋体”形成前的初唐社会和初唐诗坛

“沈宋体”虽然与唐代律诗的最终成型有着密不可分的关系，但作为一种以诗人个人名义命名的诗体，其内涵并不完全等同于律诗。“沈宋体”是一个包含着诗人创作个性的名词，这种独有的创作个性作用于实践过程，使得他们的作品呈现出不同于别家的体貌风格，可以说考察“沈宋体”的形成原因，同时也是考察沈、宋创作个性的形成过程。创作个性的形成必须经过长期的创作实践，“虽然是属于主观的东西，但是它的形成却离不开一定的客观条件，所以我们只有联系作家的全部生活实践，如作家所处的民族、时代，所属的社会集团、生活特点，以及个人的经历和遭际，才能获得正确的解释”[①]，因此除了从文学发展的角度探究沈、宋对前人文学遗产的继承外，沈、宋所处的时代背景也应是重要的考察对象，尤其是初唐的政治、经济、文化状况，对沈、宋创作个性和“沈宋体”的最终形成起到了相当重要的作用。

傅璇琮先生曾谈到唐代社会政治环境对文学的影响：“中国文学的发展，是离不开每一历史时期的社会政治环境的。唐代文学，在总体上，是一种政治性十分强的文学，没有一个有代表性的作家是远离社会环境的。这也是唐代文学的一个特征。文学不仅受政治演变的影响，而且作家的创作与思想还往往表现其对政治和社会的真切关注。……政治对文学的影响，并不限于具体的政治事件，同时，它是从多方面来造成一个时代的社会风

① 王元骧：《文学原理》，浙江教育出版社 1989 年版，第 219 页。

气，从而影响文人的生活方式、心理状态和创作风气。”[①]唐代社会政治对文学的影响如此深远，如果略过对这一问题的研究，就无法充分揭示“沈宋体”形成的真正原因，以下就从唐代社会政治环境对社会风气的影响，从而影响文人创作心理和创作风气的角度，对沈、宋所处时代的客观环境做出具体分析，以探析沈、宋创作个性和“沈宋体”形成过程中的时代原因。

第一节 初唐社会政治环境及其对创作风气的影响

唐自高祖李渊武德元年(618)至昭宣帝李柷天祐四年(907)，历时近二百九十年。现代学术界对这将近二百九十年的分期，基本秉承高棅提出的初、盛、中、晚四唐分法，一般对初唐的界定，是从高祖武德元年(618)至中宗景龙二年(708)或玄宗开元元年(713)之间将近百年的历史时期，几乎占据了有唐一代的三分之一强。

沈佺期和宋之问的生年俱未能确考，二人有案可查的最早年份是在高宗上元二年(675)同登进士第之事，至于卒年，宋之问于玄宗先天元年(712)被赐死于桂州驿[②]，沈佺期则卒于玄宗开元四年(716)。从二人可编年的诗作[③]来看，沈佺期作品中，从垂拱元年(685)至长安四年(704)十九年间有 36 首，从神龙元年(705)至景龙元年(707)三年间有 26 首，从景龙二年(708)至开元二年(714)七年间有 33 首；宋之问作品中，从上元元年(674)至长安四年(704)三十一年间有 38 首，从神龙元年(705)至景龙三年秋(709)五年间有 49 首，从景龙三年秋(709)至先天元年(712)四年间有 58 首。可见沈、宋二人活跃于诗坛基本是在武后当政时期和中宗朝，中宗神龙元年至景龙四年仅短短六年，故真正对沈、宋两位诗人产生直接影响的应是武后掌权时期的社会政治环境。当然，社会风气的形成、文人创作心理的变化有一个过程，在这两朝之前的一些社会状况、政治措施对初唐普遍社会心理的形成也

---

① 傅璇琮：《政治兴变与唐诗演化》序，见胡可先《政治兴变与唐诗演化》，中国社会科学出版社 2003 年版，第 3 页。

② 关于宋之问的卒年和卒地，学界仍有争议，今从傅璇琮《唐五代文学编年史》所考，辽海出版社 1998 年版，第 492 页。

③ 据陶敏、易淑琼校注《沈佺期宋之问集校注》中的沈、宋诗歌编年。

存在很大影响，尤以被史家盛赞的太宗“贞观之治”时期最为重要。因此，虽从高祖至玄宗，初唐共历八帝，但以“沈宋体”为中心对初唐社会政治环境所进行的考察，将把重点放在太宗、高宗和武后当政时期，兼及其他。

初唐时期的社会政治呈现出一些特点。

首先是宫廷政变屡兴，但社会整体仍较为安定，这很大程度上与社会普遍心理有关。初唐时期的权力交替常常伴随着残酷的宫廷斗争，高祖武德九年(626)，时为秦王的李世民伏兵玄武门，射杀太子建成，旋被立为皇太子，同年即位，是为太宗。中宗嗣圣元年(684)，武则天废中宗，同年废太子贤自杀，此后武则天任用酷吏，杀害宗室及大臣，武周天授元年(690)，杀故太子贤二子和宰相裴居道，并鼓励告密，有告密者，皆给公乘，朝中可谓人人自危。中宗神龙元年(705)，张柬之等以羽林兵杀张昌宗、张易之兄弟，迎太子显即位。中宗景龙四年(710)，韦后与安乐公主毒杀中宗，立温王重茂，是为少帝，同年临淄王李隆基与太平公主合谋起兵诛韦后、安乐公主，废少帝，相王李旦即位，为睿宗，李隆基被立为太子。初唐的几代权力更替几乎全在这一连串频繁的宫廷斗争中完成。

然而与严酷政治不同的是，初唐时期百姓得到休养生息的机会，农业日见兴盛，经济持续发展，呈现出一派繁荣景象。从人口来看，据《旧唐书·马周传》记载，唐初因经历战乱，人口锐减，“今(贞观六年)百姓承丧乱之后，比于隋时才十分之一”[①]，至神龙年间人口已大为增加，《旧唐书·苏环传》载：“神龙初，入为尚书右丞……是岁，再迁户部尚书，奏计账，所管户时有六百一十五万六千一百四十一。”[②]较之贞观初增加约六七倍。由于人口的增加，农业生产力的兴盛，初唐的经济也逐渐好转，如太宗即位之初，“霜旱为灾，米谷踊贵，突厥侵扰，州县骚然”[③]，且“饥馑尤甚，一匹绢才得一斗米”[④]，但到了贞观三年，就已“关中丰熟”[⑤]，后来更是出现了“频致丰稔，米斗三四

---

① 刘昫：《旧唐书》卷七四，中华书局1975年版，第2615页。

② 刘昫：《旧唐书》卷八八，中华书局1975年版，第2878页。

③ 谢保成：《贞观政要集校》，中华书局2003年版，第51页。

④ 谢保成：《贞观政要集校》，中华书局2003年版，第51页。

⑤ 谢保成：《贞观政要集校》，中华书局2003年版，第51页。

钱，行旅自京师至于岭表，自山东至于沧海，皆不赍粮，取给于路”[①]的盛况，“商旅野次，无复盗贼，囹圄常空，马牛布野，外户不闭”[②]，“贞观之治”因此被誉为“古昔未有也”[③]。

出现这种持续发展的繁荣景象，一方面固然与初唐统治者的励精图治、纳贤任能有关。如贞观初年，唐太宗曾对侍臣说：“为君之道，必须先存百姓。若损百姓以奉其身，犹割股以啖腹，腹饱而身毙。若安天下，必须先正其身，未有身正而影曲，上治而下乱者。”[④]在任人方面，太宗更是求贤若渴，太宗朝的群臣们，“王珪、魏徵，同事建成，帝并用为谏议。朝臣如虞世南、姚思廉、褚遂良、刘洎、马周、张玄素等，咸有才猷，亦颇有风节……房玄龄、杜如晦并称贤相”[⑤]。可见正是帝王的开明统治和朝臣的积极有为，使唐初得以形成清明的政治氛围，为唐代社会经济的发展创造了有利的条件。但唐初繁荣景象的出现，更为重要的原因是“百姓欲静”的普遍的社会心理产生的影响。吕思勉在《隋唐五代史》一书中谈到：贞观、永徽之治之所以被媲美于汉代的文景之治，并非是因为其时之君具有过人才智，“其能致三十余年之治平强盛；承季汉、魏、晋、南北朝久乱之后，宇内乍归统一，生民幸获休息；塞外亦无强部；皆时会为之，非尽由于人力也”[⑥]。这一论述较为公允。隋炀帝时任意役使百姓，使死者相枕，百姓穷困，致使各地起义不断，仅大业七年(611)一年，就有数次起义：王薄据长白山起义、刘霸道在豆子(卤亢)起义、孙安祖在高鸡泊起义、张金称和高士达在清河境内起义、翟让和徐世勣在瓦岗起义等。各地此起彼伏的起义、战争导致了将近二十年的大动乱，导致贞观初年全国人口仅为隋代时的十分之一，因此一旦获得安定喘息，人心思定，即便贞观“元年关中饥，米斗直绢一匹，二年天下蝗，三年大水”[⑦]，在这样的情况下，“上勤而抚之，民虽东西就食，未尝嗟怨”[⑧]，人心思定、百

---

① 谢保成：《贞观政要集校》，中华书局 2003 年版，第 51 页。
② 谢保成：《贞观政要集校》，中华书局 2003 年版，第 51 页。
③ 谢保成：《贞观政要集校》，中华书局 2003 年版，第 51 页。
④ 谢保成：《贞观政要集校》，中华书局 2003 年版，第 11 页。
⑤ 吕思勉：《隋唐五代史》，上海古籍出版社 2005 年版，第 71—72 页。
⑥ 吕思勉：《隋唐五代史》，上海古籍出版社 2005 年版，第 66 页。
⑦ 司马光：《资治通鉴》卷一九三，上海古籍出版社 1987 年版，第 1297 页。
⑧ 司马光：《资治通鉴》卷一九三，上海古籍出版社 1987 年版，第 1297 页。

姓欲静的普遍社会心理的影响可见一斑。

在政治清明氛围、百姓欲静心理的共同作用下，初唐时期呈现出求稳思定的整体社会风气，这种社会风气对文学创作产生了有益的影响。首先，“频致丰稔，米斗三四钱”的稳定的社会局面为文人创作提供了良好的环境。正如鲁迅所说：“我们且想想：在生活困乏中，一面拉车，一面‘之乎者也’，到底不大便当。古人虽有种田做诗的，那一定不是自己在种田；雇了几个人替他种田，他才能吟他的诗；真要种田，就没有功夫作诗。”[①]其次，颂美之声也成了诗人创作的主要内容。葛晓音在《论宫廷文人在初唐诗歌艺术发展中的作用》[②]一文中，曾把初唐宫廷诗的发展大致归纳为三个阶段，即：由箴规型到颂美型再到娱乐型。并指出：“箴规型宫廷诗主要产生在唐太宗贞观初期和中期”，“颂美型诗几乎是与箴规体诗同时出现的”。从贞观群臣的诗作来看，即使是那些“咸有才猷，亦颇有风节”的群臣们，笔下也洋溢着赞美的热情，如虞世南的“刷羽同栖集，怀恩愧稻粱”（《侍宴归雁堂》）、魏徵的“声教溢四海，朝宗引百川”（《奉和正日临朝应诏》）等，更毋论高宗、武后朝中包括沈佺期、宋之问在内的宫廷词臣们。

从沈、宋的作品来看，奉和应制诗占了相当的比重，如沈佺期诗作中的《扈从出长安应制》、《苑中遇雪应制》、《侍宴安乐公主新庄应制》，宋之问诗作中的《麟趾殿侍宴应制》、《奉和幸神皋亭应制》、《奉和春日玩雪应制》。像这类诗歌，内容不由诗人选择，诗歌基调必须颂扬。因此，一方面在创作内容既定的前提下，诗人可以把更多的精力投注在对形式的推敲上；另一方面，出于表达这类内容的需要，形式上亦不免追求藻饰、讲求对仗，以配合对帝王的颂扬赞美。这使得沈、宋的部分创作呈现出这样的特色：作品缺少思想内涵，同时却在声律技巧用语等形式方面达到了极高的水平。这正是求稳思定的社会风气对文人创作所产生影响，在沈、宋这类文学侍从之臣的身上作用尤为明显。

初唐时期社会政治的另一特点是统治者由尚武逐渐向重文转移，这一

---

① 鲁迅：《文艺与政治的歧途》，见《鲁迅全集》（第七卷），人民文学出版社 2005 年版，第 119 页。

② 葛晓音：《论宫廷文人在初唐诗歌艺术发展中的作用》，见《诗国高潮与盛唐文化》，北京大学出版社 1998 年版，第 25—44 页。

倾向不仅体现在国家政策的制定上，也体现在帝王本身对文学的爱好中。高祖、太宗时天下甫定，大多朝臣有过戎马疆场的征战生活，且当时仍有军事势力各方割据，加上突厥时扰朔、原等州，都需借助武将一一平定，因此统治者对武将颇为倚重。太宗曾提出：“士卒先力，然后受赏。若能齐力一心，屠城陷敌，高官厚秩，朕不食言。”[①]但随着唐代社会的逐渐安定，统治者对武将的倚重逐渐减弱，史载太宗曾因在苑内射杀猛兽而自得，唐俭进谏曰：“汉祖以马上得之，不以马上理之。陛下以神武定四方，岂复逞雄心于一兽！”[②]从实际行动看，唐太宗对这类谏言是持采纳态度的，《旧唐书·儒学传》载：“大征天下儒士，以为学官。数幸国学，令祭酒、博士讲论，毕，赐以束帛。”[③]这正是唐太宗偃武重文的国策体现。

而作为人才选择重要方式的科举制度的设立，更为读书人求取官职获得政治地位提供了可能的途径，科举对于读书人的重要性，王定保曾有如下描述：“殊不知三百年来，科第之设，草泽望之起家，簪绂望之继世。孤寒失之，其族馁矣；世禄失之，其族绝矣。”[④]另严羽在《沧浪诗话》中说：“唐以诗取士，故多专门之学，我朝之诗所以不及也。”[⑤]关于唐代科举对文学，特别是诗歌创作的影响，程千帆先生所著《唐代进士行卷与文学》一书对此曾有论述：“进士科举，则又是唐代科举制度中最重要的组成部分。它主要是以文词优劣来决定句子的去取。这样，就不能不直接对文学发生作用。”[⑥]尽管进士考试加入诗赋内容应在神龙元年后，但据王勃《上吏部裴侍郎启》中所写：“伏见铨擢之次，每以诗赋为先。”[⑦]可见当时选择人才，诗赋作品的优劣已经成为相关标准之一，只不过神龙元年以后科举对诗赋创作的影响就更为直接了。另外，与科举有关，唐代举子还有行卷的风尚，据赵彦卫《云麓

① 王钦若：《册府元龟》卷一一七，凤凰出版社 2006 年版，第 1280 页。

② 刘肃：《大唐新语》卷一，中华书局 1984 年版，第 12—13 页。

③ 刘昫：《旧唐书》卷一八九上，中华书局 1975 年版，第 4941 页。

④ 王定保：《唐摭言》卷九，上海古籍出版社 1978 年版，第 97 页。

⑤ 郭绍虞：《沧浪诗话校释》，人民文学出版社 1961 年版，第 147 页。

⑥ 程千帆：《唐代进士行卷与文学》，见《程千帆全集》卷八，河北教育出版社 2000 年版，第 85 页。

⑦ 王勃：《上吏部裴侍郎启》，见《全唐文》卷一八〇，上海古籍出版社 1990 年版，第 806 页。

漫钞》载：

唐之举人，先借当世显人，以姓名达之主司，然后以所业投献；逾数日又投，谓之温卷。如《幽怪录》、《传奇》皆是也。盖此等文备众体，可以见史才、诗笔、议论。至进士则多以诗为贽，今有唐诗数百种行于世者是也。①

统治者由尚武向重文转移的另一表现是帝王本人对文学的爱好与提倡。太宗、高宗、武后、中宗、玄宗等初唐帝王不仅重视诗歌，而且均能写诗，常在宫廷举行各种文学活动，令词臣以诗相和，胡震亨《唐音癸签》有载：

有唐吟业之盛，导源有自。文皇英姿间出，表丽缛于先程；玄宗材艺兼该，通风婉于时格。是用古体再变，律调一新，朝野景从，谣习浸光。重以德、宣诸主，天藻并工，赓歌时继，上好下甚，风偃化移，固宜于喁遍于群伦，爽籁袭于异代矣。中间枢纽，更在孝和（中宗号太和圣昭孝皇帝）一朝。于时文馆既集多材，内庭又依奥主，游宴以兴其篇，奖赏以激其价。②

其中尤以武则天对文学的提倡和对词臣的奖掖之力为甚，张说《唐昭容上官氏文集序》一文中提到：

自则天久视之后，中宗景龙之际，十数年间，六合清谧。内峻图书之府，外辟修文之馆，搜英猎俊，野无遗才。右职以精学为先，大臣以无文为耻。每豫游宫观，行幸河山，白云起而帝歌，翠华飞而臣赋。雅颂之盛，与三代同风。岂惟圣后之好文，亦奥主之协赞者也。③

① 赵彦卫：《云麓漫钞》卷八，中华书局1996年版，第135页。

② 胡震亨：《唐音癸签》卷二七，上海古籍出版社1981年版，第281页。

③ 张说：《唐昭容上官氏文集序》，见《全唐文》卷二二五，上海古籍出版社1990年版，第1004页。

沈既济《词科论》一文中亦有记载：

> 太后颇涉文史，好雕虫之艺。永隆中，始以文章选士。及永淳之后，太后君天下二十余年，当时公卿百辟，无不以文章。①

沈佺期、宋之问同为上元二年进士，同年登第的还有刘希夷、张鷟等，都是当时最为活跃的文人，其后沈佺期、宋之问皆为武后朝文学之臣，是武则天“豫游宫观，行幸河山”时，帝歌臣赋活动中独领风骚的人物，《隋唐嘉话》中曾有“夺袍衣之”的记载：

> 武后游龙门，命群官赋诗，先成者赏锦袍。左史东方虬既拜赐，坐未安，宋之问诗复成，文理兼美，左右莫不称善，乃就夺袍衣之。②

此外，在武则天组织文人编纂大型类书的活动中，沈佺期、宋之问也是重要的参与者，史载：

> 武后修《三教珠英》书，以李峤、张昌宗为使，取文学士缀集，于是适与王无竞、尹元凯、富嘉谟、宋之问、沈佺期、阎朝隐、刘允济在选。③

这种重文的社会大环境无疑会大大刺激文人对诗歌创作的热情。首先，从科举对诗歌的影响来看，必然是促进诗歌创作和行卷风气的大盛，同时创作人数的增加也一定程度上增加了诗人脱颖而出的难度，因此，必须悉心揣摩作诗技巧，形成与众不同的风格，才有可能达到以诗求仕、以诗行卷的目的。其次，作为深入参与武则天时期宫廷文学活动的主力干将，武则天一系列奖掖文学的措施必然对他们产生极大影响，要使诗歌做到“文理兼美”，达到“左右莫不称善”的效果，自然离不开对创作技巧的揣摩。可以说沈、宋既是初唐重文政策的最大受益者，也是体现初唐重文政策对文学产生

---

① 沈既济：《词科论》，见《全唐文》卷四七六，上海古籍出版社 1990 年版，第 2156 页。

② 刘𫗧：《隋唐嘉话》，浙江古籍出版社 1986 年版，第 125 页。

③ 欧阳修、宋祈：《新唐书》卷二〇二，中华书局 1975 年版，第 5744 页。

影响的最典型代表。关于宫廷文学活动对沈、宋创作个性及“沈宋体”形成的影响，在下一节“沈、宋生平遭际与‘沈宋体’的形成”中还将做进一步探讨，这里暂不展开。

初唐时期社会政治的第三个特点，是帝王崇尚侈靡，追求享乐，这种风气自上而下蔓延，进而对文学创作产生影响。吕思勉在《隋唐五代史》中指出：“隋、唐、五代，为风俗侈靡之世，盖承南北朝之后，南方既习于纵恣，北方又渐染胡俗也。隋、唐王室，皆承魏、齐、周之旧风，未能革正。”①就唐太宗来说，虽然他用贤纳谏，造就了开明的政治氛围，但随着社会的渐趋稳定和经济的逐渐繁荣，其本人的骄奢之心也渐长，故贞观十三年，魏徵上《十渐疏》，列出其“志业比贞观之初，渐不克终者凡十条”②。太宗本人在遗诏中总结一生功过，也对自己的尚侈行为颇为追悔：“吾居位以来，不善多矣，锦绣珠玉不绝于前，宫室台榭屡有兴作，犬马鹰隼无远不致，行游四方、供顿烦劳，此皆吾之深过。”③这种风气到了高宗、武后当政时期更为盛行，正如吕思勉在《隋唐五代史》中所说：“唐初虽失之侈，尚非不可挽救，流荡忘返，实始高宗，至武后而大纵。”④太宗、高宗之时，曾欲立明堂，但均因诸儒对明堂形制争议不休而止，至武则天掌权，毁乾元殿而造明堂，“高二百九十四尺，方三百尺。凡三层：下层法四时，各随方色。中层法十二辰，上为圆盖，九龙捧之。上层法二十四气，亦为圆盖，上施铁凤，高一丈，饰以黄金。中有巨木十围，上下通贯，栭栌楷藉以为本。下施铁渠，为辟雍之象。号曰万象神宫。”⑤此外，武则天因崇尚佛教而大肆修建寺庙佛像，也力求规模宏大。与这种大耗人力财力的奢侈铺张行为相对应，武则天在审美上往往表现出对华丽繁复的偏好，“乐多繁淫，器尚浮巧”⑥，在文学上则表现为偏好华丽颂美之作。

自太宗至武则天，这种尚侈靡、求享乐的风气愈演愈烈，文学创作中也

---

① 吕思勉：《隋唐五代史》，上海古籍出版社 2005 年版，第 721 页。

② 司马光：《资治通鉴》卷一九五，中华书局 1956 年版，第 6147 页。

③ 司马光：《资治通鉴》卷一九九，上海古籍出版社 1987 年版，第 1333 页。

④ 吕思勉：《隋唐五代史》，上海古籍出版社 2005 年版，第 723 页。

⑤ 司马光：《资治通鉴》卷二〇四，上海古籍出版社 1987 年版，第 1375 页。

⑥ 吕思勉：《隋唐五代史》，上海古籍出版社 2005 年版，第 722 页。

往往是以辞藻华丽、形象宏大为能事,同时在这种享乐型心理的主导下,文学除了颂美帝王之外,更多了娱乐取悦的功能。尽管唐太宗也不时对文风的浮华提出批评,如“文体浮华,无益对诫”①,并欲“以尧舜之风,荡秦汉之弊;用咸英之曲,变烂漫之音”②,但事实上唐太宗本人在创作中的表现却颇涉浮艳。曾戏作一诗,令虞世南继和,却因诗作过于轻靡,世南进表而谏曰:“陛下此作虽工,体非雅正。上之所好,下必随之。此文一行,恐致风靡,轻薄成俗,非为国之利。赐令继和,不敢不作,而今之后,更有斯文继以死请,不奉诏。”③从贞观朝时期君臣诗作来看,虽有一些刚健清新之作,但总体而言以赏游欢宴、辞藻华丽之作为多,即便是将梁陈浮靡文风斥为“亡国之音”的魏徵和曾经拒绝唱和太宗浮艳之作的虞世南也不例外。许学夷在《诗源辩体》中对这一时期的文风有如下概括:“武德贞观间,太宗及虞世南、魏徵诸公五言,声尽入律,语多绮靡,即梁陈旧习也。”④这样的评价是颇为恰当的。

高宗、武后时期文风进一步向华美绮丽发展,“本以词彩自达,工于五言诗,好以绮错婉媚为本”⑤的上官仪正是在这一时期独领风骚,不仅创作了大量“绮错婉媚”的诗歌,且总结出一套作诗技巧,时人“多有效其体者”⑥,形成风行一时的“上官体”。沈佺期与宋之问稍后于上官仪成为宫廷文学侍臣,他们正是在这样的风气中走上初唐诗坛。“沈宋体”与“上官体”在形式上存在着前后相继的传承关系,尤其是在诗歌的声律方面。而关于诗歌娱乐功能的增加,葛晓音曾毫不客气地指出:武后暮年宫廷文学由颂美转向娱悦性情,代表正是包括沈、宋在内的谗附张氏兄弟的文人们的那些诗作,其中不乏以赞美张氏兄弟的容貌资质为内容的诗歌。⑦ 可见无论是在创作的形式方面还是内容取材方面,沈、宋都深受时代风气影响。

---

① 谢保成:《贞观政要集校》卷七,中华书局 2003 年版,第 387 页。

② 李世民:《帝京篇序》,见《全唐诗》卷一,中华书局 1960 年版,第 1 页。

③ 谢保成:《贞观政要集校》卷二,中华书局 2003 年版,第 74 页。

④ 许学夷:《诗源辩体》卷一二,人民文学出版社 1987 年版,第 138 页。

⑤ 刘昫:《旧唐书》卷八〇,中华书局 1975 年版,第 2743 页。

⑥ 刘昫:《旧唐书》卷八〇,中华书局 1975 年版,第 2743 页。

⑦ 葛晓音:《论宫廷文人在初唐诗歌艺术发展中的作用》,见《诗国高潮与盛唐文化》,北京大学出版社 1998 年版,第 33 页。

总之，沈、宋创作个性和"沈宋体"的形成，与他们所处的时代风气有着密切关联，其时社会整体呈现出求稳定、重文学、尚侈靡的风气，这种风气自上而下蔓延并且影响深远。正如傅璇琮先生所说，这种风气不仅改变文人的生活方式、心理状态，进而影响他们的创作。沈、宋作为随侍帝王的词臣，对于这种影响的接受无疑更为直接，无论是奉和应制颂美帝王的内容，还是对形式技巧精益求精的推敲，都是时代风气对沈、宋二人产生影响后在创作中的相应体现。

第二节　初唐诗坛概况及沈、宋在其中的地位

在初唐社会政治经济的影响下，初唐诗坛呈现出一些独有的特点，而这些特点，或多或少会对处于这个时代的文人产生影响，正如雪莱所说："在任何时代，同时代的作家总难免有一种近似之处，这种情形并不取决于他们的主观意愿。他们都少不了要受到当时时代条件的总和所造成的某种共同影响。"①沈、宋作为初唐时期的重要文人，他们的作品中，也必然会带上这一时代所共有的艺术特色。所谓的时代所共有的艺术特色，"主要是由作家所属时代的社会心理即时代精神所决定的"②，上一节已经对初唐的社会心理、时代风气等作了一定的探讨，故在此基础上进一步对初唐诗坛整体的时代特色进行梳理总结，以求对沈、宋创作个性的形成做出更为准确的判断。

首先，从高祖武德元年(618)至玄宗开元元年(713)之间将近百年的诗坛里，宫廷诗创作呈现出相当繁荣的景象，成为当时诗坛创作的绝对主流。

所谓"宫廷诗"，与"宫体诗"的概念又不相同，许总在《唐前期宫廷诗研究》③一文中，曾开宗明义对这两个概念进行区分："宫廷诗不同于'宫体'概念，系指作为诗坛中心所在的宫廷范围内的诗歌创作，以趣味相投的诗人群、大体稳定的题材内容以及几乎一致的表现程式为其基本构成因素。"根

① 雪莱：《伊斯兰的反叛·序言》，见江枫《雪莱全集》(第二卷)，河北教育出版社 2000 年版，第 73 页。

② 王元骧：《文学原理》，浙江教育出版社 1989 年版，第 248 页。

③ 许总：《唐前期宫廷诗研究》，见《社会科学展现》1995 年第 1 期，第 182－191 页。

据这个界定对初唐诗歌加以考察，则初唐宫廷诗创作的繁荣基本体现在两个方面，一是参与创作的宫廷诗人众多，二是围绕宫廷范围进行创作的作品数量也颇为可观。关于这两方面的数据说明，已有研究者做出统计：“《全唐诗》收录 94 年间存有作品的诗人共 220 余家，其中 210 多家是宫廷君臣、后妃，占初唐诗人总数的百分之九十强。……在这 220 多位诗人中，剔除重出和一些诗人入唐前的作品，共得 2444 首，其中可以确定认为写于宫廷范围的诗约 1520 首，余下仅 920 首。”[①]这一数字已很能说明宫廷诗人在初唐诗坛的主流地位。

具体地来看，初唐诗坛的主力大致由太宗朝和武后朝的宫廷诗人们组成。在太宗朝，虽然独立于宫廷之外的王绩曾发出一些朴野之音，其清新自然的诗风颇受后人好评，但毕竟是偶然的个体现象。翁方纲在《石洲诗话》中这样评论：“王无功以真率疏浅之格，入初唐诸家中，如鸾凤群飞，忽逢野鹿，正是不可多得也。”[②]这也恰恰说明了太宗朝时期的诗坛，是以“鸾凤群飞”的宫廷诗风为主。卢照邻《南阳公集序》中对贞观宫廷文臣有如下概括：“贞观年间，太宗外厌兵革，垂衣裳于万国，舞干戚于两阶，留思政涂，内兴文事。虞、李、岑、许之俦以文章进，王、魏、来、褚之辈以材术显。咸能起自布衣，蔚为卿相，雍容侍从，朝夕献纳。”[③]从人员构成上看，除了唐太宗本人，还有虞世南、李百药、岑文本、许敬宗、王珪、魏徵、褚亮、杨师道、李义府、上官仪等贞观重臣们。在这些贞观重臣中，有不少是由陈、隋入唐的，经历过宫体诗风兴盛的年代，入唐以后，虽然不再出现肆无忌惮描写艳情的诗作，但前代文学观念的影响不可能随着朝代的灭亡而完全消失，在他们的诗作中仍时常出现带有齐梁柔靡风气的诗作。上一节中也曾提到唐太宗君臣虽不时在言论中表示出反对浮华文风，但在实际创作中却仍以赏游欢宴、辞藻华丽之作为多。先看贞观宫廷诗坛的中心人物唐太宗，“以万机之暇，游息艺文”[④]，存

① 聂永华：《初唐宫廷诗风流变考论・引论》，中国社会科学出版社 2002 年版，第 5 页。

② 翁方纲：《石洲诗话》卷一，见郭绍虞《清诗话续编》，上海古籍出版社 1983 年版，第 1364 页。

③ 卢照邻：《南阳公集序》，见《全唐文》卷一六六，上海古籍出版社 1990 年版，第 745 页。

④ 李世民：《帝京篇序》，见《全唐诗》卷一，中华书局 1960 年版，第 1 页。

诗不少,从《全唐诗》中太宗本人的诗作来看,最多的是以“赋得”为题的宫廷命篇之作,这种在题目前加“赋得”二字的指定诗题的宫廷之作后来被广泛应用于科举的“试帖诗”;此外还有不少咏物、宴会群臣、赐予群臣的诗作,从内容来看,浮艳之风较为明显。再看唐太宗麾下的诗坛干将,从诗题来看,多“奉和”、“应诏”、“宴集”、“赋得”等题,也能看出当时太宗与群臣宴游相娱、诗歌唱和之风颇为兴盛。而在内容上,尽管个别诗人的个别诗作中能显出一些慷慨刚健之气,如魏徵的《述怀》、虞世南的《从军行》二首等,但显然不足以取代当时华丽的诗风而成为主流。

高宗武后直至中宗时期继承太宗朝重文传统,“贞观之风,同乎三代,高宗天后,尤重详延,天子赋横汾之诗,臣下继柏梁之奏,巍巍济济,辉烁古今”[①]。除了一部分太宗朝时期的宫廷文人外,武后和中宗还开设并扩大修文馆,置修文馆大学士四员、直学士八员、学士十二员,以延引文臣,当时著名的文臣如沈佺期、宋之问、李峤等俱为馆中学士。再加上太宗时重臣上官仪、许敬宗等,组成阵容更为庞大的宫廷诗人群,每逢帝王游幸或宗戚宴集,宫廷诗人们应酬唱和,无不毕从。据载在武后时期,“当时公卿百辟无不以文章达,因循遐久浸以成风”[②],而在中宗时期,“凡天子飨会游豫,唯宰相及学士得从。……帝有所感即赋诗,学士皆属和。当时人所钦慕,然皆狎猥佻佞,忘君臣礼法,惟以文华取幸”[③],可见当时宫廷文学活动之盛。

需要特别说明的是:这一时期的宫廷诗创作,较之太宗朝,又出现了新的特点,不仅活动的繁密程度大为增加,而且对宫廷诗作更多了品评比较的环节,品评的标准包括写作速度快慢和诗作的文理优劣,这种品评导致宫廷诗人在创作中更重雕琢藻饰。此外,随着各级别官员同僚之间的文会增多,宫廷诗的外延也不断扩大,在应诏游宴之外的私人文会中,有不少下层文人参与进来,最著名的莫过于“初唐四杰”。同时文人间的应酬唱和毕竟不同于奉和应制,无论在内容上还是风格上都便于他们显露更多的个人色彩,使得宫廷诗风逐渐发生改变。这其中“初唐四杰”对于宫廷诗风中的齐梁风气是有意识地加以批判的,如王勃认为文学的功用在于“甄明大义,矫正末流,

---

① 刘昫:《旧唐书》卷一九〇上,中华书局1975年版,第4983页。

② 杜佑:《通典》卷一五,中华书局1988年版,第358页。

③ 欧阳修、宋祁:《新唐书》卷二〇二,中华书局1975年版,第5748页。

俗化资以兴衰，家国由其轻重”[①]，他在《上吏部裴侍郎启》中从源头对这种“雅道沦缺”、“争驰新巧”的风气加以批评：“自微言既绝，斯文不振。屈宋导浇源于前，枚马张淫风于后。谈人主者，以宫室苑囿为雄；叙名流者，以沉酗骄奢为达。故魏文用之而中国衰，宋武贵之而江东乱。虽沈谢争骛，适先兆齐梁之危；徐庾并驰，不能止周陈之祸。于是识其道者，卷舌而不言；明其弊者，拂衣而径逝。”[②]杨炯在《王勃集序》中指出王勃“思革其弊，用光志业”[③]，并进一步说明自己对王勃等人革新主张的赞同：“薛令公朝右文宗，托末契而推一变，卢照邻人间才杰，览清规而辍九攻。知音与之矣，知己从之矣。”[④]但这种对宫廷诗风加以革新的行为并不能在当时产生立竿见影的效果，一来与四杰位沉下僚的政治地位有关，他们不仅生前影响不大，即便死后相当长一段时间内，仍被批评为“浮躁浅露”[⑤]、“华而不实，鲜克令终”[⑥]，二来在四杰自己的创作中，仍然无法完全摆脱齐梁遗风。王世贞指出，四杰的创作仍“词旨华靡，沿陈、隋之遗”，这是较为允当的。

这一时期真正蔚为大观的还是“争构纤微、竞为雕刻”[⑦]的诗坛风气。沈佺期、宋之问二人在武后朝直至中宗朝的宫廷文学活动中，既是积极参与者，同时又是宫廷文人中成就较大的两位。宋之问在武后朝有“夺锦袍衣之”的诗坛佳话，在中宗朝则在宫廷应制诗的品评中以“不愁明月尽，自有夜珠来”一诗力压群臣，连与之齐名的沈佺期也“乃伏，不敢复争”[⑧]。沈佺期则得到张说赞誉：“沈三兄须还他第一。”[⑨]故二人作为武后和中宗朝宫廷诗创作繁荣的代表诗人，其与时代诗风之间的关系，不仅仅是影响和被影响的

---

① 王勃：《上吏部裴侍郎启》，见《王子安集注》卷四，上海古籍出版社 1995 年版，第 130 页。

② 王勃：《上吏部裴侍郎启》，见《王子安集注》卷四，上海古籍出版社 1995 年版，第 130 页。

③ 杨炯：《王勃集序》，见《全唐文》卷一九一，上海古籍出版社 1990 年版，第 851 页。

④ 杨炯：《王勃集序》，见《全唐文》卷一九一，上海古籍出版社 1990 年版，第 851 页。

⑤ 欧阳修、宋祁：《新唐书》卷一九〇上，中华书局 1975 年版，第 5006 页。

⑥ 张说：《赠太尉裴公神道碑》，见《全唐文》卷二二八，上海古籍出版社 1990 年版，第 1017 页。

⑦ 杨炯：《王勃集序》，见《全唐文》卷一九一，上海古籍出版社 1990 年版，第 851 页。

⑧ 计有功：《唐诗纪事》卷三，上海古籍出版社 1987 年版，第 28 页。

⑨ 贺贻孙：《诗筏》，见郭绍虞《清诗话续编》，上海古籍出版社 1983 年版，第 183 页。

关系，甚至因为沈、宋独领风骚于宫廷文学活动的地位还使他们在某种程度上成为时代诗风的引领者和创造者。如果将初唐宫廷诗人群体比成一组群雕，沈、宋至少也是其中对这一组群雕风格起到决定作用的组成部分。与四杰在理论上提出要"思革其弊"不同的是，沈、宋二人对初唐宫廷诗风的并无自觉革正之心，反而在辞藻、形式、构思上痛下功夫，以期在各种宫廷诗艺较量活动中脱颖而出。如宋之问《奉和圣制立春剪彩花应制》一诗中有"今年春色早，应为剪刀催"两句，既符合剪彩花的眼前事，又构思精巧，启发了不少后代诗人的诗思，如贺知章有"不知细叶谁裁出，二月春风似剪刀"(《咏柳》)、孟浩然有"犹言看不足，更欲剪刀裁"(《早梅》)、白居易有"古文科斗出，新叶剪刀生"(《春池闲泛》)之句。这种风气客观上也推进了诗歌形式的进一步发展，尽管内容仍嫌贫乏，但律诗却是在这一时期最后定型，这与沈、宋在创作中的努力是分不开的。

其次，与初唐帝王广揽人才和文人集会增多的现实相联系，初唐诗坛的另一特点是形成了诸多的文学群体。

这些文学群体的形成原因各异，有因文学主张相同而合群，如"初唐四杰"；有因文学风格相似而并称，如"文章四友"；有因爱好相同而聚合，如"方外十友"。其中规模较大的几个文学群体的形成与统治者的召集有关。高宗、武后时期，统治者除了频繁举行宫廷诗文学活动外，还召集众多文士参与修撰诗文总集和类书，如高宗时以许敬宗为首修撰了《东殿新书》、《文馆词林》、《累璧》、《瑶山玉彩》、《芳林要览》等总集和类书。武后时不仅召集众多文人编修《三教珠英》，还曾将文词士人直接召入禁中修书，且"密令参决，以分宰相之权，时人谓之'北门学士'"①。这些文士大多均是当时的著名诗人，集中修书之余，也常常就诗歌进行探讨和创作，《旧唐书·徐坚传》中载有此事："坚又与给事中徐彦伯、定王府仓曹刘知几、右补阙张说同修《三教珠英》。时麟台监张昌宗及成均祭酒李峤总领其事，广引文词之士，日夕谈论，赋诗聚会，历年未能下笔。"②因此这些文士集团同时也可视为文学群体，有"修书学士群体"、"北门学士群体"、"珠英学士群体"等。这些文学群

① 刘昫：《旧唐书》卷八七，中华书局1975年版，第2846页。

② 刘昫：《旧唐书》卷一〇二，中华书局1975年版，第3175页。

体集中了当时诗坛最为重要的力量，从不同方面为诗歌的完善发展做出了有益的尝试，因此给诗坛带来的影响远远大于单个诗人的努力，是初唐时期极为重要的文学现象。

从史料记载来看，沈、宋二人对加入这些文学群体是极为热衷的，以下按记录时间先后摘录几则材料。《本事诗》"怨愤第四"记载了宋之问欲加入"北门学士"而不得一事：

> 宋考功，天后朝求为北门学士，不许，作《明河篇》以见其意，末云："明河可望不可亲，愿得乘槎一问津。更将织女支机石，还访成都卖卜人。"则天见其诗，谓崔融曰："吾非不知之问有才调，但以其有口过。"盖以之问患齿疾，口常臭故也。之问终身惭愤。[①]

《新唐书·陆余庆传》载有"方外十友"的交游情况：

> (陆)雅善赵贞固、卢藏用、陈子昂、杜审言、宋之问、毕构、郭袭微、司马承祯、释怀一，时号"方外十友"。[②]

叶廷珪《海录碎事》则载"仙宗十友"事：

> 唐司马承祯与陈子昂、卢藏用、宋之问、王适、毕构、李白、孟浩然、王维、贺知章为仙宗十友。[③]

《唐会要》载有武后召修《三教珠英》一事：

> 大足元年十一月十二日，麟台监张昌宗撰《三教珠英》一千三百卷成，上之。初，圣历中，上以《御览》及《文思博要》等书，聚事多未周备，

---

① 孟启：《本事诗》怨愤第四，见丁福保《历代诗话续编》，中华书局 1983 年版，第 16 页。

② 欧阳修、宋祁：《新唐书》卷一一六，中华书局 1975 年版，第 4236 页。

③ 叶廷珪：《海录碎事》卷八下，中华书局 2002 年版，第 373 页。

> 遂令张昌宗召李峤、阎朝隐、徐彦伯、薛曜、员半千、魏知古于季子、王无竞、沈佺期、王适、徐坚、尹元凯、张说、马吉甫、元希声、李处正、高备、刘知几、房元阳、宋之问、崔湜、常元旦、杨齐哲、富嘉謩、蒋凤等二十六人同撰，于旧书外更加佛道二教及亲属姓名方城等部。[①]

从以上材料来看，沈、宋二人，尤其是宋之问，是积极参与当时的各种文学群体的。所谓"方外"、"仙宗"，与当时佛道盛行、求仙问道有关，其中"仙宗十友"的说法未必可信，"方外十友"之间的交往则基本可以考定，这些诗人的聚合，大多基于对求仙问道的热衷，"识金石之契密"[②]是他们的主要活动，虽然初衷并非"文章之交"，但这些著名文人的行为毕竟还是对后代文人起了相当的影响，并进而影响文学的发展，正如葛晓音所说："十友虽然没有在方外之游中创作出成功的山水诗，但他们所造成的风气，……却在开元年间转化为对山水诗有力的因素。"[③]"珠英学士群体"和"北门学士群体"则是由帝王召集，出入禁中的文学群体，与"方外十友"的性质截然不同，其中宋之问因齿疾口臭而被拒入"北门学士"一事，傅璇琮在《唐才子传校笺》中认为恐出附会，但后人附会也未必全无根据，联系武则天设"北门学士"时曾有"密令参决，以分宰相之权"的目的和宋之问谄事权贵的行径，此事作为旁证以说明宋之问对"珠英学士"这类与帝王密切相关的文学群体的积极参与，当可成立。沈、宋二人，尤其是宋之问对不同文学群体的积极参与，在一定程度上也说明沈、宋必然在多方面受到时代风气的影响。

第三节　初唐诗学著述及其对沈、宋的影响

严格来说，有关初唐诗歌理论和诗歌律化进程在初唐的继续发展属于上一小节初唐诗坛概况的论述范围，但沈、宋的主要贡献和"沈宋体"的主要

---

① 王溥：《唐会要》卷三六，中华书局 1955 年版，第 657 页。

② 宋之问：《祭杜学士审言文》，见《全唐文》卷二四一，上海古籍出版社 1990 年版，第 1078 页。

③ 葛晓音：《从"方外十友"看道教对初唐山水诗的影响》，见《诗国高潮与盛唐文化》，北京大学出版社 1998 年版，第 72 页。

特点与诗歌律化进程密不可分，为使研究充分深入并突出重点，故单独列出加以论述。

魏晋以来，诗歌律化进程不断发展，除了诗歌创作中逐渐增多的律句、律联外，也出现了不少相关的诗学理论。至初唐时期，太宗、高宗、武后、中宗等诸位帝王，均爱好文辞，推行重文政策，诗歌创作出现较为兴盛的局面，为诗歌律化进程的进一步发展提供了适宜的土壤，合律诗作日渐增多并最终完成律体定型，与此相关的诗学著述也远较齐梁时期更为严密。殷璠《河岳英灵集》中说：“自萧氏以还，尤增矫饰。武德初，微波尚在。贞观末，标格渐高。景云中，颇通远调。开元十五年后，声律风骨始备矣。”[①]这一段话从风骨、声律两方面观照诗歌发展，一定程度上也描述出初唐诗学著述发端、增充的发展轨迹。

从流传保存情况来看，初唐时期的这些诗学著述已大多散佚，今天要研究初唐时期的诗学理论，最直接的材料是日本僧人空海所编的《文镜秘府论》一书。日本僧人空海曾于唐中叶游学长安，抄录了中唐以前有关诗文作法和理论的文献，回国后对所搜集的材料加以删削整理，编成《文镜秘府论》六卷，可谓集初、盛唐诗学著述大成之作。目前对《文镜秘府论》的整理研究成果颇丰，2006年中华书局出版的由卢盛江校考的《文镜秘府论汇校汇考》一书对这方面的研究作了较为全面的总结性整理，并对《文镜秘府论》中所保存的文献分类加以说明。如仅在史志存目的文献、日本尚存中国已佚的文献、直接引用的文献、间接引用的文献等，其中仅在史志目录中存目而在《文镜秘府论》中保存佚文的有：梁代沈约的《四声谱》、隋代刘善经的《四声指归》、隋代著作《帝德录》、隋或初唐间佚名撰的《文笔式》、唐代上官仪的《笔札华梁》、唐代元兢的《诗髓脑》和《古今诗人秀句序》、唐代崔融的《唐朝新定诗格》等。以下就对沈、宋以前或同时的几部主要的诗学著述，以上官仪《笔札华梁》为主，兼及佚名《文笔式》、元兢《诗髓脑》、崔融《唐朝新定诗格》等，摘述要点并加以分析，以明晰初唐时期诗学著述的特点和对初唐诗歌创作所起的作用，尤其是对沈、宋创作个性和“沈宋体”形成所起的作用。

---

① 王克让：《河岳英灵集注》，巴蜀书社2006年版，第1页。

(一) 上官仪《笔札华梁》和“上官体”

据《旧唐书》本传，上官仪“善属文”，“举进士”，在太宗时被召授弘文馆直学士，“时太宗雅好属文，每遣仪视草，又多令继和，凡有宴集，仪尝预焉”。至高宗武后时，更显赫一时，“迁秘书少监，龙朔二年，加银青光禄大夫、西台侍郎、同东西台三品，兼弘文馆学士如故”，在初唐宫廷诗坛中，是继虞世南、李百药之后的又一诗坛宗主。他在初唐乃至后世都具有深远影响的原因，不仅在于他因“工于五言诗，好以绮错婉媚为本”而形成了以个人名义命名的“上官体”诗歌，还著有探讨声律对偶的诗学著述《笔札华梁》，从理论和实践两方面对诗歌律化进程起到了相当重要的推进作用。

《笔札华梁》一书今已不传，但历代文献中有相关记载，今人的研究成果亦不少，除了《文镜秘府论》中有所引述外，南宋魏庆之的《诗人玉屑》卷七引北宋李淑的《诗苑类格》，其中也有上官仪论律诗对偶的“六对”、“八对”之说，其文字与《文镜秘府论》中所引相同。编撰于南宋时期的《宋秘书省四库阙书目》中有上官仪《笔九花梁》二卷的记录，其下注明“阙”，日本学者小西甚一《文镜秘府论考》论证“九”为“札”之误，“花”与“华”相同，《笔九花梁》即《笔札华梁》，当可信。另《吟窗杂录》卷一收魏文帝《诗格》，已有不少学者将之与《文镜秘府论》中所载相校订，证其实由《笔札华梁》残篇撰成，如王梦鸥《初唐诗学著述考》中专列一节，将魏文帝《诗格》与《文镜秘府论》所载内容做了一一对比校证[①]。张伯伟《全唐五代诗格汇考》中以《定本弘法大师全集》第六卷《文镜秘府论》为底本，结合其他相关材料，将上官仪《笔札华梁》目前可考的内容析出，为进一步研究此书提供了极大的便利。故虽《笔札华梁》原貌已不复可知，但据目前的研究成果，已可归纳出上官仪《笔札华梁》一书的部分内容。

目前可知《笔札华梁》一书的内容主要有：八阶、六志、属对、七种言句例、文病、笔四声、论对属等，这些内容从多方面探讨了诗歌写作的相关问题。

其一，“八阶”、“六志”论述了诗歌创作中表情达意、寄怀咏志的几种方

---

① 王梦鸥：《初唐诗学著述考》，台北“商务印书馆”1977年版，第29页。

法。“八阶”、“六志”见载于《文镜秘府论·地卷》，“八阶”为：咏物阶、赠物阶、述志阶、写心阶、返酬阶、赞毁阶、援寡阶、和诗阶；“六志”为：直言志、比附志、寄怀志、起赋志、贬毁志、赞誉志。[①] 据条目及其后引申论述和提供的诗例来看，“八阶”和“六志”旨在为诗歌表达不同的题材内容提供范例方法，明晰诗歌言情咏志的功能。

其次，上承沈约的“四声八病”说，上官仪在“文病”和“笔四声”中列出“八病”的名称，对诗歌的声律规则作了更为明确细致的限定。从《文镜秘府论》的记载中来看，关于《笔札华梁》中“文病”和“笔四声”的内容大多和稍后的《文笔式》相类，而《文笔式》中记载更详，所举诗歌声律方面的病犯更多，与上官仪同时稍后的元兢也在自己的诗学著述《诗髓脑》中多次提及上官仪，可见上官仪《笔札华梁》对前代诗歌声律规则的总结和进一步明晰，上承沈约，下启当时其他诗学著述，在当时影响颇大，为律诗规则的最后确定奠定了必要的基础。

其三，《笔札华梁》最重要的贡献在于概括出了诗歌对偶的具体规范与格式。关于诗歌的声律规则，上官仪主要是继承了南朝沈约等人的理论，而在律体定型的另一关键——对偶的问题上，上官仪则创见较多。

对偶的重要性，前人亦有论述，萧绎曾有“作诗不对，本是吼文，不名为诗”[②]之说，颜之推在《颜氏家训》中也将偶对作为品评诗歌好坏的标准之一：“今世音律谐靡，章句偶对，讳避精详，贤于往昔多矣。”[③]关于对偶的具体分类，刘勰在《文心雕龙·丽辞》中概括出“言对”、“事对”、“反对”、“正对”四类：“言对者，双比空辞者也；事对者，并举人验者也；反对者，理殊趣合者也；正对者，事异义同者也。”[④]这四对大致从用典和义理旨趣的角度来分类，较为粗疏。

上官仪的对偶理论则要细密全面得多，除了《文镜秘府论》所载的“属对”、“论对属”之外，魏庆之《诗人玉屑》卷七引《诗苑类格》中也有部分重合的内容，从这些资料来看，上官仪对语言的组合运用进行了深入分析，概括

① 卢盛江：《文镜秘府论汇校汇考》，中华书局 2006 年版，第 479—531 页。

② 卢盛江：《文镜秘府论汇校汇考》南卷《论文意》引，中华书局 2006 年版，第 1378 页。

③ 王利器：《颜氏家训集解》，中华书局 1993 年版，第 268 页。

④ 刘勰：《文心雕龙》，浙江古籍出版社 2001 年版，第 189 页。

出了一整套分类细致、富于变化的对偶格式，具有极强的实用性。如在"论对属"中，上官仪在"类对"中又再细分出"数"、"方"、"色"、"气"、"物"、"形"、"行"、"世"、"位"等多种类别，可见其分类之细致；还考虑到创作中因文笔变化无恒而产生的对偶变化，总结出四种"偶对之常"："或上下相承，据文便合"、"或前后悬绝，隔句始应"、"或反义并陈，异体而属"、"或同类连用，别事方成"等，最后指出对偶在创作中的重要性："在于文章，皆须对属。其不对者，止得一处二处有之。若以不对为常，则非复文章。……故援笔措辞，必先知对，比物各从其类，拟人必于其伦。此之不明，未可以论文矣。"[①]可以说上官仪在对偶方面的论述之全面深入，前所未有。此外魏庆之《诗人玉屑》卷七中所引《诗苑类格》中关于上官仪对偶理论的记载较为全面，摘录如下：

> 唐上官仪曰：诗有六对。一曰正名对，天地日月是也；二曰同类对，花叶草芽是也；三曰连珠对，萧萧赫赫是也；四曰双声对，黄槐绿柳是也；五曰叠韵对，仿佛放旷是也；六曰双拟对，春树秋池是也。又曰：诗有八对。一曰的名对，送酒东南去，迎琴西北来是也；二曰异类对，风织池间树，虫穿草上文是也；三曰双声对，秋露香佳菊，春风馥丽兰是也；四曰叠韵对，放荡千般意，迁延一介心是也；五曰联绵对，残河若带，初月如眉是也；六曰双拟对，议月眉欺月，论花颊胜花是也；七曰回文对，情新因意得，意得逐情新是也；八曰隔句对，相思复相忆，夜夜泪沾衣，空叹复空泣，朝朝君未归是也。[②]

在这段记载中，上官仪将对偶格式概括为"六对"、"八对"，从名目后的具体示例来看，"六对"为词对，"八对"为句对，具体的分类范围涉及了事类、声韵、修辞、句式等多个方面，其中有关声韵的对偶技巧对诗歌律化的促进之功尤大。对偶是中国古诗的一大特点，律诗的对偶功能不仅在于词类相对以造成整齐美的方式，同时还必须在声韵上平仄相对以形成抑扬交错的音

---

① 卢盛江：《文镜秘府论汇校汇考》北卷，中华书局2006年版，第1686页。

② 魏庆之：《诗人玉屑》卷七引《诗苑类格》，上海古籍出版社1959年版，165—166页。

韵美。上官仪提出的“双声对”、“叠韵对”等，将诗歌中词义词性的相对扩展到了声韵相对的新范围，这也是诗学理论中首次提出声律在对偶中的运用，是对律诗规则确定的一大推进。

除了在诗学理论方面的建树外，上官仪“绮错婉媚”的诗风也在当时产生了极大的影响，《旧唐书》本传载：“（仪）本以词彩自达，工于五言诗，好以绮错婉媚为本。仪既贵显，故当时多有效其体者，时人谓为上官体。”[①]《全唐诗》录其诗作20首[②]，以奉和应制诗为主，取材宫廷，辞采富丽，与他在诗学理论上的贡献相似，上官仪的诗歌创作中并没有合律的诗作，但特别注重对偶，如“风随少女至，虹共美人归”（《八咏应制二首》其一）、“琴悲柳条上，笛怨柳花前”（《王昭君》）、“花明栖凤阁，珠散影娥池”（《咏雪应制》）、“芳晨丽日桃花浦，珠帘翠帐凤凰楼”（《咏画障》）等，几乎每一首诗作中都能找出属对工整的句联。虽然文辞过于艳丽，存在着“糅之金玉龙凤，乱之朱紫青黄”[③]的现象，但在对偶方面的着意锤炼也极为明显，可以说“上官体”诗歌正是上官仪对其诗学理论的实践。

从整个诗歌律化进程来看，上官仪的诗学理论和“上官体”诗歌创作在其中占据了重要地位。在此之前的诗学理论，较多地探讨了诗歌声韵的协调，在实践中逐渐确定诗歌的句数、平仄、押韵等规范，在对偶方面虽创作中已有较为工整的句联，却较少有理论的总结，上官仪的理论恰恰弥补了诗歌律化进程中这部分的缺失，促进了律诗规则的进一步完善。因此，上官仪虽留存诗作不多，但因理论和实践两方面的贡献在当时产生较大影响，元兢、崔融等人的诗学理论正是在上官仪《笔札华梁》基础上的进一步加深，稍后于上官仪的宫廷诗人们也能从他的诗学理论和创作实践中获得有益的借鉴。

（二）佚名《文笔式》、元兢《诗髓脑》、崔融《唐朝新定诗格》

《文笔式》作者不详，原书已佚，部分内容散见于《文镜秘府论》中。《文笔式》的产生年代目前学术界尚有争议，罗根泽《文笔式甄微》[④]一文认为此

① 刘昫：《旧唐书》卷八〇，中华书局1975年版，第2743页。

② 《全唐诗》卷四〇，中华书局1960年版，第505—509页。

③ 杨炯：《王勃集序》，见《全唐文》卷一九一，上海古籍出版社1990年版，第851页。

④ 罗根泽：《文笔式甄微》，见《中山大学文史学研究所月刊》1935年第3卷第3期。

书作者当为隋人；王利器《文镜秘府论校注》中持相同看法；小西甚一《文镜秘府论考·研究篇》认为可断言《文笔式》为盛唐前作品；张伯伟在《全唐五代诗格汇考》中考证此书产生时代稍后于《笔札华梁》，应产生于武后时期；卢盛江的《〈文笔式〉考》[①]一文，以《文笔式》中所引的李百药诗和其中所录有《笔札华梁》的部分内容为证，并将《文笔式》中论平头的理论和沈约、元兢的理论相比较，判断此书应成于上官仪《笔札华梁》之后、元兢《诗髓脑》之前，论证较为缜密，今采其说。

张伯伟《全唐五代诗格汇考》一书以《定本弘法大师全集》第六卷《文镜秘府论》为底本，加上罗根泽《文笔式甄微》、小西甚一《文镜秘府论考》和其他有关《文镜秘府论》校注、考证的书籍，梳理出《文笔式》今存的内容。从这些内容来看，《文笔式》中直接录自前人的理论较多，尤其受到上官仪诗学理论较多的影响，客观上对上官仪诗学理论传播也起到了一定的作用。

据张伯伟《全唐五代诗格汇考》考证，《文笔式》的主要内容有：六志、八阶、属对、句例、论体、定位、文病、文笔十病得失等。其中“六志”、“八阶”、“属对”、“句例”、“文病”等内容与《笔札华梁》大致雷同，应是承用上官仪之说而略加补充，如“六志”、“八阶”均见载于《文镜秘府论》地卷，“六志”条目下注“笔札略同”，“八阶”下注“文笔式略同”，可知这些内容为两书共有。除此之外，《文笔式》中也有部分内容涉及了对偶声律之外的理论，如“论体”和“定位”。“论体”和“定位”均见《文镜秘府论》南卷，关于《文镜秘府论》中这部分内容的出处，学术界存有争议，小西甚一将这部分内容与《文镜秘府论》中所引的其他《文笔式》之说从文体上加以比较，认为采用同样的文体，当引自同一原典，即《文笔式》[②]；王利器则从行文中不避渊字照字讳现象分析，认为这部分内容的作者应为唐以前人，并结合其他考论，指出应为刘善经《四声指归》之文也。从《文笔式》与《笔札华梁》的雷同来看，其自我创见的理论并不多，因此有引自刘善经《四声指归》的理论也不足为奇。从内容来看，“论体”阐述了《笔札华梁》中未曾涉及的文章体貌与文体的关系问题，指

① 卢盛江：《〈文笔式〉考》，见《魏晋南北朝文学与文化论文集》，南开大学出版社2002年版。

② 卢盛江：《文镜秘府论汇校汇考》南卷，中华书局2006年版，第1452页。

出"凡制作之士，祖述多门，人心不同，文体各异"[①]，归纳出"博雅"、"清典"、"绮艳"、"宏壮"、"要约"、"切至"等不同的文章体貌，并将这些文章体貌与颂、论、铭、赞、诗、赋、诏、檄、表、启、箴、诔等文体一一对应起来。这种文体与体貌的对应关系，刘勰在《文心雕龙·定势》中也曾有论述，而"论体"与刘勰的理论有较大出入，反映了文体理论在不同时代的发展和变化。"定位"则从文章的构成角度论述了谋篇布局的技巧，指出在作文之初，必须"先看将作之文，体有大小。又看所为之事，理或多少"[②]，应按照文体事理来确定文章的谋篇布局，并从实用角度总结出"分理务周"、"叙事以次"、"义须相接"、"势必相依"等"四术"。应该说《文笔式》是一部少创见而多摘录的综合式诗学著述，从它对所摘录内容的选择来看，上官仪的诗学理论在初唐占有重要地位，同时也反映了初唐时期的诗学理论除了在对偶声律方面的注重外，在其他方面也有所关注和发展。

元兢的《诗髓脑》未见于国内历代书目著录，但《日本国见在书目》"小学家"类中著录有《诗髓脑》一卷，在《文镜秘府论》中也多次出现"元氏曰"、"元兢曰"或旁注"元兢诗髓脑"等字样，元兢曾有名为《诗髓脑》的诗学著述一事当可确定。另外，《新唐书·艺文志》文史类中录有《宋约诗格》一卷，列于元兢名下，王梦鸥《初唐诗学著述考》中考证"宋约"当为"沈约"之误，并证其即为《诗髓脑》，指出："《诗髓脑》既为元兢诗论之原名，则自北宋著录为'元兢宋约诗格'者，犹上官仪之《笔札华梁》，崔融之《新定诗体》，王昌龄之《诗中密旨》，一经晚唐五代人手之改编，皆变名为'诗格'矣。"[③]

元兢，字思敬，以字行，《旧唐书》卷一九〇上有传："元思敬者，总章中为协律郎，预修《芳林要览》，又撰《诗人秀句》二卷，行于世。"[④]可知元兢大约生活在高宗武后时期，稍晚于上官仪，故其《诗髓脑》中承袭上官仪诗学理论处亦不在少数。《诗髓脑》的主要内容，今可从《文镜秘府论》中辑得，主要有"调声"、"对属"、"文病"三部分内容，均与诗歌声律密切相关。

"调声"将宫商角徵羽五声分于文字四声，引沈约之说强调诗句应注意

① 卢盛江：《文镜秘府论汇校汇考》南卷，中华书局2006年版，第1450页。

② 卢盛江：《文镜秘府论汇校汇考》南卷，中华书局2006年版，第1480页。

③ 王梦鸥：《初唐诗学著述考》，台北"商务印书馆"1977年版，第63—65页。

④ 刘昫：《旧唐书》卷一九〇上，中华书局1975年版，第4997页。

平仄相协，达到音韵错落的效果，并归纳出三例调声之术：换头、护腰、相承。其中最为重要的是“换头”条中提出的理论主张：

> 换头者，若兢《于蓬州野望》诗云：“飘飘宕渠域，旷望蜀门隈，水共三巴远，山随八阵开。桥形疑汉接，石势似烟回。欲下他乡泪，猿声几处催。”此篇第一句头两字平，次句头两字去上入。次句头两字去上入，次句头两字平。次句头两字又平，次句头两字去上入。次句头两字又去上入，次句头两字又平。如此轮转，自初以终篇，名为双换头，是最善也。
>
> 若不可得如此，即如篇首第二字是平，下句第二字是用去上入；次句第二字又用去上入，次句第二字又用平。如此轮转终篇，唯换第二字，其第一字与下句第一字用平不妨。此亦名为换头，然不及双换。又不得句头第一字是去上入，次句头用去上入，则声不调也。可不慎欤？[1]

所谓“头”，指的是五言诗的头两个字，“换头”即诗歌头两个字的声调平仄轮转，“双换头”是头两个字都轮转，只换一个字的也称“换头”，但略次于“双换头”。在这段论述中首先值得注意的是，元兢的论述中虽没有出现平仄的字样，但他将声调分为平、上、去、入四声，且以平和上去入相对，事实上即是平仄的概念，这也是诗学理论中首次把平上去入四声归为两个大类。其次，律诗最重要的规则是“粘对”规则，在此之前的诗学理论，已基本解决句与句之间平仄相对的关系，即“对”的规则，但联与联之间的关系则很少涉及，元兢的“换头”术以理论界定了诗歌联与联之间的“粘”规则，解决了律体定型中最为关键的问题。“护腰”、“相承”从不同方面对诗歌中的平仄协调做出限定，“腰”指的是五言诗句中的第三字，所谓“护腰”，即“上句之腰不宜与下句之腰同声”[2]；“相承”则规定“上句五字之内，去上入字则多，而平声极少者，则下句用三平承之”[3]。

---

① 卢盛江：《文镜秘府论汇校汇考》南卷，中华书局2006年版，第159—160页。

② 卢盛江：《文镜秘府论汇校汇考》南卷，中华书局2006年版，第165页。

③ 卢盛江：《文镜秘府论汇校汇考》南卷，中华书局2006年版，第167页。

此外，在“对属”部分，元兢在上官仪“六对”、“八对”的基础上，总结出“正对”、“异对”、“平对”、“奇对”、“同对”、“字对”、“声对”、“侧对”等八类，论述详尽，例证细致，较之上官仪之论，更便于文人依法作诗。如在“正对”中，除了列举“尧年”、“舜日”中“尧”、“舜”皆为古之圣君，名相敌而为正对外，还举出错误范例，“松桂”、“蓬草”中，一为善木，一为恶草，即非正对。还值得注意的是，元兢独创“声对”的属对方法，举“晓路”与“秋霜”相对，“路”是道路，本来与“霜”无法相对，但以其与“露”同声，故也可为声对，考虑到了诗歌写作中的谐音现象，是在上官仪诗学理论基础上对属对规则的有益补充。在“文病”部分，除了与上官仪所论重复的平头、上尾、蜂腰、鹤膝、大韵、小韵、正纽、旁纽八病外，元兢又别为八病，分别是：龃龉、丛聚、忌讳、形迹、傍突、翻语、长撷腰、长解镫等。元兢新增的“八病”与前八病不同，前八病着眼于诗句中声韵平仄的安排，所谓“病”乃是“声病”，而元兢的新“八病”除了“龃龉”涉及声病外，其他的大多着眼于诗句中字词涵义、忌讳等方面，如“丛聚”指的是“如上句有‘云’，下句有‘霞’，抑是常。其次句复有‘风’，下句复有‘月’，‘云’、‘霞’、‘风’、‘月’，俱是气象，相次丛聚，是为病也”[①]，“忌讳”则指“其中意义有涉于国家之忌是也”[②]，因此元兢提出的新“八病”是在前八种“声病”基础上的继续发展，称为“语病”更为恰当。

总括元兢的诗学理论，虽然在“调声”的“相承”部分中还存在着以“三平调”补救上句仄声过多的论述，说明律诗的最后确定还没有完成，但分四声为平和上去入两大类、“粘对”规则的最终确定、属对分类的进一步细化都是诗歌律化进程中无可置疑的重大进展，可以说元兢“调声”部分的理论，基本为律体定型做好了理论上的准备。

与上述两部诗学著述情况相同，崔融的《唐朝新定诗格》一书也未见于中国历代书目著录，但部分内容在《文镜秘府论》中有引，并注明“崔氏《唐朝新定诗格》”、“崔氏《新定诗体》”等语，张伯伟《全唐五代诗格汇考》一书中引《半江暇笔》云：“我大同中，释空海游学于唐，获崔融《新唐诗格》等书而归，后著作《文镜秘府论》六卷。”[③]则可进一步证明《文镜秘府论》所引之崔氏当

① 卢盛江：《文镜秘府论汇校汇考》西卷，中华书局 2006 年版，第 1130 页。

② 卢盛江：《文镜秘府论汇校汇考》西卷，中华书局 2006 年版，第 1134 页。

③ 张伯伟：《全唐五代诗格汇考》，凤凰出版社 2002 年版，第 127 页。

为崔融。

崔融，两《唐书》有传，生卒年不详，大致生活在武后、中宗时期，稽之《文镜秘府论》所引内容，并据王梦鸥《初唐诗学著述考》中“李峤《评诗格》与崔融《新定诗体》辑校”一节内容为参对，可知今存崔融的《唐朝新定诗格》一书主要有“十体”、“九对”、“文病”、“调声”等四个方面的内容。另今传《吟窗杂录》卷六录有李峤《评诗格》“十体”、“九对”之文，与崔融所著相同，关于这部分诗学理论的著作权归属，王梦鸥对此有一段论述：“稽之唐史，李峤虽与崔融同时代，同以文才见用于武后之世；然涉身政坛，其职位远较崔融为尊，而关系政潮之起伏者亦巨，是否有暇及于诗体之解说，难见分晓。唯是空海所述，无一字及于李峤，而前后数称崔氏，则《新定诗体》之为崔氏著述，当不至误。再以上官仪之《笔札华梁》，托名《魏文帝诗格》为例，则后人之‘托名’，殊不若空海据真实资料引述之可信。”[①]论证具有说服力，今从此说。

在崔融此书中，“调声”直接承沈约之说而来，其余则与初唐其他诗学理论颇多雷同。

首先，所谓“十体”，具体为：形似体、质气体、情理体、直置体、雕藻体、映带体、飞动体、婉转体、清切体、菁华体等。这“十体”的归类标准较为杂乱，其中有对创作效果的概括，如“形似”、“质气”、“情理”，也有对创作技法的总结，如“映带”、“藻饰”，还有从创作风貌角度加以归类的，如“飞动”、“婉转”、“清切”等，体现了初唐诗学理论一定程度上由声律技巧向注重诗歌整体风貌过渡的特点。

其次，“九对”分别为：切对、双声对、叠韵对、字对、声对、字侧对、切侧对、双声侧对、叠韵侧对等。与上官仪、元兢的“对属”理论一脉相承。值得注意的是，上官仪、元兢的“对属”分类涉及面较多，不仅有声韵方面的讲究，更有事类、修辞、句式等其他方面的对偶；而崔融的“九对”中，则更着重字意声韵等方面的对偶，与声律关系更为密切，其中“切侧对”、“双声侧对”、“叠韵侧对”三类未见于上官仪和元兢诗学理论，当为崔融独创。“切侧对”即“精异粗同”[②]，崔融举“浮钟霄响彻，飞镜晓光斜”为例，“浮”与“飞”可相对，

① 王梦鸥：《初唐诗学著述考》，台北“商务印书馆”1977年版，第86－87页。

② 卢盛江：《文镜秘府论汇校汇考》东卷，中华书局2006年版，第810页。

“钟”与“镜”可相对，但“浮钟”为钟，“飞镜”却是月的异名，故不能相对，所谓不能正面相对，故为“切侧对”。“双声侧对”是“字义别，双声来对是”，“叠韵侧对”则是“字义别，声各叠韵对是”，这两类均可视为对双声对的一次细分。如上官仪所谓的“黄槐”、“绿柳”，除去双声之外也可相对，而崔融所举“金谷”与“首山”，则是字意别，仅为双声相对，在崔融之前的诗学理论中，这两类一般都合并一起同为双声对，崔融将之细分出“双声侧对”一类，“叠韵侧对”亦如是，较之元兢提出的“侧对”，崔融之说显然更为严密，是诗歌创作中对属规则的进一步完善。

再次，崔融在“文病”部分共列出七种：相类病、不调病、丛木病、形迹病、翻语病、相滥病、涉俗病等，与上官仪、元兢诗学理论中的文病部分较少重复。其中大多为对用字、遣词、句式等方面的限制，如“相类病”举“从风似飞絮，照日类繁英。拂岩如写镜，对林若耀琼”为例，指出这四句句式相类，其中的“似”、“类”、“如”、“若”是其病；“丛木病”则举“庭梢桂林树，檐度苍梧云。棹唱喧难辨，樵歌近易闻”为例，其中“桂”、“梧”、“棹”、“樵”，俱是木，亦即病也；甚至对诗歌用语的典雅与否也作出了限定，“涉俗病”中以“渭滨迎宰相”为例，指出官之“宰相”，是涉俗流之语，也是一病。

崔融的《唐朝新定诗格》对上官仪的《笔札华梁》、佚名的《文笔式》、元兢的《诗髓脑》等诗学理论著述的沿袭颇为明显，但除了探讨声律对偶的规则之外，与以上著述不同的是，崔融开始注意到了诗歌创作中外在形式和内在情感融合的重要性，在“十体”中提出“质气”、“情理”二体，体现了初唐诗学理论在诗歌作法之外的进一步发展。

（三）初唐诗学著述对沈、宋的影响

从以上论及的初唐诗学著述来看，呈现出如下一些共同的特点：

其一，这些诗学著述的主要内容大都集中在诗歌的字词、声律、对偶、病犯等方面，是一种“咬文嚼字”式的诗学著述，目的不是阐述高深的理论，而在于提供作诗技巧，指导诗人如何更好地进行诗歌创作，以达到“俪采百字之偶，争价一句之奇”[①]的效果。其二，初唐诗学著述解决了诗歌律化进程

① 刘勰：《文心雕龙》，浙江古籍出版社 2001 年版，第 29 页。

中的一些关键问题，如对属理论的进一步细化完善、四声二元化、"粘对"规则的最终确定等，进一步推进了诗歌律化进程的发展，使之基本达到完备的阶段。其三，这些诗学著述的作者多与沈、宋同时或稍前。

沈、宋并无理论传世，而他们创作的鼎盛时期与讲求诗歌声律、对偶等诗学理论的盛行基本同时，从初唐诗学著述的特点来看，无疑偏重于阐释实用性较强的诗歌作法指导，易于借鉴。更为重要的是，沈、宋与上官仪、崔融等人经历相似，所处的文学环境相同，作诗的目的与期望达到的效果也具有同一性，因此，沈、宋对这些诗学理论著述的借鉴也就在情理之中。

以上官仪为例来看初唐诗学著述对沈、宋的影响，上官仪与沈、宋处在几乎同时的历史时期，上官仪以"词采自达"，屡屡在宫廷文学活动中夺魁，曾编纂类书，这些方面至少与沈、宋前期的宫廷文臣经历极为相似，以他们个人名义命名的"上官体"和"沈宋体"在诗歌律化进程中也前后相继，可以说沈、宋与上官仪处在同一种文学环境中。王梦鸥在《初唐诗学著述考》中曾将这种宫廷文学环境概括为："大抵生活优裕者，富有余力从事缀辞游戏，而此游戏，初不因心有郁陶，一吐为快；则唯有从日臻细密之缀辞法则中获取先难后获之乐趣。故此缀辞法则自始即与宫廷及士大夫之文酒行乐生活，关系密切。"[①]同处在这样的文学环境中，他们取悦君主的创作目的也基本相同。还必须注意到的一点是，上官仪所处时期虽然比沈、宋稍前，但其孙女上官婉儿显赫于武后、中宗两朝，"恒掌宸翰"[②]，提倡风雅，在众多宫廷文学活动中担任词宗，品评群臣诗文。《唐诗纪事》卷三载其品评沈、宋诗作之事：当时群臣应制百余篇，上官婉儿奉命选一首为新翻御制曲，其时群臣均立于结彩楼下，上官婉儿于楼内将弃用诗作一一抛出，纸落如飞，惟留沈、宋二诗不下，最后以宋诗"犹陟健举"而为第一，沈佺期乃伏，不敢复争。可知上官婉儿在当时对诗歌的品评拥有较大权力，左右一时诗风。此时也正是沈、宋独领风骚于宫廷文人的时期，史载上官婉儿的诗风是"辞甚绮丽"，与其祖父的"上官体"一脉相承，上官仪诗风和诗学理论在初唐诗坛的影响与其后上官婉儿在初唐宫廷的词宗地位密不可分。从以上的几重关系来

① 王梦鸥：《初唐诗学著述考》，台北"商务印书馆"1977 年版，第 4 页。

② 李昉：《太平广记》卷二七一引《景龙文馆记》，中华书局 1961 年版，第 2133 页。

看，沈、宋对上官仪诗学理论的继承也就顺理成章，可以说正是上官仪的诗学理论使得沈、宋在创作中有法可循。

崔融与沈、宋的关系则更为密切，史载“时张易之兄弟颇招集文学之士，融与纳言李峤、凤阁侍郎苏味道、麟台少监王绍宗等俱以文才降节事之。及易之伏诛，融左授袁州刺史”[①]，可见崔融不仅有着与沈、宋类似的宫廷文臣经历，且与沈、宋同为“珠英学士”，互相有诗唱和往来，《全唐诗》录崔融诗歌一卷，其中有《和宋之问寒食题黄梅临江驿》诗。另王梦鸥在《初唐诗学著述考》中对崔融仕宦年历进行梳理后也推断：“其生世仅次于元兢，而与李峤、杜审言、陈子昂、宋之问、沈佺期等同时。”[②]则可知崔融诗学理论著作的形成，正是沈、宋创作的鼎盛时期，他们之间的相互影响不仅完全可能，而且更为直接。

总之，初唐社会政治清明，百姓欲静求稳，帝王喜好由尚武逐渐转向重文，社会的整体风气对文学产生有益的影响，激发文人的创作热情，同时帝王崇尚奢靡、追求享乐的风气，也使得初唐文学的主流创作表现出对华美颂扬之音的偏好。沈、宋作为初唐诗坛领袖群伦的著名诗人，积极参与各种文学活动和团体，他们不仅是引领时代风气转变的文坛领袖，同时反过来更深刻地受到时代风气的影响，如他们积极参与宫廷诗创作，在宫廷诗艺较量中频频夺魁，客观上促进了诗歌形式的进一步发展，但同时他们也不得不受到品评者的左右，悉心揣摩以求迎合。他们加入当时的各种文学团体，从不同方面为诗歌发展做出有益尝试，同时也必然受到不同文学群体的影响。他们取法诗文作法式的初唐诗学著述，在创作中对这些诗学理论进行实践，使律诗最终得以成型，为盛唐诗歌高潮奠定基础。可以说，沈、宋的一切文学活动始终都与初唐时期的文学主流相契合，其创作个性的形成与所处的时代密切相关，一定程度上是社会政治对社会风气产生影响，进而影响文人创作心理和风气的结果。

---

① 刘昫：《旧唐书》卷九四，中华书局 1975 年版，第 3000 页。

② 王梦鸥：《初唐诗学著述考》，台北“商务印书馆”1977 年版，第 85 页。

第四章　沈、宋生平遭际与“沈宋体”的形成

“夫诗者，人之性情也。”[1]关于创作风格的形成和诗人性情的联系，德国的威克纳格在《风格概论》中曾有论述：“布封的名言‘风格就是人’，即指风格的主观方面。主观方面是个人的面貌，无论一位诗人或一位历史家具有怎样强烈的同族相似，总是跟他同时期的其他诗人或其他历史家有所区别。”[2]既肯定风格形成中的诗人主观方面的影响，同时也指出正是这主观方面的影响，使得同时期同民族的诗人的风格相互区别。刘勰在《文心雕龙·体性》中也提到了诗人性情对风格形成所产生的影响：“然才有庸俊，气有刚柔，学有浅深，习有雅郑，并情性所铄，陶染所凝，是以笔区云谲，文苑波诡者矣。故辞理庸俊，莫能翻其才；风趣刚柔，宁或改其气；事义浅深，未闻乖其学；体式雅郑，鲜有反其习：各师成心，其异如面。”[3]刘勰认为，即便是处于相同文学环境中的诗人，他们的才能、气质、学养、习气等方面都存在着的差别，这其中既有先天情性的差异，亦有后天陶染之别，以至于作品的风格千差万别，这完全是在创作中以诗人个性为师的结果。

由此观之，则“沈宋体”作为一种包含了沈、宋作品体貌风格和作家创作

---

① 何乔新：《唐律群玉序》，见孙琴安《唐诗选本提要》，上海书店出版社 2005 年版，第 83 页。

② 威克纳格：《诗学·修辞学·风格论》，见王元化译《文学风格论》，上海译文出版社 1982 年版，第 22 页。

③ 刘勰：《文心雕龙》，浙江古籍出版社 2001 年版，第 156 页。

个性的诗体，在考察其形成原因时，除了从文学发展、时代影响等角度加以分析外，也必须考虑到诗人先天情性和后天陶染的影响，从沈、宋的生平遭际出发，探析对其性情和创作心理发生变化的重大事件，方能全面揭示“沈宋体”的形成原因。

沈、宋二人不仅生在同时，且经历十分相似：二人同年登进士第，均以文学才能成为武后朝文学侍臣中的风云人物，后又因交通二张的罪名被贬，经历了大起大落的人生巨变。纵观沈、宋二人一生的遭际，可以粗略地分为扈从应制和贬逐南方两种主要境遇，这两种境遇也对他们的创作产生了深刻的影响。在扈从应制时期，沈、宋积极参与宫廷文学活动，写了不少备受帝王赞赏的奉和应制诗，这对诗歌创作技巧的促进极为重要；而当他们从受宠文臣沦为被贬罪官时，创作心态也发生了相应的转变，在这一境遇影响下，沈、宋的创作离开了狭窄的宫廷，拓展至广阔的社会，且在描摹岭南山水的诗句中融入了自己的离愁悲情，在尚未脱齐梁余绪的初唐诗坛尤其显得真切动人。以下试从还原沈、宋的生平遭际入手，总结二人经历中的异同，并探索其重要人生境遇对“沈宋体”形成的具体影响。

第一节　沈、宋生平遭际概述

关于沈佺期、宋之问的生平行迹，两《唐书》和元代辛文房的《唐才子传》有载，但均颇为简略。今人在这方面的研究，以傅璇琮主编的《唐才子传校笺》、《唐五代文学编年史》和陶敏、易淑琼的《沈佺期宋之问简谱》中相关部分的考辨最为细密，以下试以此为基础，结合其他相关的研究成果，对沈佺期、宋之问的生平遭际做出梳理概述。

沈佺期，字云卿，相州内黄（今河南内黄县）人。生卒年不详，两《唐书》仅载“开元初卒”。据《唐才子传》著录，沈佺期于上元二年登第，傅璇琮在《唐五代文学编年史》中以登第年约二十岁逆推，定其生年大约为唐高宗显庆元年（656）[①]，虽无可确考，但推测亦在情理之中，目前学术界多从此说。关于其卒年，大致在唐玄宗先天元年（712）至开元四年（716）之间，有 712

① 傅璇琮：《唐五代文学编年史》，辽海出版社 1998 年版，第 149 页。

年、713年、714年、716年四说。闻一多《唐诗大系》首次将沈佺期卒年定为开元四年，但有述无论；傅璇琮在《唐五代文学编年史》中亦主此说，并在“唐玄宗开元四年”条下有论：“按佺期乃自中书舍人迁太府少卿，后方迁太子少詹事，开元二年尚在太府少卿任，故其卒年当在本年左右。”[①]较为可信，而谭优学的《沈佺期行年考》[②]和陶敏、易淑琼的《沈佺期宋之问简谱》也主此说。

沈佺期出身寒微，关于其家世背景，《旧唐书》本传仅载：“弟全交及子，亦以文词知名。”[③]《新唐书》本传载：“弟全交、全宇，皆有才章而不逮佺期。”[④]其中“全交”、“全宇”，当为“佺交”、“佺宇”。另《元和姓纂》卷七鄚郡内黄沈氏条载：“唐下邳令，生真、怪。怪生佺期、佺交、宇宣。”[⑤]其中“宇宣”当为“佺宇”之误，此外鲜有关于沈佺期家世的记载。史书对沈佺期行迹的记载，始于上元二年登进士第，故此前关于其青少年时期的经历，只能从他的诗歌创作中略窥端倪。沈佺期诗中有“丹唇曾学史，白首不成儒”（《移禁司刑》）、“少曾读仙史，知有苏耽君”（《神龙初废逐南荒途出郴口北望苏耽山》）之句，可见他少时曾攻读经史，并涉猎佛道之书。此外，还作有《十三四时尝从巫峡过他日偶然有思》和《少游荆湘因有是题》两诗，陶敏、易淑琼的《沈佺期宋之问简谱》认为“时佺期尚幼，当是随父宦游”[⑥]，同时也能说明沈佺期在应举前已有游历经验，见闻较为广博。

唐高宗上元二年（675），沈佺期登进士第，同年入仕，曾任协律郎，在朝为官期间，与朝臣相互唱和，作有《和元舍人万顷临池玩月戏为新体》、《古意赠乔补阙知之》、《和中书侍郎杨再思春夜宿直》等诗。约在圣历元年（698），迁通事舍人，沈佺期《哭苏眉州崔司业二公·并序》中有“苏往任凤阁侍郎，佺期忝通事舍人”[⑦]之说，《资治通鉴》卷二〇六则载：圣历元年六月“以天官侍郎苏味道为凤阁侍郎，同平章事”[⑧]，可证至少在此年沈佺期已在通事舍

---

① 傅璇琮：《唐五代文学编年史》，辽海出版社1998年版，第533页。

② 谭优学：《沈佺期行年考》，见《唐诗人行年考续编》，巴蜀书社1987年版，第38—63页。

③ 刘昫：《旧唐书》卷一九〇中，中华书局1975年版，第5017页。

④ 欧阳修、宋祁：《新唐书》卷二〇二，中华书局1975年版，第5747页。

⑤ 林宝撰，岑仲勉校：《元和姓纂》（附四校记），中华书局1994年版，第1144页。

⑥ 陶敏、易淑琼：《沈佺期宋之问集校注》，中华书局2001年版，第781页。

⑦ 陶敏、易淑琼：《沈佺期宋之问集校注》，中华书局2001年版，第135页。

⑧ 司马光：《资治通鉴》卷二〇六，上海古籍出版社1987年版，第1392页。

人任上。圣历二年(699)，“(武后)以昌宗丑声闻于外，欲以美事掩其迹，乃诏昌宗撰《三教珠英》于内”①，召二十六文学之士同为撰集，沈佺期位列其中。期间常陪侍游幸，并媚附张氏兄弟。长安元年(701)，《三教珠英》修成，其后沈佺期迁考功员外郎，知长安二年(702)贡举，迁考功郎中，长安三年(703)，再迁给事中。伴随着仕途的升迁，沈佺期扈从应制、酬唱往来之作渐多，歌功颂德、谄媚权贵，而品格愈下，如为武三思子武崇训尚安乐郡主事赋《花烛行》以美之。

长安四年(704)，沈佺期坐考功任上受赇事，被弹劾下狱，写有《被弹》、《枉系》、《同狱者叹狱中无燕》等诗抒其怨愤。从《被弹》中“幼子双囹圄，老夫一念室。昆弟两三人，相次俱囚桎”等句来看，其案情当颇为严重。中宗神龙元年(705)正月，武则天病甚，宰臣崔玄炜、张柬之等起羽林兵迎太子，诛易之、昌宗，则天逊居上阳宫，朝官房融、崔神庆、崔融、李峤、宋之问、杜审言、沈佺期、阎朝隐等数十人皆坐二张窜逐，其中沈佺期因考功受赇案未结，又加交通二张罪名，二罪并罚，流放至最远的驩州(今越南荣市)。沈佺期在流放途中和驩州流所写作了不少诗歌，既有抒发胸中郁积之作，也有对目睹奇景的描绘，无论是诗境还是创作题材，都得到了极大的拓展。后稍迁台州(今浙江临海县)录事参军。

神龙三年春，遇赦北归，诗作《喜赦》“去岁投荒客，今春肆眚归”可为佐证。授起居郎，加修文馆直学士，陪侍帝王游宴唱和，史载沈佺期常侍宫中，“既侍宴，帝诏学士等舞《回波》，佺期为弄辞悦帝，还赐牙、绯”②，以文辞取悦人主，重又回复文学宠臣身份。后迁中书舍人，景云二年(711)，改修文馆为昭文馆，沈佺期充昭文馆学士，复历太府少卿、太子少詹事，开元初卒。

史载沈佺期“工五言”③，“善属文，尤长七言之作”④，“尝以诗赠张燕公，公曰：‘沈三兄诗清丽，须让居第一也。’”⑤由是诗名大振。时人将他与宋之问并列，称为“沈宋”。有集十卷。

---

① 刘昫：《旧唐书》卷七八，中华书局 1975 年版，第 2707 页。

② 欧阳修、宋祁：《新唐书》卷二〇二，中华书局 1975 年版，第 5747 页。

③ 傅璇琮：《唐才子传校笺》，中华书局 1987 年版，第 76 页。

④ 刘昫：《旧唐书》卷一九〇中，中华书局 1975 年版，第 5017 页。

⑤ 傅璇琮：《唐才子传校笺》，中华书局 1987 年版，第 83 页。

宋之问,字延清,一名少连,虢州弘农(今河南灵宝县)人,一说汾州(今山西汾阳县)人。察历代记载,《旧唐书》谓其为"虢州弘农人"[①],《新唐书》和《唐才子传》均定其为"汾州人"[②],宋之问在《祭杨盈川文》中则自称"西河宋某"[③],陈子昂《昭夷子赵氏碑》一文中亦称其为"洛州参军西河宋之问"[④]。据《新唐书》卷三八《地理志二》,河南道有虢州弘农郡,卷三九《地理志三》,河东道有"汾州西河郡,望。本浩州,武德三年更名"[⑤]。另有《元和郡县图志》卷一三"汾州条"云:汾州"秦属太原郡。汉武帝元朔四年置西河郡,隋大业三年废汾州,还于湿城置西河郡。皇朝初改为浩州。武德三年又改浩州为汾州。"[⑥]则汾州即西河郡。对宋之问籍贯的两说,傅璇琮《唐才子传校笺》中提出:"或一为郡望,一为实籍,故有此歧异。"[⑦]陶敏、易淑琼的《沈佺期宋之问简谱》则经过考辨认为:"按《资治通鉴》卷二〇八称'弘农宋之问'。《唐诗纪事》卷九田游岩诗云:'弘农清岩曲有磐石可坐,宋十一每拂拭待余……'《元和姓纂》卷八弘农宋氏:'状云昌后,自西河徙弘农。……之问,户、考二员外。'知之问为弘农人,西河为其祖籍郡望。"[⑧]两《唐书》本传及《唐才子传》均未载其生年,如论文"引论"中所综述,有高宗永徽元年(650)、显庆元年(656)、显庆五年(660)等多说,难以确考,傅璇琮《唐五代文学编年史》以登第年约二十岁逆推,定其生年大约为唐高宗显庆元年(656),今从之。

宋之问的门第家世并不显赫,祖辈父辈均为中下等官吏,起自乡闾,《元和姓纂》卷八弘农宋氏条载:"唐太常丞宋仁回,生果毅。生之问、之望、之悌。之问,户、考二员外,生昌藻。之望,改名之逊,荆州刺史。之悌,太原尹,益州长史、河南剑南节度,生若水、若恩,御史中丞。若水,丹徒令。"[⑨]据

---

① 刘昫:《旧唐书》卷一九〇中,中华书局1975年版,第5025页。

② 欧阳修、宋祁:《新唐书》卷二〇二,中华书局1975年版,第5747页。

③ 宋之问:《祭杜学士审言文》,见《全唐文》卷二四一,上海古籍出版社1990年版,第1077页。

④ 陈子昂:《陈子昂集》卷五,中华书局1960年版,第92页。

⑤ 欧阳修、宋祁:《新唐书》卷三九《地理志三》,中华书局1975年版,第1001页。

⑥ 李吉甫:《元和郡县图志》卷一三《汾州条》,中华书局1983年版,第377页。

⑦ 傅璇琮:《唐才子传校笺》,中华书局1987年版,第85页。

⑧ 陶敏、易淑琼:《沈佺期宋之问简谱》,见《沈佺期宋之问集校注》,中华书局2001年版,第777—778页。

⑨ 林宝撰,岑仲勉校:《元和姓纂》(附四校记),中华书局1994年版,第1171页。

学者考证，“果毅”后当脱“都尉令文”四字，“若恩”当为“若思”[①]。据两《唐书》载，其父宋令文“富文辞，且工书，有力绝人，世称三绝”[②]。宋之问兄弟三人均颇受父亲影响，“之问以文章起，其弟之悌以骁勇闻，之逊精草隶，世谓皆得父一绝”[③]。其父后官至“左骁卫郎将、东台详正学士”，据《旧唐书·孙思邈传》：“上元元年，辞疾请归，特赐良马，及鄱阳公主邑司以居焉。当时知名之士宋令文、孟诜、卢照邻等执师资之礼以事焉。”[④]可知宋令文与卢照邻等曾师事名医孙思邈，且晚年因为向道而隐居嵩山、陆浑等地，这些亦对宋之问产生一定的影响。宋之问工于文词，弱冠知名，后亦曾隐居嵩山，结交方外友人，这种长于文学的才能和好道隐居的行为，无疑和他父亲的影响有关。

上元二年(675)，宋之问与沈佺期同榜登进士第，稍后授县尉，宋之问有《潜珠篇》诗“今乃千里作一尉，无媒为献圣明君”可为佐证。另据宋之问《卧闻嵩山钟》、《冬宵引赠司马承祯》等诗作来看，宋之问在登进士第后曾师从潘师正，隐居嵩山、陆浑一带，并与司马承祯等人交游，互有诗作酬唱往来，但具体年份已不可考。天授元年(690)，武后召与杨炯分直习艺馆，宋之问《秋莲赋·序》纪之：“天授元年，敕学士杨炯与之问分直于洛城西。”[⑤]后授洛州参军，累转尚方监丞、左奉宸内供奉。常陪游宴，应制赋诗。圣历二年(699)，武则天诏昌宗预修《三教珠英》，宋之问亦同为撰集。久视元年(700)，武则天以张易之为奉宸令，“引辞人阎朝隐、薛稷、员半千为奉宸供奉。每因宴集，则令嘲戏公卿以为笑乐”[⑥]，此时宋之问被选为左奉宸内供奉，倾心媚附张氏兄弟，不仅为其捉刀代赋，且“至为易之奉溺器”[⑦]，愈见其品格之底下。长安二年(702)，宋之问在司礼主簿任。宋之问对扈从游宴的

---

① 陶敏、易淑琼：《沈佺期宋之问简谱》，见《沈佺期宋之问集校注》，中华书局2001年版，第778页。

② 欧阳修、宋祁：《新唐书》卷二〇二，中华书局1975年版，第5748页。

③ 欧阳修、宋祁：《新唐书》卷二〇二，中华书局1975年版，第5748页。

④ 刘昫：《旧唐书》卷一九一，中华书局1975年版，第5095页。

⑤ 宋之问：《秋莲赋·序》，见《全唐文》卷二四〇，上海古籍出版社1990年版，第1072页。

⑥ 刘昫：《旧唐书》卷七八，中华书局1975年版，第2706页。

⑦ 欧阳修、宋祁：《新唐书》卷二〇二，中华书局1975年版，第5747页。

文臣身份抱着“志事俱得，形骸两忘”[①]之感，写作不少应制诗。其时武后雅好文词，宋之问颇受其赞赏，得以出入侍从，享隆恩礼遇，史载“武后游洛南龙门，诏从臣赋诗，左史东方虬诗先成，后赐锦袍，之问俄顷献，后览之嗟赏，更夺袍以赐”[②]，可见其在宫廷文臣中独领风骚的地位。

神龙元年(705)正月，易之等败，宋之问与沈佺期等数十朝官均坐二张罪遭贬，宋之问被贬泷州(今广东罗定县)参军。宋之问在当年二月离开洛阳，从其南行沿途所作的诗歌来看，宋之问一路经蕲州、洪州，过赣水，度大庾岭入岭南，再经过始兴、韶州、端州，最后抵达泷州。泷州地处岭南，气候湿热，生活艰苦，宋之问有“潭蒸水沫起，山热火云生……地偏多育蛊，风恶好相鲸”等句纪之。纵观宋之问在这一时期的诗作，大多寓思乡离愁于奇山异水中，情景交融，真切感人，一扫宫廷应制诗作的浮靡习气。

神龙二年(706)，宋之问遇赦北归，授鸿胪主簿。关于宋之问自泷州北归之事，《旧唐书》载其“逃还，匿于洛阳人张仲之家。仲之与驸马都尉王同皎等谋杀武三思，之问令兄子发其事以自赎。及同皎等获罪，起之问为鸿胪主薄，由是深为义士所讥”[③]。《新唐书》所记略同，但于宋之问兄子告发一事却有所改动：“之问得其实，令兄子昙与冉祖雍上急变，因丐赎罪，由是擢鸿胪主簿，天下丑其行。”[④]但从两《唐书》的其他记载来看，宋之问告密说并不成立，如《旧唐书·苏晋传》载：“初，晋与洛阳人张循之、仲之兄弟友善，循之等并以学业著名。循之，则天时上书忤旨被诛。仲之，神龙中谋杀武三思，为友人宋之逊所发，下狱死。”[⑤]《旧唐书·姚绍之传》、《新唐书》苏晋、武三思传所载亦均为子逊及其子昙密告发，此其一。其次，宋之问有《初承恩旨言放归舟》一诗，其中“一朝承凯泽，万里别荒陬”之句已说明并非逃归，而是遇赦归乡。

宋之问回到长安后，复以文词得幸，从其所作诗文来看，有《宴安乐公主

---

① 宋之问：《祭杨盈川文》，见《全唐文》卷二四一，上海古籍出版社 1990 年版，第 1077 页。

② 欧阳修、宋祁：《新唐书》卷二〇二，中华书局 1975 年版，第 5747 页。

③ 刘昫：《旧唐书》卷一九〇，中华书局 1975 年版，第 5025 页。

④ 欧阳修、宋祁：《新唐书》卷二〇二，中华书局 1975 年版，第 5747 页。

⑤ 刘昫：《旧唐书》卷一〇〇，中华书局 1975 年版，第 3117 页。

宅》、《春游宴兵部韦员外韦曲庄序》、《梁宣王挽词三首》、《鲁忠王挽词三首》、《奉和春初幸太平公主南庄应制》等作，与武韦集团和太平公主均有所联系，其攀附权贵之势较武后时尤甚。景龙二年(708)，为户部员外郎，与沈佺期同入修文馆为学士，景龙三年(709)，转考功员外郎，知贡举，“引拔后进，多知名者”①。在第二次作为宫廷文臣陪侍游幸的生涯中，宋之问东山再起，重又成为其中的佼佼者，《唐诗纪事》载有中宗正月晦日幸昆明池赋诗一事，宋之问以“不愁明月尽，自有夜珠来”之句，被上官婉儿誉为“犹陟健举”②，位列第一，甚至连沈佺期都甘拜下风，不敢复争。

但其时宫廷斗争激烈，太平公主和安乐公主各立朋党，宋之问谄附两方，终于引起太平公主的不满。《新唐书》本传载：“景龙中，迁考功员外郎，谄事太平公主，故见用。及安乐公主权盛，复往谐结，故太平深疾之。”③在宋代的诗话中则记载更为详细：“宋之问方其谄事太平公主也，则为赋以美之曰：‘孕灵娥之秀彩，辉婺女之淳精。’及安乐公主权盛，复往谐结，至宴饮其园亭，为诗以美之曰：‘宾至星槎落，仙来月宇空。玳梁翻贺燕，金埒倚晴空。’奸倾既露，惎间遂生，而太平不乐矣。”④可见宋之问一生起伏实与其诗歌创作息息相关。太平公主罗织罪名，“发其知贡举时赇饷狼藉，下迁汴州长史，未行，改越州长史”⑤。宋之问到越州后，为政颇勤，访察民生，并苦中作乐，“穷历剡溪山，置酒赋诗”⑥，写下不少清新诗作，如《泛镜湖南溪》、《游禹穴回出若耶》、《景龙四年春祠海》、《春湖古意》等。睿宗即位后，彻底铲除武韦势力，“革中宗弊政，进忠良，退不肖……纲纪修举，当时翕然，以为复有贞观、永徽之风”⑦，而宋之问以“尝附张易之、武三思，配徙钦州”⑧，后敕改桂州，宋之问有《桂州陪王都督晦日宴逍遥楼》、《桂州三月三日》等诗可为佐证。先天元年(712)，唐玄宗即位，宋之问赐死于桂州驿，年约五十七岁。

---

① 刘昫：《旧唐书》卷一九〇中，中华书局1975年版，第5025页。

② 计有功：《唐诗纪事》卷三，上海古籍出版社1987年版，第28页。

③ 欧阳修、宋祁：《新唐书》卷二〇二，中华书局1975年版，第5747页。

④ 葛立方：《韵语阳秋》卷七，上海古籍出版社1984年版，第95页。

⑤ 欧阳修、宋祁：《新唐书》卷二〇二，中华书局1975年版，第5747页。

⑥ 欧阳修、宋祁：《新唐书》卷二〇二，中华书局1975年版，第5747页。

⑦ 司马光：《资治通鉴》卷二〇九，上海古籍出版社1987年版，第1417页。

⑧ 刘昫：《旧唐书》卷一九〇，中华书局1975年版，第5025页。

宋之问长于诗文，"徐坚尝论其文，'如良金美玉，无施不可'"[①]，尤其在窜谪江、岭时期，所作篇咏，传布远近，友人武平一为之纂集，有集十卷。

沈佺期和宋之问都是初唐的重要诗人，因诗歌创作上的相似而为人并称，有"苏李居前，沈宋比肩"[②]之誉，细查其生平遭际，二人的经历也颇多交集处：上元二年(675)，同登郑益榜进士第；于武后朝同修《三教珠英》，为珠英学士，并同陪游宴，倾附张氏兄弟；长安四年，均因坐二张窜逐；二人相隔一年，先后遇赦北归；于中宗朝同为修文馆学士，扈从游宴，应制赋诗。此外二人所任的官职中，都有以考功员外郎知贡举的经历。

比较而言，宋之问的经历更为曲折一些。沈佺期的晚年相对安稳，历起居郎、中书舍人、太府少卿、太子少詹事等职，在陪侍帝王游宴唱和中得以颐养天年，寿终正寝。而宋之问则在坐二张窜逐、遇赦北归后，先后谄媚太平公主与安乐公主，卷入李唐宗室集团和武韦集团的政治斗争中，最后因触怒李唐宗室集团，再次被贬，中宗时被贬为越州长史，睿宗即位后再流钦州，最后被玄宗赐死桂州，成为政治斗争的牺牲品。

从沈、宋二人的生平遭际来看，基本可分为两种境遇，一是扈从应制的词臣，一是贬逐南方的罪臣，随着人生境遇的变化，他们的创作也呈现出显著的转变，因此，不同的经历对沈、宋创作心态的影响是具有差异的，在"沈宋体"形成中的作用不尽相同，以下按"扈从应制"和"贬逐南方"两种境遇分述之。

第二节　扈从应制时期：声律技巧的成熟

《新唐书》在论及有唐近三百年文学时，对初唐百年有如下描述："唐有天下三百年，文章无虑三变。高祖、太宗，大难始夷，沿江左余风，絺句绘章，揣合低卬，故王、杨为之伯。玄宗好经术，群臣稍厌雕瑑，索理致，崇雅黜浮，气益雄浑，则燕、许擅其宗。是时，唐兴已百年，诸儒争自名家。"[③]沈佺期和宋之问所处的时代，正是唐代诗风"沿江左余风，絺句绘章"的时期。以帝王

---

① 傅璇琮：《唐才子传校笺》，中华书局1987年版，第95页。

② 欧阳修、宋祁：《新唐书》卷二〇二，中华书局1975年版，第5748页。

③ 欧阳修、宋祁：《新唐书》卷二〇一，中华书局1975年版，第5721页。

为中心的宫廷是文学的主要活动范围，从《新唐书》所载中宗景龙二年修文馆学士的名单来看[①]，李峤、杜审言、沈佺期、宋之问等当时最著名的诗人都集中于宫苑之内，他们多因文华取幸，凡遇飨会游豫，则陪侍赋诗，应制酬唱之作充斥诗坛，成为诗歌创作的主要形态。其时宫廷文学活动在帝王主持下更有赛诗的风气，从最后的品评结果来看，沈佺期与宋之问在宫廷词臣中无疑居于突出地位，如前文所引《唐诗纪事》载上官婉儿评沈、宋二人诗作一事[②]，上官婉儿久决不下，最后以沈诗“词气已竭”，宋诗“犹陟健举”定宋之问之作为群臣之首，一方面说明宋稍胜沈一筹，但“唯沈、宋二诗不下”的犹豫和“工力悉敌”的评语，也恰恰说明了在扈从应制的词臣中，沈、宋实乃一时伯仲。沈、宋和李峤、杜审言等其他宫廷词臣共同构成扈从应制的主要力量，因此有“若侍从酬奉则李峤、宋之问、沈佺期”[③]之说。尽管历代诗评对这类“侍从酬奉”之作评价不高，但这一经历却在沈、宋的创作生涯中占据重要地位，对他们的创作风格产生重要影响，“沈宋体”精于声律的特点，正是在侍从酬奉的宫廷文学活动中形成的，以下拟对唐代宫廷文学活动的繁密程度和沈、宋扈从应制的频率进行客观描述，在此基础上深入分析宫廷文学活动与“沈宋体”特点形成之间的联系。

一

初唐帝王重视文学的传统，自唐高祖李渊起就已开始建立，《旧唐书·儒学传》载：“高祖建义太原，初定京邑，虽得之马上，而颇好儒臣。”[④]至唐太宗即位，“解戎衣而开学校，饰贲帛而礼儒生，门罗吐凤之才，人擅握蛇之价。靡不发言为论，下笔成文，足以纬俗经邦，岂止雕章缛句。韵谐金奏，词炳丹青”[⑤]，除了汇聚大批文臣于宫廷中之外，更亲自参与诗歌创作，足见对文学的偏爱与重视。沈佺期和宋之问同跨高宗、武后、中宗三代，此时也正是宫

---

① 欧阳修、宋祁：《新唐书》卷二〇二，中华书局 1975 年版，第 5745 页。

② 计有功：《唐诗纪事》卷三，上海古籍出版社 1987 年版，第 28 页。

③ 欧阳修、宋祁：《新唐书》卷二〇一，中华书局 1975 年版，第 5722 页。

④ 刘昫：《旧唐书》卷一八九上，中华书局 1975 年版，第 4940 页。

⑤ 刘昫：《旧唐书》卷一九〇上，中华书局 1975 年版，第 4982 页。

廷文学活动达到空前繁盛的时期。“贞观之风，同乎三代”①，太宗之后的高宗、武后、中宗数朝，进一步开设、扩大修文馆，延引文臣，凡饷会游豫，则帝王赋诗、命群臣属和，形成了“巍巍济济，辉烁古今”②的盛况。

在武后、中宗时期，帝王对文人的延揽也达到了前所未有的规模。武后朝曾招纳大量文人修《三教珠英》，客观上造成了宫廷内苑文士云集的局面，《唐会要》载有此事，并列出参与修书的二十六人。关于此次修书的人数，目前尚未确考，《郡斋读书志》卷二《总集类》下有“珠英学士集”条，载“右唐武后朝诏武三思等修《三教珠英》一千三百卷，预修书者四十七人，崔融编集其所赋诗，各题爵里，以官班为次。融为之序。”③由此来看，实际参与修书的文学之士当不止这二十六人。武则天招纳这些文学之士的主要目的在于修书，但修书之余，也颇多游宴赋诗活动，另外文士云集的局面，也增加了相互之间应酬唱和的机会。这些参与修书的文士加上其他与宫廷有关的重要诗人，共同构成了武后朝规模可观的宫廷文人群。

中宗朝在此基础上进一步置修文馆学士，提高文人地位，广纳文人于宫廷，据《新唐书》：

> 初，中宗景龙二年，始于修文馆置大学士四员、学士八员、直学士十二员，象四时、八节、十二月。于是李峤、宗楚客、赵彦昭、韦嗣立为大学士，适、刘宪、崔湜、郑愔、卢藏用、李乂、岑羲、刘子玄为学士，薛稷、马怀素、宋之问、武平一、杜审言、沈佺期、阎朝隐为直学士，又召徐坚、韦元旦、徐彦伯、刘允济等满员。其后被选者不一。④

这些修文馆学士的主要任务，主要是陪侍天子飨会游豫，每当帝有所感赋诗时，应制属和，因此实质上担当了宫廷文学侍臣的角色。而李峤、宋之问、杜审言、沈佺期等重要诗人的参与，大大提升了宫廷文人的创作实力。

诗人是宫廷文学活动的主体，帝王的喜好提倡，加上大量诗人集中于宫

---

① 刘昫：《旧唐书》卷一九〇上，中华书局1975年版，第4982页。

② 刘昫：《旧唐书》卷一九〇上，中华书局1975年版，第4982页。

③ 孙猛：《郡斋读书志校证》卷二〇，上海古籍出版社1990年版，第1059页。

④ 欧阳修、宋祁：《新唐书》卷二〇一，中华书局1975年版，第5748页。

廷，武后、中宗朝时期的宫廷文学活动达到了前所未有的繁密程度。武后拜洛水、造天枢成、宴上阳宫、封禅嵩山、游龙门等一系列活动，均有大量文士扈从，并应制赋诗。中宗时宫廷文学活动的风气之盛又更胜一筹，据《唐诗纪事》卷九记载，仅游宴赋诗的活动，在景龙二年至四年间就多达四十一次。此外，除了以帝王为中心的游宴赋诗之外，宫廷文人自行组织的聚会也不在少数。可以说，武后、中宗朝时期的宫廷文学活动，呈现出规模各异、形态多样的特点，因此，要全面了解这一时期的文学，不妨把宫廷文学活动的范围适当扩大，将凡由宫廷文人参与聚会赋诗的活动，都纳入宫廷文学活动的考察范畴，由此出发，则武后、中宗朝时期的宫廷文学活动可以按发起者的不同，分为以帝王（包括皇室成员）为中心和以宫廷文人为中心的文学活动两类。

以下从沈佺期、宋之问登第的上元二年始，至中宗景龙四年止，据傅璇琮《唐五代文学编年史》，对这一时期内的以帝王（包括皇室成员为中心）的文学活动重新辑录，以求对初唐武后、中宗朝时期的宫廷文学活动做出更为客观的描述：

年　月	活　动	出　处
唐高宗仪凤三年七月	丁巳，高宗宴百僚诸亲于咸亨殿，与太子李贤、霍王元轨、相王轮、戴至德、来恒、薛元超等作柏梁体联句	《旧唐书·高宗纪》下； 《册府元龟》卷一一〇。
唐高宗永隆二年七月	皇太子李显纳妃，太平公主出降薛绍。高宗作诗，刘祎之、元万顷、郭正一、胡元范、任希古、裴守真等均有和作。	《全唐诗》卷二，高宗《太子纳妃太平公主出降》； 《册府元龟》卷八； 《新唐书·后妃传》上。
唐武后垂拱四年十二月	己酉，武后拜洛水，受“天授圣图”，有诗，李峤、苏味道、牛凤及有和作。	《旧唐书·则天皇后纪》。
唐武后永昌元年八月	秋，武后作秋景观竞渡诗，陈嘉言和上之，陈子昂为代作上诗表。	《全唐文》卷二〇九，陈子昂《为陈御史上奉和秋景观竞渡诗表》。
唐武后天授元年九月	武则天即帝位，作《上礼抚事述怀》诗，陈子昂、李峤均有应制之作。	《旧唐书·则天皇后纪》； 《全唐诗》卷八四，陈子昂《奉和皇帝上礼抚事述怀应制》； 《全唐诗》卷六一，李峤《皇帝上礼抚事述怀》。

续 表

年 月	活 动	出 处
周武则天天册万岁元年四月	武后造天枢成，朝士献诗者甚众，李峤诗冠绝当时。	《通鉴》卷二〇五； 《大唐新语》卷八； 《全唐诗》卷六一，李峤《奉和天枢成宴夷夏群僚夷应制》。
同年七月	武后宴于上阳宫，赋诗，群臣和作；时宋之问陪游宴，编纪众作，为之序。	《全唐文》卷二四一，宋之问《早秋上阳宫侍宴序》。
周武则天万岁登封元年腊月	武后封禅嵩山，改元万岁登封。宋之问扈从，有诗作。李峤时任凤阁舍人，从封嵩山，作《大周降禅表》。本年，上官婉儿始掌宸翰。	《旧唐书·则天皇后纪》； 《全唐诗》卷五二，宋之问《幸岳寺应制》、《扈从登封途中作》、《松山岭应制》；卷五三《扈从登封告成颂应制》； 《全唐文》卷二四八，李峤《大周降禅表》； 《太平广记》卷二七一引《景龙文馆记》。
周武则天圣历二年二月	武后幸嵩山，过缑氏山王子晋庙，改名为升仙太子庙，为作碑，又赋杂言《游仙篇》，刻石。阎朝隐自太子舍人迁给事中，从幸嵩山，途中有诗。	《通鉴》卷二〇六； 《金石萃编》卷六三《升仙太子碑》； 《全唐诗》卷六九，阎朝隐《侍从途中口号应制》。
同年春	宋之问、沈佺期、东方虬等扈从游龙门，同应制赋诗，之问夺得锦袍。	《全唐诗》卷五一，宋之问《龙门应制》；卷九六，沈佺期《从幸香山寺应制》； 《旧唐书·宋之问传》； 《隋唐嘉话》卷下。
周武则天圣历三年腊月	武后幸汝州，与武三思、姚元崇、苏颋、薛曜等宴于州南流杯亭，赋诗凡七首，李峤为之序，殷仲容书，刻石。	《宝刻丛编》卷五； 《旧唐书·则天皇后纪》。
同年五月	武后与群臣游于嵩山石淙，赋七言律诗，太子李显、相王李旦及李峤、苏味道、姚元崇、阎朝隐、崔融、徐彦伯、沈佺期、宋之问等均有和作。	《金石萃编》卷六四《夏日游石淙诗碑》； 《全唐诗》卷五二，宋之问《三阳宫侍宴应制得幽字》。
同年秋	珠英学士张说等奉敕宴于梁王武三思宅，各有诗。	《全唐诗》卷四六，魏元忠《修书院学术奉敕宴梁王宅赋得门字》； 《张燕公集》卷五《修书院学士奉敕宴梁王宅》。
周武则天长安元年十月	沈佺期在通事舍人任，扈从武后幸长安，经华岳，有诗。	《旧唐书·则天皇后纪》； 《全唐诗》卷九五，沈佺期《辛丑岁十月上幸长安时扈从出西岳作》。

续　表

年　月	活　动	出　处
周武则天长安三年十月	则天还洛阳，李峤、杜审言、沈佺期扈从，途中均有诗作。	《全唐诗》卷五七，李峤《扈从还洛呈侍从群官》；卷六二，杜审言《扈从出长安应制》；卷九七，沈佺期同题诗；《旧唐书·则天皇后纪》。
同年十一月	武三思子武崇训尚安乐郡主，欲宠其礼，命李峤、苏味道、沈佺期、宋之问、徐彦伯、张说、阎朝隐、崔融、崔湜、郑愔等赋《花烛行》以美之。	《旧唐书·武崇训传》；《诗薮》载宋之问《花烛行》；《张燕公》卷一〇《安乐郡主花烛行》。
唐中宗神龙二年五月	十八日，改葬永泰公主，太常少卿徐彦伯撰墓志，吴兢作挽歌二首。	《唐代墓志汇编》神龙〇二七《大唐永泰公主志石文》；《全唐诗》卷一〇一，吴兢《永泰公主挽歌二首》。
唐中宗神龙三年七月	太子李重俊起兵杀武三思、武崇训父子，又斩关入宫索上官婉儿，中宗、韦后避于玄武门楼；李重俊兵败被杀后，追赠武三思为梁宣王，武崇训为鲁忠王，改玄武门为神武门，韦后作《神武颂》；李峤作诗挽武三思，称其贤良；宋之问亦作挽诗挽之，又代宗楚客为文祭之。	《通鉴》卷二〇八；《全唐诗》卷五二，宋之问《梁宣王挽词》、《鲁忠王挽词》各三首；卷五八，李峤《武三思挽歌》；《全唐文》卷二四〇，宋之问《为文武百僚等请造神武颂碑表》；卷二四一《为宗尚书祭梁宣王文》。
唐中宗景龙二年七月	七夕，中宗御两仪殿赋诗，学士李峤、杜审言、刘宪、苏颋、李乂、赵彦昭等均有和作；李行言唱《步虚歌》。	《唐诗纪事》卷九；诗分见《全唐诗》卷五八、六二、七一、七三、九二、一〇三。
同年九月	九日，中宗游慈恩寺塔，上官婉儿献诗，中宗及李峤、宋之问、崔湜、李适、李乂、卢藏用、岑羲、薛稷等均有诗作。	《唐诗纪事》卷九；诗分见《全唐诗》卷五二、五四、七〇、七一、九二、九三、一〇三、卷一〇四、一〇五、一〇六。
同年闰九月	九日，中宗游总持寺，登浮图，李峤、宋之问、刘宪、李乂等献诗。	《唐诗纪事》卷九；诗分见《全唐诗》卷五二、五八、七一、九二。
同年十月	三日，中宗游三会寺，上官婉儿、宋之问、李峤、刘宪、李乂、郑愔均有应制诗。	《唐诗纪事》卷九；诗分见《全唐诗》卷五、五三、六一、七一、九二、一〇六。

续表

年　月	活　动	出　处
同年十一月	十五日，中宗诞辰，宴于内殿，与李峤、宗楚客、刘宪、崔湜、郑愔、赵彦昭、李适、苏颋、卢藏用、李乂、马怀素、薛稷、宋之问、陆景初、上官婕妤为柏梁体联句。	《唐诗纪事》卷九； 《全唐诗》卷二。
同年十二月	六日，中宗游荐福寺，立春宴于内殿，二十一日幸临渭亭，三十日游汉长安未央宫故基，李峤、刘宪、宋之问、沈佺期、李适、李乂、苏颋、徐彦伯、赵彦昭、郑愔等各有诗作。	《唐诗纪事》卷九； 诗分见《全唐诗》卷五、五二、五三、五八、六一、七〇、七一、七三、七六、九二、九六、一〇三、一〇六。
唐中宗景龙三年正月	人日，中宗游清晖阁，李峤、宗楚客、刘宪、苏颋、李乂、赵彦昭各应制为五言律诗，峤与宋之问、沈佺期、赵彦昭等又各为七言绝句。	《唐诗纪事》卷九； 诗分见《全唐诗》卷四六、五八、七一、七三、九二、一〇三。
	人日，中宗与诸学士宴于清晖阁，欢甚，令学士递起屡舞，沈佺期赋《回波乐》词，获赐绯。	《唐诗纪事》卷九； 《本事诗·嘲戏》。
	晦日，中宗至昆明池赋诗，群臣应制百余篇，以沈佺期、宋之问二诗为优，上官婉儿评议，以为沈诗末联“词气已竭”，宋诗则“犹陟健举”，故以宋诗为第一。	《唐诗纪事》卷九； 《全唐诗》卷五三，宋之问《奉和晦日幸昆明池应制》。
	中宗屡赴长宁公主庄，上官婉儿及景龙文馆学士均有诗作。	《唐诗纪事》卷一、卷三。
同年二月	八日，中宗赋诗送荆州僧玄奘等归，十一日，又游太平公主南庄，李峤、宋之问、邵升、苏颋、李乂、沈佺期等各有诗作。	《唐诗纪事》卷九； 诗分见《全唐诗》卷五二、五八、六一、六九、九二、九六。
	中宗与学士近臣宴集，张锡、宗晋卿、张洽等为舞，卢藏用效道士上章，崔日用于侍宴时起舞作歌，因获赐绯，兼修文馆学士；独郭山恽歌古诗，李景伯作《回波词》以讽。	《通鉴》卷二〇九； 《本事诗·嘲戏》； 《唐诗纪事》卷一〇。

续　表

年　月	活　动	出　处
同年七月	中宗幸望春宫，制序作诗送朔方总管张仁愿赴军，李峤、李适、刘宪、苏颋、李乂、郑愔均有和作。	《唐诗纪事》卷九；《旧唐书·中宗纪》；诗分见《全唐诗》卷六一、七〇、七一、七四、九二、一〇六。
同年八月	三日，中宗游安乐公主西庄，宗楚客、李峤、韦元旦、李适、刘宪、苏颋、李乂、卢藏用、岑羲、马怀素、沈佺期、赵彦昭、萧至忠、李迥秀均有七律应制诗，中宗制序。	《唐诗纪事》卷九；《旧唐书·中宗纪》；诗分见《全唐诗》卷四六、六九、七〇、七一、七二、七三、九二、九三、九六、一〇三、一〇四。
同年九月	九日，中宗游临渭亭，与苏瓌、李峤、阎朝隐、韦元旦、苏颋、韦嗣立、卢藏用、岑羲、薛稷、马怀素、沈佺期、赵彦昭、萧至忠、李迥秀、杨廉、韦安石、窦希玠、陆景初、郑南金、李咸、于经野、卢怀慎等分韵赋诗，中宗亲为之序。	《唐诗纪事》卷九；《旧唐书·中宗纪》；《全唐文》卷一七，中宗《九日登高诗序》；诗分见《全唐诗》卷二、五八、六九、七三、九一、九三、九六、一〇三、一〇四。
同年十月	八日，安乐公主移入金城坊新宅，中宗临幸，宗楚客、沈佺期、武平一、赵彦昭各应制作诗。	《唐诗纪事》卷九；《旧唐书·中宗纪》；诗分见《全唐诗》卷四六、九六、一〇二、一〇三。
同年十一月	乙丑，中宗亲郊，召崔湜、郑愔入陪大礼；徐彦伯作《南郊赋》以献，词甚典美。	《通鉴》卷二〇九；《唐诗纪事》卷九；《全唐文》卷二六七，徐彦伯《南郊赋》。
	十五日，中宗诞辰，长宁公主满月，李峤、郑愔应制作诗。	《唐诗纪事》卷九；诗分见《全唐诗》卷五八、一〇六。
同年十二月	十二日，中宗游温泉宫，敕蒲州刺史徐彦伯入仗，上官婉儿献七绝三首，彦伯与武平一等五人有应制诗；中宗登骊山，赋诗，崔湜、李峤、刘宪、苏颋、张说、李乂、武平一、赵彦昭、阎朝隐均有和作。	《唐诗纪事》卷九；诗分见《全唐诗》卷五、五四、五八、七一、七三、七六、八七、九二、一〇二、一〇三。
	十四日，中宗至韦嗣立庄（嗣立为皇后韦氏疏属），封嗣立为逍遥公，亲制序赋诗，崔湜、李峤、刘宪、苏颋、徐彦伯、张说、李乂、沈佺期、武平一、赵彦昭各应制作五言排律及七言绝句，张说作《东山记》以纪其事。十五日，便游白鹿观，诸人复有应制诗；十八日，中宗幸秦始皇陵，有诗。	《唐诗纪事》卷九；《旧唐书·中宗纪》；《通鉴》卷二〇九；《张燕公集》卷一二《东山记》；诗分见《全唐诗》卷五四、六一、七一、七四、八八、八九、九二、九七、一〇一、一〇三。

续 表

年 月	活 动	出 处
唐中宗景龙四年正月	朔日，赐群臣柏叶，李乂、武平一、赵彦昭有应制诗。	《唐诗纪事》卷九； 诗分见《全唐诗》卷九二、一〇二、一〇三。
	五日，中宗于蓬莱宫宴吐蕃使者，与韦后、长宁公主、安乐公主、太平公主、李重茂、上官婉儿、崔湜、郑愔、武平一、阎朝隐、窦从一、宗晋卿及吐蕃舍人明悉猎为柏梁体联句。	《唐诗纪事》卷九； 《全唐诗》卷二。
	七日，中宗重宴于大明宫，赐彩缕人胜，崔日用、李峤、韦元旦、李适、刘宪、苏颋、李乂、马怀素、沈佺期、赵彦昭、郑愔各有七律应制；又观打球，崔湜、沈佺期、武平一各有五律应制。	《唐诗纪事》卷九； 诗分见《全唐诗》卷四六、六一、六九、七〇、七一、七三、九三、九六、一〇三、一〇六。
	八日立春，中宗命侍臣游苑，至望春宫迎春，赐彩花树，中宗有诗，崔日用、阎朝隐、韦元旦、李适、卢藏用、马怀素、沈佺期各有七律应制诗。	《唐诗纪事》卷九； 《太平御览》卷二〇引《唐书》； 诗分见《全唐诗》卷二、四六、六九、七〇、九三、九六。
	晦日，中宗游浐水，宗楚客、张说、沈佺期各有应制诗。	《唐诗纪事》卷九； 诗分见《全唐诗》卷四六、八七、九六。
同年二月	一日，中宗至始平，送金城公主和蕃，郑惟忠为使，崔日用、崔湜、李峤、阎朝隐、韦元旦、唐远悊、李适、刘宪、苏颋、徐彦伯、张说、薛稷、马怀素、沈佺期、武平一、赵彦昭、郑愔应制赋诗。	《唐诗纪事》卷九； 诗分见《全唐诗》卷四六、五四、六九、七〇、七一、七三、七六、八七、九三、九六、一〇二、一〇三、一〇六。
	二十一日，中宗宴张仁愿于桃花园，李峤、苏颋、徐彦伯、张说、李乂、赵彦昭各有七绝应制；明日，宴承庆殿，中宗令宫女歌之，敕太常简二十篇入乐府，号曰《桃花行》。	《唐诗纪事》卷九； 《太平御览》卷九六七引《景龙文馆记》； 诗分见《全唐诗》卷六一、七四、七六、八九、九二、一〇三。

续 表

年 月	活 动	出 处
同年三月	上巳，中宗祓禊渭滨，刘宪、徐彦伯、张说、韦嗣立、李乂、沈佺期各有七绝应制诗。	《唐诗纪事》卷九； 诗分见《全唐诗》卷七一、七六、八九、九一、九二、九七。
	八日，中宗与修文馆学士同宴于窦希玠宅，苏颋、刘宪、李乂、沈佺期等有应制诗，张说为之序；十一日，宴于上官婉儿之别院，婉儿献诗，郑愔有和诗四首。	《唐诗纪事》卷九； 诗分见《全唐诗》卷七四、八九、九二、九七、一〇六。
	中宗游望春宫，学士崔日用、阎朝隐、韦元旦、李适、刘宪、苏颋、张说、李乂、岑羲、薛稷、马怀素、沈佺期、郑愔应制赋七律诗。	诗分见《全唐诗》卷四六、五四、六九、七〇、七一、七三、八七、九二、九三、九六、一〇六。
同年四月	一日，中宗游长宁公主庄，崔湜、李峤、李适、刘宪、李乂、郑愔各有应制诗。	《唐诗纪事》卷九； 诗分见《全唐诗》卷五四、七〇、七一、九二、一〇六。
	六日，中宗至兴庆池观竞渡之戏，苏环、李适、韦元旦、刘宪、苏颋、徐彦伯、张说、李乂、马怀素、沈佺期、武平一各有七律应制诗。	《唐诗纪事》卷九； 《类编长安志》卷三兴庆池； 《通鉴》卷二〇九； 诗分见《全唐诗》卷四六、六九、七〇、七一、七三、七六、八七、九二、九三、九六、一〇二。

从上表可见，从武后实际掌权开始，宫廷文学活动的次数就渐渐增加，登基后，不仅频率更高，且规模也得到扩大。中宗朝时期的宫廷文学活动更是繁密，有时甚至一月之内数次，且大多规模宏大。《新唐书》曾载其一年四季的各种活动，颇为可观，而这些活动大多都有帝王赋诗、群臣属和的环节：

> 凡天子飨会游豫，唯宰相及学士得从。春幸梨园，并渭水祓除，则赐细柳圈辟疠；夏宴蒲萄园，赐朱樱；秋登慈恩浮图，献菊花酒称寿；冬幸新丰，历白鹿观，上骊山，赐浴汤池，给香粉兰泽，从行给翔麟马，品官黄衣各一。帝有所感即赋诗，学士皆属和。①

① 欧阳修、宋祁：《新唐书》卷二〇二，中华书局1975年版，第5745页。

《全唐诗话》中记录了唐中宗与文学侍臣的一段对话，也可以解释唐中宗热衷于提倡宫廷文学活动的原因所在：

> 帝谓侍臣曰：“今天下无事，朝野多欢，欲与卿等词人，时赋诗宴乐，可识朕意，不须惜醉。”大学士李峤、宗楚客等跪奏曰：“臣等多幸，同遇昌期。谬以不才，策名文馆。思励驽朽，庶裨河岳。既陪天欢，不敢不醉。”此后，每游别殿，幸离宫，驻跸芳苑，鸣笳仙禁，或戚里宸筵，王门番席，无不毕从。①

无论是在武后朝还是中宗朝，沈佺期和宋之问都是参与这些宫廷文学活动的主力。按上表的不完全统计，武后即位后，计有 12 次应制唱和的活动，沈、宋分别参与 5 次。而在中宗朝活动最为频繁的景龙年间，景龙二年计有活动 6 次，宋之问参与 5 次，沈佺期参与 1 次；景龙三年计有活动 14 次，本年秋宋之问因再次被贬，仅参与 3 次，沈佺期参与 8 次；景龙四年计有活动 12 次，沈佺期参与 8 次，凡帝王出游、宴集，或其他皇室成员有婚丧大事，沈、宋均应制赋诗。宇文所安的《初唐诗》中曾统计中宗朝时修文馆诗人的全部诗歌作品②，另加崔融、苏味道和杨炯的诗作，共计约千首，其中仅李峤、宋之问、沈佺期、杜审言的诗作就占了约六百首，仅以数量多寡来评判其重要性，不免失之片面，但沈、宋在宫廷文学活动中的活跃程度可见一斑。

在帝王频繁举行游宴活动的影响下，以宫廷文人为中心的文学活动也大为增加。初唐时期，帝王“待臣下法禁颇宽，恩礼从厚。凡曹司休假，例得寻胜地宴乐，谓之旬假，每月有之。……当时倡酬之多，诗篇之盛，此亦其一助也”③，加之当时风气，“大臣以无文为耻”④，这一方面使得宫廷文臣的私人聚会增多，同时凡聚会则必赋诗的风气，也使得这种私人聚会往往演变成非官方的以宫廷文人为中心的文学活动。

---

① 尤袤：《全唐诗话》，见何文焕《历代诗话》，中华书局 1981 年版，第 54—56 页。

② 宇文所安：《初唐诗》，三联书店 2004 年版，第 181—182 页。

③ 胡震亨：《唐音癸签》卷二七，上海古籍出版社 1981 年版，第 284—285 页。

④ 张说：《唐昭容上官氏文集序》，见《全唐文》卷二二五，上海古籍出版社 1990 年版，第 1004 页。

这类宫廷文人自行组织的文学活动，或是馆阁园池内的游览赋诗，或是郊外山林间的聚会赋诗，或因迁谪送别互为赠答，在这类活动中，文人不仅要限韵赋诗唱答，并需由专人作序文以纪之，其中尤以宋之问所作序文为多，如《春游宴兵部韦员外外韦曲庄序》、《袁侍郎席饯永昌独孤少府序》、《三月三日于灞水曲饯豫州杜长史别昆季序》等。沈佺期虽无写作此类活动的序文记录，但从其诗作来看，对参与此类私人聚会的热情也不在宋之问之下，如沈佺期有《李员外秦授宅观妓》、《夏日梁王席送张岐州》、《夏日都门送司马员外逸客孙员外佺北征》、《饯高唐州询》等。

二

这类宫廷文学活动中的赋诗环节，往往对诗人限制颇多：或由帝王先作一首，群臣应制奉和，这样的情况下，文臣们的诗作大多沿袭原作的构思，甚至连所用词藻也颇类似；或由帝王命题，群臣应诏作同题组诗，如此所作诗歌也大多雷同；即便是群僚间私聚赋诗，也不免有题材体式等方面的限定。此外，无论是何种形式的宫廷文学活动，大多都有品评奖惩的环节，《新唐书·上官婉儿传》载中宗时游宴赋诗，上官婉儿拥有“差第群臣所赋，赐金爵”[①]的权力。

应制诗“大抵虽浮靡”[②]，成就不高，“然所得皆有可观”[③]，并非全无是处，从目前所存的初唐应制诗来看，大多为五言律诗、五言排律或七言律诗等近体诗。这一方面固然是因为形式上的严整划一便于品评，另一方面也正因为形式上的限制，要脱颖而出就不得不在声律技巧、遣辞造句上别出心裁，因此对诗歌写作的技巧起到了相当大的推进作用。在当时奉和应制、酬唱往来的宫廷文学活动中，沈、宋二人表现突出，他们的应制唱和诗虽所存不多，但无疑代表了初唐应制诗的最高水平，因此，扈从应制的赋诗经验，对沈、宋诗歌技巧的促进也就更为有效并影响深远。

首先，从品评标准来看宫廷文学活动对“沈宋体”特点形成的影响。武后、中宗朝的赛诗记录表明，其时最为常用的品评标准是作诗的快慢，

① 欧阳修、宋祈：《新唐书》卷七六，中华书局 1975 年版，第 3485 页。
② 欧阳修、宋祈：《新唐书》卷七六，中华书局 1975 年版，第 3485 页。
③ 欧阳修、宋祈：《新唐书》卷七六，中华书局 1975 年版，第 3485 页。

以诗思敏捷为优，有时还会特别注明最先成诗者。宇文所安的《初唐诗》有如下描述：“宫廷出游诗的制作并不是与个人无关的事情。根据久已建立的宴会传统，在这种场合里最后成诗的朝臣要罚饮一定数量的酒。虽然这种处罚实际上十分温和，但受罚者肯定会因诗思迟钝而相当难堪。宫廷出游记录的确指明了最先成诗与最后成诗的人。”[①]《唐诗纪事》曾记录中宗景龙三年幸临渭亭登高的一次赋诗活动，也证明了这种说法，其序云：“陶潜盈把，既浮九酝之欢；毕卓持螯，须尽一生之兴。人题四韵，同赋五言，其最后成，罚之引满。”并在最后记录最先成诗和最后成诗者：“是宴也，韦安石、苏环诗先成，于经野、卢怀慎最后成，罚酒。”[②]类似记载不在少数，如“武后游龙门，命群官赋诗，先成者赐以锦袍”[③]、中宗景龙二年“十二月六日，上幸荐福寺。郑愔诗先成”[④]、景龙三年“宴白鹿观，御诗序云：‘人题四韵，后罚三杯’”[⑤]、同年登骊山，“帝自题序末云：人题四韵，后罚三杯。日暮，成者五六人，余皆罚酒”[⑥]等，可见在当时成诗的速度是赛诗活动中较为通用的品评标准。

在这种以成诗速度快慢而加赏罚的赛诗活动中，诗人要避免因最后成诗而受罚的尴尬，“最有效的办法莫过于储存大量合适的惯例，及采用一种编排这些惯例的现成形式。”[⑦]从现存的宫廷应制诗来看，在构思上大多遵循一套惯有的程式化结构，即开篇说明事件，中间排比堆砌词藻，结尾点出全篇要旨，或歌功颂德，或表达对事件的个人感受。如景龙二年九月九日，中宗幸慈恩寺，上官婉儿献诗，群臣应制奉和，选上官婉儿和李峤的诗比照如下：

上官婉儿《九月九日上幸慈恩寺登浮图群臣上菊花寿酒》

帝里重阳节，香园万乘来。却邪萸入佩，献寿菊传杯。塔类承天

---

① 宇文所安：《初唐诗》，三联书店2004年版，第183页。

② 计有功：《唐诗纪事》卷一，上海古籍出版社1987年版，第8页。

③ 计有功：《唐诗纪事》卷一一，上海古籍出版社1987年版，第165页。

④ 计有功：《唐诗纪事》卷九，上海古籍出版社1987年版，第114页。

⑤ 曾慥：《类说》卷六，引自《景龙文馆记》。

⑥ 计有功：《唐诗纪事》卷一，上海古籍出版社1987年版，第10页。

⑦ 宇文所安：《初唐诗》，三联书店2004年版，第183页。

涌，门疑待佛开。睿词悬日月，长得仰昭回。①

李峤《奉和九月九日登慈恩寺浮图应制》

瑞塔千寻起，仙舆九日来。萸房陈宾席，菊蕊散花台。御气鹏霄近，升高凤野开。天歌将梵乐，空里共裴回。②

这两首诗完全遵照应制诗的惯例结构来构思写作。首联中，“重阳节”、“九日”、“香园”、“瑞塔”说明时间地点，“万乘”、“仙舆”则点明中宗幸慈恩寺的事件，中间遣辞也颇为雷同，均以“萸”、“菊”、“塔”为描写对象，尾联上官婉儿用了“睿词”、“日月”等富有皇家气象的字眼，以称颂帝王，李峤则用“天歌”、“梵乐”等词，扣住事件发生的地点最后点题。

因此，以成诗速度为品评标准的直接后果是造成了文臣们熟练掌握了一套写作应制诗的程式化结构，积极参与扈从应制的沈、宋更不例外。沈、宋的高明之处就在于他们在遵循这套程式化结构的基础上，在诗歌的遣辞造句、铺叙比拟等技巧方面着力改进。沈、宋之作，语言清丽典雅，点题富于巧思，且往往蕴涵流宕之气，在语言过于雕绘华美、形式大多板滞的宫廷应制诗中有鹤立鸡群之势。

如沈佺期有《兴庆池侍宴应制》一诗：

碧水澄潭映远空，紫云香驾御微风。汉家城阙疑天上，秦地山川似镜中。向浦回舟萍已绿，分林蔽殿槿初红。古来徒羡横汾赏，今日宸游圣藻雄。

按照惯例的程式，首联多点明事件地点。沈诗由“碧水”映空入笔，既点出“兴庆池”，又由池中倒映将笔触由水面引向天空，“紫云”、“香驾”等词祥瑞典丽，暗合皇家气象，开篇巧妙之极。中间写景，先从大处着眼，“汉家”二句

① 上官婉儿：《九月九日上幸慈恩寺登浮图群臣上菊花寿酒》，见《全唐诗》卷五，中华书局1960年版，第60—61页。

② 李峤：《奉和九月九日登慈恩寺浮图应制》，见《全唐诗》卷五八，中华书局1960年版，第693页。

写眼前实景,“天上”、“镜中”皆收笔底,空阔浩大,被赞为“指点生云烟……自挟灵隽之气”[①]的妙笔。“向浦”二句则由大收小,细写眼前景物,正所谓“繁花依草,点缀增妍”[②]。尾联点明侍宴应制,句句紧扣应制主题,却别遣丽辞,巧思制胜,较之同时应制的“降鹤池前回步辇,栖鸾树杪出行宫”[③]之句,确实更胜一筹,不负“骈丽精工,初唐压卷”[④]之誉。

再如宋之问的《奉和圣制立春剪彩花应制》:

> 金阁妆仙杏,琼筵弄绮梅。人间都未识,天上已先开。蝶绕香丝住,蜂怜彩艳回。今年春色早,应为剪刀催。

“彩花”是用丝绸制作的花。早在隋朝就有以彩花装饰宫树的记载:“宫树秋冬凋落,则剪彩为华叶,缀于枝条,色渝则易以新者,常如阳春。”[⑤]此诗不仅以“蝶绕香丝住,蜂怜彩艳回”极写彩花的逼真美丽,更以“今年春色早,应为剪刀催”的巧思妙想描绘彩花带来的满园春色,唐诗中有不少将春色合剪刀裁出联想在一起的诗句,如“不知细叶谁裁出,二月春风似剪刀”、“古文科斗出,新叶剪刀生”等,追根溯源,实演变自宋之问的“春色早”之句。宋之问此诗写得流丽隽爽,甚至被誉为“此诗流丽与太白应制无以异也”[⑥]。

而在文人私聚的赋诗活动中,虽然仍然遵循惯用的结构程式,但送别、唱和、寄赠等其他内容的加入,同时限制相对放宽,又使得诗人在创作时能表达出较多的真情实感。沈佺期的“安得回白日,留欢尽绿樽”(《送陆侍郎余庆北使》)、宋之问的“卧病人事绝,嗟君万里行”(《送杜审言》)中都流露出因友人远行而起的离愁别绪。

其次,“沈宋体”在声律方面的特点,也与扈从应制时惯常采用的诗体形式相关。为了便于品评比较,扈从应制之作大多采用五言律诗、五言排律或

---

① 《唐怀风》,见陈伯海《唐诗汇评》,浙江教育出版社 1995 年版,第 220 页。

② 《沈诗评》,见陈伯海《唐诗汇评》,浙江教育出版社 1995 年版,第 220 页。

③ 苏颋:《兴庆池侍宴应制》,见《全唐诗》卷七三,中华书局 1960 年版,第 805 页。

④ 《唐诗直解》,见陈伯海《唐诗汇评》,浙江教育出版社 1995 年版,第 220 页。

⑤ 司马光:《资治通鉴》卷一八〇,中华书局 1956 年版,第 5620 页。

⑥ 方回:《瀛奎律髓》,黄山书社 1994 年版,第 175 页。

七言律诗等近体诗形式，曾有学者统计并比较《珠英学士集》和景龙宫廷诗中的律诗情况[①]，发现《珠英学士集》中的诗歌合律程度只有百分之二十左右，而数年之后景龙学士所作中合律程度增加了百分之五十，由此可见诗歌律化程度的提高与应制酬唱的宫廷文学活动密不可分。“沈宋体”之所以形成精于声律的特点，且因声律方面的突出成就被人誉为“沈宋律诗”，与沈、宋对这类活动的积极参与有关。

此外，值得注意的是宫廷文学活动对诗歌对仗技巧的促进方面。“对仗是律诗的必要条件”[②]，熟练掌握对仗技巧，既能迅速完成诗作，又能以工整精巧的诗句赢得帝王青睐。因此，为了给诗人提供各种典故词藻，初唐时编纂了大量的类书，沈、宋参与编纂的《三教珠英》便是其中规模较大的一种，此外还有《北堂书钞》、《艺文类聚》、《芳树要览》、《事类》、《初学记》等类书，目的无非“俾夫览者易为功，作者资其用”[③]，更好地完成应制酬唱诗的写作。沈、宋作为参与编纂类书的诗人，在词藻掌握、对仗运用方面的技能更是少有人及，李商隐曾有《漫成》一诗评价沈、宋诗作：“沈宋裁词矜变体，王杨落笔得良朋。当时自谓宗师妙，今日唯观对属能。”[④]李商隐认为初唐最为出色的诗人无非沈、宋、“四杰”等人，他们在当时“自谓宗师”，但如今回顾他们的诗句，也不过拥有“对属”方面的技能而已。虽然对沈、宋的评价过于片面而不免低估，但“对属能”的评价，却也精确地指出了沈、宋诗歌合于声律的主要特点，这一特点的形成正是得益于他们在扈从应制时期的相关训练。

总之，在各种宫廷文学活动中，宫廷文臣往往不得不因帝王的喜好曲意奉承，迎合评诗标准，因此限制颇多，形成了固定的程式化结构，但也正因为此，促使沈、宋另辟蹊径，在遣辞造句、声律技巧等方面加以突破，由此创作出精丽圆润，颇具巧思的应制酬唱之作，有时甚至改变了以成诗快慢来评诗的标准。如《唐诗纪事》载武后幸龙门的出游赋诗活动，即便事前约定的标准是“先成者赐以锦袍”，但诗后成的宋之问因为所作“文理兼美”，于是“夺

① 贾晋华：《唐代集会总集与诗人群研究》，北京大学出版社 2001 年版，第 65－66 页。

② 王力：《王力近体诗格律学》，山西古籍出版社 2003 年版，第 143 页。

③ 欧阳询：《艺文类聚・序》，上海古籍出版社 1982 年版。

④ 李商隐：《漫成五章》其一，见《全唐诗》卷五四〇，中华书局 1960 年版，第 6216 页。

锦袍衣之”，可见“文理兼美”的标准可以凌驾在速度快慢的标准之上。后人对沈、宋应制酬唱之作评价颇高：“沈、宋应制之作，精丽不待言，而尤在运以流宕之气，此元自六朝风度变来，所以非后来试帖所能几及也。”[①]恰恰点出了扈从应制的赋诗经验对沈、宋创作所造成的影响。

第三节 贬逐南方时期：抒情内质的强化

初唐时期，宫廷斗争一直此起彼伏，如唐高祖时有“玄武门之变”，武后掌权时期则大肆诛杀李唐宗室贵族，后张柬之等杀张昌宗、张易之兄弟，拥中宗复位，韦后与安乐公主又毒杀中宗，最后李隆基与太平公主起兵杀韦后、安乐公主等。除了残酷的宫廷斗争外，即便是在政权相对稳定的时期，也有各种政治力量暗中角力，如高宗不满武后跋扈，曾与上官仪密谋废后，中宗时又有太平公主和安乐公主之争。

在如此变幻莫测的政治局势中，群臣往往因选择立场不慎而卷入各种争斗遭到贬谪，甚至付出生命的代价，初唐时几乎所有的重要文人都曾有过被贬谪的经历，如王勃、卢照邻、骆宾王、李峤、杜审言、崔融、沈佺期、宋之问等。这其中，沈、宋都因攀附权力集团被卷入政治斗争，最后被贬岭南。在初唐遭到贬谪命运的文人中，沈、宋的经历略有特别之处。中宗复辟后因谄附“二张”而遭贬谪的数十朝臣中，沈佺期被贬到最远的驩州（今越南荣市），他从洛阳出发，一路艰辛，用了将近一年的时间才达到贬所，此后沈佺期在驩州大约一年，当地气候湿热、环境恶劣，对诗人而言不啻是人生中最痛苦的一段经验。宋之问则不仅因依附“二张”而被贬官，其后又因为卷入太平公主和安乐公主之争，再度被贬逐岭南，经历了两起两落的曲折命运，最后被赐死于桂州。

贬谪对文人固然是一种不幸，但痛苦的经历却往往能成就出艺术上的高峰。正如清代尤侗所论：“古之人，不得志时，往往发为诗歌，以鸣其不平。”[②]贬谪对沈、宋的诗歌创作产生的影响尤为深刻。在沈、宋扈从应制时

① 翁方纲：《石洲诗话》卷一，见郭绍虞《清诗话续编》，上海古籍出版社 1983 年版，第 1366 页。

② 尤侗：《叶九来乐府序》，见《西堂杂组》一集卷三，《四库禁毁书丛刊》本。

期的诗歌中，不难看出，成为一名宫廷辞臣正是他们人生目标，“微末忝间从，兼得事苹藻”(《辛丑岁十月上幸长安时扈从出西岳作》)、“微臣昔忝方明御，今日还陪八骏游”(《三阳宫石淙侍宴应制》)，宋之问还曾有欲加入“北门学士”而被拒的经历，可见对于出身寒门的沈、宋来说，能凭借文采出众而扈从游宴，确实已经达到理想中的仕途顶峰。然而突如其来的贬谪却使他们的人生发生巨大的转变，他们从顶峰一落千丈，并遭遇到格外严酷的惩罚。从陪侍帝王的宠臣到荒途末路的罪臣。这种强烈的反差彻底改变了沈、宋的创作心态，他们的诗歌不再是歌功颂德的点缀品，也不再是应酬往来的交际手段，而是融入身世之感，将积于胸中的悲愤沉痛发诸于诗，创作了不少真挚感人的佳作。

沈佺期自长安四年(704)坐考功任上受赇事被弹劾下狱开始，到被贬岭南驩州，最后于景龙元年(707)遇赦北归，前后约四年时间，据陶敏、易淑琼《沈佺期宋之问集校注》中可编年的诗歌统计，这期间沈佺期留下了33首诗作，而在此之前从上元元年(674)到长安四年(704)之间也仅有28首诗。宋之问则两度被贬，在一入岭南时写下了《度大庾岭》这样情景交融、音韵谐婉的传世名篇；自景龙三年(709)秋起，宋之问几度遭贬，在景龙三年(709)至先天元年(712)约四年间，先贬越州，再徙钦州，后敕改桂州，同据《沈佺期宋之问集校注》中可编年的诗歌统计，期间宋之问共有诗作58首，在其所有留存诗作中占了很大的比重。正如德国作家丁·凯尔纳所说：“真正的诗歌只出于深切苦恼所炽燃着的人心。”[①]贬逐南方时期，沈、宋不仅留下了相当数量的诗作，同时这些诗作也是他们创作中质量最高的一部分，尤其是“之问再被窜谪，途经江、岭，所有篇咏，传布远近”[②]，达到了较高的艺术成就。如果说扈从应制的宫廷文臣生涯使得沈、宋诗作在声律和语言等外在形式的技巧方面达到成熟，那么贬逐南方时期则进一步为他们的诗作注入了真切深沉的情感，并结合触目所及的南方山水，创作了一大批寓情于景、内蕴丰富的感人之作，促使“沈宋体”诗歌达到最后的完备。

贬谪对沈、宋诗歌创作最直接的影响，首先在于因贬谪而生的强烈而丰

---

① 钱锺书：《诗可以怨》引丁·凯尔纳诗，见《七缀集》，上海古籍出版社1994年版，第129页。

② 刘昫：《旧唐书》卷一九〇中，中华书局1975年版，第5025页。

富的情感，正所谓“大凡物不得其平则鸣”，这种强烈情感因宣泄的需要成为创作的动力，并为诗作注入了充盈真挚的情感内蕴，使沈、宋得以创造出众多情真意切的佳作。

沈、宋在前期扈从应制的境遇中所创作的典丽富艳的应制诗，只需依照惯例歌功颂德、粉饰太平即可，几乎不需要融入自己的情感，这种诗作中情感缺失的状况在沈、宋遭遇贬逐后得到改变。当他们由宫廷宠臣一变而为屈辱的罪臣，前后境遇的反差如此强烈，以致由此激发起绝望、怨恨、恐惧、负屈、悲哀、自怜等种种起伏跌宕的情感，这些深刻的人生体验和丰富的情感变化在他们的诗作中得到了细致入微的体现。

无法接受遭贬的事实，因冤屈感而生的激愤最先流露在沈、宋诗作中。沈佺期早在长安四年(704)即因考功任上受赇事被弹劾下狱，身陷囹圄的沈佺期写下《被弹》、《移禁司刑》、《枉系》二首、《同狱者叹狱中无燕》等诗。在这些诗作中，他反复申辩“万铄当众怒，千谤无片实。庶以白黑谗，显此泾渭质。……事间拾虚证，理外存枉笔。怀痛不见伸，抱冤竟难悉”(《被弹》)、“我无毫发瑕，苦心怀冰雪”(《枉系》其二)，并用“曾参杀人”、“周公赋诗”的典故以自喻负屈：“吾怜曾家子，昔有投杼疑。吾怜姬公旦，非无鸱鸮诗。”(《枉系》其一)强调自己的清白品质，表明对朝廷的一片忠心，以期待“安得吹浮云，令我见白日”(《被弹》)，重新恢复扈从应制的文臣身份。宋之问因坐附“二张”被贬岭南，与沈佺期的冤假错案情况有所不同，但在贬谪的路途中，他一路悲歌，也不时流露出因冤屈而生的悲怨：“浩叹诬平生，何独恋枌梓”(《自洪府舟行直书其事》)、“自惟勖忠孝，斯罪懵所得。皇明颇照洗，廷议日纷惑”(《早发大庾岭》)，抒写自己忠而受诬的遭遇。

贬逐路途中的艰辛劳顿，以及对蛮荒之地的畏惧，成为沈、宋一路诗作中最主要的内容。沈佺期的贬地最远，他从洛阳出发，一路经郴州、容州、陆州、交州、爱州，最后到达驩州，花了将近一年时间，这一路“夜则忍饥卧，朝则抱病走。搔首向南荒，拭泪看北斗”(《初达驩州》其二)，既要忍受路途的辛苦，又无法排遣内心的悲伤愁怨。除了“自从别京洛，颓鬓与衰颜”(《入鬼门关》)的失意和“马危千仞谷，舟险万重湾”(《入鬼门关》)的艰难之外，更让沈佺期感到畏惧的是“洛浦风光何所似，崇山瘴疠不堪闻”(《遥同杜员外审言过岭》)，贬地的恶劣环境让沈佺期不止一次发出“两地江山万余里，何时重谒圣明君”(《遥同杜员外审言过岭》)、“何年赦书来,重饮洛阳酒”(《初达驩州》其二))这样渴望北归的心声。宋之问在第一次贬途中所写的《早发大庾岭》最能体现他“常忧死别”、“实冀生还”[①]的心情:在发出“适蛮悲疾首,怀巩泪沾臆”的悲声后,在心底仍保留着对恩赦的期盼,“生还倘非远,誓拟酬恩德”,遥遥地向朝廷表达感恩之情。而他的《至端州驿见杜五审言沈三佺期阎五朝隐王二无竞题壁慨然成咏》一诗则明显流露出更为绝望凄凉的情感:“云摇雨散各翻飞,海阔天长音信稀。处处山川同瘴疠,自怜能得几个归。”既有对充满瘴疠的贬地环境的恐惧,也表现出对神龙逐臣命运的悲观。

“感物思归怀故乡”(宋之问《寒食江州蒲塘驿》)的情感则贯穿了沈、宋贬逐境遇的全过程。

除了路途中的“两地江山万余里,何时重谒圣明君”(《遥同杜员外审言过岭》)外,沈佺期在驩州贬所的诗作中几乎都流露出思念家人故友、渴望得以赦归的心情。如“思君无限泪,堪作日南泉”(《初达驩州》其一)、“帝乡遥可念,肠断报亲情”(《岭表寒食》)、“无人对炉酒,宁缓去向忧”(《三日独坐驩州思忆旧游》)等,尤其是对妻子儿女的想念,如“翰墨思诸季,裁缝忆老妻。小儿应离褓,幼女未攀笄”(《赦到不得归题江上石》),对家人刻骨铭心的牵挂与思念,令人叹息。在《驩州南亭夜梦》中,这种思乡的情感得到了一次集中的宣泄:“昨夜南亭望,分明梦洛中。室家谁道别,儿女案尝同。忽觉犹言是,沉思始悟空。肝肠余几寸,拭泪坐春风。”虽然身处驩州,却梦回洛中,梦中与家人儿女团聚的情景历历在目,梦醒后却只能“拭泪坐春风”,梦境的美好与现实的残酷对比如此强烈,怎能不令诗人“肝肠余几寸”。

宋之问几度遭贬,他的思归之作更是写得情致哀婉,格外感人,如《题大庾岭北驿》:“阳月南飞雁,传闻至此回。我行殊未已,何日复归来。江静潮初落,林昏瘴不开。明朝望乡处,应见陇头梅。”相传大雁至此北归,而诗人不得不继续奔赴更南的瘴疠之地,故乡越来越远,而不知“何日复归来”。“陇头梅”典出南朝诗人陆凯的“折梅逢驿使,寄与陇头人”,含蓄地表达了思

---

① 宋之问:《在桂州与修史学士吴兢书》,见《全唐文》卷二四〇,上海古籍出版社1990年版,第1074页。

乡之情，此诗可谓句句离愁，怀乡之情，盼归之切，均溢于言表，被后人誉为“凄咽欲绝”[①]之作。再如著名的《度大庾岭》：“度岭方辞国，停轺一望家。魂随南翥鸟，泪尽北枝花。山雨初含霁，江云欲变霞。但令归有日，不敢恨长沙。”诗人在贬途中翻山越岭，频频回望故乡，眷恋家国之情拳拳可鉴，触目所及，是自由而归的飞鸟和北地梅花，诗人不能随着大雁北归，只能“泪尽”大庾岭，五、六两句写景，却是“一切景语皆情语”，将三、四句的沉痛收结于内，含而不露，后人评其为“结怨而不怒，得诗人温厚之旨”[②]，并引出“但令归有日，不敢恨长沙”的期冀。此诗将思乡念归之情融于景中，哀婉愁怨之意表达得起伏绵密，称其为“辞深思苦，不堪多读”[③]之作，确非过誉。

此外，贬谪也将文人们从狭窄的宫廷朝堂带到广阔的市井荒漠，使他们的生活环境发生巨大改变，客观上开拓了文人的视野，为他们的诗歌注入了新的内容。“唐人好诗，多是征戍、迁谪、行旅、离别之作，往往能感动激发人意”[④]，一定程度上也说明了贬谪对唐诗所产生的积极影响。关于沈、宋诗作在题材开拓方面的成就，在下一章“沈宋体”创作特征中，还将作详细具体的论述，在此暂不展开。

从沈、宋贬逐时期的诗作分析来看，可知沈、宋此时的诗作已不复奉和应制时的富丽颂美之辞，贬逐的境遇带给沈、宋更为复杂丰富的情感体验，这些情感体验融注在创作中，使得沈、宋诗作呈现出情融景中、真挚感人的艺术效果，弥补了沈、宋诗歌情感贫乏的缺陷。“沈宋体”除了在声律规范方面的特点外，更有“情多、兴远、语丽”等其他特点，这些特点在不同的创作阶段逐渐形成。扈从应制时期的宫廷诗歌活动对沈、宋创作的影响偏重于声律技巧遣辞造句方面，贬逐南方的境遇则加强了诗歌的抒情内质，使其创作出高于同时代其他诗人的形式内涵俱佳的诗作。

要之，“沈宋体”作为一种二者并称、“以人而论”的诗体，是建立在沈、宋

---

① 《唐风定》，见陈伯海《唐诗汇评》，浙江教育出版社 1995 年版，第 84 页。

② 《闻鹤轩初盛唐近体读本》，见陈伯海《唐诗汇评》，浙江教育出版社 1995 年版，第 85 页。

③ 《闻鹤轩初盛唐近体读本》，见陈伯海《唐诗汇评》，浙江教育出版社 1995 年版，第 85 页。

④ 郭绍虞：《沧浪诗话校释》，人民文学出版社 1961 年版，第 198 页。

诗风相似、“工力悉敌”、并对诗歌发展做出同等贡献的基础之上的，它所代表的具体的风貌特征并不仅限于声律方面，而是包括精于声律、语言清丽、情多兴远等诸方面的特点。这种风貌特征的形成，与文学自身的发展传承有关，尤其“沈宋体”精于声律的特点，与整个诗歌律化进程密切相关，所谓“旧传四声，自齐梁至沈、宋，始定为唐律”[①]，若无前人在汉语音韵方面的探索和“永明体”、“宫体诗”、“上官体”等诗体的积累，加之各种声律理论的指导，很难想象“沈宋体”能达到如此高的合律程度。其次，“沈宋体”形成独有的风貌特征，也受到了沈、宋所处的时代背景的影响。唐代文学政治性非常强，初唐统治者采取偃武重文政策，爱好文学，并大力奖掖词臣，沈、宋正是这一政策的受益者，他们以文华取幸，迎合帝王尚侈靡、求享乐的心理，写作了不少以颂美为目的的奉和应制诗，时代风气对沈、宋的影响不可谓不巨。再次，风格的形成中沈、宋主观方面的作用也不可忽视，他们出身、经历均十分相似，从扈从应制的宠臣到贬逐南方的罪臣，几乎同步遭遇了人生境遇的重大转变。当他们以宫廷词臣的身份创作诗歌时，只能迎合帝王喜好、奉旨作诗，因此他们继承六朝以来的诗歌创作技巧，着力追求声律对仗、遣辞造句等方面的改进，使得律诗体制不断完善。而贬逐生涯对沈、宋虽是一种痛苦的人生经历，却丰富了其诗作的情感内质，使“沈宋体”最终达到音韵谐美、语言清丽、情感充盈的完备阶段。从充斥齐梁余绪的初唐诗坛，到“声律风骨始备”[②]的盛唐诗歌高峰之间，沈、宋以丰富的创作实践积累了大量经验，尤其在声律属对方面，对唐诗发展起到了极大的推动作用，袁行霈认为：“性情与声色的统一，……这正是初唐诗人在一百年间为盛唐所作的主要准备”[③]，从这个意义上来说，声情兼备的“沈宋体”实起到了承前启后的卓绝之功。

---

① 马端临：《文献通考》卷二三一，中华书局1986年影印本。

② 王克让：《河岳英灵集注》，巴蜀书社2006年版，第1页。

③ 袁行霈：《百年徘徊——初唐诗歌的创作趋势》，载《北京大学学报》1994年第6期，第77页。

下编　「沈宋体」创作论

作为初盛唐之交“横驰翰墨场”的著名诗人，沈、宋对唐诗发展起到了承上启下的关键作用，但因二人以文华取幸，并谄附二张，品格低下，为士林不齿，直接影响了后代对他们作品的正确评价。除了提到他们在律体定型方面的贡献外，很少兼及其他，“之问之为人不足道也，然唐律诗起于之问与沈佺期”[①]是一种颇有代表性的观点。事实上，他们的“沈宋体”诗歌，不仅是律体定型的标志，更在语言风格、诗境构筑、题材拓展等方面取得了重要成就，从多方面为盛唐诗国高潮的到来做好必要的准备，高叔嗣《苏门集》中有如下阐述：“若是昔在巨唐诗道中兴，许燕擅其美，沈宋极其至，其后李白杜甫之流遂作雄词。”[②]正可视为对沈、宋在唐诗发展中所起作用的肯定。

沈、宋并称，且以创作共同构成“沈宋体”，不仅因为他们相似的经历，更因为在创作实践上呈现出来的惊人的一致性，可以说二人的诗歌创作，虽略有差异，总体还是同大于异。对此，胡应麟曾有评论：“沈七言律，高华胜宋；宋五言排律，精硕过沈。”又：“沈宋本自并驱，然沈视宋稍偏枯，宋视沈较缜密。沈制作亦不如宋之繁富。”[③]杨慎《升庵诗话》亦云：“宋严沧浪取崔颢《黄鹤楼》诗为唐人七言律第一，近日何仲默、薛君采取沈佺期‘卢家少妇郁金堂’一首为第一，二诗未易优劣。”[④]沈佺期以七律胜，宋之问更擅长五律，已为公论。但若从数量上来考量，据陶敏、易淑琼的《沈佺期宋之问集校注》统计，沈佺期七言八句之作今存12首，宋之问9首，差别并不大，而五言排律中篇幅最宏大之作并非出自宋之问诗集，而是沈佺期的《答魑魅代书寄家人》，共96句48韵。同时，他们创作最多的均是五言律诗。可见沈、宋创作虽各擅胜场，但互相交集之处颇多，可谓难分颉颃。如前所论，“沈宋体”并非沈、宋的全部诗作，而是特指与诗歌律化进程密切相关的部分，因此，在分析“沈宋体”创作特征时，以最能代表“沈宋体”的五言律诗为主，兼及七言律诗和其他；以总结他们的共同特点为主，兼及差异；除了关注“沈宋体”在格律体制方面“回忌声病，约句准篇”的特点外，更要归纳他们在语言风格、诗境构筑、题材拓展等方面的贡献，以对“沈宋体”的创作特征做出更为全面细致的考察。

---

① 方回：《瀛奎律髓》，黄山书社1994年版，第934页。

② 高叔嗣：《苏门集》，上海古籍出版社1987年影印《四库全书》本。

③ 胡应麟：《诗薮》，上海古籍出版社1979年版，第76页。

④ 王仲镛：《升庵诗话笺证》卷四，上海古籍出版社1987年版，第136页。

第一章　首创工密：诗歌声律的成熟

作为沈、宋诗作的主要代表，“沈宋体”的最大特点，无疑是与律诗的特殊联系。“沈宋体”一直以来被视为律体定型的标志性诗体，自唐代开始就与律诗相提并论，最有代表性的莫过于元稹的“沈、宋之流，研练精切，稳顺声势，谓之为律诗”①之说，宋代严羽则直接将“沈宋体”与律诗合并，称之为“沈宋律诗”②，这一定程度上说明了“沈宋体”在诗歌律化进程中的重要作用。律诗究竟定型于何人，目前尚有多说，本文将辟专门章节论述，这里仅就沈、宋诗作加以考察分析，他们创作了大量工密精研的律诗典范之作，则是无可争议的事实，其中以五言律诗居多，另有少量七言律诗和五言排律。

诗歌律化发展经历了漫长的过程。如前所述，若以对汉语声韵的最初探索为起点，这个进程早在东汉末年就已开始，从二、四字异声、律句律联的出现等实践，到有这方面的理论总结，如沈约的“四声八病”和以上官仪《笔札华梁》为代表的初唐诗学著述，在诗歌声韵、对属等多方面对诗歌律化规则作了更为细致的规范，使之日益精细严密。“沈宋体”在诗歌格律方面所形成的特点，正是建立在前人实践和理论多方面积累的基础之上。所谓的“首创工密”，并非指沈、宋在规范诗歌律化方面首开先河，而是肯定“沈宋体”诗作在格律方面所取得的前所未有的成就。曾有学者对“沈宋体”做过详细统计，认为“沈、宋近体诗合格率由文章四友的百分之八十七左右提高

① 元稹：《叙诗寄乐天书》，见《元稹集》卷五六，中华书局1982年版，第601页。

② 郭绍虞：《沧浪诗话校释》，人民文学出版社1961年版，第48页。

到百分之九十以上”[①]。此外，从诗作使用的体式上看，也基本涵盖了所有近体诗的类型，五言律诗和五言排律最多，也对五言绝句、七言律诗、七言绝句等其他类型做了有益的尝试。可以说，“沈宋体”无论从数量还是质量上来考量，都可视为律诗成熟的标志，这一点是前人诗作或诗体所无可替代的，故以“首创工密”概括之。

“沈宋体”的“首创工密”之功，最为明显的在于“约句准篇”[②]。在此之前的律化进程，已经不断呈现出减少句数的趋势，到了沈、宋，更是确定每篇的句数。以下据陶敏、易淑琼的《沈佺期宋之问集校注》统计，沈佺期共存诗151首，宋之问共存诗201首，其中以每篇八句为最多，制表如下：

	五言			七言			其他
	四句	八句	八句以上	四句	八句	八句以上	
沈佺期	1	74	51	9	12	4	
宋之问	20	86	65	7	9	4	杂言7首，存句3首

在确定律诗句数的过程中，每篇六句作为一种过渡，在“永明体”和“宫体诗”中曾占不小的比例，如“永明体”的代表诗人沈约存诗198首中，每篇六句的就有23首，但在沈、宋的全部诗作中，并无一首六句诗作，统计二人的每篇八句之作，共有181首之多，占据了51%之强，其余或为绝句，或为篇幅较长的排律、古诗，亦各符体制要求。因此单从确定律诗句数篇制的角度来看，“沈宋体”确实可谓达到了律诗的成熟阶段。

律诗规范不外乎篇制、押韵、平仄、对仗，除句数篇制外，沈、宋在前人“以音韵相婉附，属对精密”的基础上，“又加靡丽，回忌声病，约句准篇，如锦绣成文”[③]，可见“沈宋体”在声律、属对等其他方面，也达到了极高的水平。以下分别从“沈宋体”的用韵、平仄、对仗等几方面，对比律诗规范，对其在格律方面的特征作具体分析。

---

① 许总：《“沈宋体”形式与内涵新论》，载《江西师范大学学报》2002年第3期，第56页。

② 欧阳修、宋祁：《新唐书》卷二〇二，中华书局1975年版，第5748页。

③ 欧阳修、宋祁：《新唐书》卷二〇二，中华书局1975年版，第5748页。

第一节 “沈宋体”的用韵考察

关于近体诗的用韵，据王力的格律学之说，有以下规则：

首先，首句是否入韵的问题。五言律诗“第一、三、五、七不入韵，第二、四、六、八入韵，这是正例；但首句亦有入韵者，这是变例”[①]，七言律诗则“第一、二、四、六、八句入韵，第三、五、七句不入韵，这是正例；但首句亦有不用韵者，这是变例”[②]。此外，关于绝句的首句入韵问题，“五绝的首句也像五律的首句一样，以不入韵为正例”、“七绝的首句也像七律的首句一样，以入韵为正例”[③]。

其次，关于能否换韵、通韵的问题，王力指出：“近体诗用韵甚严，无论绝句、律诗、排律，必须一韵到底，而且不许通韵。”[④]此外，还有不可出韵、以平韵为正例等规范。

在陶敏、易淑琼编纂的《沈佺期宋之问集校注》中，以编年先后对沈、宋诗作进行排列，按沈、宋经历的不同阶段分卷，未能确切编年的在最后另归一卷。以下根据《沈佺期宋之问集校注》所辑，对沈、宋诗作的用韵进行全面整理，按照用韵情况归纳韵部。据王力《王力近体诗格律学》的“近体诗的用韵”一节：“唐宋诗人用韵所根据的韵书是《切韵》或《唐韵》，凡韵书中注明‘同用’的韵就可以认为同韵；到了元末，索性把同用的韵归并起来，稍加变通，成为一百零六个韵。这一百零六个韵就是后代所谓‘平水韵’，也就是明清时代普通所谓‘诗韵’。由此看来，若说唐宋诗人用韵是依照‘平水韵’的，虽然在历史上说不过去，而在韵部上却大致不差。”[⑤]据此，本文在整理沈、宋诗歌用韵时，就根据这一百零六韵，再参考《中华韵典》[⑥]，列举沈、宋所用诗韵，并在每个韵部之下举出诗篇所用韵字，在韵字后注明该诗的第一

① 王力：《王力近体诗格律学》，山西古籍出版社 2003 年版，第 2 页。

② 王力：《王力近体诗格律学》，山西古籍出版社 2003 年版，第 3—4 页。

③ 王力：《王力近体诗格律学》，山西古籍出版社 2003 年版，第 23、25 页。

④ 王力：《王力近体诗格律学》，山西古籍出版社 2003 年版，第 31 页。

⑤ 王力：《王力近体诗格律学》，山西古籍出版社 2003 年版，第 28 页。

⑥ 《中华韵典》，上海古籍出版社 2004 年版。

句，以便查索。若以诗歌体制来划分沈、宋的全部诗作，其中以合格律诗为最多，另有古体诗若干，此外因二人处于律体定型的转折阶段，因此还有不少初具雏形的律诗，故很难确切归类。为求对沈、宋诗作用韵情况做出全面的考察整理，故此处不分近体古体，但在注明每篇的第一句后，进一步注明此诗的具体情况，如每篇句数、首句入韵与否和其他特殊情况。最后根据整理所得，对比以上近体诗的用韵规则，专对“沈宋体”的用韵特点做出总结。

一、沈佺期诗的韵部

【上平声】

一东：空宫中穷（忆昔王子晋；八句；首句不入韵）；雄中通工空蒙宫风（子云推辨博；十六句；首句不入韵）；隆中同丰东风蓬宫童崇雄（汉宅规模壮；二十二句；首句不入韵）；中同空风（昨夜南亭望；八句；首句不入韵）；中同（洛阳旧出神明宰；四句；首句不入韵）；空风中红雄（碧水澄潭映远空；八句；首句入韵）；宫中空风（肃肃莲花界；八句；首句不入韵）；功同空风中虹融穷东（龙门非禹凿；十八句；首句不入韵）；中雄风宫（制书下关右；八句；首句不入韵）；宫中风丰（周王甲子旦；八句，首句不入韵）；骢东瞳风中（西北五花骢；八句；首句入韵）。

二冬：松重笻容钟浓逢封（台阶好赤松；十六句；第二句韵脚“风”属上平声一东，《全唐诗》中“风”作“峰”，属二冬）。

四支：岐斯奇离麾被垂仪（秦鸡常下雍；十六句；首句不入韵；“被”通“披”）；迟时辞期持（青春浩无际；十二句，首句不入韵；第十句韵脚“湄”属上平声五微）；骑师持时词旗诗（二庭追虏骑；十二句；首句入韵）；疑诗欺辞（吾怜曾家子；八句；首句不入韵）；期时洏姿贻持师欺思期之旗悲词（闭囚断外事；三十句；第十句韵脚“湄”属上平声五微）；知披移枝（合殿春应早；八句；首句不入韵）；期思滋帷（君子事行役；八句；首句不入韵）；吹垂差知（玉窗朝日映；八句；首句不入韵）；眉师时辞（非君惜鸾殿；八句；首句不入韵）。

五微：微稀闱飞（西禁青春满；八句；首句不入韵）；闱衣微归飞辉（并命登仙阁；十二句；首句不入韵）；违飞微辉（偕老言何谬；八句；首句不入韵）；

闱衣飞微威辉归菲机非(南省推丹地;二十句;首句不入韵);归辉衣飞(去岁投荒客;八句;首句不入韵);归绯(回波尔时佺期;四句;首句不入韵);机辉归衣稀微菲闱飞挥(大君制六合;二十句;首句不入韵);飞违微辉归(龙池跃龙龙已飞;八句;首句入韵);晖围微归(汉月生辽海;八句;首句不入韵);机飞微衣(落叶惊秋妇;八句;首句不入韵);辉归飞衣菲(棠棣日光辉;八句;首句入韵);辉畿骈微威(符传有光辉;八句;首句入韵);稀飞归衣辉(秋近雁行稀;八句;首句入韵);微稀飞薇衣闱(步辇寻丹嶂;十二句;首句不入韵);祈菲飞晞归衣微几(闻有玄都客;十六句;首句不入韵);飞围辉微稀威衣(羽檄西北飞;十二句;首句入韵);归飞(周原五稼起;四句,首句不入韵)。

六鱼:居除渠疏胥(素浐接宸居;八句;首句入韵);居虚虚书余(咸阳秦帝居;八句;首句入韵)。

七虞:衢隅炉壶图(金舆旦下绿云衢;八句;首句入韵);途儒炉扶凫枢图躯徒虞孤驱诬符隅蛛于枯无趋诛愚辜珠(畴昔参乡赋;四十八句;首句不入韵);都舻愚枢吴输濡蒲图桴(天地降雷雨;二十句;首句不入韵)。

八齐:狴泥鸡黎(圣人宥天下;八句;首句不入韵);西啼齐鸡泥溪黎脐圭狴跻低睽荑迷霓题瓶畦犀妻笄倪嘶(家住东京里;四十八句;首句不入韵);西低啼鸡(独游千里外;八句;首句不入韵);西鼙啼齐(妾家临渭北;八句;首句不入韵)。

十灰:台开来摧杯隤胎哉陪灰(春风摇碧树;二十句;首句不入韵);台来灰猜(何许乘春燕;八句,首句不入韵);回杯来梅开(除夜子星回;八句;首句入韵);回灰来开杯章材(法驾乘春转;十二句;首句不入韵);来限开台回(初闻衡汉来;八句;首句入韵);开来台(东山朝日翠屏开;四句;首句入韵);杯开梅来(东郊暂转行春仗;八句;首句不入韵);开来催才回陪(阊阖连云起;十二句;首句不入韵);回开杯来台徊(北阙垂旒暇;十二句;首句不入韵);台开来回(昔年分鼎地;八句;首句不入韵);台开雷来(洞壑仙人馆;八句;首句不入韵);开来杯台(九重驰道出;八句;首句不入韵);回台来开(巫山峰十二;八句;首句不入韵);回梅开杯台(铁骑几时回;八句;首句入韵);来台开杯(仙媛乘龙夕;八句;首句不入韵);埃来催哀枚限开摧回(胡骑犯边埃;十六句;首句入韵)。

十一真:尘身春臣(日南椰子树;八句;首句不入韵);陈春人新辰(拂旦

鸡鸣仙卫陈；八句；首句入韵）；滨春人（宝马香车清渭滨；四句；首句入韵）；亲人春（濯龙门外主家亲；四句；首句入韵）。

十二文：云闻分汾（南山奕奕通丹禁；八句；首句不入韵）；君闻云群纷分云芬文氲（少曾读仙史；二十句；首句不入韵）；分云闻群君（天长地阔岭头分；八句；首句入韵）；闻云分君（书报天中赦；八句；首句不入韵）；分云闻氲（小度巫山峡；八句；首句不入韵）；分军文辒云勋群薰（虏障天骄起；十六句；首句不入韵）。

十三元：轩言辕樽（古人贵将命；八句，首句不入韵）；阍孙恩存（金榜扶丹掖；八句；首句不入韵）；门原园论屯烦轩藩恩言（汉王建都邑；二十句；首句不入韵）。

十四寒：槃端难干峦澜盘坛观安（吾从释迦久；二十句；首句不入韵）；鞍盘干难寒（青玉紫骝鞍；八句；首句入韵）。

十五删：关还颜间湾蛮（昔传瘴江路；十二句；首句不入韵）；鹇山间环（黄鹤佐丹凤；八句；首句不入韵）；还关斑颜（铁马三军去；八句；首句不入韵）。

【下平声】

一先：莲坚前年（霏霏日摇蕙；八句；首句不入韵）；连偏泉传鸢牵年缘缠天（我来交趾郡；二十句；首句不入韵）；年天边泉（自昔闻铜柱；八句；首句不入韵）；前烟川然（解缆春风后；八句；首句不入韵）；旋全贤年宣泉偏传川肩迁筵悬田然天烟筌（涣汗天中发；三十六句；首句不入韵）；川年筵泉边（主第山门起灞川；八句；首句入韵）；仙边川悬天（皇家贵主好神仙；八句；首句入韵）；连泉年怜悬圆烟传（尝闻天女贵；十六句；首句不入韵）；天泉川怜（陇山飞落叶；八句；首句不入韵）；田川年全（岘北焚蛟浦；八句；首句不入韵）；烟川悬牵船贤全（朝日敛红烟；十二句；首句入韵）。

二萧：桥摇朝妖朝（南渡轻冰解渭桥；八句；首句入韵）；桥朝娇遥（九门开洛邑；八句；首句不入韵）；谯霄寥飙桥遥嚣谣（层城起丽谯；十四句；首句入韵）。

五歌：河罗（无事今朝来下狱；四句；首句不入韵）；多跎河和（弱冠相知早；八句；首句不入韵）；多波歌何（淇上风日好；八句；首句不入韵）；和过萝

多河(山中气色和;八句;首句入韵);多河罗梭(粉席秋期缓;八句;首句不入韵)。

六麻:霞家花(北阙彤云掩曙霞;四句;首句入韵);家斜霞花(紫凤真人府;八句;首句不入韵)。

七阳:堂梁阳长黄(卢家少妇郁金堂;八句;首句入韵);郎光堂香长行妆(盈盈粉署郎;十二句;首句入韵);乡荒行裳阳郎香光场觞旁王忘防当章狼伤藏唐凰纲张扬方当详桑棠裳强榔常唐床庄将粮康房肠良翔茫糠苍庄狂(魑魅来相问;九十六句;首句不入韵);阳长凉香亡(江路绕贞阳;八句;首句入韵);方觞房光长(御气幸金方;八句;首句入韵);昌阳郎忘场光香(会府应文昌;十二句;首句入韵);堂香凉王(碧海开龙藏;八句;首句不入韵);芳光妆香场杨(今夕重门启;十二句;首句不入韵)。

八庚:城声(北邙山上列坟茔;四句;首句不入韵);明兵名成情城迎生清(武帝伐昆明;十六句;首句入韵);京城平(传闻圣旨向秦京;四句;首句入韵);明迎情(岭外逢寒食;八句;首句不入韵;第二句韵脚“饧”属下平声七阳);晴生萦成明(芳郊绿树散春晴;八句;首句入韵);平旌城兵(十年通大漠;八句;首句不入韵);兵营情城(闻道黄龙戍;八句;首句不入韵);荣生成倾(宫女怜芳树;八句;首句不入韵)。

九青:泠庭萤屏星(月皎风泠泠;八句,首句入韵)。

十一尤:秋旒裘游(鸡鸣朝谒满;八句;首句不入韵);悠舟流游收遒楼秋留(白水东悠悠;十六句;首句入韵);楼秋钩俦头(天使下西楼;八句;首句入韵);游收沟鞲楼遒舟流投酬休囚求陬秋留忧(两京多节物;三十四句;首句不入韵);流洲秋头游休投囚留愁幽油舟求兜(遇坎即乘流;二十八句;首句入韵);修留秋游(一台推往妙;八句;首句不入韵);游楼球流筹(今春芳苑游;八句;首句入韵);留游秋愁(彤史佳声载;八句;首句不入韵);幽流留秋丘(十里绛山幽;八句;首句入韵)。

十二侵:阴深岑寻林沉临心(朝发崇山下;十六句;首句不入韵);岑林金阴侵深(颓日半西岑;十句;首句入韵);襟心林任(任子徇遐禄;八句;首句不入韵);林深阴吟(长歌游宝地;八句;首句不入韵);林岑深浔禽砧(九日陪天仗;十二句;首句不入韵)。

十三覃:南蓝龛参潭堪谈三惭岚(大士生天竺;二十句;首句不入韵)。

【上声】

四纸：水子靡芷（七泽云梦林；八句；首句不入韵）；里死起己（结交三十载；八句；首句不入韵）。

十九皓：造好倒道昊抱老扫镐藻讨浩（西镇何穹崇；二十六句；首句不入韵）；藻道早老宝草燥岛扫保造祷镐抱皓讨（紫微降天仙；三十二句；首句不入韵）。

二十五有：偶后薮口走斗酒（流子一十八；十四句；首句不入韵）。

【去声】

十五翰：汉旦散看（秦地平如掌；八句；首句不入韵）。

十七霰：殿练遍见（何地早芳菲；八句；首句不入韵）。

【入声】

二沃：续曲绿促（高台临广陌；八句；首句不入韵）。

四质：失嫉律漆室桎实质抶笔悉虱栉疾出匹日（知人昔不易；三十六句；首句不入韵；第四句韵脚“斥”属入声十一陌）。

六月：没月窟阙月歇发（凿井遘古坟；十六句；首句不入韵；第六句韵脚“教”属去声十九效，出韵，疑当为“越”字）。

九屑：绁绝雪辙（昔日公冶长；八句；首句不入韵）。

十药：廓凿壑落药错鹤薄萚郭笮却讬恶若洛（兹山界夷夏；三十二句；首句不入韵）。

十三职：色息忆匿识（嘉树满中园；十句；首句不入韵）。

除了以上所列诗韵外，沈佺期的诗作中，还有几首古体诗用韵情况较为复杂，未计算入内，分别是《凤箫曲》：韵脚所属韵部分别为入声十药、上平声一东、去声十七霰和上平声十二文；《少入密溪》：韵脚所属韵部分别为下平声六麻、上声二十五有、下平声十一尤、上平声十一真；《古歌》韵脚所属韵部分别为上平声十灰、入声十三职、下平声七阳；《曝衣篇》：韵脚所属韵部分别为下平声一先、入声十一陌、下平声七阳、去声二十三漾、上平声十灰、去声二十六宥、下平声十一尤。

二、宋之问诗的韵部

【上平声】

一东：宫空虹中风丛（英藩筑外馆；十二句；首句不入韵）；宫空公中风通（汉王未息战；十六句；首句不入韵）；风穷同雄公宫充中通东空（王氏贵先宗；二十二句；首句不入韵）；通红东中（晓泊钱塘渚；八句；首句不入韵）；通翁空中红风（禹穴今朝到；十二句；首句不入韵）；通宫空风同公东茏红穷中（云门若邪里；二十二句；首句不入韵）；空中（凤飞楼伎绝；四句；首句不入韵）；空穷（鸾死铅妆歇；四句；首句不入韵）。

二冬：峰从重逢胸钟（攀云窈窕兮上跻悬峰；杂言十句；首句入韵）；重峰从松容邛（借问梁山道；十二句；首句不入韵）。

四支：池枝池斯（君门九重闭；八句；首句不入韵）；奇斯陲亏（昔予登兹楼；八句；首句不入韵）；规知池岐驰垂仪（铉府诞英规；十二句；首句入韵）；规池枝移危随（梵筵光圣邸；十二句；首句不入韵）；枝宜吹羁（碧水春逶迤；八句；首句不入韵）；滋綦眉时（西施旧石在；八句；首句不入韵）；思迟时（下嵩山兮多所思；四句；首句入韵）；丝持缁期（卧来生白发；八句；首句不入韵）；推时龟词（贤相称邦杰；八句；首句不入韵）；之期时（可怜冥漠去何之；四句；首句入韵）。

五微：微衣飞归（水府沦幽壑；八句；首句不入韵）；飞衣微威（翼翼高旌转；八句；首句不入韵）；违飞归（羽客笙歌此地违；四句；首句入韵）；违衣飞归（像设千年在；八句；首句不入韵）；机闱衣飞（绿车随帝子；八句；首句不入韵）；辉归扉闱飞衣（香刹中天起；十二句；首句不入韵）；闱衣畿飞归（行李恋庭闱；八句；首句入韵）；辉妃飞微归（虞世巡百越；十二句；首句不入韵；第二句韵脚“疑”属上平声四支）；归衣（歌舞须连夜；四句；首句不入韵）；沂微衣辉围圻稀飞归违菲（传闻峡山好；二十二句；首句不入韵）；飞微（树间烟不破；四句；首句不入韵）；飞归稀衣（江畔鸬鹚鸟；八句；首句不入韵）；违飞微衣（弦歌试宰日；八句；首句不入韵）；归扉薇违（今日游何处；八句；首句不入韵）；飞归稀微（王子宾仙去；八句；首句不入韵）；微飞归辉（饯子西南望；八句；首句不入韵）；微违矶飞归菲（香阁临清汉；十二句；首句不入韵）；薇归（家住嵩山下；四句；首句不入韵）。

六鱼：书好车虚（韦门旌旧德；八句；首句不入韵）；初庐疏车虚余（相庭贻庆远；十二句；首句不入韵）；居余书疏徐庐鱼樗初（潭洞秘龙居；十六句；首句入韵）。

七虞：都驱符厨俱途愚衢（御路回中岳；十六句；首句不入韵）；隅衢渝愚躯俱都芜涂蹰壶炉（弊庐接箕颖；二十四句；首句不入韵）；都梧（象物行周礼；四句；首句不入韵）；符渝诛隅梧枯芜殊都趋湖呼竽无苏敷刍诬濡躯（夏王乘四载；四十句；首句不入韵）；湖隅无吴徂梧图呼殊娱夫（地尽天水合；二十二句；首句不入韵）；隅蛛输殊（传道仙星媛；八句；首句不入韵）。

八齐：栖低啼迷溪（乘兴入幽栖；八句；首句入韵）；溪霓低迷西啼携齐睽梯（问我将何去；二十句；首句不入韵）。

十灰：嵬哉回来才（帐殿郁崔嵬；八句；首句入韵）；回来开梅（阳月南飞雁；八句；首句不入韵）；台开苔回来哉灰莱（候晓逾闽峤；十六句；首句不入韵）；开台来回（金精何日闭；八句；首句不入韵）；台来开杯回（青门路接凤凰台；八句；首句入韵）；梅开回催（金阁妆新杏；八句；首句不入韵）；来台开（紫禁仙舆诘旦来；四句；首句入韵）；开回催灰才来（春豫灵池会；十二句；首句不入韵）；才雷杯回媒催开（镇吴称奥里；十四句；首句不入韵）；回苔（晚入应真理；四句；首句不入韵）；台回开来梅才催（江上粤王台；十二句；首句入韵）；灰开回来（驻想持金错；八句；首句不入韵）；回隈来开苔催杯（朝英退食回；十二句；首句入韵）。

十一真：宸春秦春淳尘（清跸喧黄道；十二句；首句不入韵）；人晨滨神春（同气有三人；八句；首句入韵）；春人臣新（马上逢寒食；八句；首句不入韵）；春人（岭外音书断；四句；首句不入韵）；亲辰身人（贵藩尧母族；八句；首句不入韵）；尘亲（受脤清边服；四句；首句不入韵）；尘人新滨（旧交此零落；八句；首句不入韵）；春人（落花双树积；四句；首句不入韵）；春新晨身（晦节高楼望；八句；首句不入韵）；春人磷沦身（桂林风景异；十句；首句不入韵）；人嫔亲身（可怜楚破息；八句；首句不入韵）；臣春人邻（远方来下客；八句；首句不入韵）；尘春秦人频（江雨朝飞浥细尘；八句；首句入韵）。

十二文：渍群分云君闻（宿帆震泽口；十二句；首句不入韵）；云群（梦泽三秋日；四句；首句不入韵）；坟云君芬群（许由去已远；十句；首句不入韵）；纷分君勋（二百四十载；八句；首句不入韵）；云军（亭寒苦照月；四句；首句不

入韵）。

十三元：门浑藩存孙恩辕暄源垣樊村敦言（世德辞贵仕；二十八句；首句不入韵）；门温喧樽（直事披三阁；八句；首句不入韵）；园源言繁（芙蓉秦地沼；八句；首句不入韵）；尊昏（还以金屋贵；四句；首句不入韵）；门喧猿源（香岫悬金刹；八句；首句不入韵）；门喧言孙（那有唐年客；八句；首句不入韵）。

十四寒：干攒滩盘难端峦团欢漫（放溜觌前溆；二十二句；首句不入韵；第十二句韵脚“闲”属上平声十五删）；欢阑难寒鸾（公子正邀欢；八句；首句入韵）；玕叹（嵩峰高不极；四句；首句不入韵）。

十五删：间山（出游杳何处；四句；首句不入韵）；关山斑还（京镇周天险；八句；首句不入韵）；颜山还斑（五岭恓惶客；八句；首句不入韵）；关间还（逍遥楼上望乡关；四句；首句入韵）；关闲山还（授衣感穷节；八句；首句不入韵）；还山班关（闻道云中使；八句；首句不入韵）。

【下平声】

一先：偏天田前（宦游非吏隐；八句；首句不入韵）；川绵鲜然前船眠泉缘仙怜（抱琴登绝壑；二十二句；首句不入韵）；悬川筵烟（北阙层城峻；八句；首句不入韵）；烟泉年埏贤天怜全仙（洛桥瞻太室；十八句；首句不入韵）；边田篇天（凤刹侵云半；八句；首句不入韵）；仙泉禅天悬圆（六飞回玉辇；十二句；首句不入韵）；旋篇然仙（日给当轩满；八句；首句不入韵）；篇禅（愿与道林近；四句；首句不入韵）；天眠前鲜燃莲全迁妍年怜（泽国韶气早；二十二句；首句不入韵）；禅悬泉烟船田筌年（释事怀三隐；十六句；首句不入韵）；川然天传年（倚棹望兹川；八句；首句入韵）；前泉仙娟千眠（停午出滩险；十二句；首句不入韵）；天川烟边年（梵宇出三天；八句；首句入韵）；然千连天川（风驭忽泠然；八句；首句入韵）；天仙烟弦川（汉广不分天；八句；首句入韵）；传泉（前溪妙舞今应尽；四句；首句不入韵）。

二萧：条桥骄箫（同盟会五月；八句；首句不入韵）；峣寥潮飘遥凋嚣桥（鹫岭郁岧峣；十四句；首句入韵）；遥标饶消摇飘鸮朝桥招（炎徼行应尽；二十句；首句不入韵）。

三肴：茅郊铙匏巢（宋公爰创宅；十二句；首句不入韵；第十句韵脚“稍”属去声十九效）。

五歌：歌多阿峨过何(鹡鸰有旧曲；十二句；首句不入韵)；多波(粉壁图仙鹤；四句；首句不入韵)；河过多萝歌(高岭逼星河；八句；首句入韵)；多过(昔日河阳县；四句；首句不入韵)。

六麻：家花霞沙(度岭方辞国；八句；首句不入韵)；霞笳槎家(树羽迎朝日；八句；首句不入韵)；霞家花(北阙彤云掩曙霞；四句；首句入韵)；花纱娃遮差夸耶花邪嗟麻霞车笳奢沙芽家(越女颜如花；三十四句；首句入韵)；家霞花斜(共寻招隐寺；八句；首句不入韵)；阇车霞牙沙华遮家花加槎(高岫拟耆阇；二十句；首句入韵)；霞花沙车(影殿临丹壑；八句；首句不入韵)；华花槎沙(南国无霜霰；八句；首句不入韵)；斜家花霞(越岭千重合；八句；首句不入韵)。

七阳：仓长乡芳(帝忧河朔郡；八句；首句不入韵)；光良王霜长(邦家锡宠光；八句；首句入韵)；阳坊黄行光(闰月再重阳；八句；首句入韵)；阳郎行霜芳长昌扬章(清论满朝阳；十六句；首句入韵)。

八庚：城声生情耕(侵星发洛城；八句；首句入韵)；兵旌营平(复道开行殿；八句；首句不入韵)；行情平城(卧病人事绝；八句；首句不入韵)；清旌觥声(暂幸珠筵地；八句；首句不入韵)；盈横行生鸣惊氓鲸京成名荣清明(孤舟泛盈盈；二十六句；首句入韵)；名情诚甍清鸣京生成明(薄游京都日；二十句；首句不入韵)；征惊鸣轻成声行茔生城明(朝夕苦遄征；二十句；首句入韵)；情耕行名生(归来物外情；八句；首句入韵)；程情兄京卿(别驾促严程；八句；首句入韵)；成惊迎荣(赠秩徽章洽；八句；首句不入韵)。

九青：经冥星庭青屏形灵听宁扃(维舟探静域；二十二句；首句不入韵)。

十一尤：留悠秋侯(入卫期之子；八句；首句不入韵)；休流游丘(绀宇横天室；八句；首句不入韵)；洲幽秋楼游(离宫秘苑胜瀛洲；八句；首句入韵)；陬流愁留(一朝承凯泽；八句；首句不入韵)；流游州求愁(颍郡水东流；八句；首句入韵)；头游愁求流(柳变曲江头；八句；首句入韵)；头留秋幽悠(薄暮曲江头；八句；首句入韵)；求头丘楼留幽(潘园枕郊郭；十二句；首句不入韵)；楼侯(非关怜翠幕；四句；首句不入韵)。

十二侵：心深林琴(广乐张前殿；八句；首句不入韵)；寻心林深琴(征帆恣远寻；八句；首句入韵)；临心深金(合浦途未极；八句；首句不入韵)；岑心

音琴(春泉鸣大壑;八句;首句不入韵)。

十三覃:南堪蚕簪潭(妾住越城南;八句;首句入韵)。

【上声】

四纸:里汜水子鄙旨轨趾史里止紫起耻履滓已始毁梓靡死美理纪芷矣(仲春辞国门;五十四句;首句不入韵);里诡始止滓水死子矣(氛氲桃花汤;十八句;首句不入韵);妓水(河伯怜娇态;四句;首句不入韵)。

二十五有:柳久酒手(目断南浦云;八句;首句不入韵)。

【去声】

七遇:树趣务句(清轩临夕池;八句;首句不入韵);骛注雾互煦树路屡遇署趣暮(肃事祠春溟;三十句;首句不入韵;第二句韵脚"虑"、第二十句韵脚"处"、第二十四句韵脚"署"均属去声六御);度树顾趣谕悟(雨从箕山来;十四句;首句不入韵;第十四句韵脚"去"属去声六御)。

八霁:系际霁闭济诣誓慧细计艺裔疠蔽岁(谪居窜炎壑;三十句;首句不入韵)。

十五翰:盼涧晏雁惯患(浮湘沿迅湍;十六句;首句不入韵;第四句韵脚"漫"属去声十五翰;第十四句韵脚"撰"属上声十五潸);观漫涣旦畔半玩叹(步陟招提宫;十六句;首句不入韵)。

十七霰:谴见县(逐臣北地承严谴;八句;首句入韵;第六句韵脚"稀"、第八句韵脚"归"均属上平声五微);甸练见眄衍荐面卷弁选殿县变羡转战箭(郡宅枕层岭;三十六句;首句不入韵;第四句韵脚"偏"属下平声一先)。

【入声】

一屋:独目族谷木麓复熟牧掬(多病卧兹岭;二十句;首句不入韵);倏蹙掬目宿熟族木竹(晨登歇马岭;二十六句;首句不入韵;第二句韵脚"山"、第四句韵脚"间"均属上平声十五删;第二十四句韵脚"林"、第二十六句韵脚"心"均属下平声十二侵)。

二沃:曲玉属菉(院梅发向尺;八句;首句不入韵)。

六月:越月发伐(妾住若耶溪;八句;首句不入韵);樾月发蕨骨发窟(卧

闻嵩山钟；十四句；首句不入韵）。

九屑：灭说辙（夕阳黯晴碧；八句；首句不入韵；第八句韵脚“月”属入声六月）。

十一陌：石尺席液夕客（家临清溪水；十二句；首句不入韵）；碧石役夕（崖口众山断；十二句；首句不入韵；第二句韵脚“壁”、第八句韵脚“皪”均属入声十二锡）；陌宅积碧窄坼客迹伯籍舄寂白魄液策（侯山连嵩岑；首句不入韵；三十八句；第八句韵脚“壁”、第十六句韵脚“惕”、第二十二句韵脚“历”均属入声十二锡）。

十三职：息测力北国得惑域识色翼植臆职德（晨跻大庾险；三十句；首句不入韵）；职息北极织饰忆植识得食色直（元侯松子宾；二十六句；首句不入韵）；恻色息直（岁晚东岩下；八句；首句不入韵）。

除了以上所列诗韵外，宋之问的诗作中，还有一些诗用韵情况较为复杂，未计算入内，分别是《潜珠篇》：韵脚所属韵部分别为上平声七虞、入声六月、下平声十二侵、去声四置、上平声十二文；《冬宵引赠司马承祯》：韵脚所属韵部分别为入声九屑、上平声一东；《军中人日登高赠房明府》：韵脚所属韵部分别为上声十四旱、上平声五微；《寒食江州蒲塘驿》：韵脚所属韵部分别为入声二沃、下平声七阳；《龙门应制》：韵脚所属韵部分别为入声六月、上平声二冬、去声九泰、上平声一先、入声十药、上平声十灰、上声四纸、下平声六麻、去声四置、上平声十一真；《放白鹇篇》：韵脚所属韵部分别为上声十七小、上平声一东、上声四纸、上平声四支、上平声五微；《明河篇》：韵脚所属韵部分别为下平声八庚、上声四纸、上平声四支、入声十一陌、上平声五微、入声六月、上平声十一真；《花烛行》：韵脚所属韵部分别为上平声十灰、入声四质、上平声十一真、去声十七霰、下平声六麻、上声四纸、上平声五微；《初宿崖口》：韵脚所属韵部分别为上声四纸、上平声四支；《早春泛镜湖》：韵脚所属韵部分别为入声四质、下平声五歌、上声四纸；《桂州三月三日》：韵脚所属韵部分别为下平声七阳、去声十七霰、上平声十灰、上平声五微、入声六月、下平声十二侵、入声二沃、上平声六鱼；《寒食陆浑别业》：韵脚所属韵部分别为入声六月、上平声十一真；《王子乔》：韵脚所属韵部分别为下平声一先、下平声八庚、上平声五微；《嵩山天门歌》：韵脚所属韵部分别为上平声十一真、上平声一东；《绿竹引》：韵脚所属韵部分别为入声十三职、上平声十二文；《北邙古墓》：韵脚所属韵部分别为上声十九皓、上平声十一真、上平声十二文、去声七遇、下平声七阳。另有《则天挽歌》二句、《初发荆府赠崔长史》阙两句、《十一月诞辰内殿宴群臣效柏梁体联句》等诗和其他存句未计算在内。

三、沈、宋诗歌用韵总结

总结以上统计数据可知，沈佺期诗作中，列入统计的五言诗共126首，其中全篇四句的1首，全篇八句的74首，全篇八句以上的51首；列入统计的七言诗共20首，其中全篇四句的8首，全篇八句的12首，无全篇八句以上的；另有六言四句1首。宋之问诗作中，列入统计的五言诗共170首，其中全篇四句的21首，全篇八句的85首，全篇八句以上的64首；列入统计的七言诗共10首，其中全篇四句的6首，全篇八句的4首；另有杂言诗1首。

先看首句的入韵与否，除了上面所说的正例变例外，还必须了解律诗和排律因体制之别在这一问题的要求上也有所区别，“原来诗的首句本可不用韵，其首句入韵是多余的。所以古人称五七律为四韵诗，排律则有十韵二十韵等，即使首句入韵，也不把它算在韵书之内。”①故此处考察沈佺期、宋之问诗歌的首句入韵情况，范围划定为全篇四句和八句的诗歌。在沈佺期的全篇四句和八句的五言诗歌共75首中，符合正例即首句不入韵的有60首，占80%强，首句入韵的变例仅15首；而在其全篇四句和八句的七言诗歌共20首中，符合正例即首句入韵的有15首，首句不入韵的为5首。在宋之问的全篇四句和八句的五言诗歌共106首中，符合正例即首句不入韵的有87首，占82%强，首句入韵的变例为19首；而其全篇四句和八句的七言诗歌共10首，则全部符合首句入韵的正例。

其次，在是否一韵到底的问题上，沈佺期有四首未列入用韵考察统计的诗歌，其中存在换韵现象，但这几首都是古诗，对于用韵的限制没有近体诗那么严格，而从其列入统计的147首诗作来看，基本都做到了一韵到底，存在出韵现象的仅有6首，分别为《奉和幸韦嗣立山庄侍宴应制》、《送友人任括州》、《伤王学士》、《岭表寒食》、《被弹》、《古镜》。其中《奉和幸韦嗣立山庄

---

① 王力：《王力近体诗格律学》，山西古籍出版社2003年版，第41页。

侍宴应制》中出韵的为第二句韵脚“风”字，但此诗在《全唐诗》中“风”字作“峰”，则与其他韵脚同属上平声二冬，不为出韵；《古镜》中出韵的为第六句韵脚“教”字，陶敏、易淑琼在校注过程中根据上下诗句含义，也提出此字疑当为“越”字，则与其他韵脚同属入声“六月”，亦不为出韵，则沈佺期诗作中可确定存在出韵现象的仅为4首。宋之问有19首诗和存句未列入用韵考察统计，列入统计的180首五、七言诗歌中，存在出韵现象的也仅12首，其中多为古体诗，分别为《桂州黄潭舜祠》、《下桂江县黎壁》、《宋公宅送宁谏议》、《景龙四年春祠海》、《雨从箕山来》、《自湘源至潭州衡山县》、《郡宅中斋》、《游陆浑南山自歇马岭到枫香林以诗代书答李舍人适》、《见南山夕阳召鉴师不至》、《初至崖口》、《缑山诗》、《至端州驿见杜五审言沈三佺期阎五朝隐王二无竞题壁慨然成咏》等。出韵是近体诗之大忌，一般来说，严格的近体诗是绝对不出韵的，沈、宋正处于近体诗渐趋成型的特殊阶段，从他们诗歌的用韵来看，除了偶有几首初具雏形的律诗出韵外，几乎所有的诗歌都严格做到了一韵到底，可以说在这一标准上，沈、宋诗作中的“沈宋体”部分已经达到了律体的成熟阶段。

再次，以所押的韵是平韵还是仄韵来看，“近体诗以平韵为正例，仄韵非常罕见。仄韵律诗很像古风；我们要辨认它们是不是律诗，仍旧应该以其是否用律句的平仄为标准”[①]，此外，王力先生还指出：仄韵的近体五绝较为常见，仄韵的近体七绝则非常罕见。以此来考察沈、宋诗作的押韵情况，沈佺期诗作中统计在内的，押平韵的共134首，押仄韵的共13首，数量之差显而易见，而在押平韵的134首诗作中，也以押宽韵、中韵为多，如沈佺期诗押上平声“东”、“支”、“虞”、“真”四韵和下平声的“先”、“阳”、“庚”、“尤”四韵等宽韵的共有63首，押上平声“冬”、“鱼”、“齐”、“灰”、“元”、“寒”六韵和下平声“萧”、“歌”、“麻”、“侵”四韵等中韵的有43首，两者相加，就占了押平韵诗作的将近80%，而在剩下的押窄韵的诗作中，也以押“微”、“文”、“删”等字数虽少，却极为合用的窄韵为主，且无一首押险韵。宋之问诗作中统计在内的，同样押平韵的诗作远远多于押仄韵的，其中押平韵的有157首，仄韵的仅24首，在押平韵的157首诗作中，所押韵部与沈佺期诗作惊人地一致，这

① 王力：《王力近体诗格律学》，山西古籍出版社2003年版，第38页。

固然与他们共同参与各种文学活动有关，同时也进一步佐证了沈、宋诗作并举的合理性，如二人诗作所押的宽韵完全相同，均为上平声“东”、“支”、“虞”、“真”和下平声“先”、“阳”、“庚”、“尤”等八个宽韵，宋之问诗作中押宽韵的有76首，押“冬”、“鱼”、“齐”、“灰”、“元”、“寒”、“萧”、“歌”、“麻”、“侵”等十个中韵的有49首。此外，在所押窄韵中，也与沈佺期一样，以押“微”、“文”、“删”等合用的窄韵为主，宋之问另有一首《宋公宅送宁谏议》押险韵“肴”。在一般情况下，宽韵、中韵因字数较多，在创作时诗人可选择的范围较为自由，从沈、宋的押韵情况来看，基本以宽韵、中韵，很少使用“令人受窘”的窄韵或限韵来显示创作技巧，符合近体诗的押韵惯例。

因沈、宋处于律体定型的过渡时期，故他们的诗作中还混有部分初具雏形的律诗，很难确切归类。另外，也本着求全的目的对沈、宋诗作的用韵情况加以考察，故本文虽以“沈宋体”为研究对象，此处却并不专门析出沈、宋诗作中的律体部分，但即便扩大范围来对沈、宋诗歌加以考察。在经过与近体诗用韵规则的比较后，仍可得出这样的结论：沈、宋诗作用韵严整，少数不合规范之处多为古体诗作，其他无论在首句入韵与否的问题上，还是在一韵到底、以押平声韵为正例等的标准上，都达到了极高的合律程度。

第二节　“沈宋体”的平仄与对仗

“平仄和对仗，是近体诗中最讲究的两件事”①，要考量“沈宋体”之“工密”的特征，自然不能回避这两方面的具体分析。

首先谈“沈宋体”的平仄。在诗歌声律化的进程中，最早在东汉文人的五言古诗中，已出现二、四字异声的现象，即五言诗一句的第二字与第四字声调不同，这是最早以平仄相异的文字交替使用，以达到抑扬效果的实践。魏晋时“音韵锋出”②，出现《声类》和《韵集》等最早的一批韵书，说明当时的人们已经注意到汉字的声韵、清浊等音韵要素。与此相关，对于诗歌创作中

① 王力：《王力近体诗格律学》，山西古籍出版社2003年版，第6页。

② 王利器：《颜氏家训集解》卷七，中华书局1993年版，第529页。

的音律节奏也有了一些理论总结，在创作中进而出现合乎平仄相间的律句和平仄相对的律联。到了南北朝之际，沈约的声律理论以四声八病之说，在诗歌创作的声律方面提出了纲领性的主张，并在“永明体”诗歌的创作中加以实践，使得诗歌律化进程大大推进一步。在沈约的时代，不仅平仄合律的句联更为普遍，且对诗歌声律的探索不再仅仅停留在一、两句之内，而是将之推广到全篇，由此在诗歌中也出现了最早的“对式”结构，在个别诗句中，更偶有粘式声律结构的出现。再经过梁陈“宫体诗”在形式技巧上的探索实践，到了初唐，不仅在创作实践上出现了格外注重对偶的“上官体”，并且涌现出了大量有关诗歌作法的诗学理论著述。这些诗学理论大都集中探讨诗歌的字词、声律、对偶、病犯等具体的创作技巧，与当时的诗歌创作实践互相影响。

值得一提的是，理论和实践之间的影响当然具有相互渗透、相互贯通的关系，因此在探究诗歌声律理论和实践的过程中，有时候很难分辨孰先孰后。如元兢的《诗髓脑》中提出“换头”的理论主张，即诗歌开头两个字的声调平仄轮换的理论，虽然在表述中没有出现平仄的字样，但这一理论实际上确定了诗歌联与联之间的“粘”的规则。元兢是与沈、宋同时的诗人，在沈、宋的诗歌中已经出现合乎粘对规范的诗作，那么是元兢的“换头”理论在前影响沈、宋创作，还是沈、宋创作在前，元兢据此总结，则已无可考证。但可以肯定的是，诗歌律化进程发展到初唐，无论在理论还是实践上，都已经达到了基本完备的阶段，沈、宋的贡献则在于他们用大量格律工密的“沈宋体”诗歌，为诗歌律化进程划上了圆满的句号。

近体诗的平仄，必须遵守粘对规则，具体而言，“对”即“出句如系仄头，对句必须是平头；出句如系平头，对句必须是仄头”，“粘”即“上一联的对句如系平头，下一联的出句必须也是平头；上一联的对句如系仄头，下一联的出句必须也是仄头”①。也有的声律理论对此作了更为具体的规定，即相邻两联的上联对句的第二字与下联出句的第二字的平仄必须相同为粘。但是，在初唐这个律诗渐趋成熟的历史阶段，除了符合以上粘对规则的成熟的格律精严的律诗外，还出现过一些过渡的律诗雏形。为了更全面地考察这

① 王力：《王力近体诗格律学》，山西古籍出版社2003年版，第65页。

一特殊历史时期的律诗雏形，有学者根据平仄格式的不同，把这些律诗雏形也归入“律诗”这一诗体之内，并按照平仄格式的不同把这些律诗归为几类：一类是最早出现的符合“对”的规则的诗歌，“凡是由相同或相近的律联重叠而成的律诗就是对式律诗”[①]。这类对式律诗，严格来说，都是失粘的，因为联与联之间之存在异声相“对”，而没有同声相“粘”。第二类是混合式律诗，即“诗联之间粘和对两种结构关系是混合的，不是单一的”[②]。徐青认为：“混合式格律的产生和被应用，不是偶然的，是必然的。在探索和形成诗律的过程中，必定会出现混合律。”[③]在对式律诗和混合式律诗的概述中，徐青还分析了不少初唐诗人的作品以为例证，其中“初唐四杰”、“文章四友”等诗人的作品不在少数，而鲜有沈、宋的作品。许总在《“沈宋体”形式与内涵新论》一文中曾统计比较初唐重要诗人诗作的合律比率，指出：“‘四杰’不仅大量创作五言近体，且合格率大幅度上升，达百分之七十左右”、“与沈、宋基本同时的‘文章四友’，在四杰的基础上将近体诗合格率又作了一次大幅度的提高，达百分之八十七左右”[④]，并进一步指出“沈宋体”超越前人与同辈之处在于三，一是近体诗合格率由文章四友的百分之八十七左右提高到百分之九十以上，二是诗作除七言排律外，基本具备了近体诗的各种类型，三是数量亦远超前人。这一观点是较为客观的。以下根据上一节对沈、宋诗作押韵的统计以及近体诗押平韵为正例的规则，这里专门析出沈、宋押平声韵的诗作加以分析，来考察“沈宋体”诗歌在平仄格式方面的特征。

根据王力的《王力近体诗格律学》[⑤]，近体诗平仄的普通格式可分为五律仄起式、平起式和七律平起式、仄起式，具体摘录如下：

五律仄起式：

仄仄平平仄，平平仄仄平。

---

① 徐青：《唐代对式律诗概要》，载《湖州师专学报》1989 年第 1 期，第 1 页。

② 徐青：《唐代混合式律诗概要》，载《湖州师专学报》1989 年第 2 期，第 31 页。

③ 徐青：《唐代混合式律诗概要》，载《湖州师专学报》1989 年第 2 期，第 41 页。

④ 许总：《“沈宋体”形式与内涵新论》，载《江西师范大学学报》2002 年第 3 期，第 56 页。

⑤ 王力：《王力近体诗格律学》，山西古籍出版社 2003 年版，第 65—66 页。

平平平仄仄，仄仄仄平平。

仄仄平平仄，平平仄仄平。

平平平仄仄，仄仄仄平平（如首句入韵，则为“仄仄仄平平”）。

五律平起式：

平平平仄仄，仄仄仄平平。

仄仄平平仄，平平仄仄平。

平平平仄仄，仄仄仄平平。

仄仄平平仄，平平仄仄平（如首句入韵，则为“平平仄仄平”）。

七律平起式：

平平仄仄仄平平，仄仄平平仄仄平。

仄仄平平平仄仄，平平仄仄仄平平。

平平仄仄平平仄，仄仄平平仄仄平。

仄仄平平平仄仄，平平仄仄仄平平（如首句不入韵，则为“平平仄仄平平仄”）。

七律仄起式：

仄仄平平仄仄平，平平仄仄仄平平。

平平仄仄平平仄，仄仄平平仄仄平。

仄仄平平平仄仄，平平仄仄仄平平。

平平仄仄平平仄，仄仄平平仄仄平（如首句不入韵，则为“仄仄平平平仄仄”）。

在律诗的基础上，再看其他近体诗的平仄格式，排律是五言律诗的延长，其平仄也与律诗相同，即不违反“粘”、“对”规则加以延长；绝句则相对复杂一些，是“分律诗之半”的一种诗体。根据王力的说法，可以分为四类，即截取律诗的首尾两联的、截取律诗的后半首的、截取律诗前半首的、截取律诗的中间两联的。王力进一步指出：这四类中，第一类最为常见，二、四次之，第三类最少。

根据上一节的统计，沈佺期押平声韵的诗作共有 134 首，其中五言四句的为 1 首，即《春雨应制》，这一首诗未见于沈佺期诗集的诸本，只在《诗式》中有载，有的学者认为这不是一首完整的诗歌，只是存句而已，故不列入平仄格式的考量；七言四句的共有 8 首，基本都已做到平仄相间，有些相当严整，如《苑中遇雪应制》[①]：

北阙彤云掩曙霞，（仄仄平平仄仄平）
东风吹雪舞仙家。（平平仄仄仄平平）
琼章定少千人和，（平平仄仄平平仄）
银树长芳六出花。（平仄平平仄仄平）

这首绝句符合截取七言律诗仄起式前两联的类型，其中若严格按照七言律诗前两联的平仄格式，则此诗仅有第四句第一字应仄而平，但根据近体诗格式“一三五不论”的原则，“七言诗句的第一字的平仄，无论在任何情形之下，都是可以‘不论’的”[②]，因此不为拗，另外此诗首句入韵，押平声韵，无论从近体诗的任何一条标准来考察，这都可谓是一首严密工整的七言绝句。

五律是“沈宋体”的构成主体，沈佺期也集中以五律为最多，在列入统计的五言八句的诗歌中，押平韵的共有 68 首，这些五言律诗，基本都已经达到句与句异声相对、联与联同声相粘的律诗平仄标准，可为典范之作不在少数。如《立春日侍宴内出剪彩花应制》：

---

① 《全唐诗》中，此诗同时收录于沈佺期卷和宋之问卷中，分别见于《全唐诗》卷五三“宋之问三”和卷九七“沈佺期三”，宋之问卷中此诗名为《奉和春日玩雪应制》，沈佺期卷中此诗名为《苑中遇雪应制》，宋之问卷中另有名为《苑中遇雪应制》一诗，诗为“紫禁仙舆诘旦来，青旂遥倚望春台。不知庭霰今朝落，疑是林花昨夜开”。《唐诗纪事》卷九有载：“三年人日，清晖阁登高遇雪，宗楚客诗云‘蓬莱雪作山’是也。因赐金彩人胜。李峤等七言诗。‘千钟圣酒御筵披’是也。是日甚欢，上令学士递起屡舞，至沈佺期赋《迴波》，有齿绿牙绯之语。”前文曾将从沈佺期、宋之问登第的上元二年始、至中宗景龙四年止这一段时期内以帝王为中心的文学活动加以辑录，其中因遇雪之事群臣应制作诗的仅以上所摘的景龙三年人日于清晖阁登高遇雪一次，故这两首诗都是此次活动的产物当确切无疑，根据初唐宫廷文学活动群臣应制的惯例，以及沈、宋在诗坛“工力悉敌”的实际情况，因此，在同一次宫廷文学活动中，沈、宋同时参加而宋之问一人独作两首、沈佺期不作的情况绝无可能发生，鉴于此，故将此诗归于沈佺期名下。另外需要说明的是，本文统计沈、宋诗歌的数据均根据陶敏、易淑琼的《沈佺期宋之问集校注》，其书依《全唐诗》将此诗同时列于沈、宋诗集中，在统计数据时为与《沈佺期宋之问集校注》一书的实际所符，故不将此诗从宋之问集中删除，而依然统计在内，特此说明。

② 王力：《王力近体诗格律学》，山西古籍出版社 2003 年版，第 78－79 页。

合殿春应早，开箱彩预知。（仄仄平平仄，平平仄仄平）
花迎宸翰发，叶待御筵披。（平平平仄仄，仄仄仄平平）
梅讶香全少，桃惊色顿移。（平仄平平仄，平平仄仄平）
轻生承剪拂，长伴万年枝。（平平平仄仄，仄仄仄平平）

从平仄格式来看，这是一首相当工密的仄起式五言律诗，几乎完全符合上面列举的五律普通格式。除了第五句的第一字当仄而用平，但根据“一三五不论”的规则，五言诗句第一字的平仄也可不论，因此也不算失对。从“粘”的标准来看，上联对句的第二字的平仄与下联出句第二字的平仄全部相同，即完全符合粘的规则。此外，这首五言律诗符合首句不入韵的正例，押平声韵，无出韵现象，从格律角度来衡量，是一首成熟规范的五言律诗。

有些诗歌出现拗句，或使用了平仄的特殊形式，如把“平平平仄仄”的句子改为“平平仄平仄”，但整体来看，基本符合“对”、“粘”规范，如《幸白鹿观应制》：

紫凤真人府，班龙太上家。（仄仄平平仄，平平仄仄平）
天流芝盖下，山转桂旗斜。（平平平仄仄，平仄仄平平）
圣藻垂寒露，仙杯落晚霞。（仄仄平平仄，平平仄仄平）
唯应问王母，桃作几时花。（仄平仄平平，平仄仄平平）

再如《饯高唐州询》：

弱冠相知早，中年不见多。（仄仄平平仄，平平仄仄平）
生涯在王事，客鬓各蹉跎。（平平仄平仄，仄仄仄平平）
良守初分岳，嘉声即润河。（平仄平平仄，平平仄仄平）
还从汉阙下，倾耳听中和。（平平仄仄仄，平仄平平仄）

沈佺期在七律方面的成就最为人称道，所谓“唐诗七律，初唐之盛，沈云卿、杜必简、张燕公、苏小许公华赡飚举，首开宗风”[1]，在比较沈、宋时，也常以“沈七言律，高华胜宋”[2]以明示其别。列入统计的押平韵的七言八句诗共12首，数量虽不多，平仄格式也未必完全合律，但在当时有首开风气之功，其中《古意呈乔补阙知之》一首写得尤为严密工整：

卢家少妇郁金堂，（平平仄仄仄平平）
海燕双栖玳瑁梁。（仄仄平平仄仄平）
九月寒砧催木叶，（仄仄平平平仄仄）
十年征戍忆辽阳。（仄平平仄仄平平）
白狼河北音书断，（仄平平仄平平仄）
丹凤城南秋夜长。（平仄平平平仄平）
谁谓含愁独不见，（平仄平平仄仄仄）
更教明月照流黄。（仄仄平仄仄平平）

此诗虽有拗句，但拗而能救，如第四句第一字当平而仄，但在第三字以当仄而平加以拗救，第八句平仄情况也相类似，如从“粘”的规则来看，则无一失粘，在由五言向七言扩展的初唐时期，此诗可谓精工整密、开一代风气之作，曾有人以此诗为唐人七律第一：“宋严沧浪取崔颢《黄鹤楼》诗为唐人七言律第一。近日何仲默薛君采取沈佺期‘卢家少妇郁金堂’一首为第一。二诗未易优劣。或以问予，予曰：‘崔诗赋体多，沈诗比兴多。以画家法论之，沈诗披麻皴，崔诗大斧劈皴也。’”[3]历代诗话中两诗品鉴比较不在少数，多一家之说，未必可信，但此诗以寻常的闺怨题材，得以与《黄鹤楼》齐名并称，其在格律方面的成就可见一斑。

沈佺期另有五言八句以上的押平韵的诗作44首，沈、宋之别，除了沈七律高华胜宋之外，还有“宋五言排律，精硕过沈”[4]之说。沈佺期排律虽不及

---

① 施端教：《唐诗韵汇》，见孙琴按《唐诗选本提要》，上海书店出版社2005年版，第186页。

② 胡应麟：《诗薮》，上海古籍出版社1979年版，第76页。

③ 王仲镛：《升庵诗话笺证》卷四，上海古籍出版社1987年版，第136页。

④ 胡应麟：《诗薮》，上海古籍出版社1979年版，第76页。

宋之问，但也有较为合律之作，如《和元舍人万顷临池玩月戏为新体》一诗：

春风摇碧树，秋雾卷丹台。（平平平仄仄，平仄仄平平）
复有相宜夕，池清月正开。（仄仄平平仄，平平仄仄平）
玉流含吹动，金魄度云来。（仄平平仄仄，平仄仄平平）
熠爚光如沸，翩翻景若摧。（仄仄平仄仄，平仄仄仄平）
半环投积草，碎璧聚流杯。（仄平平仄仄，仄仄仄平平）
夜久平无焕，天晴皎未隤。（仄仄平平仄，平平仄仄平）
镜将池作匣，珠以岸为胎。（仄平平仄仄，平仄仄平平）
有美司言暇，高兴独悠哉。（仄仄平平仄，平平仄平平）
挥翰初难拟，飞名岂易陪。（平仄平平仄，平平仄仄平）
夜光殊在握，了了见沉灰。（仄平平仄仄，仄仄仄平平）

此诗共十韵，无一出韵，且大多能符合粘对规则，部分句子的首字与五律普通格式所限定的平仄有异，但根据“一三五不论”的口诀和拗救等其他特殊形式，此诗基本符合五言排律的体制，是当时写作较为成功的“新体”诗。

同样据上一节的统计数据，宋之问押平声韵的诗共157首，其中五言四句的有19首，七言四句7首，五言八句79首，七言八句3首，五言八句以上48首，另有杂言一首。谈到沈、宋之别，胡震亨认为宋之问的成就高于沈佺期，他特别指出：“沈、宋虽并称，沈排律工者不过三数篇，宋集中篇篇平正典重，赡丽精严，不独昆明一什胜沈也。”[①]事实上通过对二人诗作平仄格式的具体分析，则不难得出这样的结论：要将沈、宋诗歌以合律程度为标准作一番比较的话，则胡震亨此说还可扩大至排律以外的其他体制。就五言四句之作来看，沈佺期并无合律的五绝传世，而宋之问的19首诗作中，不仅大多合乎五绝规范，且出现了《渡汉江》这样格律精严、抒情深切之作：

岭外音书断，经冬复历春。（仄仄平平仄，平平仄仄平）
近乡情更怯，不敢问来人。（仄平平仄仄，平仄仄平平）

---

① 胡震亨：《唐音癸签》卷一〇，上海古籍出版社1981年版，第98页。

此诗所押韵部为上平声十一真，首句不入韵，第二联首句第一字当平而仄，但在对句的相应处该仄而平，以为抵偿，故从格律来看，相当工整。此诗为宋之问第一次遭贬后北归、途径汉江时所作，诗中先写在岭南断绝音书、经冬历春的苦况以为铺垫，"断"、"复"二字写诗人思念家人、度日如年的痛苦心情；末两句以反笔手法，以"情怯"写"情切"，设想倘逢熟人，自然最想询问家乡近况，却又因久无音信，故有担忧而不敢相问，贬逐之人归家时的矛盾心情尽在其中。

关于近体诗中各种体制的创作难易比较，严羽在《沧浪诗话》中曾有论述："律诗难于古诗，绝句难于八句，七言律诗难于五言律诗，五言绝句难于七言绝句。"[①]类似的观点还有杨万里《诚斋诗话》中的论述："五七字绝句最少，而最难工，虽作者亦难得四句全好者。"[②]五言绝句创作之难，当然不是仅在格律把握方面，而是要在最小的篇幅之内，既要做到内容饱满、情真意切，又要字字合律、格式工整，达到"愈小而大，愈促而缓"[③]的效果，才是五绝难作的原因。宋之问此诗堪称五言绝句的经典之作，短短二十字中，情感真挚，构思巧妙，且精严合律，即便与盛唐大家相比，也不遑多让。能把最难作的五绝写得如此精妙绝伦，亦可说明宋之问在近体诗写作方面的功力之深。

宋之问的19首五言四句的诗作中，虽有未能完全合律之处，但如《渡汉江》这样的工密之作并非特例，再如《在荆州重赴岭南》，即便以最严格的声律规范加以衡量，也绝无不妥：

梦泽三秋日，苍梧一片云。（仄仄平平仄，平平仄仄平）
还将鹓鹭羽，重入鹧鸪群。（平平平仄仄，仄仄仄平平）

此诗采用五绝常例仄起式，所押韵部属上平声十二文，首句不入韵，平仄格式完全符合粘对规范，是一首极为严整的五言绝句。

---

① 郭绍虞：《沧浪诗话校释》，人民文学出版社1961年版，第127页。
② 杨万里：《诚斋诗话》，见丁福保《历代诗话续编》，中华书局1983年版，第141页。
③ 王世贞：《艺苑卮言》，见丁福保《历代诗话续编》，中华书局1983年版，第962页。

沈佺期擅长七言为历来公认，但宋之问七言四句的诗作中也有平仄合律的七绝之作，且看宋之问的《苑中遇雪应制》：

紫禁仙舆诘旦来，（仄仄平平仄仄平）
青旂遥倚望春台。（平平平仄仄平平）
不知庭霰今朝落，（平平仄仄平平仄）
疑是林花昨夜开。（平仄平平仄仄平）

此诗首句入韵，所押韵部属上平声十灰，无出韵，符合七言绝句正例，从平仄格式来看，第二句第三字当仄而平，第四句第一字当仄而平，但以近体诗“一三五不论”的原则来看，亦不为失对，与前面分析的沈佺期的《苑中遇雪应制》相比，同样属工整之作，而“不知庭霰今朝落，疑是林花昨夜开”较之沈佺期的“琼章定少千人和，银树长芳六出花”，构思巧妙犹有胜之。

五言八句是宋之问写作最多，也是质量最高的一类诗作，其中扈从应制的部分因品评比较的影响而特别在声律技巧方面格外用力，因此以五言律诗的平仄格式加以衡量，大多精严合律。如《九月九日登慈恩寺浮图应制》：

凤刹侵云半，虹旌倚日边。（仄仄平平仄，平平仄仄平）
散花多宝塔，张乐布金田。（仄平平仄仄，平仄仄平平）
时菊芳仙酝，秋兰动睿篇。（平仄平平仄，平平仄仄平）
香街稍欲晚，清跸扈归天。（平平仄仄仄，平仄仄平平）

这首诗采用仄起式，首句不入韵，所押韵部为下平声一先，第三句第一字该平而仄，但在下句相应地方该仄而平，属拗救中的对句相救。另外，第五句第一字当仄而平、第七句第三字当平而仄、第八句第一字当仄而平，但都在“一三五不论”的规则允许范围之内，且此诗的联与联之间完全符合平仄相粘的要求，是较为工整的五言律诗。

除了这些扈从应制之作外，宋之问在遭贬后更是写作了一大批既符合格律要求，同时在情感抒发上含蓄委婉、真切动人之作，最有代表性的是下面两首：

题大庾岭北驿

阳月南飞雁，传闻至此回。（平仄平平仄，平平仄仄平）
我行殊未已，何日复归来。（仄平平仄仄，平仄仄平平）
江静潮初落，林昏瘴不开。（平仄平平仄，平平仄仄平）
明朝望乡处，应见陇头梅。（平平仄平仄，平仄仄平平）

度大庾岭

度岭方辞国，停轺一望家。（仄仄平平仄，平平仄仄平）
魂随南翥鸟，泪尽北枝花。（平平平仄仄，仄仄仄平平）
山雨初含霁，江云欲变霞。（平仄平平仄，平平仄仄平）
但令归有日，不敢恨长沙。（仄平平仄仄，仄仄仄平平）

这两首诗歌都写于宋之问第一次遭贬途径大庾岭之时。《题大庾岭北驿》以大雁北回起兴，对比自己不得不继续南下的悲惨处境，抒发凄恻缠绵的思归之情，虽是愁绪满怀，但同样写得格律整严。从格律上加以分析，此诗仄起，首句不入韵，所押韵部属上平声十灰，虽第一句、第三句、第四句、第五句和第八句的首字平仄不合五言律诗的普通格式，但因“一三五不论”的规则，也无所谓拗，只有第七句使用了平仄的特殊形式，即把本该用“平平平仄仄”的句式改为“平平仄平仄”。关于这种特殊形式，王力在《王力近体诗格律学》中曾有总结，指出这是一种较为常见的格律诗平仄的特殊形式，这种特殊形式看似不合平仄规律，但在创作中较为常见，尤其“多用于尾联的出句，这也是诗人的一种风尚”①，并举王维、储光羲、刘长卿、李白、王昌龄、韦应物、白居易、杜甫等大批盛唐诗人的诗作为例，可见这种平仄的特殊形式在唐代是广为诗人接受并使用的。从合律角度来衡量，第二首《度大庾岭》则几乎完全符合近体诗平仄的普通格式和粘对规则，此诗同样采用仄起式，所押韵部属下平声六麻，首句不入韵，按五言律诗仄起式的普通格式来看，除第五句第一字当仄而平、第七句第一字当平而仄外，其余全部合乎规定，同样根据

① 王力：《王力近体诗格律学》，山西古籍出版社2003年版，第98页。

“一三五不论”原则，第五句和第七句均无所谓拗。

宋之问诗作中七言八句之作较少，此处列入统计的仅 3 首，但其中亦有完全合律的七言律诗。如《奉和春初幸太平公主南庄应制》：

青门路接凤凰台，（平平仄仄仄平平）
素浐宸游龙骑来。（仄仄平平平仄平）
涧草自迎香辇合，（仄仄仄平平仄仄）
岩花应待御筵开。（平平平仄仄平平）
文移北斗成天象，（平平仄仄平平仄）
酒递南山作寿杯。（仄仄平平仄仄平）
此日侍臣将石去，（仄仄仄平平仄仄）
共欢明主赐金回。（平平平仄仄平平）

这首应制诗采用平起式，所押韵部属上平声十灰，首句入韵，均符合七言律诗的常例，从平仄格式来看，第一联除对句的第五字当仄而平外，其余均合规范，此不常例式处也可据“一三五不论”原则，可以不论；第二联出句第三字当平而仄，对句第三字当仄而平，即便视为拗句，也属对句相救，不为“病”，第四联也与此相同；第三联则完全符合平仄格式要求。

如果说“沈宋”比较，沈以七言律诗稍胜宋一筹，那么宋则以五言排律占据优势，所谓“宋五言排律，精硕过沈”①，“精”即格律方面的精严，“硕”当指创作数量和篇制上的规模。但比较而言，沈佺期押平韵的五言八句之作 44 首，宋之问为 48 首，从创作数量上来看，差别并不大。另外将沈、宋这部分诗作的韵数列表比较：

篇数 韵数 作者	五韵	六韵	七韵	八韵	九韵	十韵	十一韵	十二韵	十三韵	十四韵	十五	十七	十八	二十	二四	四八
沈佺期	1	14	1	10	1	9	1	0	0	1	1	1	1	0	2	1
宋之问	2	19	2	6	1	5	8	1	1	1	0	1	0	1	0	0

① 胡应麟：《诗薮》，上海古籍出版社 1979 年版，第 76 页。

宋之问的六韵和十一韵之作均显著多于沈佺期，但沈佺期的八韵、十韵之作则多于宋之问。另外，沈佺期还有二十四韵和四十八韵的长篇之作，因此若从韵数篇制去看，二人可谓势均力敌，沈佺期尚略胜一筹。由此可见，历来认为宋之问以五言排律胜沈佺期，更多的是肯定宋之问在格律精严方面的成就。如宋之问这部分诗中数量最多的六韵之作《奉和幸大荐福寺应制》：

香刹中天起，宸游满路辉。（平仄平平仄，平平仄仄平）
乘龙太子去，驾象法王归。（平平仄仄仄，仄仄仄平平）
殿饰金人影，窗摇玉女扉。（仄仄平平仄，平平仄仄平）
稍迷新草木，遍识旧庭闱。（仄平平仄仄，仄仄仄平平）
水入禅心定，云从宝思飞。（仄仄平平仄，平平仄仄平）
欲知皇劫远，初拂六铢衣。（仄平平仄仄，平仄仄平平）

再如《和库部李员外秋夜寓直之作》：

相庭贻庆远，才子拜郎初。（平平平仄仄，平仄仄平平）
起草仪仙阁，焚香卧直庐。（仄仄平平仄，平平仄仄平）
更深河欲断，节劲柳偏疏。（平平平仄仄，仄仄仄平平）
气耿凌云笔，心摇待漏车。（仄仄平平仄，平平仄仄平）
叨荣厕俦侣，省己愿空虚。（平平仄平仄，仄仄仄平平）
徒斐阳春和，难参丽曲余。（平仄平平仄，平平仄仄平）

五言排律即普通律诗的延长，其平仄格式规定也与五言律诗相同，这两首诗歌都符合五言律诗的常例。第一首采用仄起式，所押韵部属上平声五微，首句不入韵，不合普通平仄格式规定有三处，但均在“一三五不论”原则的允许范围内，末句属对句相救。第二首采用平起式，所押韵部属上平声六鱼，首句不入韵，其中第二句第一字和第十一句第一字是“一三五不论”的特殊形式外，还需要特别指出的是第九句本该用“平平平仄仄”的句子采用了“平平仄平仄”的特殊形式。

根据以上分析可知，无论是从对平仄格式的遵守来考量，还是从对各种近体诗类型，如五言绝句、七言绝句、五言律诗、七言律诗和五言排律等的尝试来考量，沈、宋诗作均已超越同辈诗人，堪为初唐近体诗的杰出代表。

其次谈沈、宋诗作的对仗。“对仗是律诗的必要条件”[①]，所谓对仗，即“句法结构的相互对称，讲究的是虚对虚，实对实；名词对名词，动词对动词，形容词对形容词，副词对副词。两两相对，相辅相成”[②]。沈、宋诗作以精于对仗著称已是定论，唐代诗人李商隐以“今日惟观对属能”来批评被视为初唐宗师的沈、宋只会裁词变律、不过合于对属而已，但这恰恰点出了沈、宋诗作好对的特点。《新唐书》亦载：

> 魏建安后，迄江左，诗律屡变，至沈约、庾信，以音韵相婉附，属对精密。及之问、沈佺期，又加靡丽，回忌声病，约句准篇，如锦绣成文，学者宗之，号为“沈宋”。[③]

明确指出在诗歌律化进程中，沈、宋继承了前代沈约等人在诗歌声律方面的成就，并在“属对精密”的基础上更加靡丽，锦绣成文。这一观点在历代都得到认同，被广泛沿用，如宋代陈振孙在《直斋书录解题》就有类似的论述：

> 自沈约以来，始以音韵、对偶为诗，至之问、佺期，益加靡丽，学者宗之，号为‘沈宋’，唐律盖本于此。[④]

明代胡震亨在《唐音癸签》中亦特别指出沈、宋诗作“音对俱谐”的特点：

> 神龙而后，音对俱谐，诸家槩有合作，沈、宋尤为擅场。[⑤]

清代沈德潜在《说诗晬语》中谈到长律创作要诀时特别强调“属对工

---

① 王力：《王力近体诗格律学》，山西古籍出版社2003年版，第143页。

② 《中华韵典》，上海古籍出版社2004年版，第564页。

③ 欧阳修、宋祁：《新唐书》卷二〇二，中华书局1975年版，第5748页。

④ 陈振孙：《直斋书录解题》，文渊阁《四库全书》本。

⑤ 胡震亨：《唐音癸签》卷一，上海古籍出版社1981年版，第3页。

切”，并举沈、宋等人之作为“佳妙”：

> 长律所尚，在气局严整，属对工切，段落分明，而其要在开阖相生，不露铺叙转折过接之迹，使语排而忘其为排，斯能事矣。唐初应制，赠送诸篇，王、杨、卢、骆，陈、杜、沈、宋，燕、许、曲江，并皆佳妙。①

近体诗的对仗，一般指的是律诗和排律的对仗，从对仗的位置规定来看，律诗的正例是颔联和颈联对仗，即第三句和第四句对仗，第五句和第六句对仗；正例以外，还有一些变例，如可以只有一联对仗，或增加到三联对仗，甚至四联俱对。排律的对仗则是律诗的延长，除首尾两联可不对外，中间无论多少联，均须对仗。对沈、宋诗作中押平韵部分的诗作加以考察，则基本都符合这一规定。

五言律诗因平仄格式的正例是首句不入韵，因此首联更易对仗，在五言律诗中前三联都用对仗的例子较多，以宋之问的《麟趾殿侍宴应制》为例：

北阙层城峻，西宫复道悬。
乘舆历万户，置酒望三川。
花柳含丹日，山河入绮筵。
欲知陪赏处，空外有飞烟。

此诗首句不入韵，三联对仗。首联“北阙”与“西宫”名词对，“层城”与“复道”名词对，“峻”和“悬”为形容词相对；颔联对仗尤为工整，“乘”与“置”，形容词；“舆”与“酒”，名词；“历”与“望”，动词；“万”与“三”，数目词；“户”与“川”，名词，字字对仗。颈联“花柳”与“山河”名词相对，“含”与“入”动词相对，“丹日”与“绮筵”名词相对。

沈佺期的五言律诗也大多对仗严整，以《天官崔侍郎夫人卢氏挽歌》为例：

① 沈德潜：《说诗晬语》，见王夫之等《清诗话》（下册），上海古籍出版社1978年版，第541—542页。

偕老言何谬，香魂事永违。
潘鱼从此隔，陈凤宛然飞。
埋镜泉中暗，藏灯地下微。
犹凭少君术，仿佛睹容辉。

此诗遵循对仗正例，颔联"潘鱼"与"陈凤"名词相对，潘岳的《悼亡诗》有"如彼游川鱼"之句，汉武帝的陈皇后则请司马相如代作《长门赋》，其中有"鸾凤翔而北南"之句，两两相对，更显贴切；"从此"与"宛然"为副词对；"隔"与"飞"动词相对。颈联"埋"与"藏"为动词对；"镜"与"灯"、"泉"与"地"为名词对；"中"与"下"均为方位词；"暗"与"微"为形容词相对。

沈、宋的五言排律极为人称道，胡应麟《诗薮》曾指出："排律，沈、宋二氏，藻赡精工。"[①]并对宋之问的排律特别称道："延清排律，如《登粤王亭》、《虚氏村》、《禹穴》、《韶州清远峡》、《法华寺》等篇，叙状景物，皆极天下之工。且繁而不乱，绮而不冗，可与谢灵运游览诸作并驰，古今排律绝唱也。"[②]试看《登粤王台》一诗：

江上粤王台，登高望几回。
南溟天外合，北户日边开。
地湿烟尝起，山晴雨半来。
冬花采卢橘，夏果摘杨梅。
迹类虞翻枉，人非贾谊才。
归心不可见，白发重相催。

此诗的颔联、颈联、第三联、第四联对仗，极为严整工密。颔联"南溟"与"北户"名词相对，其中"南"与"北"又为方位对；"天"与"日"为名词相对，又同属与天文相关的名词；"合"与"开"为动词对。颈联"地"与"山"同属地理门类的名词；"湿"与"晴"为形容词相对；"烟"与"雨"同属天文门类的名词；"尝"

① 胡应麟：《诗薮》，上海古籍出版社 1979 年版，第 60 页。

② 胡应麟：《诗薮》，上海古籍出版社 1979 年版，第 76 页。《登粤王亭》亦作《登粤王台》。

与“半”为副词相对；“起”与“来”为动词相对。第三联“冬”与“夏”同属时令门类的名词；“花”与“果”同属草木花果门类的名词；“采”与“摘”为动词相对；“卢橘”与“杨梅”为水果名相对。第四联“迹”与“人”为名词相对；“类”与“非”为动词相对；“虞翻”与“贾谊”为人名相对。此诗不仅符合最基本的名词与名词相对、动词与动词相对的规则，其相对的名词大多属同一门类，称其为“极天下之工”，确非过誉。

沈佺期的《古意呈乔补阙知之》可为七言律诗代表：

卢家少妇郁金堂，海燕双栖玳瑁梁。
九月寒砧催木叶，十年征戍忆辽阳。
白狼河北音书断，丹凤城南秋夜长。
谁谓含愁独不见，更教明月照流黄。

此诗首句入韵，颔联、颈联对仗。颔联“九”与“十”为数目字对仗，“月”与“年”为同属时令的名词相对，更显工整；“寒砧”与“征戍”为名词对；“催”与“忆”为动词对；“木叶”与“辽阳”为名词对。颈联“白狼”和“丹凤”为名词对；“河北”和“城南”同是地名，为名词对；“音书”和“秋夜”为名词对，“断”和“长”为形容词对。

也有变例，如沈佺期的《从幸香山寺应制》：

南山奕奕通丹禁，北阙峨峨连翠云。
岭上楼台千地起，城中钟鼓四天闻。
旃檀晓阁金舆度，鹦鹉晴林采眊分。
愿以醍醐参圣酒，还将祇苑当秋汾。

此诗首句不入韵，故首联容易形成对仗，首联“南山”与“北阙”为名词对，其中“南”与“北”又同属方位，极为工整；“奕奕”与“峨峨”为叠字对仗；“通”与“连”为动词对，“丹禁”和“翠云”为名词对。颔联和颈联也对仗整齐，此诗为三联对仗的变例。

从对仗的范畴种类来看，除了最粗疏的名词、动词、副词、形容词的分类外，在形容词中还有颜色和数目的分类，在名词中，更有详细的分类，“所谓对仗的范畴，差不多也就是名词的范畴”[①]，根据对仗时所使用名词的种类，可衡量对仗的工整与否，具体而言，“在同一种类相为对仗者，叫做工对；否则可以叫做宽对”[②]。名词、形容词的分类并没有确切规定，据王力《王力近体诗格律学》中“对仗的种类”一节的名词和形容词分类，计有天文、时令、地理、宫室、器物、衣饰、饮食、文具、文学、草木花果、鸟兽虫鱼、形体、人事、人伦、代名、方位、数目、颜色、人名、地名等多种门类。以此作为标准，对“沈宋体”的对仗情况加以观照，则几乎每一种类都有涉及，且相当工整精密。试按王力对名词和形容词的一些分类，各举几例：

（一）天文门

圣藻垂寒露，仙杯落晚霞。（沈佺期《幸白鹿观应制》）
薄霜沾上路，残雪绕离宫。（沈佺期《扈从出长安应制》）
气有冲天剑，星无犯斗槎。（宋之问《鲁忠王挽词三首》其三）
野含时雨润，山杂夏云多。（宋之问《夏日仙萼亭应制》）

（二）时令门

春风摇碧树，秋雾卷丹台。（沈佺期《和元舍人万顷临池玩月戏为新体》）
直庐宵驾合，五夜晓钟稀。（沈佺期《和中书侍郎杨再思春夜宿直》）
夜杂蛟螭寝，晨披瘴疠行。（宋之问《入泷州江》）
夜弦响松月，朝楫弄苔泉。（宋之问《入崖口五渡寄李適》）

（三）地理门

阳乌出海树，云雁下江烟。（沈佺期《早发平昌岛》）
池水琉璃净，园花玳瑁斑。（沈佺期《杂诗四首》其一）
地形龟食报，坟土燕衔来。（宋之问《梁宣王挽词三首》其二）
去国云南滞，还乡水北流。（宋之问《初承恩旨言放归舟》）

---

① 王力：《王力近体诗格律学》，山西古籍出版社2003年版，第156页。
② 王力：《王力近体诗格律学》，山西古籍出版社2003年版，第156页。

（四）宫室门

妆楼翠幌教春住，舞阁金铺借日悬。（沈佺期《侍宴安乐公主新庄应制》）
天磴扶阶迥，云泉透户飞。（沈佺期《仙蕚池亭侍宴应制》）
砌蓂霜月尽，庭树雪云深。（宋之问《上阳宫侍宴应制得林字》）
殿饰金人影，窗摇玉女扉。（宋之问《奉和幸大荐福寺应制》）

（五）器物门

野花飘御座，河柳拂天杯。（沈佺期《三日禁园侍宴》）
龙旗萦秀木，凤辇拂疏筇。（沈佺期《奉和幸韦嗣立山庄侍宴应制》）
和风吹鼓角，佳气动旗旌。（宋之问《扈从登封告成颂》）
连辔登山尽，浮舟望海回。（宋之问《酬李丹徒见赠之作》）

（六）衣饰门

玉钗翠羽饰，罗袖郁金香。（沈佺期《李员外秦授宅观妓》）
两岩天作带，万壑树披衣。（宋之问《早入清远峡》）

（七）文具门（包括文人用品）

罢琴明月夜，留剑白云天。（沈佺期《哭苏眉州崔司业二公》）
箫奏秦台里，书开鲁壁中。（宋之问《宴安乐公主宅得空字》）

（八）文学门

圣主讴歌洽，贤臣法令齐。（沈佺期《赦到不得归题江上石》）

书乃墨场绝，文称词伯雄。（宋之问《伤王七秘书监寄呈扬州陆长史通简府僚广陵好事》）

冥漠辞昭代，空怜赋子虚。（宋之问《故赵王属赠黄门侍郎上官公挽词二首》其一）

（九）草木花果门

摘兰喧凤野，浮藻溢龙渠。（沈佺期《晦日浐水侍宴应制》）

花迎宸翰发，叶待御筵披。梅讶香全少，桃惊色顿移。（沈佺期《立春日侍宴内出剪彩花应制》）

薜荔摇青气，桄榔翳碧苔。（宋之问《早发始兴江口至虚氏村作》）

时菊芳仙酝，秋兰动睿篇。（宋之问《九月九日登慈恩寺浮图应制》）

（十）鸟兽虫鱼门

苑蝶飞殊懒，宫莺啭不疏。（沈佺期《晦日浐水侍宴应制》）

魂疲山鹤路，心醉跕鸢溪。（沈佺期《赦到不得归题江上石》）

瑞鸟呈书字，神龙吐浴泉。（宋之问《奉和幸三会寺应制》）

宿云鹏际落，残月蚌中开。（宋之问《早发始兴江口至虚氏村作》）

周原乌相冢，越岭雁随车。（宋之问《故赵王属赠黄门侍郎上官公挽词二首》其一）

（十一）形体门

丛生调木首，圆实槟榔身。（沈佺期《题椰子树》）

目绝毫翰洒，耳无歌讽期。（沈佺期《伤王学士》）

泣向文身国，悲看凿齿氓。（宋之问《入泷州江》）

晶耀目何在，滢荧心欲无。（宋之问《洞庭湖》）

（十二）人事门

何功游画省，何德理黄枢。（沈佺期《移禁司刑》）

玉就歌中怨，珠辞掌上恩。（沈佺期《奉和送金城公主适西蕃应制》）

短歌能驻日，艳舞欲娇风。（宋之问《宴安乐公主宅得空字》）

拜职尝随骠，铭功不让班。（宋之问《送朔方何侍郎》）

（十三）人伦门

昆弟推由命，妻孥割付缘。（沈佺期《度安海入龙编》）

臣子竭忠孝，君亲惑谗欺。（沈佺期《枉系二首》其一）

小儿应离褓，幼女未攀笄。（沈佺期《赦到不得归题江上石》）

兄弟远沦居，妻子成异域。（宋之问《早发大庾岭》）

骨肉初分爱，亲朋忽解携。（宋之问《发端州初入西江》）

交深季作友，义重伯为兄。（宋之问《饯湖州薛司马》）

（十四）代名对

钓玉君徒尚，征金我未贤。（沈佺期《钓竿篇》）

不才予窜迹，羽化子遗芬。（沈佺期《神龙初废逐南荒途出郴口北望苏耽山》）

尔寻北京路，予卧南山阿。（宋之问《别之望后独宿蓝田山庄》）

（十五）方位对

容颜荒外老，心想域中愚。（沈佺期《夜泊越州逢北使》）

青春坐南移，白日忽西匿。（沈佺期《和杜麟台元志春情》）

魂随南翥鸟，泪尽北枝花。（宋之问《度大庾岭》）

北极怀明主，南溟作逐臣。（宋之问《途中寒食题黄梅临江驿寄崔融》）

寒露衰北阜，夕阳破东山。（宋之问《初到陆浑山庄》）

（十六）数目对

七泽云梦林，三湘洞庭水。（沈佺期《别侍御严凝》）

结交三十载，同游一万里。（沈佺期《送乔随州侃》）

三入文史林，两拜神仙署。（宋之问《景龙四年春祠海》）

谷暗千旗出，山鸣万乘来。（宋之问《扈从登封途中作》）

（十七）颜色对

六甲迎黄气，三元降紫泥。（沈佺期《则天门观赦改年》）

碧峰泉对落，红壁树傍分。（沈佺期《神龙初废逐南荒途出郴口北望苏耽山》）

泛流张翠幕，拂回挂红旌。（宋之问《岳寺应制》）

帝歌云稍白，御酒菊犹黄。（宋之问《奉和圣制闰九月九日登庄严总持二寺阁》）

（十八）人名对

魏文颁菊蕊，汉武赐萸囊。（沈佺期《九日临渭亭侍宴应制得长字》）

原宪贫无怨，颜回乐自持。（沈佺期《伤王学士》）

别路追孙楚，维舟吊屈平。（宋之问《送杜审言》）

（十九）地名对

岘北焚蛟浦，巴东射雉田。（沈佺期《少游荆湘因有是题》）

辋川朝伐木，蓝水暮浇田。（宋之问《蓝田山庄》）

日惨咸阳树，天寒渭水桥。（宋之问《鲁忠王挽词三首》其一）

一般来说，“对仗的范畴越小，就越工整”①，以上按照名词、形容词的分类一一列举沈、宋诗作中的例句，其中重点标明的字词均两两相对，同属一个门类，是最为工整的对仗。由此观之，无论从对仗的位置规定去考察，还是从对仗的种类范畴去衡量，沈、宋诗作中无论五言律诗、五言排律还是七言律诗，都大多严格遵循对仗规则，确实已达到历代诗评家所谓的“属对精密”、“严整”、“工切”的完备阶段。顾陶在《唐诗类选序》中曾对初唐诗坛的律诗创作有如下概述：

> 国朝以来，人多反古，德泽广被，诗之作者继出。……爰有律体，祖尚清巧，以切语对为工，以绝声病为能。则有沈、宋、燕公、九龄、严、刘、钱、孟、司空曙、李端、二皇甫之流，实繁其数。皆妙于新韵，播名当时，亦可谓守章句之范，不失其正者矣。②

论及初唐的律体创作，沈、宋是无法忽视的两位重要诗人，其中“以切语对为工，以绝声病为能”、“守章句之范，不失其正”等描述，也正是“沈宋体”在声律方面体现出来的特点。要言之，“沈宋体”在初唐的最大贡献，正在于以工

---

① 王力：《王力近体诗格律学》，山西古籍出版社 2003 年版，第 156 页。

② 顾陶：《唐诗类选序》，见《全唐文》卷七六五，上海古籍出版社 1990 年版，第 3527—3528 页。

密严整的创作促进了诗歌声律的成熟。所谓律体的标准,《中华韵典》将其归纳为四点:"1.规定句数;2.严格押韵;3.讲究平仄;4.要求对仗。"[①]这些规定的形成,经历了一个漫长的过程,发展到初唐时,诗歌的篇制已渐趋短小固定,各种韵书纷出,初唐研讨声律的诗学著述也大量涌现,其中提出了分四声为平和上去入两大类的理论和关于属对的详细规定,这些都为律诗的成熟奠定了必要的基础。沈、宋则吸取前人和同时代诗人的经验,"回忌声病,约句准篇",创作了大量合乎粘对规则、音韵谐婉、对仗精切的律体典范之作,这些诗作不仅在数量上大大超过同代诗人,同时也具备了近体诗的各种类型,达到了篇制、押韵、平仄、对仗等多方面的完美统一,这是"沈宋体"的特点之一,也是沈、宋超越同辈诗人之处。

① 《中华韵典》,上海古籍出版社2004年版,第564页。

第二章　清新刚健：创作技巧的发展

刘克庄《后村诗话》曰："唐初王、杨、沈、宋擅名，然不脱齐梁之体。"①金代元好问亦有"沈宋横驰翰墨场，风流初不废齐梁"之句，长期以来沈、宋被视为宫廷浮靡诗风的代表，与"采丽竞繁"的齐梁风气联系在一起。事实上这种说法并不准确。纵观历代对沈宋的评价，确实有不少"靡丽"、"锦绣"之说，但也不乏"清"、"逸"之赞，如"机云笔舌临文健，沈宋篇章发韵清"②、"写景之句，以工致为妙品，真境为神品，淡远为逸品。如'芳草平仲绿，清夜子规啼'（沈佺期）……皆逸品也"③，沈德潜《说诗晬语》中更以"浑金璞玉，不须追琢，自然名贵"④评价沈、宋，胡应麟在《诗薮》中对"清"之涵义作了具体阐释：

> 诗最可贵者清，然有格清，有调清，有思清，有才清。才清者，王、孟、储、韦之类是也。若格不清则凡，调不清则冗，思不清则俗。王、杨之流丽，沈、宋之丰蔚，高、岑之悲壮，李、杜之雄大，其才不能概以清言，其格与调与思，则无不清者。⑤

---

① 刘克庄：《后村诗话》，中华书局1983年版，第6页。

② 《华州榜·薛侍郎诸门生诗》，见王定保《唐摭言》卷三，上海古籍出版社1978年版，第37页。

③ 冒春荣：《葚原诗说》，见郭绍虞《清诗话续编》，上海古籍出版社1983年版，第1583页。

④ 沈德潜：《说诗晬语》，见王夫之等《清诗话》（下册），上海古籍出版社1978年版，第538页。

⑤ 胡应麟：《诗薮》，上海古籍出版社1979年版，第185页。

胡应麟认为立意清新是诗之要诀，又具体分为"格清"、"调清"、"才清"三类，指出沈、宋虽不属"才清"，但"其格与调与思，则无不清者"。

历代对沈、宋的评价中出现这类矛盾现象，窃以为，其一，是比较对象的问题，以沈、宋诗作为"靡丽"、"锦绣"者，往往将沈、宋置于诗歌发展的纵线上，与盛唐诸杰并论，沈、宋无疑更逊一筹，但若较之初唐诗人，沈、宋之作则自然凝练得多；其二，沈、宋诗作中既有应制之作，也有贬逐时的创作，其中小部分应制诗的确写得辞采艳丽，但并不能因此忽略其他风格的创作，事实上沈、宋的应制诗中既有清新动人之作，也有不少写得颇具气势，他们的贬逐之作更是情真意切，甚至一些诗作呈现出刚健之气。可以说，除了少量应制之作外，沈、宋诗作大多已脱齐梁窠臼，因此以清新刚健概括之，当更为恰当。

这种特点的形成，与沈、宋在创作技巧方面的深入探索有关。一般提到沈、宋或"沈宋体"，多限于他们在声律方面的成就，所谓"律诗始于初唐，至沈、宋而其格始备"①，"沈宋体"的出现，可作为律体定型的最后标志已确然无疑。但若仅仅着眼于沈、宋在诗体格律方面的工整而忽视其在创作技巧方面的成就，不免有以偏概全之憾。关于律诗的创作，以五言律诗为例，明代顾璘曾有言："五言律诗，贵乎沉实温丽，雅正清远，含蓄深厚，有言外之意。制作平易无艰难之患最不易，轻浮俗浊则小儿对属矣。似易而实难，又须风格峻整，音律雅浑，字字精密，乃为得体。"②很显然，"沉实温丽，雅正清远，含蓄深厚，有言外之意"的艺术效果，单靠追求格律上的合乎规范是无法达到的，"风格峻整，音律雅浑，字字精密"的"得体"之作，更必须强调语言锤炼、谋篇构思、抒情造境等创作技巧的发挥。"沈宋体"可为律体之典范，除了其合乎律体规范外，也在于创作技巧方面的进一步发展，许学夷在《诗源辩体》中这样评述沈、宋诗作："沈、宋才力既大，造诣始纯，故其体尽整栗，语多雄丽，而气象风格大备，为律诗正宗。"③既强调格律方面的严谨，也特别指出"语多雄丽"、"气象风格大备"的艺术效果，这正说明沈、宋已经在整体上掌握了律体制作的各种技巧，取得了突出的艺术成就。

---

① 钱良择：《唐音审体》，见王夫之等《清诗话》，上海古籍出版社 1978 年版，第 781 页。

② 顾璘：《批点唐音》卷六，明嘉靖刻本。

③ 许学夷：《诗源辩体》卷一二，人民文学出版社 1987 年版，第 146 页。

第一节　语言锤炼之功和构思造境之巧

初唐前期，因受南朝齐梁风气影响，大多数诗人犹存雕饰词藻、拼凑对偶的积习，连一代英主唐太宗本人也未能免俗，“以万机之暇，游息艺文”，作有不少以“赋得”为题的宫廷诗，足见浮艳之风。更有以上官仪为代表的“上官体”，“好以绮错婉媚为本”，因“仪既显贵，故当时多有学其体者”，成为宫廷创作的典范。杨炯在《王勃集序》中曾批评初唐以来的诗坛风气：“尝以龙朔初载，文场变体，争构纤微，竞为雕刻。糅之金玉龙凤，乱之朱紫青黄，影带以徇其功，假对以称其美，骨气都尽，刚健不闻。”[①]但这种情况在沈、宋诗作中已经得到了很大的改变。

结合沈、宋的生平遭际看他们的诗作，则可以按照不同人生阶段粗略地分为应制酬唱之作和贬逐南方之作。作为武后和中宗二朝中最为著名的宫廷文学侍臣，沈、宋写作了数量可观的应制酬唱之作，但即便是扈从侍宴之作，也较少绮靡堆砌，大多写得清丽流畅，这得益于沈、宋个人的艺术素养和在语言锤炼方面的独特追求。与齐梁诗歌以雕琢字句来追求华丽浮艳不同，沈、宋在创作时往往摒弃过于矫饰华美之词，使用生动流畅、甚至浅显省净的语言，在初唐众多的应制诗中犹显清新自然。

以沈佺期的《奉和春日幸望春宫应制》为例：

芳郊绿野散春晴，复道离宫烟雾生。
杨柳千条花欲绽，蒲萄百丈蔓初萦。
林香酒气元相入，鸟啭歌声各自成。
定是风光牵宿醉，来晨复得幸昆明。

此诗作于景龙四年三月，据《新唐书·地理志一》：“望春宫”位于京兆府万年县，“有南望春宫，临浐水，西岸有北望春宫”[②]，此次宫廷文学活动参与者众

① 杨炯：《王勃集序》，见《全唐文》卷一九一，上海古籍出版社 1990 年版，第 851 页。
② 欧阳修、宋祁：《新唐书》卷三七，中华书局 1975 年版，第 959 页。

多，同时存诗的还有李适、李乂、张说、苏颋等十数人。观众人之作，大抵歌功颂德，用词华丽，其中以沈佺期这首写得最为自然流畅。首联以春日郊野景色点明此次春游之事，第二句点题应制；颔联则写眼前所见，触目所及是杨柳千条和蒲萄百丈，“欲绽”、“初萦”极写观察之细致入微；颈联景中有人，人处景中，互为应和，“元相入”与“各自成”被誉为“下字生新”①，颇显新巧；尾联“宿醉”承接五、六两句，“风光”则收结前六句，末句“幸昆明”语复点明题意。全诗无一“金玉龙凤”之语，无一用典，除了第二句和第八句是应制之句，其余纯写春日畅游，少皇家雍容，而多置身春郊的愉悦。对比同时其他诗人之作，多“皇川”、“仙楼”、“玉辇”、“金舆”、“奉觞”、“皇恩”之语，更显出沈佺期此诗的清新自然。

再如《兴庆池侍宴应制》：

碧水澄潭映远空，紫云香驾御微风。
汉家城阙疑天上，秦地山川似镜中。
向浦回舟萍已绿，分林蔽殿槿初红。
古来徒羡横汾赏，今日宸游圣藻雄。

此诗作于景龙四年四月。据《类编长安志》引《景龙文馆记》：兴庆池“‘在隆庆坊，本是平地，垂拱后因雨水流潦成小池……至景龙中，弥亘数顷，澄澹皎洁，有云气，或见黄龙出其中。’其后置兴庆宫，后谓之龙池。”景龙四年，中宗“幸兴庆池观竞渡之戏，其日过希玠宅，学士赋诗”②，同作有徐彦伯、李适、武平一、苏颋等十数人。沈佺期此诗开篇即以碧水远空之空阔景致引出兴庆池，较之“拂露金舆丹旆转，凌晨黼帐碧池开”③（李适《帝幸兴庆池戏竞渡应制》）、“降鹤池前回步辇，栖鸾树杪出行宫”④（苏颋《兴庆池侍宴应制》），立显其清丽超然；“汉家城阙疑天上，秦地山川似镜中”之句更被誉为“指点

① 《唐诗成法》，见陈伯海《唐诗汇评》，浙江教育出版社1995年版，第218页。

② 计有功：《唐诗纪事》卷九，上海古籍出版社1987年版，第115页。

③ 李适：《帝幸兴庆池戏竞渡应制》，见《全唐诗》卷七〇，中华书局1960年版，第777—778页。

④ 苏颋：《兴庆池侍宴应制》，见《全唐诗》卷七三，中华书局1960年版，第805页。

生云烟，故知妙笔自挟灵隽之气”[①]，“天上”、“镜中”，既有近景，又含远景，妙在均以池上收纳其中；再以“繁花依草，点缀赠妍”；除第二句、第八句应制点题外，略无半分皇家气象，惟见其写景细腻，用语自然，气象高华。

沈佺期应制酬唱之作中其他如“溪水泠泠逐行漏，山烟片片引香炉”（《嵩山石淙侍宴应制》）、“小池残暑退，高树早凉归”（《酬苏员外味玄夏晚寓直省中见赠》）、“月华连昼色，灯影杂星光”（《夜游》）、“人疑天上坐，鱼似镜中悬”（《钓竿篇》）、“归路烟霞晚，山蝉处处吟”（《游少林寺》）等，亦无不在精心的语言锤炼下显出含蓄、省净的特点。

宋之问两度遭贬，应制酬唱诗与贬逐时所作各占其半。若说沈、宋应制诗作的用语中颇具丽色，但绝非“靡丽”，沈佺期偏于“宛丽”，而宋之问的个别诗作则可誉之为“壮丽”，如他的《扈从登封途中作》：

帐殿郁崔嵬，仙游实壮哉。
晓云连幕卷，夜火杂星回。
谷暗千旗出，山鸣万乘来。
扈从良可赋，终乏掞天才。

此诗为宋之问扈从武后出行时作。观历代对此诗的评价，多为“壮丽之极，所谓即事即景”[②]、“气象冠冕”[③]等语，其中首联和尾联紧扣扈从应制事，起结较平；中间两联才是全诗最用力处，三、四两句写晓出夜归，色调较暗，但以云“卷”、火“回”分写晓景和暮色，则静中有动，别增情致；五、六两句以“暗”生“出”，以“鸣”生“来”，暗中又带亮色，无一字带富丽之语，而沉雄高华，皇家气势俱出。

宋之问的应制诗也有不少摆脱了艳辞绮语，写得自然脱俗，如《夏日仙萼亭应制》：

---

① 《唐风怀》，见陈伯海《唐诗汇评》，浙江教育出版社 1995 年版，第 220 页。

② 《陊庵重订李于鳞唐诗选》，见陈伯海《唐诗汇评》，浙江教育出版社 1995 年版，第 82 页。

③ 《唐诗分类绳尺》，见陈伯海《唐诗汇评》，浙江教育出版社 1995 年版，第 82 页。

高岭逼星河，乘舆此日过。
野含时雨润，山杂夏云多。
睿藻光岩穴，宸襟洽薜萝。
悠然小天下，归路满笙歌。

此诗所作年份未有确切考证，按沈佺期有《仙萼亭初成侍宴应制》一诗，其中有“辇路披仙掌”句，仙掌峰在华山，故可推断此亭当在华山或附近。首句极写山岭之高，“逼星河”之喻极为雄浑开阔，次句点题。颔联将目光转向山野景致，上句写野外田地得好雨润泽，一“含”字而润泽之意尽出，下句写群山之间因山气蒸腾而夏云重迭，视野开阔，上下远近之景尽收其中，而用语朴素自然，在应制诗中极为罕见。颈联细写眼前景，“睿藻”、“宸襟”为应景语，赞美帝王的诗文和胸襟，但这里和眼前景色联系起来，“光岩穴”、“洽薜萝”既颂美帝王，又兼及山岩植物。诗人能脱出应制限制，而杂以山水景物，降低了应制诗中丽辞艳语的密度，这在初唐宫廷文学中已是一个很大的进步。

宋之问曾隐居嵩山、陆浑一带，与方外之人交游，并置有陆浑山庄、蓝田别业等，故早期除了这些应制酬唱之作外，还写有不少描摹山水之作，如《陆浑水亭》、《蓝田山庄》、《初到陆浑山庄》、《陆浑山庄》等诗，用语也大多经过精心的提炼，更显得自然省净。《陆浑山庄》是常为人称道的一首：

归来物外情，负杖阅岩耕。
源水看花入，幽林采药行。
野人相问姓，山鸟自呼名。
去去独吾乐，无然愧此生。

通篇写山水景物，其中颔联、颈联写得格外清幽，因看花循水而行，直至流水源头，因采药而深入密林，将眼前人事景物明白写出，但巧妙地加以倒装，“看”、“采”的行为是主动的，但“入”、“行”的举动却带着漫不经心，传达出诗人的悠然闲情。因漫不经心的山野漫步，自然引出与山野之人的偶遇，姓名互答间，身边的山鸟却竞相啼鸣，仿佛在向诗人通报自己的名字，全诗幽寂淡远，充满野趣。

宋之问的应制酬唱诗作中，其他如“芳树摇春晚，晴云绕座飞”（《奉和梁王宴龙泓应教》）、“曙阴迎日尽，春气抱岩流”（《幸少林寺应制》）、“岩边树色含风冷，石上泉声带雨秋”（《三阳宫石淙侍宴应制》）、“今年春色早，应为剪刀催”（《奉和圣制立春剪彩花应制》）、“风来花自舞，春入鸟能言”（《春日芙蓉园侍宴应制》）、“函谷青山外，昆明落日边”（《登总持寺阁》）、“山云浮栋起，江雨入庭飞”（《使过襄阳登凤林寺阁》）、“巨石盘为坐，垂藤结作庐”（《寿安宫西山龙泓》）等，都避免了词藻堆砌的弊病，而是提炼语言，在典实富艳的应制诗中加入清新含蓄、澹远悠长的景物描写，超然于众多初唐诗人之上。

前人在评价沈佺期诗作时曾有言：“古称沈为靡丽，今观之，乃见朴厚耳。……然朴厚自是初唐风气，不足矜，当取其厚中带动，朴而特警者。如《芳树》、《和赵麟台元志春情》、《叹狱中无燕》、《和元万顷临池玩月》，最其振拔。”[①]这一说法同样可用于评价宋之问诗作。这里肯定沈、宋应制诗清新自然的一面，并非完全否认其中有巧为称颂、粉饰太平的富丽之作，而是认为除此之外，沈、宋毕竟开始自觉摒弃堆砌华丽、过分雕琢的风气，而将笔触转向清新疏淡的写景抒情，个别作品呈现出“清水出芙蓉，天然去雕饰”的自然之美，以创作实践为初唐的宫廷文学带来一些可喜的变化，这是沈、宋在应制诗创作中最有价值的地方。

贬逐期间，沈、宋的创作发生了彻底的改变。此时的沈、宋诗作中，不再有对帝王的歌功颂德，而充满了忧愁悲伤的切身体验，诗歌也不再担当应制酬唱的交际功能，而成了他们抒发身世之感的唯一途径，相应的，在语言运用上也完全去除了宫廷文人惯用的雍容华丽，使用不假修饰的近乎直白的语言，呈现出洗尽铅华的质朴通俗。

沈佺期的《遥同杜员外审言过岭》：

天长地阔岭头分，去国离家见白云。
洛浦风光何所似，崇山瘴疠不堪闻。

① 贺裳：《载酒园诗话又编》，见郭绍虞《清诗话续编》，上海古籍出版社1983年版，第300页。

南浮涨海人何处，北望衡阳雁几群。
两地江山万余里，何时重谒圣明君。

此诗写于神龙初年坐二张罪贬逐途中，同时获罪的还有宋之问、杜审言等数十人，其中沈佺期因考功任上受赇和谄附二张两罪并罚，被贬最远。这首诗被誉为“不著景物，写送清空，初唐唯此一篇”①，首联“天长地阔”既是诗人在岭头所见，也点明这是“去国离家”之人必经之地，山岭分隔了天地，贬逐之人惟有继续南下，无可奈何的伤感之情不言而喻。颔联上句以“洛浦”代指洛阳，回忆家乡的美好风光，下句以“崇山”代指贬低驩州，既有对家乡的缱绻思念，也流露出对贬地环境的担忧惧怕，正是“预愁见耳，先写闻，更惨栗”②。颈联中“涨海”即为南海，“衡阳”则有回雁峰，大雁到此即北归，此联写贬逐路途中渡过大海继续南行，而抬头回望，大雁却已至衡阳而回，笔触由眼前所见转入内心所感，以上三联句句紧扣“遥同”二字，却无一句明说，蕴涵深远。尾联“两地江山万余里”有两种解释，或以为“两地”分指沈佺期和杜审言身处两地，施蛰存在《唐诗百话》中则指出“两地江山”当照应颔联的“洛浦风光”和“崇山瘴雾”而言，但无论作何解释，“事本失意，诗亦悲凉，写‘遥同’无痕”③之评是颇为恰当的。这首诗无一用典，句法也极平常，甚至连《被弹》、《枉系》中的怨恨也已消失不见，代之以淡淡的伤感和无奈之情，语言平易朴素，写得极为冷静节制。

贬逐之后，宋之问创作上的变化更为明显，《渡汉江》流传极广，是其中较为典型的一例：

岭外音书断，经冬复历春。
近乡情更怯，不敢问来人。

此诗作于神龙二年北归途中。宋之问溯汉江北上以归洛阳，前两句是对岭南贬居情形的回忆，仅用“断”、“复”二字，诗人与世隔绝、思念亲人、度日如

---

① 《唐风定》，见陈伯海《唐诗汇评》，浙江教育出版社 1995 年版，第 222 页。
② 《唐体余编》，见陈伯海《唐诗汇评》，浙江教育出版社 1995 年版，第 222 页。
③ 《唐诗成法》，见陈伯海《唐诗汇评》，浙江教育出版社 1995 年版，第 222 页。

年的情状即跃然纸上，用词极为简练。末两句则表达了一种十分微妙复杂的心理，远离家乡的诗人终于得以北归，但因久无音信，邻近家乡时，在心中涌起的不是回家的急切，而是一种既渴望回家又忐忑不安的矛盾心情。诗人采用了极为口语化的语言来表达这种微妙复杂的心理，虽直白，却真切，蕴含着耐心寻味的长期离家者的特殊心情，“近乡情更怯，不敢问来人”在后世屡屡为人引用，正说明了这种心情的普遍性和宋之问表达上的明白准确。

宋之问还有《途中寒食题黄梅临江驿寄崔融》一诗：

马上逢寒食，途中属暮春。
可怜江浦望，不见洛阳人。
北极怀明主，南溟作逐臣。
故园肠断处，日夜柳条新。

此诗为神龙元年贬泷州参军时所作。寒食，清明前一二日、禁绝烟火的节日，历来与此节日相关的诗歌，大多为思念亲人、抒发感慨之作；暮春时节，则是春去花谢感伤尤深之时；恰逢暮春时、寒食节，诗人却在贬逐途中，更是情何以堪。但在首联中诗人没有作直抒胸臆式的表达，仅以“逢”、“属”两个动词点出，看似平淡，实则凝练。颔联、颈联均是自怜身世，“可怜”句实写自己身处“江浦”之地，“北极”、“南溟”相对则抒发自己心怀明主、不得北归的痛苦凄绝。尾联遥想故园，当是柳色青青之时，而自己却远离洛阳，思之不禁肝肠寸断。《唐诗选脉会通评林》评此诗曰：“此诗淡雅中有奇气，看他次联与结语，何等感悲动人！”[①]诚如此评。

其他沈、宋的贬逐之作，也大多写得朴素平易，如沈佺期的“搔首向南荒，拭泪看北斗。何年赦书来？重饮洛阳酒”（《初达驩州二首》其二）、“阳乌出海树，云雁下江烟”（《早发平昌岛》），和宋之问的“江静潮初落，林昏瘴不开。明朝望乡处，应见陇头梅”（《题大庾岭北驿》）、“魂随南翥鸟，泪尽北枝花。山雨初含霁，江云欲变霞”（《度大庾岭》）等诗，都体现出沈、宋因贬逐流徙而在创作上产生的变化，进一步摒弃齐梁以来堆砌浮艳的影响，以精炼朴

① 《唐诗选脉会通评林》，见陈伯海《唐诗汇评》，浙江教育出版社 1995 年版，第 84 页。

素的语言给初唐诗坛带来清新之风。

除了在语言方面的锤炼之功外,"沈宋体"诗歌在立意取境、谋篇布局、意象选择等方面也颇具巧思,使诗歌整体达到情景交融、浑然一体的效果,表现出对律体创作技巧的全面掌握。

晋宋以来,文人诗创作中一直存在"有句无篇"的通病,虽有名句传诵不衰,但大部分诗歌仍显生涩板滞,难以达到整体的交融统一,即便是当时最出色的诗人也不例外。如谢灵运,他处于晋宋过渡时期,"宋初文咏,体有因革,庄老告退,而山水方滋"①,故其诗歌创作也表现出由玄言向山水题材的过渡特点,通篇来看,大多是限于先写景后议论的思路框架,少有佳篇,值得一提的也不过"池塘生春草"(《登池上楼》)等佳句。钟嵘《诗品》载:"康乐每对惠连,辄得佳句。后在永嘉西堂,思诗竟日不就,寤寐间,忽见惠连,即成'池塘生春草'。故尝云:'此语有神助,非我语也。'"②这则故事颇能说明谢灵运作诗过程中妙句偶得、缺少整体构思的情况。永明年间的著名诗人谢朓诗作中也存在类似缺憾,虽有名句"余霞散成绮,澄江静如练"(《晚登三山还望京邑》)等为人传诵,但总体而言诗歌多空洞不足取。对于这一时期的诗歌创作,韩愈以"齐梁及陈隋,众作等蝉噪"概括之,可见对其的鄙薄。这种现象一定程度上与诗歌声律化的发展有关,魏晋南北朝至初唐,正是律体形成的过程,在这个过程中,诗人们试图采用不同于古体诗的创作方法,却尚未娴熟地掌握写作新体诗的技巧,因而缺乏对诗歌整体的把握,难以形成通篇浑然一体的诗境。

这种现象一直延续到初唐前期。太宗朝的宫廷文人之作绝大多数只是机械的罗列对偶,缺少变化,至上官仪提出"六对"、"八对"之说,加上特别注重对仗的"上官体"诗歌风行一时,才对新体诗的写作技巧发展有所促进,但也仅着眼于对仗的变化,而少整体构思。"沈宋体"诗歌则突破了齐梁以来罗列对偶的呆板单调,他们不仅在诗歌的格律体制方面做到工密严整,并注重语言锤炼以及诗歌的立意谋篇,以大量语言清丽、情多兴远的诗作实现了从佳句到佳篇的飞跃,表现出对律体写作技巧的全面掌握。

---

① 刘勰:《文心雕龙》,浙江古籍出版社 2001 年版,第 29 页。

② 陈延杰:《诗品注》卷中,人民文学出版社 1961 年版,第 46 页。

作为初唐时期的著名宫廷文人，应制酬唱诗是沈、宋创作中的重要组成部分。酬唱之作易落俗套，而应制诗奉帝王之命而作，内容歌功颂德，手法雕琢生硬，追求富丽雍容的艺术效果，然而“沈宋体”中的不少应制酬唱之作，却能脱出窠臼，巧妙构思，史载沈、宋屡屡在宫廷文学活动中夺魁，原因正在于此。沈、宋贬逐之后的诗歌更是写得情景交融，自然流畅，被广为传诵。综合沈、宋不同时期的诗作加以分析，则可将他们在诗歌创作中的构思造境之巧归纳为几个方面：

首先，无论是应制酬唱诗，还是贬逐南方之作，沈、宋都善于在其中引入自然流畅的景物描写，使之与诗歌融合一体，在总体上显现出清新淡远的风貌。当沈、宋被贬谪之后，一路南下，目见的是不同于宫苑京都的南方山水，这些景物自然成了他们描写的对象，河水奔腾之势“驰波如电腾”（沈佺期《自乐昌溯流至白石岭下行入郴州》），山峰险峻则一路“越岭千重合，蛮谿十里斜”（宋之问《过蛮洞》），这些山水为他们的诗作增色不少。但贬逐之作本已摒弃宫廷文学的富艳，因此这种在诗歌中融入景色描写以营造淡远诗境的手法在此类诗作中效果并不明显，反而运用在应制酬唱之作中，尤能有效地冲淡过于富贵庄严的宫廷气息。同时沈、宋对于景物的观察也细致入微，注意时序环境的变化，使景物描写在诗歌中贴切自然，而无突兀之感。

春季是宫廷文学活动最多的季节，因此沈、宋应制诗中描写春景的诗作也最多。初春是“林中觅草才生蕙，殿里争花并是梅”（沈佺期《奉和立春游苑迎春应制》），春意盎然则是“嘉树满中园，氛氲罗秀色”（《和杜麟台元志春情》），游幸城外是“柳拂旌门暗，兰依帐殿生”（《春日昆明池侍宴应制》），而处郊野庄园则是“往往花间逢彩石，时时竹里见虹泉”（《奉和春初幸太平公主南庄应制》）。诗人准确而生动地描绘出季节转换中的细小差别，使之与诗歌整体弥和无间。在描写春景的诗作中，沈佺期的《三日禁园侍宴》是以景物描写冲淡应制的板滞之气的典型之作：

九重驰道出，三巳禊堂开。
画鹢中流动，青龙上苑来。
野花飘御座，河柳拂天杯。
日晚迎祥处，笙镛下帝台。

题为“禁园侍宴”，自然不免多用祥瑞之辞和颂扬之意，因此全诗充斥皇宫内苑的富贵气象，如“九重”、“画鹢”、“青龙”、“御座”、“天杯”等，这是应制诗创作的惯用手法。但沈佺期与众不同之处在于在繁密的皇家气象中，笔触还兼顾到了御座之旁的野花与拂面而来的河柳，既颂扬帝王，又紧扣禁园春色。这首诗在沈佺期的创作中并不算出色，其中的春景描写也不足以改变应制诗的典丽风格，但至少说明在整体构思中，已能有意引入周遭景致，创作趋势呈现出可喜的改变。

同为春日侍宴应制之作，宋之问的诗写得更为自然清幽，如“鸟惊司仆驭，花落侍臣衣。芳树摇春晚，晴云绕座飞”（《奉和梁王宴龙泓应教得微字》），再如《春日芙蓉园侍宴应制》一诗也写得颇为清新流畅：

芙蓉秦地沼，卢橘汉家园。
谷转斜盘径，川回曲抱原。
风来花自舞，春入鸟能言。
侍宴瑶池夕，归途骑吹繁。

芙蓉园位于长安曲江西南，“青林重复，绿水弥漫，帝城胜景也”①，这也为诗人创造清新诗境提供了可能。此诗首联点明芙蓉园所在后，颔联、颈联即将目光转向山川胜景、喧闹春意，在描写上也颇具章法，选景先远后近，由山川形势回到眼前的风摆花舞，目光先上后下，从迂回山谷到脉脉河川，画面先静后动，从春风轻抚到宛转鸟鸣，最后回到侍宴池边的主题，兴尽而归，一路笙歌。一切描写都脱离应制诗常见的繁冗物象，却又与侍宴主题息息相关，全篇景与事浑然统一，山水春色中流宕着盎然的喜悦之情。

此外，不同的季节景致在沈、宋笔下也得到了生动的描摹。夏日有“卷幔天河入，开窗月露微。小池残暑退，高树早凉归”（沈佺期《酬苏员外味玄夏晚寓直省中见赠》）、“野含时雨润，山杂夏云多。睿藻光岩穴，宸襟洽薜

① 司马光：《资治通鉴》卷一九四胡三省注引《景龙文馆记》，中华书局 1956 年版，第 6103 页。

萝”（宋之问《夏日仙萼亭应制》）；秋季有“鸡鸣朝谒满，露白禁门秋。爽气临旌戟，朝光映冕旒”（沈佺期《和崔正谏登秋日早朝》）、“霜威变绿树，云气落青岑。水殿黄花合，山亭绛叶深”（沈佺期《白莲花亭侍宴应制》）、“时菊芳仙酝，秋兰动睿篇。香街稍欲晚，清跸扈归天”（宋之问《九月九日登慈恩寺浮屠应制》）、“帝歌云稍白，御酒菊犹黄。风铎喧行漏，天花拂舞行”（宋之问《奉和圣制闰九月九日登庄严总持二寺阁》）；寒冬则有“洒瑞天庭里，惊春御苑中。氛氲生浩气，飒沓舞回风”（沈佺期《奉和洛阳玩雪应制》）、“广庭怜雪净，深屋喜炉温。月幌花虚馥，风窗竹暗喧”（宋之问《冬夜寓直麟台》）等，四季的变迁呈现在沈、宋笔端，为繁花似锦的宫廷文学带来了一股别样的清流。这种创作技巧并非沈、宋独有，在与沈、宋同时的其他宫廷文人的诗作中也有所发展，只是以沈、宋的诗作为多，而贡献也更为突出。

其次，在整体构思上，沈、宋擅长从眼前景出发，以情感发展为线索自然展开，以情驭景，以情串景，形成自然巧妙、含蓄浑成的特点。王夫之《姜斋诗话》云：“情景名为二，而实不可离。神于诗者，妙合无垠。巧者则有情中景，景中情。”[①]也即是王国维所说：“一切景语皆情语也。”换言之，沈、宋诗作中一部分诗歌已经在格律严整工密、语言清丽流畅的基础上，进一步达到了构思巧妙、情景交融的高度。这其中以贬逐之作为多，也包括部分应制诗。

武后时期，沈佺期曾从驾西幸，途经华山时作有《辛丑岁十月上幸长安时扈从出西岳》一诗，虽仍属应制扈从之作，但却已做到了在景物描写中融入情感，以途经华山时感情的细微变化串起全诗，是初唐颇为难得的扈从应制佳作之一：

西镇何穹崇，壮哉信灵造。
诸岭皆峻秀，中峰特美好。
傍见巨掌存，势如拓东倒。
颇闻首阳去，开坼此河道。
磅礴压洪源，巍峨壮清昊。

① 王夫之：《姜斋诗话》卷二，人民文学出版社 1961 年版，第 150 页。

云泉纷乱瀑，天磴屹宏抱。
子先呼其巅，宫女世不老。
下有府君庙，历载传洒扫。
皇明应天游，十月戒丰镐。
微末忝闻从，兼得事苹藻。
宿心爱兹山，意欲拾灵草。
阴壑已必冈，云窦绝探讨。
芳月期来过，回策思方浩。

此诗先写华山全貌，以"穹崇"、"壮哉"极写华山之雄伟壮美；再分写华山诸峰之峻秀，中峰即玉女峰，其中多名胜，故以"美好"形容之，"巨掌"即华山仙掌峰，王涯《太华山仙掌辩》有载："华之首峰，有五崖比壑破岩而列，自下而望，偶为掌形。"[①]亦为华山奇观，"首阳"即雷首山，《太华山仙掌辩》其后载有传闻："有巨灵于此，力擘而剖其中，跖而北者为首阳，绝而南者为太华，河自此泄，茫洋下驰，故其掌迹犹存，巨灵之迹也。"[②]传说华山与首阳山本属一体，而巨灵以掌剖之，故有二山，中为黄河，此处诗人视野从上而下，兼及华山之旁的黄河，"压洪源"之"压"字极写华山的磅礴气势。从"西镇何穹崇"到"巍峨壮清昊"，是诗人远望华山，对华山胜景的描绘，这其中贯穿了诗人对华山的赞美感叹之情。"云泉纷乱瀑"以下，描绘由眼见转向遥想，诗人的情感则由赞叹转为对华山的向往，"子先"即呼子先，汉代人，相传"寿百余岁，与酒家老妪骑龙上华阴山，常于山上大呼，言子先、酒家母在此矣"[③]；"宫女"即毛女，"在华阴山中，形体生毛。自言秦始皇宫人，秦坏，入山避难，遇道士谷春，教食松叶，遂不饥寒，身轻如飞"[④]，此二人均见载于《列仙传》。诗人由华山之景，想到华山中之仙人，流露出"宿心爱兹山，意欲拾灵草"的心情，向往能在华山求仙访道；然而宫廷文臣的身份却不允许他停留在华山，只能留下身不由己的感慨惆怅。从远观到遥想，再到离开，诗人在描绘

① 见陶敏、易淑琼《沈佺期宋之问集校注》引，中华书局2001年版，第37页。
② 见陶敏、易淑琼《沈佺期宋之问集校注》引，中华书局2001年版，第37页。
③ 见陶敏、易淑琼《沈佺期宋之问集校注》引，中华书局2001年版，第37—38页。
④ 见陶敏、易淑琼《沈佺期宋之问集校注》引，中华书局2001年版，第38页。

华山雄壮之美的同时，情感也经历了由赞叹到向往，再到惆怅感慨的过程，情感的变化正是贯穿全诗的线索。虽是扈从之作，却也写得情景交融，不失为初唐佳作。

在沈佺期的诗作中，能体现这一特点的诗作不在少数，如《游少林寺》、《夜宿七盘岭》等，亦是构思巧妙、情景交融的佳作。《游少林寺》虽套用了宫廷游宴诗的惯例，首联点明所游之地，尾联以暮归收结，但因游览所见的雁塔、龙池油然而起"风霜古"、"岁月深"之感，蕴涵着淡淡的忧思，佛院中的一切都在"夕霁"、"秋阴"的笼罩下，加上归途的"山蝉"吟唱，更见幽深，全诗贯穿着这种孤寂忧思，与寺庙清静幽深的环境配合得极为恰当。《夜宿七盘岭》作于沈佺期入蜀时，是初唐五律名篇之一，全诗无一句直接抒情，但在描述从远游到住宿，再到夜宿所见和天明起程的过程中，诗人的细腻感受也一一呈现出来。"独游"的失落，"高卧"的安适，夜观"山月临窗近，天河入户低"之景的喜悦，夜半闻子规哀鸣而起的"浮客"乡愁，因游而宿，因宿而观，因观而闻，因闻而思，环环相扣，又暗合情感变化的内在线索，含蓄浑成，可见其构思之巧。

宋之问的诗作亦非常注重构思。他的送别诗尤能体现这种从眼前事自然展开，由感情发展变化串连全篇的巧妙自然，如《送杜审言》、《留别之望舍弟》等诗作。

《送杜审言》一诗作于杜审言"累迁洛阳丞，坐事贬吉州司户参军"之时。宋之问正卧病在家，少与友人互通消息，此时忽然传来友人被贬远行之事，"卧病人事绝"的孤独寂寞加上"嗟君万里行"的伤感不舍，是诗歌首联的主要内容。颔联进而写到诗人因在病中而无法相送，只能遥想别宴散后江边柳树的依依形状，正可比拟自己内心对友人的留恋之情，"河桥不相送"是不及相送的歉疚，"江树远含情"则是对友人的牵挂，后人评其为"病中不能送客，无以表意，而托诸江树，正见其情之无极"[①]。后四句均用典故，既点明贬谪事，又以孙楚、屈原喻杜审言，以龙泉埋没喻杜审言怀才不遇，用典贴切，进一步加深诗人因友人遭贬作别的感伤悲凉之情，真挚感人，含蓄自然。

《留别之望舍弟》写兄弟三人分离的悲伤，首联点明事件，颔联点明贬

① 《诗境浅说续编》，见陈伯海《唐诗汇评》，浙江教育出版社 1995 年版，第 83 页。

地，“同气”、“分飞”暗含诗人的感伤情绪。“强饮离前酒”是实写，“终伤别后神”是虚写，虚实相间，极写兄弟间的手足情深，最后以“花萼”的相互依存比喻兄弟手足相连，以花萼飘散比喻兄弟天各一方，最后以“独赴”的凄凉收结全篇，浓郁的感伤别离之情由始至终贯穿全篇，是初唐难得一见的离别诗佳作。

此外，宋之问诗作中最能体现其构思之巧的还有《题大庾岭北驿》一诗：

阳月南飞雁，传闻至此回。
我行殊未已，何日复归来。
江静潮初落，林昏瘴不开，
明朝望乡处，应见陇头梅。

此诗作于宋之问因谄附“二张”而被贬泷州之时。大庾岭，“一名东峤山，即汉塞上也，在县东北一百七十二里……高一百三十丈”[①]，古人将此岭看作南北的分界线，有大雁南归至此回之说。诗歌即从有关大庾岭的这一传说落笔，诗人长途跋涉而来，终于到达大庾岭北驿，想起大雁北归的传说，不禁联想到自身，大雁犹能自由翱翔于南北之间，自己却只能越行越远，最终到达瘴疠之地，不知归期，怀乡之情伴随着无奈忧伤油然而起，首联至颔联的过渡极为自然。末四句中颈联实写，尾联虚写，黄昏的江水显得格外平静，树林中瘴气弥漫，昏暗的景色让离人倍感失意痛苦，诗人不禁联想到明日还将继续南下，那时再回头看看故乡，应该只能看到这大庾岭上的梅花吧。诗人由大庾岭传说而及大雁，由大雁再及人，流露出人不如雁的感慨，内心的悲苦表露无疑，情感深切，含蓄浑成，《唐风定》称其为“凄咽欲绝”[②]之作。

较之沈佺期，宋之问的诗作更能体现出以情感发展贯穿全篇，以情驭景，自然巧妙的特点，除以上所举范例外，其他如《度大庾岭》、《渡汉江》等，也是最能体现这一特点的典型之作。《度大庾岭》先由“南翥鸟”、“北枝花”等大庾岭之景，由景及人，引起诗人的思绪，从而表达出“魂随南翥鸟，泪尽

---

① 李吉甫：《元和郡县图志》卷三四，中华书局 1983 年版，第 902 页。

② 《唐风定》，见陈伯海《唐诗汇评》，浙江教育出版社 1995 年版，第 84 页。

北枝花”（《度大庾岭》）的沉痛，又以“山雨初含雾，江云欲变霞”（《度大庾岭》）的美好景色，过渡到诗人对北归抱有的希望，最后发出“但令有归日，不敢怨长沙”的期望。全篇将心理活动情感起伏等，与景物描写紧紧结合在一起，“三四沉痛，情至之音，不关典色。第六亦是异句。结怨而不怒，得诗人温厚之旨”[①]的评语，正是点出了其中情感的变化主线。

沈、宋虽同为初唐最为出色的宫廷文人，但其诗作已经在一定程度上脱离宫廷诗窠臼。他们不仅在语言上多加锤炼，摒弃过于华美的词藻，并在立意取境、谋篇布局等方面也颇具巧思，如在宫廷应制诗中引入自然流畅的景物描写，使之呈现出脱离宫廷环境的清新自然，更擅长以情感为线索领起全篇，使得联与联之间存在内在的因果联系，情与景之间自然交融、含蓄浑成，表现出沈、宋高人一筹的诗歌创作技巧。

第二节　情感内蕴之真和刚健风骨的初构

皎然在《诗式》中对沈、宋诗作曾有较为全面的评价，称其为“律诗之龟鉴”，以“情多、兴远、语丽”这一律诗创作的最高标准来赞誉沈、宋的创作，在皎然的评价中，“情多”、“兴远”的标准是律诗写作中不可忽视的要点，也是“沈宋体”诗歌的重要特点。

“沈宋体”诗歌的范围界定较为复杂，主要以合律与否为标准，按照篇制、押韵、对偶、平仄等律体的标准加以界定，因为“沈宋体”处于律体定型的过渡阶段，故其中包含部分半律体诗歌。但如前所论，“沈宋体”的成就以格律方面为主，却不能仅仅停留在这方面，若以其他的分类标准如内容风格等来观照“沈宋体”诗歌，则其中又包含了多种题材风格，不同类型的诗歌在炼字炼句、构思谋篇、融情入景等创作技巧的运用上具有同一性，但若以“情多”、“兴远”的标准来衡量，则宫廷扈从时所作和贬逐南方时所作有着巨大的差别。沈、宋在贬逐期间所作的诗歌，尤其是以律体形式或接近律体形式所作的诗歌，充满了强烈真切的感情，富有生气、个性鲜明，呈现出刚健有力

① 《闻鹤轩初盛唐近体读本》，见陈伯海《唐诗汇评》，浙江教育出版社 1995 年版，第 85 页。

的风格，表明诗人创作风格的进一步成熟，从这一点看，已经与盛唐诗歌的风貌非常接近，这也正是沈、宋创作高于当时文人之处。沈、宋贬逐之前或之后在宫廷范围的创作，也有部分诗作具备情感真挚、气象阔大的特点，但较之贬逐之作，总体仍以典雅清丽为主，可以说，无论是写作技巧还是情感内蕴等各方面，沈、宋后期的贬逐之作都远胜前期。历来一提到“沈宋体”，因其与律体联系之紧密，多关注沈、宋的宫廷应制诗，而忽视了他们贬逐南方时的创作，故以“沈宋体”中的贬逐之作为重点，解析其中真切强烈的情感内蕴和刚健有力的风格特征，才能对“沈宋体”有更为全面准确的认识。

沈佺期曾因考功任上受赇事被弹劾下狱，后又因交通二张罪名，被两罪并罚，流放至驩州。宋之问除了坐二张罪被贬逐泷州外，遇赦北归后又在景龙年间卷入太平公主和安乐公主的宫廷斗争，被太平公主罗织罪名贬往越州，后再流钦州，又敕改桂州，最后被赐死于桂州驿。当沈、宋从最受恩宠的宫廷文臣降为罪臣时，他们的创作风格也随其人生道路的巨变而发生了根本的转变。他们突破早期创作中狭窄的宫廷范围，从贬逐路途到遥远的贬所，多方位深入刻画逐臣心态，他们的诗作中已不再有歌功颂德，诗风也不再雍容平和，而代之以被逐的悲痛、离乡的哀伤，感情深切真挚，所谓“言为心声”。正是因为亲历了人生的起起落落多灾多难，体验过天壤之别的思想情感的巨大反差，才最终成就了“沈宋体”中的情感内蕴之真。

严格来说，沈佺期的贬逐诗中包括一部分狱中所作，即《被弹》、《移禁司刑》、《枉系》二首、《同狱者叹狱中无燕》、《狱中闻驾幸长安》二首等诗。系狱是沈佺期遭遇的第一次沉重打击，当代学者或以为此事属冤狱①，但尚无确凿证据，只能存疑。从沈佺期的诗作来看，其中不仅有“无罪见呵斥”、“千谤无片实”(《被弹》)的喊冤辩解，也有“劾吏何咆哮，晨夜闻扑抶”等对狱中恐怖痛苦处境的真实描绘，无论冤狱与否，牢狱之灾的痛苦，是沈佺期真真切切的感受，因此在这部分诗作中，从最初下狱时激烈的辩解，到后期相对平静的反思感叹，都表现出感情充沛、真挚流畅的特点。从表现手法来看，《被弹》和《移禁司刑》二首属直抒胸臆之作，细辨之，除了诗人的不平激愤之情

① 查洪德、杜海军著有《佺期之行未可非》一文，指出沈佺期“考功受赇”一事属冤狱，见《殷都学刊》1989年第1期，第120—123页。

外，诗中还有多重情感内蕴。

首先，最为强烈的情感是表明自己的清白，以激烈直白的语言抒发自己的冤屈之感。《被弹》开篇即开门见山，写自己被诬下狱的情形："知人昔不易，举非贵易失。尔何按国章，无罪见呵叱。平生守直道，遂为众所嫉。少以文作吏，手不曾开律。一旦法相持，荒忙意如漆。"强调自己的无罪、正直，指出自己下狱正是因为固守直道而"为众所嫉"的结果，同时也以"少以文作吏，手不曾开律"为自己开脱，对于无罪遭灾下狱，内心既感害怕又觉茫然。其后诗人以"万铄当众怒，千谤无片实"再次表明自己的冤屈，强调"庶以白黑谗，显此泾渭质"，即便众口铄金、积毁销骨，也无法颠倒黑白，玷污自己清白的品质。在《移禁司刑》一诗中，诗人则从自己参加乡试开始回忆，写自己"中年忝吏途"以来的谨小慎微、尽忠国事，再联系如今身陷囹圄的困境，为自己大声叫屈："任直翻多毁，安身遂少徒。一朝逢纠谬，三省竟无虞。白简初心屈，黄纱始望孤。患乎终不恕，持劾每相驱。埋剑谁当辨，偷金每自诬。诱言虽委答，流议亦真符。"诗人肯定自己的"任直"、"安身"，再三反省自身，"三省竟无虞"，怎能不感到委屈痛心？并以宝剑被埋于地下比喻自己的处境，对于狱中的供状，诗人也用"自诬"、"诱言"做出必要的说明。《被弹》作于长安四年夏，《移禁司刑》作于同年秋，相隔数月，诗人始终坚持自己的清白："事间拾虚证，理外存枉笔"（《被弹》），两首诗中均充盈着"怀痛不见伸，抱冤竟难悉"的悲痛之情。

其次，这两首诗还写出了诗人身处牢狱困境的真切痛苦。在《被弹》一诗中，诗人对牢狱的黑暗和环境的恶劣作了细致描述："劾吏何咆哮，晨夜闻扑抶。……穷囚多垢腻，愁坐饶虮虱。三日唯一饭，两旬不再栉。"狱吏的咆哮冷酷、昼夜耳闻的鞭打声，以及穷囚的艰辛痛苦，没有亲身经历是很难作出如此细致入微的描绘。时值盛夏，"暵赫多瘵疾"，诗人身心受创，疾病缠身，"瞪目眠欲闭，喑呜气不出"，境遇十分悲惨。《移禁司刑》则更多地从诗人自身的角度描写身处牢狱的情形和心情："首夏方忧圄，高秋独向隅。严城看熠耀，圆户对蜘蛛。……抚襟双涕落，危坐日忧趋。"或向隅而泣，或对着萤火虫和蛛网发呆，思前想后，忧虑日深。

此外，诗中也反映出目睹世态炎凉后的感慨和对家人的牵挂。《被弹》中有"幼子双囹圄，老夫一念室。昆弟两三人，相次俱囚桎"之句，《移禁司刑》也流露出对人情冷暖的悲叹，“累饷唯妻子，披冤是友于”为他申辩冤屈的唯有至亲之人，“物情牵倚伏，人事限荣枯。门客心谁在，邻交迹倘无”，昔日的门下宾客，如今早已离他而去。这两首诗均以渴望圣主为之伸雪冤屈做结，“安得吹浮云，令我见白日”（《被弹》）、“圣旨垂明德，冤囚岂滥诛。会希恩免理，终望罪矜愚。司寇宜哀狱，台庭幸恤辜。汉皇灵沼上，容有报恩珠”（《移禁司刑》），与开篇的直陈冤屈相呼应。

《枉系》二首、《同狱者叹狱中无燕》、《狱中闻驾幸长安》二首等诗则采用了较为曲折的表现手法，或用典故，或咏物比兴。如《枉系》二首以“曾参杀人”、周公忠而见疑于成王、公冶长“非罪遇缧绁”等典故，以古人被冤的相似处境，强调自己无罪而下狱的事实。《同狱者叹狱中无燕》则把一腔怨愤移至燕子身上，“三时欲并尽，双影未尝来。食蕊嫌丛棘，衔泥怯死灰”，联想到“门客心谁在，邻交迹倘无”之句，不难理解沈佺期对燕子的指责。对于之前颇得武后恩宠的沈佺期来说，这次系狱是一次惨痛的经历，狱吏的暴虐、牢狱的恐怖、受屈的痛苦，都是前所未有的体验，无论是采用直抒胸臆的手法，还是借助典故或者比兴手法，其中的情感抒发都显得格外强烈真切。

相比较牢狱之灾，贬逐则已既成事实，因此沈佺期在贬逐之作中的感情抒发相对较为平和，以触景生情、抒发胸中郁积、思念故乡亲人为主，无论是何种情感，都写得真挚动人。以写作的不同时期来分的话，沈佺期的贬逐之作可分为贬逐途中之作、驩州贬所之作和闻赦及北归途中之作三部分，不同阶段诗人的心态不同，抒发的情感亦相应地发生变化，但抒情的浓郁集中则是共同的特色。

贬逐途中之作包括《神龙初废逐南荒途出郴口北望苏耽山》、《遥同杜员外审言过岭》、《入鬼门关》、《度安海入龙编》、《九真山静居寺谒无碍上人》等五首。诗中有面对沿途奇山异水而起的身世之感，如路过苏耽山时，在描绘了苏耽山“碧峰泉对落，红壁树旁分”的景色后，有“不才予窜迹，羽化子遗芬。将览成麟凤，旋惊御鬼文。此中迷出处，含思独氛氲”（《神龙初废逐南荒途出郴口北望苏耽山》）的诗句，以自己的窜逐流放和苏耽的羽化成仙对举，传达出深沉的感慨和迷茫的心情。除此之外，贬逐途中所作更多地表现出对贬地环境的恐惧忧虑，且看《入鬼门关》一诗：

昔传瘴江路，今到鬼门关。
土地无人老，流移几客还。
自从别京洛，颓鬓与衰颜。
夕宿含沙里，晨行菌露间。
马危千仞谷，舟险万重湾。
问我投何处，西南尽百蛮。

《旧唐书》载："（容州北流县）县南三十里，有两石相对，其间阔二十步，俗号鬼门关。"[①]此处是赴贬地的必经之地，因南方尤多瘴疠，去者罕得生还，因此有"鬼门关，十人九不还"之谚。昔日只在传闻中听说，此刻来到实地，不免起"土地无人老，流移几客还"的担忧，"鬼门关"既是地名，亦反映出诗人对前方贬地的极大恐惧；而路途的艰险似乎在进一步证实诗人的担忧，"颓鬓"、"衰颜"既是因怨愤而起，也有路途艰辛之故，夜宿晓行于千仞谷、万重湾之间，环境之恶劣，令人生畏；至于诗人的目的地，"西南尽百蛮"，犹在行尽百蛮之地后，可见其遥远偏僻。沈佺期巧妙地利用这一特殊地名，与自己的悲惨遭遇结合，更为深切地反映出内心的愁苦与忧虑。

到达驩州贬所后，沈佺期写有《初达驩州》二首、《岭表寒食》、《三日独坐驩州思忆旧游》、《驩州南亭夜梦》、《赦到不得归题江上石》、《答魑魅代书寄家人》、《从驩州廨宅移住山间水亭赠苏使君》、《从崇山向越常》、《题椰子树》等诗。其中主要有三类情感的表达。一是回忆路途艰险，抒发胸中郁积。以《初达驩州》其二为代表，开篇"流子一十八，命予偏不偶"，回忆同时遭贬的数十人中，以自己命运最为不偶，被流放最远，目睹不少奇观骇景，"水行儋耳国，陆行雕题薮。魂魄游鬼门，骸骨遗鲸口"，路途辛苦诗人不得不"夜则忍饥卧，朝则抱病走"，更让诗人感到悲哀的是虽然内心渴望北归，然而只能"搔首向南荒，拭泪看北斗"。这首诗被誉为"凿奇出险，创杜、韩之始"[②]。

其次是以今昔荣辱对比，抒发内心的深沉感伤。如《岭表寒食》一诗，恰逢寒食，故盼清明，诗人回忆起洛阳时的节日盛况"花柳争朝发，轩车满路

① 刘昫：《旧唐书》卷四一，中华书局1975年版，第1743页。
② 《静居绪言》，见陈伯海《唐诗汇评》，浙江教育出版社1995年版，第213页。

迎”，而今却只能在僻远之地徒然兴叹“帝乡遥可念，肠断报亲情”，嗟怨之情溢于言表。再如《三日独坐驩州思忆旧游》，以铺陈的笔势写两京春日胜景和众人春日游玩的盛况，“两京多节物，三日最遨游。丽日风徐卷，香尘雨暂收。红桃初下地，绿柳半垂沟。童子成春服，宫人罢射鞴。禊堂通汉苑，解席绕秦楼。束晳言谈妙，张华史汉遒。无亭不驻马，何浦不横舟。舞钥千门度，帷屏百道流。金丸向鸟落，芳饵接鱼投。濯秽怜清浅，迎祥乐献酬。灵刍陈欲弃，神药曝应休”，几乎与前期的宫廷游宴诗略无二致，写到此处笔锋一转，“谁念招魂节，翻为御魅囚”，才让人猛省诗人已不复昔日风光无限的宫廷文臣，诗人从回忆回到现实，“朋从天外尽，心赏日南求。铜柱威丹徼，朱崖镇火陬。炎蒸连晓夕，瘴疠满冬秋”，不禁发出“西水何时贷，南方讵可留。无人对炉酒，宁缓去乡忧”的感叹，通过今昔境遇迥异的对比抒发深沉浓重的感伤哀怨，格外强烈感人。

再次，最常流露在沈佺期诗作中的情感是对家人的思念和盼归之情。“雨露何时及，京华若个边”（《初达驩州》其一）、“何日赦书来，重饮洛阳酒”（《初达驩州》其二），渴望获赦北归频繁出现在诗作中，《驩州南亭夜梦》则是思念亲人之情的一次集中抒发，“昨夜南亭里，分明梦洛中”，所谓日有所思、夜有所梦，梦境正是诗人内心真实愿望的反映，在梦中“室家谁道别，儿女案常同”，妻儿俱在，同案而食，其乐融融，“忽觉犹言是，沉思始悟空”，梦醒后才发现一切尽是虚幻，唯有“肝肠余几寸，拭泪坐春风”。其他如“翰墨思诸季，裁缝忆老妻。小儿应离褓，幼女未攀笄”等，亦表达了对家人的思念牵挂之情。

《旧唐书》载：“（神龙二年）十一月乙巳，大赦天下。”①沈佺期闻赦当在神龙三年春左右，作有《答宁爱州报赦》、《喜赦》等诗，在北归途中有《绍隆寺》、《早发平昌岛》、《夜泊越州逢北使》、《度贞阳峡》、《登韶州灵鹫寺》、《自乐昌溯流至白石岭下行入郴州》等诗。此次长途跋涉的心情与南下时全然不同，虽然也偶有感叹自己“容颜荒外老，心想域中愚”（《夜泊越州逢北使》），流露心酸叹息，但总体上以描写奇险怪景为主，写得颇为大气磅礴。

沈佺期的系狱流放之作均是自己亲历感受，在这些诗作中，沈佺期一改

① 刘昫：《旧唐书》卷七，中华书局1975年版，第143页。

昔日宫廷之作重技巧轻感情的创作惯式，将充盈激情贯注于笔端，因此无论是下狱的惨痛、被逐的哀伤，还是喜归的兴奋，都写得真切浓郁，让人感受深刻。

宋之问先后有两次贬逐的经历，第一次是于神龙元年坐二张罪被贬为泷州参军，第二次则更为曲折，他因卷入李唐宗室和武韦集团的政治斗争，于中宗时被贬为越州长史，睿宗即位后再流钦州，又敕改桂州，最后被玄宗赐死于桂州驿。在两次贬逐过程中，宋之问写作了不少为人们广为传诵的佳作，如第一次贬逐时的《题大庾岭北驿》、《度大庾岭》、《渡汉江》等和第二次贬逐时的《初宿淮口》、《晚泊湘江》、《桂州三月三日》等。他的这些诗作，与沈佺期的贬逐之作一样，融入了被逐后的切身体验，感情真挚动人，但在抒情表达上，较之沈佺期，除了个别诗歌情感抒发颇为强烈之外，大部分诗歌显得较为克制，这当与宋之问没有系狱经历有关。贺裳《载酒园诗话又编》曾评沈佺期《从驩州廨宅移住山间水亭赠苏使君》一诗为"宋不能道，虽是愤语，却超卓不凡"[①]，恰恰道出了沈、宋在情感抒发上的不同。这种克制深沉的情感内蕴正是宋之问诗作的特点，尤其是在第二次贬逐期间，他辗转于越州、钦州、桂州之间，诗歌却写得忧而不伤、悲而不苦。以下按照宋之问两次贬逐经历，对其不同时期的贬逐诗作中的情感内蕴加以解析。

宋之问第一次贬逐时期作有《留别之望舍弟》、《途中寒食题黄梅临江驿寄崔融》、《自洪府舟行直书其事》、《题大庾岭北驿》、《度大庾岭》、《早发大庾岭》、《早发始兴江口至虚氏村作》、《至端州驿见杜五审言沈三佺期阎五朝隐王二无竞题壁慨然成咏》、《入泷州江》、《初承恩旨言放归舟》、《自湘源至潭州衡山县》、《渡汉江》等诗。除去奉恩旨北归后所作的三首，其他诗作中的情感内蕴基本可归为三类：

首先，不时在诗中流露的是诗人的思国怀乡和盼归之情。如"北极怀明主，南溟作逐臣。故园肠断处，日夜柳条新"(《途中寒食题黄梅临江驿寄崔融》)，贬逐途中逢寒食节寄诗友人，最后也以故园之思作结，不言人而言物，正是树犹如此，人何以堪，怀乡盼归之情表现得真切感人。大庾岭是诗人南

① 贺裳：《载酒园诗话又编》，见郭绍虞《清诗话续编》，上海古籍出版社1983年版，第300页。

下的必经之地，在当时被视为南北的分界线，当诗人到达这传说中大雁至此也要北归之地时，绝望感伤之情更是强烈，在诗中反复诉说："我行殊未已，何日复归来……明朝望乡处，应见陇头梅"(《题大庾岭北驿》)、"度岭方辞国，停轺一望家……但令归有日，不敢恨长沙"(《度大庾岭》)辞苦思深，凄咽欲绝。当宋之问度过大庾岭后，初见岭南风物，曾作有《早发始兴江口至虚氏村作》一诗：

候晓逾闽峤，乘春望越台。
宿云鹏际落，残月蚌中开。
薜荔摇青气，桄榔翳碧苔。
桂香多露裛，石响细泉回。
抱叶玄猿啸，衔花翡翠来。
南中虽可悦，北思日悠哉。
鬒发俄成素，丹心已作灰。
何当首归路，行剪故园莱。

此时诗人心情渐趋平静，看到与中原迥异的岭南景物风光，颇有新奇之感，诗歌前十句均是对岭南山水风物的真实描摹，语言"流丽亦细净"①，其中三、四两句尤为后人称赏，方回《瀛奎律髓》曰："之问此篇，'宿云'、'残月'一联，前无古人。"②但景色描摹并不是诗人的唯一目的，后六句语势一转，南方虽好，终非故乡，诗人因故园之思而鬒发成素、丹心作灰，身处异地，心中的期盼始终是早日北归，后代诗评者认为"'南中'一联，似散不散收来"③，正是看到了宋之问诗中一以贯之的怀乡思归的眷恋之情。

其次，与亲友别离的不舍和牵挂也常见于宋之问的贬逐诗中。宋之问踏上贬途前与其弟之望作别，有《留别之望舍弟》一诗，诗中对兄弟三人"分飞在此晨"的命运流露出哀伤之情，唯有"强饮离前酒"，但不免"终伤别后神"，并以花萼离散喻骨肉天各一方的无奈，虽非激烈的直抒胸臆式的表达，

---

① 《唐诗直解》，见陈伯海《唐诗汇评》，浙江教育出版社 1995 年版，第 86 页。

② 方回：《瀛奎律髓》，黄山书社 1994 年版，第 79 页。

③ 《唐诗选脉会通评林》，见陈伯海《唐诗汇评》，浙江教育出版社 1995 年版，第 86 页。

但缠绵感伤，同样具有感人的艺术力量。《途中寒食题黄梅临江驿寄崔融》和《至端州驿见杜五审言沈三佺期阎五朝隐王二无竞题壁慨然成咏》则表达了对友人的思念之情，尤其是后一篇，虽语言平易直接，"直如面谈"，却是真正深情之作："逐臣北地承严谴，谓到南中每相见。岂意南中歧路多，千山万水分乡县。云摇雨散各翻飞，海阔天长音信稀。处处山川同瘴疠，自怜能得几人归。"宋之问与杜审言、沈佺期、阎朝隐、王无竞等人同罪遭贬，同病相怜，原以为到达南方能每每相见，岂料山水阻隔，甚至无法常通消息，在这瘴疠之地，诗人不禁感叹"处处山川同瘴疠，自怜能得几人归"，语意数转而情感内蕴更为深切，正如前人所评"此如五盘岭，愈转愈深，一字一泪"①。

此外，宋之问在诗中还常常表达出对获罪遭贬的冤屈之感和对前途渺茫的担忧之情。在《自洪府舟行直书其事》中，宋之问反思自己为何命途多舛，"问余何奇剥，迁窜极炎鄙"，他认为自己道德有余，自小接受老庄清静空虚之理的影响，特立独行，视功名富贵为身外之物，也曾收敛锋芒，退耕山林，但仍然遭到"黄金忽销铄，素业坐沦毁"的命运，因此"浩叹诬平生，何独恋枌梓"。《入泷州江》中也有类似的情感流露："余本岩栖客，悠哉慕玉京。厚恩尝愿答，薄宦不祈成。违隐乖求志，披荒为近名。镜愁玄发改，心负紫芝荣。运启中兴历，时逢外域清。只应保忠信，延促付神明。"强调自己心慕清静无为的道教，入仕之举实是大违本性，而被弃逐蛮荒之地，正是不遵隐退本意追求名声的结果，最后表明自己的忠信，对于在岭南瘴疠之地的命运则只能听天由命，托付神明了。

宋之问的人品向来为人诟病，"之问之为人不足道也"是颇具代表性的观点，他有过"至为易之奉溺器"②的行为，此次遭贬也属罪有应得，但在诗中宋之问却一再申明自己的清白，看似颇为矛盾。当代学者查洪德、杜海军著有《佺期之行未可非》一文，其中有论：在封建阶级知识分子中就品行说，沈佺期"不是高风亮节、令人景仰的伟人，但也决不是品格卑污的小人。用封建文人的道德标准去衡量，沈佺期是合格的。"③这样的结论，同样适用于宋之问，至少在宋之问所处的时代，封建文人用以衡量自己道德的标准并不

① 《汇编唐诗十集》，见陈伯海《唐诗汇评》，浙江教育出版社 1995 年版，第 78 页。

② 欧阳修、宋祁：《新唐书》卷二〇二，中华书局 1975 年版，第 5747 页。

③ 查洪德、杜海军：《佺期之行未可非》，见《殷都学刊》1989 年第 1 期，第 123 页。

及后世评论者那么严格，以此观之，则宋之问在诗中表达的冤屈之情确是出于内心的真情实感，表现得较为真挚。

同样在这两首诗中，宋之问还表现出对前途的担忧，“仲春辞国门，畏途横万里。越淮乘楚嶂，造江泛吴汜。严程无休隙，日夜涉风水”（《自洪府舟行直书其事》）是对路途艰险困苦的描写，但其中蕴含的又何尝不是对前途的茫然无措？因此才有后面的“百越去魂断，九疑望心死”之叹。《入泷州江》中亦有类似的细致描绘，“夜杂蛟螭寝，晨披瘴疠行”极言路途之艰难，“潭蒸水沫起，山热火云生。猿躩时能啸，鸢飞莫敢鸣”是环境之恶劣，途中的所见所闻都让诗人对前途产生畏惧忧虑，“泣向文身国，悲看凿齿氓”，一“泣”一“悲”传达出诗人对前途的绝望无奈之情。

在第一次贬逐时所作的诗歌中，《早发大庾岭》是特别值得一提的一首：

晨跻大庾险，驿鞍驰复息。
雾露晨未开，浩途不可测。
嵥起华夷界，信为造化力。
歇鞍问徒旅，乡关在西北。
出门怨别家，登岭恨辞国。
自惟勖忠孝，斯罪懵所得。
皇明颇照洗，廷议日纷惑。
兄弟远沦居，妻子成异域。
羽翮伤已毁，童幼怜未识。
踌躇恋北顾，亭午晞霁色。
春暖阴梅花，瘴回阳鸟翼。
含沙缘涧聚，吻草依林植。
适蛮悲疾首，怀巩泪沾臆。
感谢鹓鹭朝，勤修魑魅职。
生还倘非远，誓拟酬恩德。

这首诗的特别之处在于它以一首的篇幅涵盖了宋之问贬逐之作中常见的多重情感内蕴。开篇写大庾岭之险要，诗人不得不“驿鞍驰复息”，放眼望去，晨雾茫茫，不知路在何方，诗人不禁感叹“浩途不可测”，既是对路途艰难的担忧，更是对自身命运不可掌控的茫然无奈。“歇鞍问徒旅，乡关在西北”，虽然日夜兼程南下，但始终心系故乡，“怨别家”、“恨辞国”也就在情理之中。由“怨”、“恨”自然带出对自己遭贬的不解，诗人自思素来勉力尽忠孝之道，对于贬逐一事实在感到茫然不明。因为遭贬，以至兄弟睽隔，妻离子别。怀乡盼归、思念亲人、自己忠而遭贬的冤屈和对前途的茫然，多重情感一一呈现在诗作中，过渡自然，愈转而情感愈哀愈深。此时诗人环顾四周，看到美好的山水景色，心情渐渐平静，心中不禁重生希望，虽然因怀乡而泪落沾臆，因南下而悲伤欲绝，但自己即便身处边远蛮荒之地，也当勤于职事，才有可能“生还倘非远，誓拟酬恩德”。

宋之问的第二次贬逐流放历经三地，这一时期的创作也较为复杂，既有《晚泊湘江》、《早发韶州》这样哀婉凄切之作，也有《泛镜湖南溪》、《早春泛镜湖》等一系列在越州时游赏山水的清新美好之作。若以情感内蕴之真的标准来衡量，则以在途中辗转时所作感情更为真挚深切。此时的宋之问，经历了宦海的几度起伏，相比第一次贬逐，已能相对平和地看待荣辱变化。他在越州时“颇自力为政。穷历剡溪山，置酒赋诗，流布京师，人人传讽”[①]，可为一证，因此诗作中的抒情也更能体现出克制内敛、悱恻凄婉的特色。在前往越州的途中，“望越心初切，思秦鬓已斑”(《登北固山》)、“客泪常思北，边愁欲尽东”(《钱江晓寄十三弟》)，虽然仍然伴随着“泪”、“愁”，但也偶有“望越心初切”的期待。如果说贬为越州长史对宋之问来说还不算严重的话，那么由越州长史流钦州应是对宋之问惩罚的加重。从字面上看，贬限于仕宦，而流则完全是对人犯而言，但从宋之问流钦州途中的诗作来看，并不见呼天抢地的抱怨愤恨，“倚棹望兹川，销魂独黯然”(《渡吴江别王长史》)，虽感愁苦，但表现出来也仅仅“黯然”而已。《晚泊湘江》是这一时期的佳作之一，“五岭恓惶客，三湘憔悴颜”在对仗上极为工整，同时语言悲切，凄婉感人，以完美的形式承载真情实感，达到了律诗写作的较高水平。“南转”、“北还”是方位上的背离，人在继续南下，心却渴望随着大雁北还，“唯余望乡泪，更染竹成斑”，思乡的泪水似乎把竹子也染得斑斑点点了，背井离乡的凄楚

---

① 欧阳修、宋祁：《新唐书》卷二〇二，中华书局1975年版，第5747页。

无奈尽在其中。宋之问的贬逐之作，情感的抒发并非激愤而强烈，他擅长以较为平常的语言，表达悱恻凄切的情感，较之沈佺期之作显得更为曲折哀婉。

最后，在语言、构思、抒情等创作技巧之外，“沈宋体”的部分诗歌还具有气势磅礴、意境开阔的特点，这与唐代的国力强盛有关。“贞观之治”中，唐太宗实施了一系列有助于促进国家安定繁荣的措施，同时纳谏任贤，节用慎刑，为唐王朝的发展奠定了基础，从唐太宗至唐玄宗天宝之前，唐王朝维持了一百多年的安定繁荣局面。国家的强盛也赋予了诗人们空前的自信，唐代诗人在整体上表现出乐观进取的精神面貌，对建功立业充满热情，反映在诗歌创作中，则表现为气势恢弘、意境开阔。这在部分初唐诗人的诗作中就有所体现。“初唐四杰”即已对绮艳诗风大加指斥，提倡“刚健”、“骨气”，并以创作实践在一定程度上扫荡了柔弱诗风，“虽未必达到“长风一振，众萌自偃……积年绮碎，一朝清廓”①的效果，但的确对后来者产生了影响，“后进之士，翕然景慕，久倦樊笼，咸思自释”②的说法是颇为恰当的。

沈、宋继四杰之后，也为唐代诗风的嬗变，作出了一定的贡献。沈佺期有不少边塞题材的诗作，写得悲凉壮阔，风格自高，是初唐诗坛难得一见的刚健之作。“昔年分鼎地，今日望陵台。一旦雄图尽，千秋遗令开”（《铜雀台》）中含而不露的叹息讽喻、“晕落关山迥，光含霜霰微。将军听晓角，战马欲南归”（《关山月》）的悲凉含蓄、“饥乌啼旧垒，疲马恋空城”（《被试出塞》）的伤感凄楚，确是初唐其他诗人不可及处。沈佺期最为人称道的诗作是《古意呈乔补阙知之》：“卢家少妇郁金堂，海燕双栖玳瑁梁。九月寒砧催木叶，十年征戍忆辽阳。白狼河北音书断，丹凤城南秋夜长。谁谓含愁独不见，更教明月照流黄。”诗歌以曲折的笔法写思妇的怀人之苦，离情之痛。首联“海燕双栖”而人独宿，反衬思妇之孤单；三、四句写流年时景，晚秋捣衣以赶制冬衣寄给征戍辽阳的良人，秋景肃杀，衬托人物的悲愁；颈联分写征夫思妇；最后归结为空对明月，难解相思。历代诗评家对此诗大多不吝溢美之辞，其中以《唐诗镜》中评价最高：“高古浑厚，绝不似唐人所为。三、四迥出常度，

---

① 杨炯：《王勃集序》，见《全唐文》卷一九一，上海古籍出版社1990年版，第851页。

② 杨炯：《王勃集序》，见《全唐文》卷一九一，上海古籍出版社1990年版，第851页。

结更雄厚深沉。”①

宋之问的一些诗作中也体现出开阔的胸襟，如“梵宇出三天，登临望八川。开襟坐霄汉，挥手拂云烟”（《登总持寺阁》），将眼前浩荡磅礴的景象尽收笔底，显示出不凡的气魄；再如他的《过函谷关》：“二百四十载，海内何纷纷。六国兵同合，七雄势未分。从成拒秦帝，策决问苏君。鸡鸣将狗盗，论德不论勋。”将目光投向战国时代，以战国诸雄争霸事观照函谷关这一历史上的重要关隘，眼界开阔，气象豪迈。其他如“河兵守阳月，塞虏失阴山。拜职尝随骠，铭功不让班”（《送朔方何侍郎》）、“风驭忽泠然，云台路几千。蜀门峰势断，巴字水形连”（《送田道士使蜀投龙》）等均是刚健有力之作。《唐诗纪事》载宋之问以“不愁明月尽，自有夜珠来”在宫廷诗歌品评中夺魁，正是因为这是“健举”之作。刘勰《文心雕龙·风骨》曰：“情与气偕，辞共体并。”②也就是说，气韵、情感、文辞、形式俱全的作品，才是具备风骨之作，在沈、宋的这些诗作中，显然已经初步达到了情、气、辞、体的统一配合。他们以境界开阔、刚健清新的诗作，逐步摆脱绮靡浮艳的风气，起到了对刚健风骨的初步构建之功，为扭转初唐柔弱诗风作出了重要贡献。

要之，律体的写作规定了有限的篇幅，要在其中容纳丰富的内容，表现沉切的感情，较之古体诗需要更多的技巧，唐代刘昭禹曾将五言律诗作了一个形象的比喻：“五言如四十个贤人，著一个屠沽不得。觅句若掘得玉匣子，有底有盖。但精心必获其宝。”③反复提炼、巧妙构思、增加诗歌的情感内蕴、构建有力风骨，都是律体写作中缺一不可的。初唐的诸多诗人在这些创作技巧方面多有开拓，也不乏杰出佳作，但他们或长于对仗，或注重风骨，但很少能达到对这些技巧的全面掌握。“沈宋体”的特出贡献在于既遵守了严整的格律规范，又通过反复提炼字句、巧妙构思提高篇制的容量，为诗歌注入充盈的情感内蕴，语言流畅自然，情感真切感人，在整体上呈现出清新刚健的特点，表现出对律体技巧的娴熟运用，以创作实践为唐诗的进一步发展奠定基础。

---

① 《唐诗镜》，见陈伯海《唐诗汇评》，浙江教育出版社 1995 年版，第 220 页。

② 刘勰：《文心雕龙》，浙江古籍出版社 2001 年版，第 162 页。

③ 魏庆之：《诗人玉屑》卷三，上海古籍出版社 1978 年版，第 47 页。

第三章　突破宫廷狭隘：题材内容的拓展

自南朝以来，文人诗逐渐进入以宫廷诗为主的时代。关于宫廷诗的特点和持续存在的原因，宇文所安曾在《初唐诗》提出独到见解："宫廷诗的持续性令人吃惊，其原因主要在于文学的贵族支持者的守旧性，以及高度等级化的社会结构。外来者要进入他们的诗歌领域，就必须彻底尊奉其诗歌品位、规范、优雅的准则。诗歌变成一种高雅的消遣。"[①]宫廷诗所遵循的准则和令人吃惊的持续性，不仅造成了一定时期的诗风单一，同时也使得诗人在创作题材内容上毫无创新。尽管在宫廷诗兴起之初就不断出现反对之声，如刘勰就曾在《文心雕龙》中对当时"习华随侈，流循忘反"[②]的绮艳文风提出批判，认为"结言端直，则文骨成焉；意气骏爽，则文风清焉。若丰藻克赡，风骨不飞，则振采失鲜，负声无力"[③]，但是由于缺少创作实践，直至初唐太宗朝，宫廷诗的流风犹存，当时的重要诗人如李百药、虞世南、褚亮、许敬宗等人，创作大多局限于宫廷范围。

直至初唐四杰的出现，这种现象才有所改变，他们率先对诗歌题材加以开拓，使诗歌创作从狭小的宫廷范围转向更为广阔的社会空间，对此闻一多在《唐诗杂论》中提出这样的论断："宫体诗在卢骆手里是由宫廷走到市井，

---

① 宇文所安：《初唐诗》，三联书店 2004 年版，第 4 页。

② 刘勰：《文心雕龙》，浙江古籍出版社 2001 年版，第 162 页。

③ 刘勰：《文心雕龙》，浙江古籍出版社 2001 年版，第 160 页。

五律到王杨的时代是从台阁移至江山与塞漠。”[①]且不论宫体诗与宫廷诗的区别，闻一多关于四杰开拓题材的论断已广为学界认同，沈、宋则在此基础上对诗歌的题材内容做了进一步拓展，突破宫廷范围，将山水、田园、边塞、送别等题材内容引入诗歌创作。沈、宋的人生境遇主要为扈从应制和贬逐流放两种，作为初唐著名的宫廷文人，他们的应制诗代表了当时宫廷诗创作的最高水平，贬逐之后，也写作了大量与羁旅行役、思国怀乡有关的佳作，对此，前文已有较多论述，这里不再重复，以下仅对“沈宋体”诗作中在后代产生较大影响的几类题材加以分述。

第一节　山水行役与田园隐逸题材

沈、宋在扈从应制和贬逐南方的生涯中，写作了大量的山水诗，为盛唐山水诗派的崛起提供了宝贵的艺术经验。山水入诗可追溯到《诗经》的时代，但其时山水在诗中所占比重很小，并未成为独立的题材，曹操的《观沧海》被视为完整山水诗的首次出现，而山水诗的大量兴起则在晋宋之际，所谓“宋初文咏，体有因革，庄老告退，而山水方滋”[②]。谢灵运是第一位大力写作山水诗的诗人，但他的山水诗，大多以对自然山水的描摹为主，有佳句而少佳篇，并仍留有借山水谈玄的弊病。

经过历代诗人的不断探索和实践，至初唐，山水诗的创作获得了新的发展，王绩诗作始将山水田园合流、“四杰”进一步将江山塞漠纳入诗中。沈、宋作为初唐最为出色的宫廷文人，在扈从应制时，已常常将目光投向溪水、山烟、江树、绿萝，以山水景物降低宫廷诗艳词丽藻的密度。贬逐经历更开阔了他们的创作视野，他们在贬逐途中，看到岭南山水的奇险怪异，并一一收入笔底，创作了一定数量的山水诗，成为少见的着力于模山范水的初唐宫廷诗人，为盛唐山水诗的创作首开风气之先。按照写作时间的不同，“沈宋体”中的山水诗可以分为应制时期和贬逐时期两类，呈现出不同的风貌特点，在诗歌发展中的作用和地位也不尽相同。

---

① 闻一多：《唐诗杂论》，上海古籍出版社 1998 年版，第 25 页。

② 刘勰：《文心雕龙》，浙江古籍出版社 2001 年版，第 29 页。

沈、宋在应制时期所作的山水诗数量不多，但也写得颇具特色。如沈佺期有《钓竿篇》、《岳馆》等作，均是山水题材之作，但各有巧妙。《钓竿篇》严格来说并不完全是山水诗，虽然前八句笔触不离山水之间，但全诗的重点在于“钓玉君徒尚，征金我未贤。为看芳饵下，贪得会无全”四句。由钓鱼联系到钓玉，即求取功名富贵之事，鱼儿上钩，是因为贪以死饵，而仕途进取又何尝不是如此呢？“士虽怀道，贪以死禄”①，流露出对官场险恶的反思。但若除去这一哲理性思考，诗歌所呈现的全然是一派山水之美，垂杆绿川、朝日红烟，水清而鱼游、潭静而船定，一派清丽生动的自然之景。《岳馆》描绘了诗人游览华山之所见，在《辛丑岁十月上幸长安时扈从出西岳》一诗中，诗人曾流露出“宿心爱兹山，意欲拾灵草”的心情，但却只可远观其雄伟峻秀而无法深入华山游览寻仙，颇感遗憾，《岳馆》则表现出诗人一偿宿愿的轻快喜悦，除了首联是全景式的概观外，其余以深入细致的景物描写为主，“空蒙朝气合，窈窕夕阳开，流涧含轻雨，虚岩应薄雷”，笔法轻盈灵动，呈现出一幅令人心旷神怡的雨后山水图景。

这一时期宋之问的山水题材诗较之沈佺期则数量更多，内容也更为丰富。《初至崖口》、《夜饮东亭》一类是较为纯粹的山水吟咏。以《初至崖口》为例，此诗写于宋之问早年行役时，对山水描摹细致、构图巧妙，先写众山的“嵚崟耸天壁”，将视野引向高处，再以崖影倒映回到眼前，“气冲落日红，影入春潭碧”，一高一低，过渡极为自然，接着将注意力集中于苔藓、松石、水禽、岩花等细微之处，既有全景又有特写，笔法流畅，收放自如，其对自然山水的精雕细刻也与谢灵运颇为相似；最后“微路从此深，我来限于役。惆怅情未已，群峰暗将夕”为山水添上几许主观感情色彩，被誉为“作不尽语，居然有不尽意，此唐人独擅技”②。宋之问的山水诗中还有较为特殊的一类，即体现出山水田园两大题材的合流趋势、并蕴涵退隐深意的诗作。宋之问早年与道士司马承祯等人交谊颇深，同时也是“方外十友”之一，此外，宋之问还置有陆浑山庄、蓝田山庄等别业，在休沐时游赏于别业山水间，写作了不少恬淡悠闲的山水田园诗，计有《答田征君》、《忆嵩山陆浑旧宅》、《陆浑水

① 王钧林、周海生译注：《孔丛子》，中华书局2009年版，第124页。

② 《王闿运手批唐诗选》，见陈伯海《唐诗汇评》，浙江教育出版社1995年版，第77页。

亭》、《蓝田山庄》、《别之望后独宿蓝田山庄》、《初到陆浑山庄》、《陆浑南桃花汤》、《寒食陆浑别业》、《陆浑山庄》、《春日山庄》、《游陆浑南山自歇马岭到枫香林以诗代书答李舍人适》等。《寒食陆浑别业》较好地体现了宋之问诗作中山水田园题材合流的特点：

洛阳城里花如雪，陆浑山中今始发。
旦别河桥杨柳风，夕卧伊川桃李月。
伊川桃李正芳新，寒食山中酒复春。
野老不知尧舜力，酣歌一曲太平人。

首联以城中花落如雪和“山中今始发”对比，衬托出别业环境的幽深宁静，极富巧思，白居易的“人间四月芳菲尽，山寺桃花始盛开”[①]即取此诗之构思；因山深清静，故别河桥而归伊川，山中桃李芬芳，又添酣饮之乐，诗人不禁想起尧时野老的《击壤歌》：“日出而作，日入而息，凿井而歌，耕田而食，帝力于我何有哉？”[②]流露出向往回到尧舜之时成为隐逸之士的心情。在这首诗中，既有对别业周围山水景物的描写，又有对田园生活的向往，将山水、田园自然融合一处，这种趋势后来在王维的创作中得到了进一步发展。

《陆浑山庄》则是宋之问此类诗作中最为人称道的一首，诗人以半隐士的身份，阅耕、看花、采药，与山野之人姓名互答，始终贯穿着“去去独吾乐，无然愧此生”的悠然闲适，表现出对田园隐居的一往情深。此外，“辋川朝伐木，蓝水暮浇田。独与秦山老，相欢春酒前”（《蓝田山庄》）、“寒露衰北阜，夕阳破东山。浩歌步榛樾，栖鸟随我还”（《初到陆浑山庄》）、“鱼乐偏寻藻，人闲屡采薇。丘中无俗事，身世两相逢”（《春日山庄》）等，亦写得自然流畅，不事雕琢，表现出游山玩水的兴致和对农家生活的向往。宋之问之为人，因其谄事权贵，向来为士林不齿，但他这些与隐逸有关的山水田园诗，却写得情调闲雅，格调淡远，而他的这些诗作对王维的影响也是显而易见的，他的“白云遥入怀，青霭近可掬。……晨拂鸟路行，暮投人烟宿”等句，更是直接启发

① 白居易：《大林寺桃花》，见《全唐诗》卷四三九，中华书局1960年版，第4889页。
② 沈德潜：《古诗源》，中华书局1963年版，第1页。

了王维《终南山》一诗的创作：“太乙近天都，连山到海隅。白云回望合，青霭入看无。分野中峰变，阴晴众壑殊。欲投人处宿，隔水问樵夫。”[①]

“沈宋体”中写于贬逐时期的山水诗，大致可分为两类，一类是贬逐途中所作，一类是在贬地所作，两类山水诗的风貌有着较大的差异。

在贬逐途中所作的山水题材诗，一方面带有纪行的特点，在展示自然山水的同时，也记录了跋山涉水的行程和途中见闻；另一方面，南下时因贬逐而起的痛苦惆怅，加上险恶山水和瘴疠气候确实让诗人感到畏惧，因而其笔下的自然山水似乎也笼罩了一层愁云惨雾。

沈佺期在南下途中作有《神龙初废逐南荒途出郴口北望苏耽山》、《度安海入龙编》等山水题材之作。前者记录了出郴口经苏耽山的行程，同时也对苏耽山的奇险作了客观描述：“泊舟问耆老，遥指孤山云。孤山郴郡北，不与众山群。重沓下萦映，嶛峣上纠纷。碧峰泉对落，红壁树傍分。”最后对苏耽的成仙得道流露出羡慕之情，表达了“含思独氛氲”的忧思。《度安海入龙编》从当地恶劣的气候写起，“四气分寒少，三光置日偏”，再写到与本地有关的传说和景色，“邑屋遗甿在，鱼盐旧产传。越人遥捧翟，汉将下看鸢。北斗崇山挂，南风涨海牵”，比较《神龙初废逐南荒途出郴口北望苏耽山》一诗，此诗则流露出更多的愁苦，似乎越往南下，诗人的心情越显沉重。

北归途中的山水诗就相对轻快一些。沈佺期有《度贞阳峡》、《登韶州灵鹫寺》、《自乐昌溯流至白石岭下行入郴州》等诗作，其中《度贞阳峡》是一首情景交融的山水佳作：首联写沿水路北归，“江路绕贞阳，云峰来水长”，一“绕”字写出路途的曲折逶迤；接着是两岸依然迥异于中原的景色：藤萝到处蔓延覆盖，以至难辨昏旦，山谷也因此更加阴凉，还有芭蕉、竹笋等南方植物，“野戍红蕉熟，山邮绿笋香”，这让诗人联想起陶渊明的《桃花源记》，发出“只言武陵去，何处辩存亡”的感叹。同样是以南方山水为题材为描写对象，此时的诗作中，已没有南下时的愁苦，只余一点忧思，为山水增色不少。《登韶州灵鹫寺》虽与佛寺有关，也涉及佛理，但主要内容还是登灵鹫寺后的所见：“颓日半西岑，余光透客林。暗山疑积黛，明涧似流金。忽见垂灯阁，旁连双树阴。浴池河汉近，讲席薜萝侵。”故仍可归入山水诗的范畴。

---

① 王维：《终南山》，见《全唐诗》卷一二六，中华书局1960年版，第1277页。

宋之问有两次贬逐经历，第一次贬逐时作有《早发始兴江口至虚氏村作》、《入泷州江》、《自湘源至潭州衡山县》等山水纪行诗。《早发始兴江口至虚氏村作》写于诗人度过大庾岭，初次见到岭南风物之时，南方新奇的山川草木让宋之问颇感新鲜，冲淡了因贬逐而起的愁思。《入泷州江》中所描绘的景色却让人胆战心惊："夜杂蛟螭寝，晨披瘴疠行。潭蒸水沫起，山热火云生。猿躩时能啸，鸢飞莫敢鸣。"同样的，在北归途中，以相似的景物为吟咏对象，却写得清丽自然，令人神往："浮湘沿迅湍，逗浦凝远盼。渐见江势阔，行嗟水流漫。赤岸杂云霞，绿竹缘溪涧。向背群山转，应接良景晏。"

宋之问第二次被贬时的山水诗作较多，质量也较高，以《发藤州》、《下桂江县黎壁》、《经梧州》等诗为代表。《发藤州》写于诗人赴钦州途中所作，"石发缘溪蔓，林衣扫地轻。云峰刻不似，苔鲜画难成。露裛千花气，泉和万籁声。攀幽红处歇，跻险绿中行。恋切芝兰砌，悲缠松柏英"，诗人泛舟而下，将沿岸山水风物一一入诗，铺陈细密，并传达出悲切凄怆的情感。《下桂江县黎壁》则以略微夸大的笔法写河流之湍急险要，在宋之问诗作中较为少见："江回云壁转，天小雾峰攒。吼沫跳急浪，合流环峻滩。欲离出游划，缭绕避涡盘。"《经梧州》是抒情意味浓厚的山水纪行之作："南国无霜霰，连年见物华。青林暗换叶，红蕊续开花。春去闻山鸟，秋来见海槎。流芳虽可悦，会自泣长沙。"虽然贬逐让诗人感到痛苦，但看到南国的青山、绿水、红花，想到"连年见物化"的温暖气候，让诗人略感安慰；颔联的对仗既工整，又色彩鲜艳，让人心生愉悦；接着两句以路途之远，引出最后的逐臣之痛，诗中情感随着景物描写一起一伏，情景交融，颇为感人。

沈、宋在贬地所作的山水诗，较少作悲苦状，而是对游山玩水表现出较高的兴致，因此也显得更为明朗清新。沈佺期的《入少密溪》写得很有特点，开篇即是云峰高耸、溪流逶迤的山水胜景，"云峰苔壁绕溪斜，江路香风夹岸花"，但沈佺期的目的并不在于单纯地描摹景物，三、四句笔锋一转，"树密不言通鸟道，鸡鸣始觉有人家"，沿着水道深入，忽闻鸡鸣，原来密林深处有人家，但闻其声而不见其景，更觉幽密，循声而往，"人家更在深岩口，涧水周流宅前后。游鱼瞥瞥双钓童，伐木丁丁一樵叟"，眼前是一片豁然开朗的境界，钓童樵叟与"黄发垂髫，并怡然自乐"并无二致，"相留且待鸡黍熟，夕卧深山萝月春"更是充满了悠然的世外之趣。这首诗很显然受到了陶渊明《桃花源记》的启发，在山水之外，更描绘了一个景色秀丽、风俗淳朴的世外桃源，表现了诗人对安宁生活的向往之情，在初唐为数不多的山水诗中显得别具一格。

宋之问在被贬谪到越州后，创作了较多的纪游山水之作，《题杭州天竺寺》可为代表：

鹫岭郁岧峣，龙宫锁寂寥。
楼观沧海日，门对浙江潮。
桂子月中落，天香云外飘。
扪萝登塔远，刳木取泉遥。
霜薄花更发，冰轻叶未凋。
夙龄尚遐异，搜对涤烦嚣。
待入天台路，看余度石桥。

诗歌通篇是景色描写，开篇写山峰之高峻，颇有气势；三、四句写从高处远眺所见，“沧海日”、“浙江潮”足见灵隐地势之高，极为壮阔；“桂子”、“天香”两句，不仅对仗工整，写出灵隐的景物特色，同时“月中落”、“云外飘”也为整首诗笼罩上一层神异色彩，使得这首山水诗显得超凡脱俗，十分奇特。

此外，《泛镜湖南溪》、《游法华寺》、《游云门寺》、《早春泛镜湖》等亦是同时所作。

宋之问在桂州期间，也有不少流连山水之作，如《江亭晚望》、《过蛮洞》等。《过蛮洞》是描写桂州山水的诗歌，蛮洞是南方少数民族聚居之地，越岭千重，蛮溪十里，其间枫叶火红，橘花飘香，仿如世外桃源，结尾也不作悲音，“谁怜在荒外，孤赏足云霞”，表现出优游山水的自在闲适。

虽然山水田园题材的诗作在“沈宋体”诗歌中所占比重并不大，但所达到的艺术高度却远远超过沈、宋的宫廷之作，具有重要的开拓意义，在后代产生了深远影响。首先，从沈、宋的身份地位来看，他们是当时独领风骚的宫廷文学宠臣，虽然曾遭到贬逐，但遇赦回宫后风光犹胜从前，作为初唐主流文学的重要作家，他们的创作对诗坛风气的引导和所起的典范作用不可小视。无论是在应制时期还是被贬逐南方后，沈、宋都写了一定数量的山水田园诗，这些诗或意境开阔，或情景交融，个别诗作甚至可以列入盛唐山水田园诗之列而毫不逊色，因此，"沈宋体"中的这部分诗歌可以说为其他诗人的创作提供了范例，推动他们从宫廷的狭小范围中转移出来，一定程度上预示了初盛唐之交创作题材的转向。其次，沈、宋把岭南风光引入诗歌创作，作为诗歌描写的主要对象，这在之前是极为少见的，"初唐四杰"把诗歌题材从宫廷扩展至江山塞漠，沈、宋则更进一步将之扩大到偏僻的蛮荒之地，并以严整的律诗形式表现当地的山水之美，实为盛唐山水田园诗之先声。

第二节　边塞题材与送别题材

在"沈宋体"诗歌中，还有一些质量较高的边塞诗。边塞题材与战争有关，在唐以前就已得到开发，其源头甚至可上溯至《诗经》。《诗经》中就有不少与征戍有关的诗歌，如《采薇》从征人的角度回忆鞍马劳顿的征戍之苦，《无衣》则表现人们踊跃从军的真实场面。至汉代乐府民歌，出现了更多与战争和征戍有关的乐府题目，并一直为文人沿用，如《从军行》、《关山月》等。边塞诗发展到唐代，成为文人共同关注的题材，严羽《沧浪诗话》曰："唐人好诗，多是征戍、迁谪、行旅、离别之作，往往能感动激发人意。"[①]在初唐时期，杨炯、陈子昂等都写过较为成功的边塞诗，"沈宋体"中的边塞题材诗作并无首创之功，也未必比同时代人高明，但作为宫廷文人，能在扈从应制之外以边塞题材入诗，远离宫廷市井，也体现出欲突破宫廷范围的创作意愿，是对拓展诗歌题材内容的有益探索。

"沈宋体"中的边塞诗创作以沈佺期为主，有《出塞》、《陇头水》、《关山月》、《骢马》、《塞北二首》、《杂诗四首》、《夏日都门送司马员外逸客孙员外佺北征》、《送卢管记仙客北伐》等近十首。这些诗中，既有沿袭乐府旧题之作，也有接近盛唐边塞诗气象的成功之作。沿用乐府旧题的诗作相对较少创新，但也写得或雄壮开阔，或低沉雄浑，较有气势，如《出塞》一诗：

---

① 郭绍虞：《沧浪诗话校释》，人民文学出版社 1961 年版，第 198 页。

十年通大漠，万里出长平。
寒日生戈剑，阴云拂旆旌。
饥乌啼旧垒，疲马恋空城。
辛苦皋兰北，胡霜损汉兵。

首联点明地点，“十年”、“万里”而气象俱出，中四句隐含征戍之苦，“寒日”、“阴云”语足悲凉，“饥乌”、“疲马”则暗喻征夫思归，“凄楚中更含伤感”[①]，写得低沉但不失悲壮。此外，如“汉月生辽海，朣胧出半”（《关山月》）、“西流入羌郡，东下向秦川”（《陇头水》）、“借君驰沛艾，一战取云中”（《骢马》）等，也写得气象雄浑，势不可遏。

另一类边塞诗不用乐府旧题，不受拘束，更是写得慷慨激越、气势磅礴。以《送卢管记仙客北伐》为例：

羽檄西北飞，交城日夜围。
庙堂盛征选，戎幕生光辉。
雁行度函谷，马首向金微。
湛湛山川暮，萧萧凉气稀。
饯途予悯默，赴敌子英威。
今日杨朱泪，无将洒铁衣。

开篇即写羽檄西来、交城被困，军情紧急，“羽檄”、“交城”都是具有代表性的边关事物，“飞”与“围”渲染出紧张气氛；三、四句写友人临危出征，紧扣题意；函谷关历来是兵家必争的雄关险隘，金微山坐落于蒙古一带，都是边庭要塞；“湛湛”、“萧萧”从雄壮转向苍凉，过渡到饯别的离愁，结句复又振起，收泪悯默而别，无需如小儿女般离泪沾襟。诗中既有出征的昂扬激越，又有饯别友人的抑郁深沉，抑扬有致、张弛自如。

另有《杂诗四首》其四，以思妇征人为题材，写得缱绻悱恻，较有特点：

① 《唐诗选脉会通评林》，见陈伯海《唐诗汇评》，浙江教育出版社 1995 年版，第 216 页。

闻道黄龙戍，频年不解兵。
可怜闺里月，长在汉家营。
少妇今春意，良人昨夜情。
谁能将旗鼓，一为取龙城。

全诗以思妇为中心展开，但句句不离边塞，首句遥想戍地，战事频繁、烽火不息，良人不知归期；颔联以月寄托相似，虽在两地，却共看明月，聊以安慰自己；“今春”即为今年，暗指年年，“昨夜”亦是夜夜，征人少妇相思不断，唯有渴望“谁能将旗鼓，一为取龙城”，诗意缠绵悱恻，极富感染力。

宋之问几乎没有边塞诗作，只有一首《送朔方何侍郎》差可比拟：

闻道云中使，乘骢往复还。
河兵守阳月，塞虏失阴山。
拜职尝随骠，铭功不让班。
旋闻受降日，歌舞入萧关。

此诗与沈佺期的《送卢管记仙客北伐》同样是送友人赴边塞之作，诗中充满边塞意象。“云中”，在今内蒙，“阴山”为汉时匈奴根据地，点明友人出塞之事；后四句以西汉大将霍去病和班固为窦宪作铭之典故，表达出胜利指日可待的气象，亦写得壮阔有力。

沈、宋以宫廷文人的身份写作边塞诗，本身就是对宫廷范围的一种突破，“沈宋体”中的边塞诗，虽然数量不多，但毕竟是初唐边塞诗的首开先河之作，它们和初唐其他诗人的同类诗作一起，为盛唐边塞诗的繁盛打下了必要的基础。

“沈宋体”诗歌中的送别诗也颇值得关注。送别题材入诗古而有之，在初唐时其他诗人所作也多，但因沈、宋的贬逐经历，他们的部分送别诗写得格外真切感人，故稍作评析。若对“沈宋体”诗歌中的所有送别诗加以分类，将赠别、留别题材均包含在送别范畴内，则有应制或集体送别之作、送别亲朋好友之作和因贬逐而作的送别诗。即便是为应制而作的送别诗，沈、宋之作也已做到少用典故、语言平易，远比其他宫廷文人写得自然贴切。如沈佺期有《奉和送金城公主适西蕃应制》一诗，全诗围绕明主的不舍和至公展开，既伤离别，又合皇家身份，写得极为周到。宋之问的《送杜审言》也是集体送别诗中的一首，杜审言因事被贬吉州，当时"群公嘉之，赋诗以赠。凡四十五人，具题爵里"[①]，宋之问因病未能前往，以"卧病人事绝，闻君万里行。河桥不相送，江树远含情"之句表达对友人的牵挂和未能相送的歉疚，语虽平淡，却含不尽之意，是"沈宋体"诗歌中颇为人称道的佳作之一。宋之问贬逐时期一些送别诗和留别诗的是"沈宋体"送别题材中写得较好的诗歌，如《留别之望舍弟》、《渡吴江别王长史》、《宋公宅送宁谏议》、《端州别袁侍御》等。《留别之望舍弟》作于第一次遭贬时，"谁怜散花萼，独赴日南春"比喻贴切，颇为感人。《渡吴江别王长史》作于自越州长史流钦州途中，首联突出刻画诗人孤独愁苦的形象，"倚棹望兹川，销魂独黯然"，再写心系家乡，却不得不南下钦州的无奈，"离舟意无限，催渡复催年"，充满了难舍和感伤之情。

要之，就沈、宋而言，从扈从应制到贬逐岭南的经历使他们有机会走出狭窄的宫廷与官场，看到广阔的社会现实，并亲历路途的艰险、气候的湿热，这也增加了他们的人生体验，反映在创作中，使得他们的诗歌得以突破狭隘的宫廷范围，呈现出更为丰富多样的题材内容，除了常见的应制、酬唱、咏物之外，山水、田园、行役、送别、边塞等也成为其创作的重要题材。这些题材入诗并非沈、宋首创，但在以宫廷诗为主流的时代，沈、宋以出色的诗歌创作在丰富诗歌题材、扩大创作视野方面做出成功示范，对于修正诗坛时弊无疑是一次重大突破，尤其是他们的山水田园诗和边塞诗创作，对盛唐的两大诗派都产生了一定的影响。可以说，沈、宋在题材内容方面的拓展，赋予了诗歌新的活力，为盛唐诗国高潮的到来奠定了良好的基础。

---

① 陈子昂：《送吉州杜司户审言序》，见《全唐文》卷二一四，上海古籍出版社 1990 年版，第 955 页。

第四章　“沈宋体”与律体定型

律体，也称近体、今体，包括律诗、排律、绝句三大类，是唐代诗歌创作的主要体式，其中尤以律诗最为重要。律诗作为有唐一代之文学的观点由来已久。元代虞集曾提出：“一代之兴，必有一代之绝艺足称于后世者：汉之文章，唐之律诗，宋之道学。”[①]清代焦循在《易余籥录》中亦有类似表述：“一代有一代之所胜，欲自楚骚以下撰为一集，汉则专取其赋，魏晋六朝至隋则专录五言诗，唐则专录其律诗，宋专录其词，元专录其曲。”[②]两则材料均从文体代兴的角度对各历史阶段的主流文体加以观照，在论及其他历史时期的代表文体时，说法各不相同，唯独在有唐一代之文学的判定上，呈现出高度一致，可见律诗在唐代文学中的地位。以律诗为主的律体，其体式规范在唐代一经确立后，历千余年而不变，唐以后各朝科举的“试帖诗”亦多采用五言六韵或八韵的排律，足证其体制的严整完善。因此，作为一种在唐代乃至后世影响深远的诗体，律体的定型无疑是唐代文学中最为重要的事件之一。

从律体中各类诗体的重要程度来看，五言律诗处于核心地位。七言律诗可视为五言律诗的延长，王力认为：“七言在平仄上是五言的延长，在意义上也可以认为是五言的延长。多数七言诗句都是可以缩减为五言，而意义上没有变化，只不过气更畅，意更足罢了。”[③]这一观点已得到学术界的认同，兹不赘述。排律是对律诗的句数篇制加以延长，它与律诗平仄相同，并

---

① 孔齐：《静斋至正直记》卷三引，《粤雅堂丛书》三编本。

② 焦循：《易余籥录》卷一五，清嘉庆刻本。

③ 王力：《汉语诗律学》，山西古籍出版社 2003 年版，第 240 页。

不违反“粘”、“对”规则。绝句是“分律诗之半”的诗体，尽管它对律诗的截取情况相对复杂，或取其首尾两联、或取其前半、或取其后半、或取其中间两联，但这一诗体亦可视为出于律诗则确然无疑。因此，五言律诗的定型为律体中的其他诗体的成熟确立奠定了基础，可以说律体定型的关键正是五言律诗的定型，故以下所论律体定型，亦以五言律诗为主，兼及七言律诗和其他。

律体定型经历了漫长的历史过程。从最初的二、四字异声现象到齐梁时期“永明体”、宫体诗和沈约声律理论的出现，律体定型的条件已基本成熟，至初唐，有关格律的诗学著述进一步增充，加之宫廷诗人频繁地以诗歌奉和应制、酬唱往来，创作出一大批篇制、声律、对仗完全合乎规范的诗作，宣告了律体的定型。在这一过程中，沈、宋被认为是律诗的最终完成者。最早可见的记录是独孤及的“历千余岁至沈詹事、宋考功，始裁成六律”①，元稹亦有“沈、宋之流，研练精切，稳顺声势，谓之为律诗”②之说，后代大多承唐人之说，律诗的定型之功遂归之于沈、宋。近年来，不少研究者对这一结论提出异议，“律体是人们经历了两百年左右的不断探索、反复实践才得以形成的，很难想象它的最后定型竟然是由沈宋两个人说了算”③，这是一种颇具代表性的观点，杜审言、李峤等与沈、宋同时代的诗人在律体定型中的作用也开始受到关注。事实上，历代诗话往往有论少述，要明确沈、宋及其“沈宋体”与律体定型的关系，确实还需要更具说服力的论证，以下试梳理近年来研究者对律体定型的看法，在此基础上对公认为律体定型作出主要贡献的诗人的创作加以比较分析，以对“沈宋体”在律体定型中的作用做出客观评价。

第一节　律体定型诸说

关于五言律诗的定型时间，目前学术界大致有两种看法，比较普遍的观点是认为定型于初唐，另一种观点则认为五律的形成可以推前至南北朝时

---

① 独孤及：《唐故左补阙安定皇甫公集序》，见《全唐文》卷三八八，上海古籍出版社1990年版，第1743页。

② 元稹：《唐故工部员外郎杜君墓系铭》，见《全唐文》卷六五四，上海古籍出版社1990年版，第2946页。

③ 陈铁民：《论律诗定型于初唐诸学士》，载《文学遗产》2000年第1期，第59—64页。

期。后者以徐青的《南北朝律诗和诗律概要》一文较有代表性，文章对律诗定型于沈、宋的观点提出质疑，认为“这种看法，其实是不尽恰当的，它只适用于七律，不适用于五律，因而也就不适用于说明整个的律诗。五律的形成还要推前一个时代，是在南北朝齐梁之交产生，经梁、陈两代诗人的努力而形成起来的”①，并列举了沈约、王融、徐陵、庾信等人的诗歌以为例证。正如徐青先生所说，在齐梁时期确实已经出现相当接近五言律诗的诗歌，如沈约的《登北固楼》、徐陵的《折杨柳》和庾信的《舟中望月》等诗，但若以诗体定型的标准加以考虑，则仅有诗作的出现似嫌不够，至少在理论上应当明确各种规则，如“粘”、“对”规则，另外还需要大量合乎这些规则的诗作出现，才能视为一种诗体的最后定型。

从规则的确立来看，沈约的声律理论已经基本解决了诗歌句与句之间平仄相对的问题，而联与联之间相“粘”的规则在唐初元兢的《诗髓脑》中才有涉及，其“换头”的理论确定了律诗定型中最为关键的规则。再比较诗歌的创作情况，齐梁时期单个诗人的创作中出现大量合律或近律的诗歌是相当少见的情况，同样，在初唐前期，合律的诗作亦为数不多，故叶燮有“唐初沿其卑靡浮艳之习，句栉字比，非古非律，诗之极衰也”②的说法，“非古非律”正说明了诗歌体式处于向律诗定型的转变过程中。直至武后、中宗两朝，宫廷文学活动频繁举行，往往即席赋诗，并一较高下，由此促使诗人们在声律、对偶、词藻等方面潜心揣摩，才出现了相当数量的合律之作，故把五言律诗的成熟确立定于初唐当更为恰当。

初唐律诗创作蔚然成风，无疑得力于当时诸多诗人的共同努力，这其中既有沈、宋，也包括初唐四杰、文章四友等略早于二人的著名诗人。但这些诗人的创作实践究竟对律诗定型起到了怎样的具体作用，他们在这一过程中的贡献孰多孰少，目前还存在争议。近年来不少学者开始关注初唐四杰在诗歌律化进程的作用，更有观点认为促使律诗定型的最大功劳应归之于“文章四友”中的杜审言、李峤等人，以下试对这些观点略加梳理。

“四杰”之并称，最早见于宋之问的《祭杜学士审言文》：“后俊有王、杨、

① 徐青：《南北朝律诗和诗律概要》，载《湖州师专学报》1993 年第 2 期，第 36 页。

② 叶燮：《原诗》卷一，见王夫之等《清诗话》，上海古籍出版社 1999 年版，第 569 页。

卢、骆。"[①]《旧唐书·杨炯传》承此说，并明确提出"四杰"之名号："炯与王勃、卢照邻、骆宾王以文词齐名，海内称为王杨卢骆，亦号为'四杰'。"[②]正如闻一多先生所说，四杰这个徽号，最初并非为他们的诗歌而设，"如果不是专为评文而设的，至少它的主要意义是指他们的赋和四六文"[③]，至杜甫的"王杨卢骆当时体"[④]，四人并称才是专指诗歌而言，后严羽的《沧浪诗话》亦在《诗体》一篇中列"王杨卢骆体"，与"徐庾体"、"沈宋体"等并列。历代文献中很少有将"四杰"与律诗定型联系起来的论述，即便有所涉及，也往往指出他们在律诗创作上的不够完善之处，如胡应麟《诗薮》云："五言律体，兆自梁、陈。唐初四子，靡缛相矜，时或拗涩，未堪正始。"[⑤]"靡缛"是指词藻过于华丽繁琐而言，"拗涩"则是认为"四杰"在声律上还不够通顺流畅，因此，虽然五言律体在梁陈时已处于发端期，但发展到四杰，尚未正式成型。

胡震亨在《唐音癸签》中对律诗的发端说得更为具体，并同样指出"四杰"在声律方面不够严整完善的缺陷："自古诗渐作偶对，音节亦渐叶而谐。宫体而降，其风弥盛。徐、庾、阴、何，以及张正见、江总持之流，或数联独调，或全篇通稳，虽未有律之名，已寖具律之体。四子承之，尚余拗涩。"[⑥]就笔者所见，历代诗评中偶有涉及"四杰"与律诗关系之处，大多承胡应麟之说，独有两条材料对"四杰"在声律形式方面的贡献评价略高。一是黄埻为《唐十二家诗》题的跋："王、杨、卢、骆沿六朝之习，为天赋之才，实一代声律之发硎。"[⑦]另有宋荦的《漫堂说诗》："初唐王、杨、卢、骆，倡为排律，陈、杜、沈、宋继之，大约侍从游宴应制之篇居多，所称'台阁体'也。"[⑧]

进入二十世纪以来，现代学者在四杰与五律关系这一问题上所持的观

---

① 宋之问：《祭杜学士审言文》，见《沈佺期宋之问集校注》，中华书局 2001 年版，第 740 页。

② 刘昫：《旧唐书》卷一九〇上，中华书局 1975 年版，第 5003 页。

③ 闻一多：《四杰》，见《唐诗杂论》，上海古籍出版社 1998 年版，第 20 页。

④ 杜甫：《戏为六绝句》其二，见《全唐诗》卷二二七，中华书局 1960 年版，第 2452 页。

⑤ 胡应麟：《诗薮》，上海古籍出版社 1979 年版，第 58 页。

⑥ 胡震亨《唐音癸签》卷一，上海古籍出版社 1981 年版，第 3 页。

⑦ 黄埻：《唐十二家诗》题跋，见孙琴安《唐诗选本提要》，上海书店出版社 2005 年版，第 121 页。

⑧ 宋荦：《漫堂说诗》，见王夫之等《清诗话》(上册)，上海古籍出版社 1978 年版，第 418 页。

点，更接近这两条材料，且有所发展。如郑振铎在《插图本中国文学史》中提出：四杰的创作“惟意境较为阔大深沉，格律且更为精工严密耳。他们是上承梁、陈而下起沈、宋的。”[①]陆侃如、冯沅君的《中国诗史》更进一步指出“四杰”的诗作已奠定五律的基础：“在四杰集中，五律多者占二分之一，少者亦在四分之一以上。格律之严与篇数之多，都可奠定五律的基础。”[②]

在对“四杰”的研究中，影响较大的是闻一多的《四杰》一文，闻一多认为“四杰”可分为两派，其中“卢骆擅长七言歌行，王杨专工五律”[③]，将卢骆和王杨在初唐诗坛的贡献分而论之，较之笼统地将四人并述更符合实际，并明确提出“五言八句的五律，到王杨才正式成为定型”[④]。闻一多的观点影响较大，得到了不少学者的赞同，如游国恩主编的《中国文学史》也认为：“后人所说的声律风骨兼备的唐诗，究竟是从他们才开始形成：他们开始把诗歌从宫廷移到了市井，从台阁移到江山和塞漠，题材扩大了，思想严肃了，五言八句的律诗形式也由他们开始有了初步的定型。”[⑤]近年来不少研究者在此基础上对“四杰”，尤其是王、杨的诗歌作了深入分析，进一步论证了这一观点。如董天策有《当时风骚，唐音始肇——初唐四杰诗歌创作综论》一文，肯定了“四杰”对五言律诗定型的促进之功：“四杰对五言律诗的最大贡献，就在于进一步发扬光大了前人诗作中的粘联趋势，使粘联构律成为一种主导方式，让同一律联叠构成律的方式渐趋淘汰。卢、骆五言诗中古、律的区别已很分明，其律体大多合律，王、杨律体几乎全部合律。四杰对于粘联的充分注意，使声律、韵律、对仗为核心的格律规范趋向完善，从而完成了五言律诗的基本定型。”[⑥]至于沈、宋的贡献，董文认为在于“进一步巩固了五言律体，并进而完成了七言律体的定型”[⑦]。许总在《论“四杰”与唐诗体式规范》

---

① 郑振铎：《插图本中国文学史》，人民文学出版社 1957 年版，第 282 页。

② 陆侃如、冯沅君：《中国诗史》，百花文艺出版社 1999 年版，第 347 页。

③ 闻一多：《四杰》，见《唐诗杂论》，上海古籍出版社 1998 年版，第 24 页。

④ 闻一多：《四杰》，见《唐诗杂论》，上海古籍出版社 1998 年版，第 25 页。

⑤ 游国恩：《中国文学史》(第二册)，人民文学出版社 1963 年版，第 31—32 页。

⑥ 董天策：《当时风骚，唐音始肇——初唐四杰诗歌创作综论》，载《中国文学研究》1990 年第 3 期，第 29 页。

⑦ 董天策：《当时风骚，唐音始肇——初唐四杰诗歌创作综论》，载《中国文学研究》1990 年第 3 期，第 29 页。

中也有类似论述，并对“四杰”的创作作了数据分析，他认为：“在四杰全部诗作中，除七言歌行体之外，运用最多、贡献尤著的是五言律体”，“成功地促使五言八句的齐梁新体向五律成熟体式的定型与规范”[①]。从整个研究情况来看，“四杰”在律诗定型中的作用，越来越为研究界所重视。

“文章四友”的名号，首见于《新唐书·杜审言传》：“少与李峤、崔融、苏味道为文章四友，世号‘崔、李、苏、杜’。”[②]四人活跃于武后、中宗二朝，且关系密切，史载颇多，如苏味道“与里人李峤俱以文翰显，时号‘苏李’”[③]；张易之兄弟延揽文士，“融与李峤、苏味道、麟台少监王绍宗降节佞附”[④]；“融之亡，审言为服缌云”[⑤]等，可为佐证。四人均写了不少扈从应制之作，相互也颇多酬唱往来，所谓“文章四友”，当因四人以诗歌为友而得名。

“文章四友”的生活年代与沈、宋几乎同时，其经历和创作也与沈、宋颇多交集之处，他们与沈、宋一样，正处于律体定型的关键时期。值得注意的是，崔融和李峤还分别著有与声律有关的诗学著述[⑥]，可见四人对律体定型也做出了重要贡献。从“文章四友”的诗作来看，四人虽齐名并称，但在《全唐诗》中的存诗数量却相差悬殊，李峤存诗209首，杜审言43首，苏味道16首，崔融18首，故无论是历代诗评家，还是现代研究者，凡通过考察其诗作来判断四人在声律方面的成就时，往往重点论述李峤和杜审言二人。朱翌的《猗觉寮杂记》将李峤与沈、宋并列：“李峤、沈、宋之流方为律诗，谓之近体。”[⑦]胡仔在《苕溪渔隐丛话》中也将杜审言与沈、宋并提：“老杜祖审言，与沈、宋同时，诗极工，不在沈、宋下，故老杜诗云：‘吾祖诗冠古，同年蒙主恩’是也。”[⑧]陈振孙《直斋书录解题》中认为杜审言诗作的格律之严整甚至超过

① 许总：《论“四杰”与唐诗体式规范》，载《学术研究》1995年第2期，第104—108页。

② 欧阳修、宋祁：《新唐书》卷二〇一，中华书局1975年版，第5733页。

③ 欧阳修、宋祁：《新唐书》卷一一四，中华书局1975年版，第4199页。

④ 欧阳修、宋祁：《新唐书》卷一一四，中华书局1975年版，第4192页。

⑤ 欧阳修、宋祁：《新唐书》卷二〇一，中华书局1975年版，第5733页。

⑥ 崔融所著《唐朝新定诗格》已在上编有述，此处不再重复；李峤《评诗格》见载于《吟窗杂录》卷六，内容与崔融所著相同，胡可先在《政治兴变与唐诗演化》一书中对此曾有论述：“但以李峤在诗歌形式方面的努力，及与崔融《唐朝新定诗格》相参证，李峤等人在当时曾编写过类似的书，或者该书为崔融与李峤合撰，也是可能的。”(第14页)今从之。

⑦ 朱翌：《猗觉寮杂记》卷上，武英殿聚珍版印本。

⑧ 胡仔：《苕溪渔隐丛话·前集》卷四七，人民文学出版社1962年版，第318页。

沈、宋:“唐初沈、宋以来,律诗始盛行,然未以平仄失眼为忌。审言诗虽不多,句律极严,无一失粘者。”①胡应麟《诗薮》将杜审言《和晋陵陆丞早春游望》一诗誉为“初唐五律第一”,论曰:“五言律,杜审言为冠。”②由此可见,关于“文章四友”在律体定型中的作用,历代诗评也颇有涉及,虽受重视程度不及沈、宋,但较之“四杰”,则关注者稍众。此外,尽管李峤的存诗数量远超杜审言,但从文献留存来看,历代诗评对杜审言无疑更为重视。

二十世纪以来的研究同样对杜审言评价较高,如刘大杰《中国文学发展史》认为“文章四友”都是律诗发展的推动者,其中李峤诗作虽多,但“作品颇少情韵。他的七古《汾阴行》,为传诵人口之作,然统观全体,并不甚高。苏、崔二人的诗,亦俱平庸。只有杜审言的作品,在四友中是较好的”③,并特别指出,杜审言的五言律诗占其诗作大半,不少篇章可称佳作,此外,“五言排律,到了杜审言,得到了进一步的发展”④。八十年代后,出现了不少专论杜审言与近体诗的研究成果,其中对诗作的分析较为细致,如姜光斗有《论杜审言近体诗的历史地位》⑤一文对杜审言的全部存诗一一分析,其中五律 27 首,五排 7 首,七律 3 首,七绝 3 首,就比例而言,杜审言的近体诗占了其全部诗作的 95%,此文认为要论杜审言在律体定型中的地位,足以与“四杰”、沈、宋等相提并论。张采民的《论杜审言对近体律诗发展的贡献》⑥也是一篇较为重要的论文,他认为杜审言的五律“格律精严,高华雄整”,取得了很高的成就,其七律则“对仗工巧,韵味隽永”,也为诗体发展做出了贡献,并将杜审言与沈、宋从五律创作的比例、成名先后等多方面进行比较,提出“五律在‘四友’,特别是在杜审言手里就已基本定型”,在文章最后得出结论:“准确地说,律诗的成熟定型,并非一人之力,而是一批有创新意识的诗人共同努力的结果,但不可否认个别人确实起到了关键性的作用。相比较而言,杜审言在律诗成熟定型的过程中,做出了比别人更重要的贡献。他的五、七言

---

① 陈振孙:《直斋书录解题》诗集类,文渊阁《四库全书》本。

② 胡应麟:《诗薮》,上海古籍出版社 1979 年版,第 77 页。

③ 刘大杰:《中国文学发展史》,上海古籍出版社 1982 年版,第 425 页。

④ 刘大杰:《中国文学发展史》,上海古籍出版社 1982 年版,第 426 页。

⑤ 姜光斗:《论杜审言近体诗的历史地位》,载《南通师专学报》1987 年第 3 期。

⑥ 张采民:《论杜审言对近体律诗发展的贡献》,载《福建论坛》2003 年第 5 期,第 21—25 页。

律诗取得了很高的成就，形成了自己的个性风格。杜审言是一位极有才华的诗人，与同时代的宫廷诗人相比，远远高出他们之上。如果他的生活天地再广阔一些，就会成为那个时代最杰出的诗人。”这一结论，可谓将杜审言放在凌驾于同时代其他诗人之上的位置，充分肯定了杜审言对律体的定型之功。

现代学者对李峤的研究相对略少，关注较多的是李峤的一百二十首咏物诗。徐定祥的《论李峤及其诗歌》[①]一文就指出：“在李峤的二百零九首诗中，最为人注目的是一百二十首咏物诗。”并针对“为什么在公元七世纪中后期会出现规模如此巨大、组织如此严密而又‘略无兴寄可言’的咏物诗”这一问题作了一番分析，遗憾的是未能与诗体发展结合起来论述。

在研究李峤咏物诗的成果中，特别值得一提的是葛晓音的《创作范式的提倡和初盛唐诗的普及——从〈李峤百咏〉谈起》[②]一文。文章开篇就指出：“我认为‘百咏’的出现不是孤立的现象，而是与唐初以来流行的各种指导对偶声律的著作有关。”将李峤咏物诗的产生与当时诗坛的发展趋势结合起来。葛晓音进一步指出，初盛唐除了“作文入门”式的理论著作外，“在诗歌理论方面几乎是空白，而在创作上却出现了空前的繁荣”，并通过对李峤“百咏”的具体分析，得出结论：“综上所述，《李峤百咏》是唐初以来探究对偶声律之风的产物，是一部以诗体撰写的‘作诗入门’的类书。它采用大型组诗的形式，将唐初以来人们最关心的咏物、用典、词汇、对偶等常用技巧融为一体，以基本定型的五律表现出来，给初学者提供了便于效仿的创作范式。这一诗体咏物类书的出现，标志着初唐律诗至此已成熟到了可以广为普及的程度。”形式和内容并不总能达到完美结合，历来对李峤“百咏”诗内容平庸的指责颇多，但因此而忽视其在形式方面的突破，不免失于片面。葛晓音此文首次揭示了李峤“百咏”诗在推进诗体发展方面的重要作用，观点新警，分析亦深刻合理，令人信服，对研究初唐时期律体定型这一问题有极大的启发。

也有学者以“文章四友”作为研究对象，探讨他们在推进诗体发展中的

---

① 徐定祥：《论李峤及其诗歌》，载《江淮论坛》1992年第6期，第95—102页。

② 葛晓音：《创作范式的提倡和初盛唐诗的普及——从〈李峤百咏〉谈起》，载《文学遗产》1995年第6期，第30—41页。

整体贡献，如聂永华《初唐宫廷诗风流变考论》一书中将“文章四友”在诗体发展中的地位定为“诗歌声律化的一支劲旅”，并按五律、七律、排律、绝句等不同律体类型的标准对“四友”的诗作一一分析，指出“初唐以来近体诗各体式经历了‘上官体’的初级而达于‘文章四友’的成熟定型，再到‘沈宋’的美学品位提升，桴鼓相应造成一代风气”[①]，对初唐几位重要诗人在律体形成过程中的地位作出判断。除了“四杰”、“四友”外，还有不少学者或关注陈子昂对律体定型的贡献，或提出律体定型于初唐诸学士等观点。

历代关于律体定型的评论，影响最大的无疑是律体完成于沈、宋之说，但历代诗话往往有论无述，因而代代相承的这一观点，并没有数据分析或其他证据加以论证。研究自进入二十世纪以来，不断有学者对这一观点提出质疑，综合对以上研究成果的分析，可知现代学者更为肯定“四杰”和“四友”在律体定型中的作用，但诸家各持一说，律体定型于何人这一关键问题尚无定论。因此，结合“沈宋体”研究与律体定型两个方面，若能解决以下问题，对确定沈、宋及“沈宋体”在初唐诗歌发展史上的地位和意义有极大帮助，即：沈、宋与“四杰”、“四友”相比，究竟谁对律体定型的贡献更大？他们在诗歌律化进程的最后完成阶段，究竟占据了怎样的历史地位？为什么最后由沈、宋承律体定型之名？以下试从这几位初唐诗人的诗作入手，进行细致的分析比较，以对这些问题做出客观判断，揭示“沈宋体”与律体定型的关系。

第二节 “沈宋体”在律体定型中的地位

诗歌律化进程自进入唐代以来，与声律相关的诗学理论进一步完善，合律的诗作亦逐渐增多，并最终完成了律体定型，这无疑得力于初唐诸多诗人的共同努力。在这一过程中，诗人们或以理论总结见长，或以创作实践提供范例，作出了程度不同的贡献。在诗学理论方面，前文已对这一时期的主要诗学著述，如《文笔式》、《笔札华梁》、《诗髓脑》、《唐朝新定诗格》等摘述要点并加以分析，可知初唐的诗学理论主要以指导诗人提高创作技巧为主，并非

---

① 聂永华：《初唐宫廷诗风流变考论》，中国社会科学出版社 2002 年版，第 245 页。

阐述高深的理论，而律体定型的主要标志还是看创作中诗歌体式的完善程度及其在诗人中的普及程度，因此，律体的最终定型主要应归功于初唐诗人的创作实践。要对初唐主要诗人，尤其是沈、宋，在律体定型中的实际地位作出客观评价，最有效的方法莫过于从其诗作出发，按律体的标准，分别从篇制、押韵、平仄等方面进行细致的分析比较，则结论自出。根据上一节对已有研究成果的梳理总结，已知当前学术界在律体定型的问题上，除沈、宋以外，还对“初唐四杰”和“文章四友”的作用较为肯定。从这两个诗人群体的创作情况来看，“初唐四杰”中的卢照邻、骆宾王以擅长七言歌行而闻名，“文章四友”中的崔融、苏味道存诗较少，因此，此节选择王勃、杨炯、杜审言、李峤这四位具有代表性的诗人作品与“沈宋体”诗歌进行比较分析，以确定其在律体定型中的作用与地位。其中王勃、杨炯、杜审言、李峤的诗作根据《全唐诗》[①]所收进行统计分析，而沈佺期、宋之问的诗作，为与前文分析保持一致，则据《沈佺期宋之问集校注》所收进行统计。

首先，从这六位诗人创作的篇制方面进行考察，所得数据制表如下：

诗　人	王　勃	杨　炯	杜审言	李　峤	沈佺期	宋之问
存诗总数	89	33	43	209	151	201
五言四句	34	1	0	3	1	20
五言八句	34	14	28	165	74	86
五言八句以上	7	18	9	29	51	65
七言四句	6	0	3	5	9	7
七言八句	1	0	3	4	12	9
七言八句以上	0	0	0	2	4	4
杂言或存句	7	0	0	1	0	10

篇制是律体定型的条件之一，即对诗歌字数句数的限定，律体以律诗为主，此外还包括排律和绝句，篇制限定为律诗每首八句，绝句每首四句，超过八句则为排律，排律一般为五言，七言排律在唐诗中极为少见。前人在总结

① 王勃诗见《全唐诗》卷五五至卷五六，第669—685页；杨炯诗见《全唐诗》卷五〇，第610—617页；杜审言诗见《全唐诗》卷六二，第731—740页；李峤诗见《全唐诗》卷五七至卷六一，第686—730页。

诗律发展变化时曾将“约句准篇”之功归之与沈、宋，但从上表的数据统计来看，这一结论并不确切。所谓古体诗和近体诗之分，按照王力先生的说法，“在唐人看来，从《诗经》到南北朝的庾信，都算是古”①，而在南北朝时期，诗歌已经出现由古体向古、近分体的趋势。在这一过程中，篇制方面呈现出一些变化，如每首句数逐渐减少、出现了每首六句的过渡形式等。其中特别值得一提的是每首六句的过渡形式，这种形式在“徐庾体”中还时有出现，但进入唐代以来，除了少数的几首古体诗②外，则已基本绝迹，在以上六位诗人的创作中，更是绝无每首六句之作。从每首句数的逐步减少，发展到每首六句这种过渡形式的消失，说明律体在篇制方面已渐趋成熟，从以上数据来看，这在沈、宋稍前或同时的这些诗人手里就已经完成。

此外，从其他各种句数的诗作来看，沈、宋诗作所占的比率也并非最高，具体分析如下：

王勃存诗 89 首，以五言四句和五言八句之作最多，均为 34 首，各占其诗作总数的 38.2%；杨炯存诗共 33 首，以五言八句和五言八句以上为最多，分别为 14 首和 18 首，所占比率为 42.4%和 54.5%；杜审言存诗 43 首，以五言八句为最多，共 28 首，占诗作总数的 65.1%；李峤存诗总数为六人之最，共 209 首，其中以五言八句最多，共 165 首，占 78.9%；沈佺期存诗 151 首，五言八句的有 74 首，占 49%，五言八句以上的有 51 首，占 33.8%；宋之问存诗 201 首，五言八句为 86 首，占 42.8%，五言八句以上 65 首，占 32.3%。其中五言四句之作绝对数量最多的为王勃，所占比例也最高；五言八句之作绝对数量最多的为李峤，所占比例亦最高；五言八句以上绝对数量最多的为沈佺期和宋之问，但所占比例最高者为杜审言；七言四句和八句之作沈、宋均占最高的绝对数量。若要以创作实践对律体的篇制定型起到推进作用，那么至少在各类诗作的绝对数量上要占据一定的优势，尤其是五言八句之作，这是五言律诗的基本篇制。但从以上数据分析来看，沈、宋诗作中，五言四句和五言八句之作均没有明显优势，数量较多的是五言八句以上之作和七言四句、七言八句之作。这表明在律体篇制的定型上，王勃、杨炯、李峤、杜审言等人也起到

---

① 王力：《诗词格律》，中华书局 2000 年新 1 版，第 14 页。

② 如杨师道的《咏琴》、《咏笙》二首，均为每首六句，见《全唐诗》卷三四，第 460 页。

了相当大的推动作用，将"约句准篇"的功劳都归于沈、宋，并不恰当。

其次，从六人诗作的用韵进行考察，分别统计其押平声韵、仄声韵和存在出韵情况的诗歌数量，并加以比较分析。需要说明的是，在这些诗人的创作中，既有古体诗，亦有合律之作或近律之作，因此，在判断其对律体定型的促进之功时，为达到既对其诗作有全面观照、又对合律部分重点考察的目的，笔者将根据律体的各项规范，渐次缩小考察范围，直至剩下基本合律的诗作。这里即根据上文对诗作篇制方面的考察，去掉其中七言八句以上和杂言存句这两个明显不合于律体标准的部分，对其余诗歌的用韵情况作出统计，所得数据亦制表如下：

诗　人	王　勃	杨　炯	杜审言	李　峤	沈佺期	宋之问
合于篇制诗歌总数	82	33	43	206	147	187
平声韵	68	30	38	187	134	157
仄声韵或出韵	14	3	5	19	13	30

律体一般押平声韵，且对用韵规定甚严，除了每首诗必须一韵到底、不可通韵外，更需要避免出韵之大忌。以上对六人诗作的押韵情况分两类进行统计，押平声韵为一类，押仄声韵或有出韵情况的为一类，主要分析其中押平声韵的部分。

王勃诗作中押平声韵的为 68 首，占合于篇制诗歌总数的 82.9%。具体分析其所用的韵部，上平声部分为：一东 2 首、二冬 1 首、四支 1 首、五微 4 首、六鱼 3 首、七虞 1 首、八齐 1 首、十灰 5 首、十一真 12 首、十二文 2 首、十三元 1 首、十四寒 2 首、十五删 2 首。下平声部分为：一先 7 首、二萧 1 首、五歌 1 首、六麻 5 首、七阳 2 首、八庚 3 首、九青 2 首、十一尤 3 首、十二侵 7 首。所押韵部以灰、真、先、麻等韵为多，均属宽韵或中韵，其他所押的诗韵中，也没有出现使用险韵的情况。

杨炯诗作中押平声韵的为 30 首，占合于篇制诗歌总数的 90.9%，从比例上看，杨炯的诗作很少用到仄韵。具体分析其所用的平声韵部，上平声部分为：一东 2 首、二冬 1 首、六鱼 2 首、十灰 2 首、十一真 3 首、十二文 1 首、十四寒 1 首、十五删 1 首。下平声部分为：一先 7 首、五歌 1 首、六麻 4 首、七阳 2 首、八庚 1 首、十一尤 1 首、十二侵 1 首。其中使用最频繁的诗韵为先韵，属宽韵，其他用到的诗韵也均属中韵或非常合用的窄韵。

杜审言的诗作中押平声韵的为 38 首，占合于篇制诗歌总数的 88.4%，其所用诗韵属上平声的有：一东 3 首、四支 2 首、五微 4 首、十灰 4 首、十一真 8 首、十二文 1 首、十四寒 1 首。属下平声的有：一先 5 首、五歌 1 首、六麻 2 首、七阳 1 首、八庚 3 首、十一尤 3 首。其中使用最多的是真、先等宽韵，没有出现使用险韵的情况。

李峤诗作中押平声韵的有 187 首，占合于篇制诗歌总数的 90.8%，其所用诗韵属上平声的有：一东 16 首、二冬 4 首、四支 9 首、五微 11 首、六鱼 9 首、七虞 2 首、八齐 4 首、十灰 29 首、十一真 15 首、十二文 9 首、十三元 2 首、十四寒 4 首、十五删 1 首。属下平声的有：一先 13 首、二萧 6 首、五歌 1 首、六麻 8 首、七阳 12 首、八庚 14 首、九青 2 首、十一尤 10 首、十二侵 6 首。使用次数最多的诗韵为东、支、微、鱼、灰、真、文、阳、庚、尤等韵，其中微、文两韵为非常合用的窄韵，其余均是宽韵或中韵。

沈佺期诗作中押平声韵的有 134 首，占合于篇制诗歌总数的 88.4%，宋之问诗作中押平声韵的有 157 首，占合于篇制诗歌总数的 84%，关于沈佺期、宋之问诗作用韵的具体情况，前文已经详细分析，这里不再重复。

将六人诗作的押韵情况进行对比，其中使用平声韵比例最高的是杨炯和李峤，其余诸人也均在 80% 以上，相去不远。诗作中押平声韵绝对数量最多的是李峤，沈佺期和宋之问次之。这几位初唐诗人的绝大多数诗作，都已经做到了押平声韵、一韵到底的要求，都以使用宽韵、中韵为主，即便使用窄韵，也选择其中非常合用的几个。可以说，从押韵方面加以考察，这六位诗人的创作差别不大。

再次，选取六人诗作中既合于篇制要求，又押平声韵的部分，对其中五言律诗的数量加以统计分析。正如本章开篇所论，在律体的各类诗体中，五言律诗处于核心地位，排律、七律等诗体的形成均有赖于五律的定型，故要客观评价初唐诗人对律体定型的推进作用，还是以他们的五言律诗创作为考察重点。因处于律体定型的转变期，六人的诗作中既有粘对俱合的五言律诗，也有只对不粘或粘对混合的近律之作，这里暂且不加细分，将基本合律的诗作均统计在内。制表如下：

诗　人	王　勃	杨　炯	杜审言	李　峤	沈佺期	宋之问
存诗总数	89	33	43	209	151	201
合于篇制并押平韵诗数	68	30	38	187	134	157
五言律诗	21	14	26	150	60	65

从统计来看，王勃基本合律的五言律诗有 21 首，在其合于篇制并押平韵的诗歌总数中所占比例为 30.9%，占其存诗总数的 23.6%；杨炯基本合律的五言律诗为 14 首，在其合于篇制并押平韵的诗歌总数中占 46.7%，占其存诗总数的 42.4%；杜审言基本合律的五言律诗有 26 首，在其合于篇制并押平韵的诗歌总数中占 68.4%，占其存诗总数的 60.5%；李峤基本合律的五律有 150 首，在其合于篇制并押平韵的诗歌总数中占 80.2%，占其存诗总数的 71.8%；沈佺期基本合律的五律为 60 首，两个比例分别为 44.8% 和 39.7%；宋之问基本合律的五律为 65 首，两个比例分别为 41.4% 和 32.3%。从以上数据可知，无论是五律创作的数量，还是在诗歌总数中所占的比例，沈、宋均略逊于其他几位诗人。当然若从律法运用的娴熟程度来看，沈、宋则要显得更技高一筹。如王勃、杨炯的五言律诗，有不少平仄失调的情况，在声律上确实存在前人所说的“拗涩”的毛病。至杜审言、李峤时，五律的创作数量大大增加，创作技法也进一步熟练。杜审言的五言律诗已经基本做到粘对俱合，其《和晋陵陆丞早春游望》一诗更为誉为“初唐五言律，‘独有宦游人’第一”[1]，试对其平仄加以分析：

> 独有宦游人，偏惊物候新。（仄仄仄平平，平平仄仄平）
> 云霞出海曙，梅柳渡江春。（平平仄仄仄，平仄仄平平）
> 淑气催黄鸟，晴光转绿苹。（仄仄平平仄，平平仄仄平）
> 忽闻歌古调，归思欲沾巾。（仄平平仄仄，平仄仄平平）

这首诗写宦游他乡、怀恋故土的归情，采用五律中的仄起式，首句入韵，第二联出句第三字当平而仄，对句第一字当仄而平，但据“一三五不论”的原则，

① 胡应麟：《诗薮》，上海古籍出版社 1979 年版，第 66 页。

不为失对;第四联出句第一字当平而仄,对句第一字当仄而平,属对句相救,拗而能救,不为声病。这首诗联与联之间,已完全做到了平与平、仄与仄相粘,从诗歌的平仄格式上看,这首诗已相当工整精严。

李峤可以说是初唐大力写作五言律诗的第一人,五律数量远超沈、宋。其中最为研究者重视的是他的120首杂咏诗,均采用五言律诗的形式,葛晓音在《创作范式的提倡和初盛唐诗的普及——从〈李峤百咏〉谈起》一文中对其创作背景和写作目的作了深入分析,从类别的编排、用典情况等方面和类书《初学记》进行比较,指出李峤的这120首五言律诗是为一般士人学诗而作。按律诗的格式对其加以分析,这些诗平仄协调、结构工整,确实可为其他诗人的五律创作提供范例之用。

因此,综合前文对“沈宋体”诗歌的分析和以上的数据统计,可以得出这样的结论:五言律诗的定型之功,仅仅归之与沈、宋并不确切。这是一个渐进的过程:以王勃、杨炯为代表的“初唐四杰”以创作为律诗定型奠定了必要的基础,五律在篇制、用韵等方面均已符合标准,初具雏形的五律已经出现;发展到杜审言、李峤时,律诗最重要的“粘对”规范也已经在创作中得到运用,这意味着律诗体式已经定型;沈、宋的创作年代与杜审言、李峤基本同时,且经历颇有交集,他们的“沈宋体”诗歌,一方面进一步推进了五言律诗体制的工密严整,另一方面,除了五律以外,还对五言绝句、五言排律、七言律诗等其他律体类型多有尝试,且大多协调合律,可以说杜审言、李峤的作用主要是促进了五言律诗的定型,而沈、宋则既有对格律精严的推进,又诸体兼备,促使律体基本达到全面成熟。

至此,对“沈宋体”与律体定型的论述已可暂告一个段落,但笔者还想就沈、宋在这一问题上被历代诗评家推崇的原因再稍作探讨。闻一多先生在《唐诗杂论》中指出:“五律无疑是唐诗最主要的形式,在那时人心目中,五律才是诗的正宗。沈宋之被人推重,理由便在此。”①但就以上的数据统计来看,若因五律而被推崇,那么李峤的五律诗数量要比沈、宋多得多,而杜审言的五律诗创作技巧与沈、宋相比也不遑多让,故沈、宋独得律体定型之名的原因,当不在于此。笔者以为,要解决这个问题,应当联系四人的重要文学

---

① 闻一多:《四杰》,见《唐诗杂论》,上海古籍出版社1998年版,第26页。

活动，并将之置于初唐历史的大背景下，一一作出对照，或有所得。

杜审言、李峤、沈佺期和宋之问均跨武后、中宗两朝，也都参与两朝的宫廷文学活动，但程度各有不同。

首先，将沈、宋与杜审言稍作对比，从他们对当时宫廷文学活动的参与看其在诗坛的影响。在武后朝时期，宫廷文学逐渐增多是在天授元年(690)之后。当年八月，“甲寅，杀太子少保、纳言裴居道；癸亥，杀尚书左丞张行廉。辛未，杀安南王颖等宗室十二人，又鞭杀故太子贤二子，唐之宗室于是殆尽矣”[①]；九月，武则天即帝位，改国号为周，此后，武则天与群臣游宴渐多，宴则赋诗，群臣和作。笔者按傅璇琮先生的《唐五代文学编年史》，对杜审言和沈、宋的重要行迹作了对照，其中杜审言于圣历元年(698)自洛阳丞贬吉州司户参军后，于长安四年(704)才迁膳部员外郎，这中间武则天于圣历二年(699)令张昌宗召当时能诗善文之学士修撰《三教珠英》，珠英学士们亦时奉敕宴集赋诗，这些宫廷文学活动，杜审言均不在其列。因此，杜审言对武后朝时期的宫廷文学活动参与不多。再看中宗朝时期，神龙元年(705)杜审言、沈佺期、宋之问均因坐交通张易之罪而遭流贬，杜审言于神龙二年(706)被召还京，同年，宋之问亦遇赦北归，沈佺期于神龙三年(707)被赦。景龙二年，修文馆赠置大学士四员、学士八员、直学士十二员，正式拉开了中宗朝时期频繁游宴、赋诗品评的序幕。但杜审言卒于本年十月，故其虽与沈佺期、宋之问同为直学士，实际并未参与中宗朝时期的宫廷文学活动。由此观之，尽管杜审言自视颇高，自谓“然吾在，久压公等，今且死，但恨不见替人也”[②]，但他官位既低，远离宫廷文学中心，诗作数量亦不多，故在当时诗坛的地位和影响均无法与沈、宋匹敌，其对律体定型的推进之功也易为后人所忽视。

其次，李峤与沈佺期、宋之问均为宫廷文学侍臣，且李峤在政治上位跻通显，在文学上也“为文章宿老，一时学者取法焉”[③]，在《全唐诗》的存诗总量超过沈、宋，无论是政治地位还是文学影响力，沈、宋都无法与其相比，但在律体定型这一问题上，李峤在后代的声名却远不及沈、宋。究其原因，当

---

① 司马光：《资治通鉴》卷二〇四，中华书局1956年版，第6467页。

② 傅璇琮：《唐才子传校笺》，中华书局1987年版，第73页。

③ 欧阳修、宋祈：《新唐书》卷一二三，中华书局1975年版，第4368页。

在于两方面：一是李峤在诗体律化进程中的贡献主要在于推进五律定型，不及沈、宋已基本达到诸体兼备的程度；再就是与沈、宋在宫廷评诗活动中的几次胜出有关。圣历二年(699)春，武后游龙门，命群臣应制赋诗，有之问以诗夺得锦袍之事；景龙三年(709)，是中宗朝宫廷文学活动最为频繁的时期，这一年沈佺期赋《回波乐》词，获赐绯，沈、宋二人的诗作又在昆明池应制赋诗的活动中脱颖而出，在群臣应制的百余篇诗作中，担任评议的上官婉儿唯独留下了二人的诗作，可见沈、宋诗作自有超越群伦之处，并在当时得到认同。这些宫廷文学活动的佳话广为流传，进一步扩大了沈、宋的影响，尤其当后人回顾这一时期的文学时，更易将目光集中于此，加上沈、宋的律体创作技巧也确实较其他诗人更为娴熟高超，因此，后人从肯定其“裁成六律，彰施五色”之功，进而把“沈、宋”与“律诗”合而为一，最终将沈、宋奉为初唐诸多诗人的代表，有其独得律体定型之功。

余　论

关于中国诗歌的发展，根据不同的分段标准，历来有不少分法。王力先生根据诗歌的用韵标准，将之大致分为三个时期，即“唐以前为第一期”、“唐以后，至五四运动以前为第二期”、“五四运动以后为第三期”[1]，论述虽着眼于诗歌用韵的变化，但这一分法同样可适用于观照诗歌格律的发展变化。换言之，即诗歌发展到唐代后，确立了讲求声律对仗的律体，至此中国诗歌进入了一个全新的时期，且以律体为主要创作诗体的传统历经千余年而不变，可见律体对诗歌发展产生了相当深远的影响。沈、宋作为在律体定型中贡献卓著的诗人，亦应在中国诗歌史上占据一席之地，从历代评论来看，对沈、宋诗作的评价存在因人废诗的情况。二十世纪以来，这一情况已有所改变，当代学者对沈、宋及其“沈宋体”诗歌作了更为客观全面的评价，但仍有深入拓展的空间，这是吸引笔者对沈、宋及“沈宋体”诗歌做深入研究的原因所在。

当然，沈、宋的创作绝非尽善尽美，客观地看，就其代表诗作“沈宋体”而言，还存在不少缺陷。胡震亨《唐音癸签》中对如何习作五言律诗有如下论述：“学五言律，毋习王、杨以前，毋窥元、白以后。先取沈、宋、陈、杜、苏、李诸集，朝夕临摹，则风骨高华，句语宏赡，音节雄亮，比偶精严；次及盛唐王、岑、孟、李，永之以风神，畅之以才气，和之以真澹，错之以清新；然后归宿杜

---

① 王力：《王力近体诗格律学》，山西古籍出版社2003年版，第3页。

陵，究竟绝轨，极深研几，穷神知化：五言律法尽矣。”[①]换个角度来解读这段文字，可以发现，这恰恰是将沈、宋放在诗歌发展史上，将之与其他诗人作了一番比较，沈、宋诗作的优势在于“风骨高华，句语宏赡，音节雄亮，比偶精严”，可为后人在诗歌形式方面提供典范之用，但若再进一步，要在形式之外更兼具“风神”、“才气”、“真澹”、“清新”等其他方面的特点，则必须学习沈、宋之后的其他诗人，这也正指出了沈、宋诗作的缺陷。

前文从语言锤炼、构思造境、情感内蕴等方面对“沈宋体”作了分析，也曾提到“沈宋体”中的部分诗作，已经具有情感真挚、风骨初露的特点，但毕竟与声律风骨兼备的盛唐诗歌相去甚远。这与沈、宋的宫廷文臣身份有关，他们的大部分诗作主要为扈从应制或酬唱往来而作，甚至还为人代制，可见在沈、宋流连于宫廷的经历中，诗歌只是一种取悦帝王或与同僚交游的工具，由于创作环境的限制，他们的这部分创作也很难能从根本上突破宫廷应制诗的程式，在这样的情况下，所作的诗歌内容单薄、气骨卑弱也就在所难免了。当然，在沈、宋遭贬后，他们的创作发生了极大的变化，在一定程度上改进了前期诗作中的不足。遗憾的是，当他们再次回归宫廷后，其诗歌创作也再次向宫廷文学靠拢。

此外，在沈、宋时，七言律诗还未能得到全面普及，“沈宋体”中的七言律诗基本都是应制之作，数量也不多，有研究者据《全唐诗》所收对初盛唐较有代表性的诗人诗作进行统计，得到以下数据：“沈佺期诗共 159 首，七言律诗 16 首；宋之问诗共 193 首，七律 4 首；高适诗共 241 首，七律 7 首；岑参诗共 397 首，七律 11 首；李白诗 994 首，七律 8 首；王维诗 479 首，七律 20 首。另外孟浩然有七律 4 首，王昌龄七律 2 首，崔曙、祖咏、储光羲各 1 首，李颀 6 首、崔颢 3 首。”[②]可见在初唐，七言律诗虽已基本确定体式，但创作实践并不多，直到杜甫手中，七言律诗的创作才开始蔚为大观。因此，沈、宋对七言律诗方面的贡献与五言相比，还是稍有欠缺，有待于后人的进一步完善。这些都是沈、宋诗歌中客观存在的不足，与他们的个人遭际及所处的历史时代有

① 胡震亨：《唐音癸签》，上海古籍出版社 1981 年版，第 20—21 页。

② 张传峰：《论王维的七律》，载《湖州师专学报》1994 年第 3 期，第 38 页。另此处根据《全唐诗》存诗统计，而本文则按《沈佺期宋之问集校注》所收对沈、宋诗歌进行统计，故引文中有关沈、宋诗歌的数据与前文并不一致，特此说明。

关，无需刻意回避。

还值得说明的是，关于沈、宋的人品缺陷，历代的评价并不公正，特别是对宋之问。如宋之问告变出卖王同皎一事，《旧唐书》载：“及易之等败，左迁泷州参军。未几，逃还，匿于洛阳人张仲之家。仲之与驸马都尉王同皎等谋杀武三思，之问令兄子发其事以自赎。及同皎等获罪，起之问为鸿胪主簿，由是深为义士所讥。”[①]《新唐书》亦载：“之问逃归洛阳，匿张仲之家。会武三思复用事，仲之与王同晈谋杀三思安王室，之问得其实，令兄子昙与冉祖雍上急变，因丐赎罪，由是擢鸿胪主簿，天下丑其行。”[②]对此现代学者多有疑义，据傅璇琮、谭优学等学者考辨，两《唐书》此说本于《朝野佥载》，但《朝野佥载》中言告密者乃宋之逊，另《资治通鉴》也载“之逊于帘下闻之，密遣其子昙及甥校书郎李悛告三思，欲以自赎”，故“之逊更为武三思所亲信，而告变者当即为之逊，之问或即因其弟之功而擢授官职”[③]。此说即便不能排除宋之问告变的可能，至少也指出了这段公案的可疑之处，故宋之问是否告变出卖王同皎一事还可商榷。而谓宋之问因喜“年年岁岁花相似，岁岁年年人不同”之句、索之未得而压杀刘希夷之事，更不足信，前人已有颇多考证，这里不再重复。

以上所论，笔者并非意欲曲意回护沈、宋，而是希望对沈、宋有更为客观全面的认识，对于沈、宋的人品，笔者非常赞同陶敏在《沈佺期宋之问集校注》前言中的一段论述，兹录如下：“毋庸讳言，沈、宋作为封建官吏有其非常庸俗的一面。……沈、宋既为奉宸府供奉，自不能不听命随俗；为二张捉刀代笔，亦在情理之中。这种奉迎攀附的事情，在封建官场中并不罕见，不足深责。不过，沈、宋奉迎的是一个女皇帝的面首，在封建社会中，就未免有些惊世骇俗了。”[④]

总之，沈、宋处在诗歌由古体向律体定型转变的历史时期，“沈宋体”诗歌的形成，与文学发展的传承有关，前人对声律理论的总结，以及在创作实践上的经验积累，都为“沈宋体”的产生做好了文学上的准备。而沈、宋所处

---

① 刘昫：《旧唐书》卷一九〇，中华书局 1975 年版，第 5025 页。

② 欧阳修、宋祁：《新唐书》卷二〇二，中华书局 1975 年版，第 5747 页。

③ 傅璇琮：《唐才子传校笺》，中华书局 1987 年版，第 91 页。

④ 陶敏、易淑琼：《沈佺期宋之问集校注》，中华书局 2001 年版，第 4 页。

的年代，正是唐代宫廷文学活动最为频繁的时期，他们以诗歌取幸媚上，深得帝王赞赏，这既使他们成为一时风气的引领者，同时也更为深刻地受到时代文风的影响，扈从应制和贬谪南方这两种人生遭际，亦从不同方面影响了“沈宋体”诗歌的形成。“沈宋体”诗歌的最大贡献在于格律方面，其在“永明体”、“宫体诗”、“上官体”的基础上更进一步，不仅注意到音节协调、对仗工整，也做到了句与句、联与联之间的相对相粘，除了五言律诗外，沈、宋也对律体中其他类型的诗体做了有益的尝试，这使“沈宋体”对律体定型的推进比同时代的其他诗人更为全面。此外，“沈宋体”诗歌在语言风格、诗境构筑、题材拓展等方面也有所突破，显示出对律体创作技巧的娴熟驾驭。唐代是诗歌的黄金时代，盛唐诗国高潮的到来离不开初唐诗人的努力，这其中，沈、宋以创作实践为律体定型作出了重要贡献，沈、宋及“沈宋体”诗歌在促进唐诗的全面繁荣上实功不可没。

附　录　二十世纪以来的沈、宋及“沈宋体”研究综述

本附录原为引论的一部分，因综述过多而使引论显得过于繁冗，故在引论中对综述略加提炼，而将本文作为附录。作为对已有研究成果的回顾整理，理想的境界是“应当能从提出问题和解决问题的角度，反映出 20 世纪研究方法和学术观点的纵深发展走向，突现出在每个时期起带头作用的研究者的贡献”①，笔者的这番学术回顾，目前只限于对学术成果的罗列，鉴于此文对全面了解沈、宋及“沈宋体”研究尚有一定的参考价值，故予以保留于此，且待日后再作扩展深入。

本附录将二十世纪以来有关沈、宋和“沈宋体”的研究成果以八十年代为界，分前后两期进行综述，二十世纪八十年代之前的研究成果较少，也零散不成体系，故只作简单介绍；八十年代后对沈、宋的研究渐多，除了对其诗歌的重新评价外，也涉及生卒、交游、诗集等其他方面，因此综述时再细分为沈佺期生平研究、宋之问生平研究和沈、宋诗歌研究三个方面逐一介绍。

（一）二十世纪八十年代之前

在二十世纪八十年代之前，学术界对“沈宋体”很少论及，对沈、宋的研究也非常有限，没有出现单篇的专题论文，只在文学史、诗歌史或其他论著

① 葛晓音：《唐代文学研究百年随想》，见杜晓勤《隋唐五代文学研究》，北京出版社 2001 年版，第 9 页。杜晓勤此书在葛晓音指导下进行，葛文收入此书后作为书的绪论部分，特此注明。

的相关篇章稍有提及。综观这些研究成果，均沈、宋并举，将二人的诗歌创作以贬谪为界分为前后两期，对后期诗歌创作的评价高于前期，虽然肯定沈、宋在诗歌格律发展中的贡献与作用，但大多寥寥数语带过，无意深入。以下按出版年份先后为序，对其中有代表性的或观点较新的论著作简单介绍。

出版于1918年的谢无量的《中国大文学史》①是当时影响较大的文学史著作，在第四编《近古文学史》中有不少章节提及沈、宋。第一章《唐初文学与隋文学之余波》中，认为沈、宋承袭隋文学的浮靡风气，评价颇低。第二章《上官体与四杰》中，在指出沈、宋诗歌“浮靡”缺点的同时，肯定他们在诗歌形式上的精切美观：“逮夫沈宋，又加精切，虽属词浮靡，然美丽可观”②。第三章《武后及景龙时文学》主要论述武后时期的文学盛况，作为景龙文学中的佼佼者，沈、宋也被频频提及：“唐兴文雅之盛，尤在则天以来。虽当时则天诗笔，多崔融、元万顷等代作，而内有上官之流，染翰流丽，天下风闻，苏李沈宋，接声并骛，文士之多，当推此时”③、“一时文士，如苏李沈宋之闳丽，陈子昂卢藏用之古文，富嘉谟吴少微之经术，刘子玄之史学，以及张说之词笔，徐坚之博洽，并腾誉文囿，上总初唐之丽则，下启开元之极盛”④。这部文学史并无专门笔墨探讨沈、宋，但只言片语中透露出的对沈、宋的评价，以肯定二人在诗歌形式方面的贡献为多，而较少涉及其他，这种态度在后来的不少文学史编撰中得到延续。

李维的《诗史》⑤是中国第一部现代形态的诗歌通史，他在序中提到：“诗史者，综吾国数千年之诗学，明其传统，穷其体变，识其流别，详其作者，而为一有统系之记述之作也。”因此这部著作非常注重诗歌体派的更替变化和重要诗人的地位价值。在书中李维用了三章的篇幅论述《初唐诗体与沈宋》，肯定沈、宋在初唐诗体建设中的作用，可见对沈、宋的重视，这在后代的诗歌史中也极为少见。遗憾的是书中论述平平，多老生常谈，如“五言至沈、宋，始可称律，多未成体，沈则间有佳者。所谓裁成六律，彰施五采，使言之

① 谢无量：《中国大文学史》，中华书局1918年版。
② 谢无量：《中国大文学史》，中华书局1918年版，第19页。
③ 谢无量：《中国大文学史》，中华书局1918年版，第22页。
④ 谢无量：《中国大文学史》，中华书局1918年版，第24页。
⑤ 李维：《诗史》，东方出版社1996年版(据石棱精舍1928年版编校再版)，第92—109页。

而中伦，歌之而成声，沈、宋之功也”，与历代诗评并无二致，缺乏新意。

稍后陆侃如、冯沅君合作出版了中国第一部用白话文撰写的诗歌通史《中国诗史》①，在中卷《中代诗史》第三篇《初盛唐诗》中，较有创见地把初唐诗人分为两群：一是反对齐、梁风尚的，以王绩、陈子昂为代表；一是继承齐、梁而加以改进的，沈、宋属于这一群。提及沈、宋，认为“就他们作品本身讲，文学价值不能算太高。仅仅在诗体的完成上，稍有一点功绩。沈、宋所以能在诗史上占篇幅者在此”。并明确指出，七绝七律到沈、宋已经成熟，分别举沈佺期《北邙》、宋之问《伤曹娘》、沈佺期《独不见》、宋之问《三阳宫石淙侍宴应制》等几首诗歌为例。

郑振铎的《插图本中国文学史》②对律诗的形成格外关注，辟出专门章节加以论述，他将初唐文学分割为第二十三章《隋及唐初文学》和第二十四章《律诗的起来》两部分，在论及沈、宋与律诗成立的联系时提出：“律诗的成立时代，也可以名之为沈、宋时代。”肯定沈、宋的作用之大。郑振铎特别强调沈、宋对绝句、排律的建立之功，在七言律诗的成立上，认为沈、宋主要是“倡始号召之功”，论述兼及同时代的其他诗人，如苏味道、李峤、杜审言、上官婉儿等。此外，对沈、宋贬谪前后诗歌创作的评价也颇具代表性：“沈、宋的诗，自当以这种迁谪后所作的最工。应制诸什，非不精妙，却不尽是肺腑中流出的，故有灵魂、有真情感者甚少。”

二十世纪三四十年代闻一多先生在唐诗研究方面取得不少成果，其中偶有涉及沈、宋之处，观点大胆新警。他认为王、杨和沈、宋一脉相承，“就奠定五律基础的观点看，王杨与沈宋未尝不可视为一个集团，因此也有资格承受‘四杰’的徽号”③，而沈宋在当时被推重的原因在于他们的五律诗创作，“五律无疑是唐诗最主要的形式，在那时人心目中，五律才是诗的正宗”④。此外，他认为沈佺期的《独不见》是开启时代新风的首创作品，对宋之问的古

① 陆侃如、冯沅君：《中国诗史》，百花文艺出版社 1999 年版（大江书铺 1931 年初版），第 339—350 页。

② 郑振铎：《插图本中国文学史》，北京出版社 1999 年版（北平朴社 1932 年初版），第 272—311 页。

③ 闻一多：《四杰》，见《唐诗杂论》，上海古籍出版社 1998 年版，第 25 页。

④ 闻一多：《四杰》，见《唐诗杂论》，上海古籍出版社 1998 年版，第 26 页。

体诗创作也予以肯定。

刘大杰的《中国文学发展史》①则认为沈、宋倾心谄媚武则天、张易之，人格卑鄙，以宫廷文人身份进行创作的应制诗没有什么价值，指出沈、宋“能够在诗史上占一席地位的，并不在其作品本身的艺术，而在其诗体的完成”②，“律诗到他们的手里，是完全成熟，后人再无须修改了。不管这些诗的格调是如何的低，宫体的气味是如何的浓厚，他们在诗史上，总是有相当地位的”③。此外，对于律体的完成，他认为上官仪、四杰以及四友诸人，都是这一工作的努力者。

稍后出现的一些综合性论著中，涉及沈、宋的部分大多沿袭成说，不再一一列举，值得一提的有以下几部：苏雪林的《唐诗概论》第四章《沈宋与律诗》④将律诗成立归功于沈、宋，并提出原因在于齐梁以来的酝酿、前人对对偶的讲求和帝王的熔陶。邱琼荪的《诗赋词曲概论》在第四章第四节《唐代的诗》中，指出“沈佺期、宋之问乃确立律诗的格式，而被称为律诗之祖者”⑤。郑宾的《中国文学流变史》第六章有《上官体与沈宋的诗律》一节⑥，对沈、宋诗歌的论述较为具体，他在郑振铎提出的沈宋对律诗有“倡始号召之功”的基础上，进一步指出这与沈、宋在官场上的地位有关。

建国后出版的一些新编文学史中，游国恩等主编的《中国文学史》是其中影响较大的一部。此书对沈、宋的诗歌创作采取了更为宽容的态度，除了肯定沈、宋在诗歌声律方面的贡献外，也不否定沈、宋的诗歌创作具有一定的艺术价值：“尽管沈、宋两人都还没有摆脱齐梁的影响，但这些诗都有一定的生活体验作基础。语言的锤炼，气势的流畅，和齐梁浮艳之作不同。”⑦

---

① 刘大杰的《中国文学发展史》初版分为上下卷，上卷完成于1939年，于1941年由中华书局出版，下卷完成于1943年，出版于1949年，因作者未见初版，故以下有关此书的引文按百花文艺出版社1999年版标注页码。

② 刘大杰：《中国文学发展史》，百花文艺出版社1999年版（中华书局1962年初版），第359页。

③ 刘大杰：《中国文学发展史》，百花文艺出版社1999年版，第360页。

④ 苏雪林：《唐诗概论》，商务印书馆1933年版，第27—32页。

⑤ 邱琼荪：《诗赋词曲概论》，中国书店1985年版（据中华书局1934年版重印），第103页。

⑥ 郑宾：《中国文学流变史》，上海北新书店1936年版，第262—278页。

⑦ 游国恩等：《中国文学史》，人民文学出版社1963年版，第25页。

此外还有一些文章在论及沈、宋时，提出了一些前人较少关注到的问题，对研究思路的开拓，具有启发意义。如马茂元的《读两〈唐书·文艺(苑)传〉札记》[①]一文则注意到沈、宋的区别："然其间亦未尝不可以区分。盖之问思致缜密，清丽居宗，五言是其擅场。其《昆明池》应制之作，固已压倒佺期，沈则气度较宏，七言独辟胜境。其《独不见》一章，'高振唐音，远包古调'，亦非之问所能企及。……又沈、宋并工五言排律，之问所作，犹不过百余言；而佺期《代魑魅答家人》一篇，长达四十八韵。其排比铺陈，尽情刻划处，已开盛唐风气之渐矣。"此外，马茂元还对沈佺期、宋之问的生平事迹进行了考证。

总体而言，二十世纪八十年代以前，"沈宋体"乏人问津，对沈、宋的研究，则零散不成体系，基本停留在一般性的概述上，成果寥寥无几，处于研究的发轫期。

(二) 二十世纪八十年代之后

进入二十世纪八十年代之后，初唐诗歌逐渐引起学者们的关注，成果日增，九十年代之后，研究更是出现很大的飞跃，与此相关，学术界对于初唐诗人的研究也取得了不少成绩，沈、宋研究开始进入发展期，并出现了有关"沈宋体"的专题论文。尽管相比同时代的初唐四杰、陈子昂等，有关沈、宋及"沈宋体"的研究仍相对冷清，但较之八十年代之前，无论是研究方法，还是研究的深广程度，都呈现出可喜的变化，概要言之，有以下特点：

其一，研究观念发生改变。此前的不少学者对沈、宋人品指斥严厉，因之贬抑二人诗歌创作的情况不在少数，但"倘有取舍，即非全人，再加抑扬，更离真实"[②]，这种因人废文的做法并不可取。二十世纪八十年代之后，这种情况得到改善，不少研究者认为应当看到作品的相对独立性，"对作品的思想艺术分析毕竟不能用对作家的道德评价来替代"[③]，这样的研究心态无

① 马茂元：《读两〈唐书·文艺(苑)传〉札记》，见《马茂元说唐诗》，上海古籍出版社1999年版，第141—146页。

② 鲁迅：《"题未定"草》，见《鲁迅全集》(第六卷)，人民文学出版社2005年版，第436页。

③ 陶敏、易淑琼：《沈佺期宋之问集校注·前言》，中华书局2001年。前言的一部分以《沈宋论略》为题发表于《湘潭师范学院学报》1996年第2期第6—10页，因《前言》内容更全，故在研究成果综述中，取前言而舍论文。

疑更为客观，有助于沈、宋及“沈宋体”研究的全面深入。

其二，研究范围得到拓展。除了对沈、宋人品和诗歌的进一步深入研究外，出现了一些新的热点，如沈、宋贬谪后的心态与创作，沈、宋及“沈宋体”在律体定型中的作用等，一些专题论文在这些问题上论述较为深入。沈、宋对唐诗发展其他方面的贡献和影响，也开始被研究者们关注，此外，还出现了对沈、宋的生卒、交游、诗集，乃至诗歌用韵等的考辨研究。

其三，研究成果日渐丰富。据粗略统计，八十年代至2005年，有关沈、宋及“沈宋体”的单篇论文达到56篇，其中单论沈佺期的13篇，单论宋之问的25篇，沈、宋并论的10篇，沈、宋与其他诗人并论的7篇，“沈宋体”1篇。在一些以初唐诗歌为研究对象的论著中，也有不少篇章对沈、宋及“沈宋体”进行了较为深入的研究，诗集的整理注释也取得了零的突破。

以下分沈佺期生平研究、宋之问生平研究和沈、宋诗歌研究三个方面对二十世纪八十年代以来的沈、宋及“沈宋体”研究逐一进行介绍。

1. 沈佺期生平研究

沈佺期生卒年研究　尚无专门论文考证，各种观点散见于文学史、诗歌史或其他论著中，均未展开考论。在八十年代之前，研究界已有几种看法，大致为：闻一多先生认为沈佺期的生年约为唐高宗显庆元年(656)，卒年则定于唐玄宗开元二年(714)[①]；陆侃如、冯沅君的《中国诗史》认为沈佺期生年约在唐高宗永徽元年(650)，卒年在唐玄宗开元二年(714)[②]；刘大杰《中国文学发展史》认为沈佺期的生活年代约在唐高宗永徽(650)至唐玄宗先天元年(712)之间[③]。

进入八十年代之后，关于沈佺期的生卒年，除以上诸说之外，又出现了几种新的观点：(1)出版于1981年由吴海林、李延沛编著的《中国历史人物生卒年表》认为，沈佺期生于高宗显庆元年(656)，卒于开元二年(714)，享年五十八岁。[④] 此说生年从闻一多的观点，卒年从陆侃如、冯沅君的《中国诗

---

① 闻一多：《闻一多选唐诗一千首》，东方出版社1995年版，第38页。

② 陆侃如、冯沅君：《中国诗史》，百花文艺出版社1999年版，第348页。

③ 刘大杰：《中国文学发展史》，百花文艺出版社1999年版，第359页。

④ 吴海林、李延沛：《中国历史人物生卒年表》，黑龙江人民出版社1981年版，第118页。

史》。这一结论在研究界得到较多赞同,如连波、查洪德校注的《沈佺期诗集校注》中所附《沈佺期年谱》[①]、乔象钟主编的《唐代文学史》[②]等均持此说。(2)同样出版于1981年的刘开扬的《唐诗通论》认为,沈佺期约生于唐高宗显庆元年(656),卒于唐玄宗开元元年(713)[③],章培恒、骆玉明主编的《中国文学史》[④]亦从此说。(3)出版于1987年由宇文所安所著的《初唐诗》将沈佺期的生卒年定为650年至713年。[⑤] (4)出版于1998年由傅璇琮主编的《唐五代文学编年史》(初盛唐卷)认为,沈佺期的生年约为唐高宗显庆元年(656),卒年约为唐玄宗开元四年(716),享年约六十一。[⑥]

分析以上观点,沈佺期生年约在唐高宗永徽元年(650)至唐高宗显庆元年(656)之间,有650年和656年二说,卒年在唐玄宗先天元年(712)至唐玄宗开元四年(716)之间,有712年、713年、714年、716年诸说。沈佺期的生卒年目前尚无定论,有待进一步考证。

沈佺期生平事迹研究 八十年代后取得一些成果,据笔者所见,有:李云逸的《沈佺期"考功受赇"考辨》[⑦]、《沈佺期"配流岭表"考辨》[⑧];傅璇琮《唐才子传校笺·沈佺期》[⑨];谭优学《沈佺期行年考》[⑩];查洪德《沈佺期年谱》[⑪];陶敏《唐才子传校笺·沈佺期》[⑫];傅璇琮《唐五代文学编年史》(初盛唐卷)[⑬];

---

① 连波、查洪德:《沈佺期诗集校注》,中州古籍出版社1991年版,第218—230页。

② 乔象钟、陈铁民:《唐代文学史》,人民文学出版社1995年版,第154页。

③ 刘开扬:《唐诗通论》,巴蜀书社1998年版,第77页。

④ 章培恒、骆玉明:《中国文学史》中册,复旦大学出版社1996年版,第24页。

⑤ 宇文所安:《初唐诗》,广西人民出版社1987年版,第259页。

⑥ 傅璇琮:《唐五代文学编年史》(初盛唐卷),辽海出版社1998年版,第149、533页。

⑦ 李云逸:《沈佺期"考功受赇"考辨》,载《学术论坛》1983年第3期,第97—99页。

⑧ 李云逸:《沈佺期"配流岭表"考辨》,载《学术论坛》1983年第4期,第96—98页。

⑨ 傅璇琮:《唐才子传校笺》(第一卷),中华书局1987年版,第75—84页。

⑩ 谭优学:《沈佺期行年考》,见《唐代诗人行年考续编》,巴蜀书社1987年版,第38—63页。

⑪ 查洪德:《沈佺期年谱》,见连波、查洪德《沈佺期诗集校注》,中州古籍出版社1991年版,第218—230页。

⑫ 陶敏:《唐才子传校笺》(第五册),中华书局1995年版,第8—10页。

⑬ 傅璇琮:《唐五代文学编年史》(初盛唐卷),辽海出版社1998年版,第149—533页。

杨墨秋的《初唐诗杂考三十一·沈佺期贬台州录事参军时间考》①、《初唐诗杂考四十四·沈佺期配流岭表原因考辨》②;陶敏、易淑琼《沈佺期宋之问简谱》③;翟海霞的《沈佺期驩州赦归考辨》④等。

李云逸的《沈佺期“考功受赇”考辨》和《沈佺期“配流岭表”考辨》考证两《唐书》关于沈佺期“考功受赇”和“配流岭表”的记载与事实不符,认为沈佺期当于长安元年春夏入狱,至十月又获释扈从西幸;对于沈佺期自台州返朝结束放逐南方生涯的原因,归结于遇赦,否定《新唐书》“入计,得召见”⑤的说法,认为沈佺期“应即于神龙三年秋末或冬天返抵长安,任起居郎(据新旧《书》两传),复为朝官”。

谭优学的《沈佺期行年考》对沈佺期的生平考证较为细致,重要行迹如下:生于唐高宗显庆元年,上元三年第进士,为协律郎。永隆中,不悉何故,抵罪系洛阳狱,出狱,贬台州录事参军,三年召回,仍仕宦于洛阳,后转通事舍人,尝附张易之、昌宗兄弟,承旨预修《三教珠英》,转考功员外郎,典贡举,转给事中,长安四年,以“考功受赇”入狱,会党附易之,被长流驩州,神龙三年承恩北归,为起居郎,寻兼修文馆直学士,睿宗继位,转中书舍人,玄宗立,迁为太子詹事,开元初卒。对于沈佺期以“考功受赇”入狱的时间,与李云逸所持观点有异。

傅璇琮《唐才子传校笺·沈佺期》中对沈佺期的生平事迹做出重要补正。其一,认为《唐才子传》中“由协律、考功郎受赇,长流驩州”的记载过简,且有疏误,“两《唐书》所记稍有歧异,可互为补充,亦各有误处”,补正为:“佺期于进士登第后曾授协律郎之职,后以通事舍人预修《三教珠英》,书成,迁考功员外郎,曾一度知贡举,后又迁给事中,被劾入狱,未究被释,会张易之败,乃坐阿附,流驩州。”对于沈佺期受赇入狱的时间,认为有长安四年(704)

① 杨墨秋:《初唐诗杂考三十一·沈佺期贬台州录事参军时间考》,载《江海学刊》1998年第2期,第89页。

② 杨墨秋:《初唐诗杂考四十四·沈佺期配流岭表原因考辨》,载《江海学刊》2000年第3期,第64页。

③ 陶敏、易淑琼:《沈佺期宋之问简谱》,见《沈佺期宋之问集校注》,中华书局2001年版,第776—811页。

④ 翟海霞:《沈佺期驩州赦归考辨》,载《青海师专学报》2002年第5期,第32—34页。

⑤ 欧阳修、宋祁:《新唐书》卷二〇二,中华书局1975年版,第5749页。

和长安元年(700)两种可能;流于驩州则在中宗神龙元年(705)春初。其二,两《唐书》皆未言北归之具体年月,傅璇琮据《旧唐书·中宗记》和沈佺期《哭苏眉州崔司业二公》诗自诩,考为“神龙三年七月宣赦,是年八月即北归途径谭州”。

查洪德的《沈佺期年谱》附见于连波、查洪德校注的《沈佺期诗集校注》,是较为详细的沈佺期年谱,该年谱认为沈佺期以“考功受赇”下狱在长安四年(705),神龙元年二月,以谄附二张罪名长流驩州,神龙二年三月遇赦,约五月北归。

陶敏的《唐才子传校笺·沈佺期》肯定傅璇琮对沈佺期于长安四年入狱的补正,并提供朱警刻《唐百家诗》本《沈云卿集》卷中《寄北使》一诗自序以为他证。另据《旧唐书》卷三〇《音乐志三》考证出“开元二年闰二月至六月间,佺期犹在太府少卿任”,故认为沈佺期卒年当在开元二年六月或稍后一二年中。

傅璇琮的《唐五代文学编年史》以编年史的体例,将众多唐代作家的仕历、创作、交友等活动按年月排列,为唐代作家的研究提供了极大的方便,其中沈佺期生平事迹也得到了一次细密准确的整理。

杨墨秋的《初唐诗杂考三十一·沈佺期贬台州录事参军时间考》认为对于沈佺期贬台州录事参军的时间,李云逸《沈佺期“配流岭表”考辨》一文据《新唐书》本传定为“长流驩州”后的观点,与查洪德《沈佺期年谱》中定为天授元年,均不合史实,应定为天授二年。《初唐诗杂考四十四·沈佺期配流岭表原因考辨》的观点与陶敏《唐才子传校笺·沈佺期》中所论相同,认为“考功受赇”和“会张易之败”二罪并罚,故贬所最远。

陶敏、易淑琼的《沈佺期宋之问集校注》后附有《沈佺期宋之问简谱》,对沈佺期生平事迹做了简单勾勒;翟海霞的《沈佺期驩州赦归考辨》对目前尚未有定论的问题,如沈佺期何时自驩州赦归、是否于神龙二年量移至台州等进行考辨,将沈佺期自驩州赦归的时间定为神龙二年春末,并未量移台州,亦可供参考。

目前在沈佺期的生平研究中,一些关键事迹如受赇入狱、遇赦北归等的时间尚有歧说,有待考证。

沈佺期人品研究　八十年代后,没有出现专论沈佺期人品的论文,大多在论述其诗歌创作时附带提及，尽管对沈佺期的人品大多持否定态度，但学术界对此的指责已没有八十年代之前那么严厉。有两篇涉及沈、宋人品的论文较有代表性，分别是沙先一的《试论沈佺期宋之问的两重人格及其审美境界》[①]和陶敏、易淑琼《沈佺期宋之问集校注・前言》，将放在稍后宋之问人品研究中一同概述。

2. 宋之问生平研究

宋之问生卒年研究　八十年代之前，对于宋之问的生卒年，学术界大致有以下两种观点：闻一多先生认为，宋之问生于高宗显庆元年(656)，卒于玄宗先天元年(712)，陆侃如、冯沅君的《中国诗史》亦持此说；苏雪林的《唐诗概论》认为宋之问约生于高宗永徽元年(650 年)，卒于玄宗先天元年(712)，刘大杰的《中国文学发展史》从此说。

八十年代后，对宋之问的生卒年，大多数论著均赞同闻一多的观点，如刘开扬《唐诗通论》、乔象钟、陈铁民主编的《唐代文学史》、傅璇琮《唐五代文学编年史》(初盛唐卷)等。

此外，也出现几种新的观点，兹录如下，以备参考：王达津《宋之问与〈灵隐寺〉诗》一文认为宋之问生年为高宗显庆五年(660)，卒年为景龙四年(即景云元年，710)[②]；章培恒、骆玉明主编的《中国文学史》将宋之问卒年定为约 713 年[③]；另有龚延明《初唐一首灵隐寺诗作者的再探索——兼考骆宾王、宋之问生年》一文，将宋之问生年考为 671 年[④]。

宋之问生平事迹研究　关于宋之问生平事迹的研究成果较多，其中有专题考辨论文 18 篇，内容涉及籍贯、交游、贬谪、告变、卒地等诸方面，按发表年份排列，统计如下：傅璇琮《关于宋之问及其与骆宾王的关系》[⑤]、《唐代

① 沙先一：《试论沈佺期宋之问的两重人格及其审美境界》，载《徐州师范学院学报》1996 年第 4 期，第 83－88 页。

② 王达津：《宋之问与〈灵隐寺〉诗》，载《河北师范大学学报》1981 年第 4 期，第 12－16 页。

③ 章培恒、骆玉明：《中国文学史》中册，复旦大学出版社 1996 年版，第 24 页。

④ 龚延明：《初唐一首灵隐寺诗作者的再探索——兼考骆宾王、宋之问生年》，载《杭州大学学报》1980 年第 1 期，第 133－135 页。

⑤ 傅璇琮：《关于宋之问及其与骆宾王的关系》，载《杭州大学学报》1980 年第 2 期，第 17－21 页。

诗人考略·宋之问》[1]、龚延明《初唐一首灵隐寺诗作者的再探索——兼考骆宾王、宋之问生年》、王达津《宋之问与〈灵隐寺〉诗》、马斗全的《宋之问的籍贯及〈渡汉江〉诗》[2]、昭民《宋之问"赐死"钦州考》[3]、王启兴《宋之问生平事迹考》[4]、刘振娅《宋之问两谪岭南新考》[5]、郁贤皓《宋之问事迹和交游五题考辨》[6]、杨墨秋《宋之问与崖口、五渡》[7]、张锡厚《宋之问告变考补》[8]、陶敏《宋之问卒于桂州考》[9]、刘振娅《对宋之问研究的几点质疑》[10]、杨墨秋的《宋之问研究二题》[11]、杨恩成《宋之问与骆宾王联句质疑》[12]、杨墨秋《初唐诗杂考二十八·宋之问贬泷州"召回"新考》[13]、杨墨秋《初唐诗杂考十五·宋之问任司礼主簿时间辨》[14]、杨墨秋《初唐诗杂考二十九·王勃与宋之问交游考》[15]。此外,一些著作中也有对宋之问行迹的详细考辨:傅璇琮《唐才子传校笺·宋之问》[16];谭优学《宋之问行年考》[17];陶敏、陈尚君《唐才子传校

---

① 傅璇琮:《唐代诗人考略·宋之问》,原载中华书局《文史》1980年第8辑。

② 马斗全:《宋之问的籍贯及〈渡汉江〉诗》,载《中州学刊》1982年第6期,第91—93页。

③ 昭民:《宋之问"赐死"钦州考》,载《学术论坛》1982年第6期,第97页。

④ 王启兴:《宋之问生平事迹考》,载《贵州大学学报》1987年第4期,第40—47页。

⑤ 刘振娅:《宋之问两谪岭南新考》,载《文学遗产》1988年第6期,第75—84页。

⑥ 郁贤皓:《宋之问事迹和交游五题考辨》,载《文学遗产》1993年第1期,第26—31页。

⑦ 杨墨秋:《宋之问与崖口、五渡》,载《江海学刊》1993年第1期,第183—184页。

⑧ 张锡厚:《宋之问告变考补》,载《中国文化》1996年第2期,第101—111页。

⑨ 陶敏:《宋之问卒于桂州考》,载《文学遗产》2000年第2期,第125—127页。

⑩ 刘振娅:《对宋之问研究的几点质疑》,载《广西教育学院学报》2000年第2期,第59—64页。

⑪ 杨墨秋:《宋之问研究二题》,载《中国典籍与文化》2002年第3期,第26—30页。

⑫ 杨恩成:《宋之问与骆宾王联句质疑》,载《陕西师范大学学报》(哲学社会科学版)2003年第6期,第28—31页。

⑬ 杨墨秋:《初唐诗杂考二十八·宋之问贬泷州"召回"新考》,载《江海学刊》1997年第5期,第174页。

⑭ 杨墨秋:《初唐诗杂考十五·宋之问任司礼主簿时间辨》,载《江海学刊》1995年第4期,第29页。

⑮ 杨墨秋:《初唐诗杂考二十九·王勃与宋之问交游考》,载《江海学刊》1997年第1期,第49页。

⑯ 傅璇琮:《唐才子传校笺》(第一卷),中华书局1987年版,第85—96页。

⑰ 谭优学:《宋之问行年考》,见《唐代诗人行年考续编》,巴蜀书社1987年版,第1—37页。

笺·宋之问》[1]；傅璇琮《唐五代文学编年史》（初盛唐卷）；陶敏、易淑琼《沈佺期宋之问简谱》等。

宋之问生平事迹的研究中，目前还有不少问题尚无定论，在学术界引发了一些争论，撮其要，大致如下：

关于宋之问的籍贯，两《唐书》所说不一，《旧唐书》载宋之问为虢州弘农人，《新唐书》载其为汾州人，这一问题至今仍有争议。傅璇琮在《唐代诗人考略》中据骆宾王《在江南赠宋五之问》一诗中“秋江无绿芷，寒汀有白苹。采之将何遗，故人漳水滨”之句，认为“据陈熙晋笺注，说漳水有浊漳、清漳，浊漳出上党长子鹿谷山，东入清漳，清漳出沾山大要谷，北入河，皆在山西境”，断宋之问为汾州人。稍后发表的马斗全《宋之问的籍贯及〈渡汉江〉诗》否定了两《唐书》的两种说法，认为细读宋之问诗歌，其中洛、嵩一带的地名甚多，并据宋之问《渡汉江》一诗，认为：“汉江即汉水，从岭南北归，渡汉水后便离开洛州不远了。”所谓的“近乡”一说，当为洛阳，并通过其他诗文分析，得出结论：“宋之问祖籍西河，家居洛阳，应是洛阳人。”王启兴的《宋之问生平事迹考》在考证宋之问籍贯时，认同傅璇琮的观点，认为《新唐书》定宋之问为汾州人是正确的。

关于宋之问的交游，在与骆宾王联句成诗《灵隐寺》一事上，引起了学者的一些关注。因《灵隐寺》诗同见于宋、骆二人诗集中，中晚唐之交的孟启在《本事诗》中又有骆、宋月下联句的记载，故宋之问与骆宾王是否有过交往，以及此诗的归属，成为关注焦点。龚延明《初唐一首灵隐寺诗作者的再探索——兼考骆宾王、宋之问生年》一文认为对孟启所记录的骆、宋月下联句一事，不能因置疑而轻易否定，“唐人孟启所传的骆、宋合吟《灵隐寺》诗的佳话，要比后人将此诗或归宋之问所作，或定为骆宾王所吟，具有更大的历史真实性”。傅璇琮《关于宋之问及其与骆宾王的关系》则认为龚文的说法并不可靠，认为孟启《本事诗》所载并不可靠。王达津《宋之问与〈灵隐寺〉诗》认为《灵隐寺》一诗是宋之问作于越州长史时期。杨恩成《宋之问与骆宾王联句质疑》在考察骆宾王和宋之问的行年后得出结论：“所谓骆、宋月下联句的佳话不仅不存在，而且《灵隐寺》一诗也应该归属于骆宾王的名下。”此外，

---

① 陶敏、陈尚君：《唐才子传校笺》（第五册），中华书局1995年版，第10—14页。

还有一些论文考证了宋之问与其他诗人的交往和诗文赠答情况。

关于宋之问的卒地，昭民《宋之问"赐死"钦州考》认为宋之问是赐死于钦州，而非桂州。谭优学《宋之问行年考》认为宋之问之死为"开元元年，玄宗使使赐之问自尽于桂州"。同年王启兴则主钦州说。次年刘振娅《宋之问两谪岭南新考》一文认为"关于宋之问的死地，至今是一个谜"。陶敏的《宋之问卒于桂州考》对这个争论不休的问题作了详尽的考述，他首先否定了主钦州说者引用的两条主要史料，即《旧唐书·宋之问传》及宋之问《宋公宅送宁谏议》一诗，并据《旧唐书·周利贞传》、《新唐书·宋之问传》、《古今图书集成·方舆汇编·职方典》、两《唐书》孙成本传及《唐代墓志汇编》贞元〇二六《孙成墓志》和《宋史·柳开传》等史料，"宋之问流钦州后曾较长时期居住桂州，在桂州有宅，赐死桂州后，其妻舍宅为观，有证可稽，是可以论定的。"此文发表后不久，刘振娅撰《对宋之问研究的几点质疑》一文，指出陶文所据史料，犹存可疑之处，"宋之问死于桂州还是钦州，目前仍没有令人信服的证据。"

关于宋之问的逐年行踪，有不少论文、著作进行了细致的考辨，其中谭优学的《宋之问行年考》、傅璇琮的《唐五代文学编年史》、陶敏、易淑琼的《沈佺期宋之问简谱》考索详尽，可资参考。此外，傅璇琮的《唐才子传校笺·宋之问》对宋之问生平的重大事件进行笺证，主要有：纠正《新传》"甫冠，武后召与杨炯分直习艺馆"的说法，据宋之问《秋莲赋·自序》，将直习艺馆时间定于天授元年(690)；"又于万岁通天元年前后任洛州参军，并与陈子昂交友"；据《旧唐书》卷七八《张成行传》附《张易之昌宗传》和宋之问《自洪府舟行直书其事》，判断宋之问坐贬泷州离开洛阳当在神龙元年(705)二月；对于宋之问因告变而擢鸿胪簿一事，据《通鉴》及《通鉴考异》等史料考辨，认为"之逊更为武三思所亲信，而告变者当即为之逊，之问或即因其弟之功而擢授官职"；据《唐会要》卷六四《弘文馆》条及宋之问《祭杜学士审言文》，认为"则其授考功或在景龙二年秋冬，而典贡举当在景龙三年"；按《唐诗纪事》卷一中宗条和宋之问《景龙四年春祠海》诗，认为"其出为越州长史当在景龙三年冬末、四年春初之际"；陶敏、陈尚君在《唐才子传校笺》第五册补正中，进一步明确宋之问下迁越州长史在景龙三年，晚年事迹当为："睿宗立，贬钦州，复往来桂、广诸州；玄宗正位，赐死桂州驿。"

宋之问人品研究 在八十年代之前，指责宋之问人品卑劣之声不绝，但并无深入的考辨论述。八十年代之后，对宋之问的人品研究出现了一些专题论文，立场可分为两种，一是持完全否定态度，有常平《宋之问与〈代悲白头翁〉的著作权案》[①]、盛海耕《小人宋之问》[②]、赵彩芬《由〈渡汉江〉看宋之问诗格与人格的背离》[③]等，指责的主要焦点为谄附权贵、卖友求荣和剽窃他人作品，但有些结论尚缺乏直接证据，如在论证宋之问因索求《代悲白头翁》诗句不得而压杀刘希夷一事上，常平文认为“宋之问为人品行低劣，卖友求荣，趋奉权贵，剽窃他人作品是他的人格使然”，盛海耕一文亦有类似论述。

另一种则认为宋之问人品并非高尚，但也未必如旧史所载那么龌龊，一些主要劣迹是否属实还有待求证，同时强调人品不能等同于诗品或者文品，不该因道德上的缺点贬低其诗歌成就，主要论文有：沙先一《试论沈佺期宋之问的两重人格及其审美境界》、陶敏、易淑琼《沈佺期宋之问集校注·前言》、周斌《人品污下而恶归焉——宋之问人品的接受情形诠释》[④]、尹贤《宋之问告密及其他》[⑤]等，其中有两篇沈、宋并论，在此一同概述。

沙先一的《试论沈佺期宋之问的两重人格及其审美境界》主要探讨沈、宋诗品和人品的同异离合，认为沈、宋存在着功利、审美两重人格，并呈现出共时态的双重性、历时态的交替性的特点，因此其应制诗有着两重性的特点，而在日常生活中，沈、宋复归于真实的人格，诗歌则表现出感情之真。

陶敏、易淑琼《沈佺期宋之问集校注·前言》分析了沈、宋长期遭受贬抑的原因之一是人品卑污，指出史载的沈、宋污点中确有一些不实之词，如宋之问出卖王同皎一事，并据《资治通鉴》、《旧唐书·王同皎传》和新发现的宋之问佚诗《初承恩旨言放归舟》等否定了宋之问逃回洛阳、匿张仲之家的说法；对于沈佺期考功受贿一事，该文也认为是一个冤案。文章没有美化沈、

① 常平：《宋之问与〈代悲白头翁〉的著作权案》，载《文史哲》2003年第6期，第27—32页。

② 盛海耕《小人宋之问》，载《中华诗词》2004年第10期，第45—47页。

③ 赵彩芬：《由〈渡汉江〉看宋之问诗格与人格的背离》，载《邢台学院学报》2005年第1期，第69—70页。

④ 周斌：《人品污下而恶归焉——宋之问人品的接受情形诠释》，载《阴山学刊》2005年第2期，第13—16页。

⑤ 尹贤：《宋之问告密及其他》，载《中华诗词》2005年第4期，第51—52页。

宋的人品,"毋庸讳言,沈、宋作为封建官吏有其非常庸俗的一面",而是认为"这种逢迎攀附的事情,在封建官场中并不罕见,不足深责"。文章还指出,比较沈、宋,"宋之问的名利心似乎更重一些"。

此外,周斌《人品污下而恶归焉——宋之问人品的接受情形诠释》和尹贤《宋之问告密及其他》二文也均对史载的一些宋之问劣迹提出疑问,认为不能因为一些无切实可靠证据、材料间有抵牾的记载而将宋之问定罪。

3. 沈、宋诗歌研究

对沈、宋诗歌的研究,大多二人并论,除了对诗歌创作的综合评述外,还包括其他诸多方面的内容,从研究成果看,出现了一定数量的专题论文,此外在一些文学史和唐诗研究论著中也有涉及。

对沈、宋诗歌与诗集的考辨整理 迄今为止,未见有对宋之问诗歌进行单独整理。沈佺期诗歌作品的整理成果有查洪德、连波的《沈佺期诗集校注》,此校注本附有《沈佺期年谱》和历代诗评资料,为研究提供了方便,但亦存在不少问题,如有注无校,注释较为粗疏,有不少错讹。故其后王友胜撰有《〈沈佺期诗集校注〉注释商兑》①一文,对此书中存在的问题摘要条述,指出其中的误注、失注现象,正其讹误,补其罅漏。2001 年,中华书局出版了由陶敏、易淑琼校注的《沈佺期宋之问集校注》,将二人作品合刊,分别以王廷相刊《沈佺期诗集》、上海图书馆藏清抄《沈云卿文集》、崦西精舍本《宋之问集》、《全唐文》为底本,对沈、宋的诗歌及其他作品进行整理,采用编年方式编排,无法编年的则附各体之后,是目前所收作品最为完备,注释最为详切的校注本。另外,此书在前言中对沈、宋生平、诗歌及诗集情况进行了令人信服的论述,书末附有历代集评和《沈佺期宋之问简谱》。

关于沈、宋二人的诗集研究,还有陶敏的《〈宋之问集〉考辨》②一文,就宋之问诗集中诗篇的收录情况对宋之问诗集的流传存佚作出考订,有助于对宋之问诗集的整理研究。2002 年有两篇硕士论文,刘正平的《沈佺期诗

---

① 王友胜:《〈沈佺期诗集校注〉注释商兑》,载《古籍整理研究学刊》1996 年第 4 期,第 33—36 页。

② 陶敏:《〈宋之问集〉考辨》,载《湘潭师范学院学报》1994 年第 5 期,第 3—6 页。

集与诗歌研究》[①]和朱红霞的《宋之问研究》[②]，其中也有对沈、宋诗集的辨析，可资参考。此外，还有杨墨秋的《宋之问任职朝廷期间部分诗文系年考辨》[③]和陶敏的《沈佺期〈峡山诗〉〈峡山赋〉均为伪作》[④]等论文对沈、宋诗歌进行考辨研究。

对沈、宋诗歌创作的综合评述　这一时期出现一些对沈、宋诗歌创作进行全面考察的论文，基本肯定沈、宋在唐诗发展中，除了对诗歌声律化进程的促进作用外，还做出了其他贡献，计有刘开扬《关于沈佺期、宋之问诗的述评》[⑤]、葛晓音《论宫廷文人在初唐诗歌艺术发展中的作用》[⑥]、房日晰《论沈宋诗继往开来的历史贡献》[⑦]、陶敏、易淑琼《沈佺期宋之问集校注・前言》、李峰《宋之问其人其诗》[⑧]、张锡厚《略论沈宋及其诗歌创作》[⑨]、田彩仙《宋之问诗歌在初唐诗坛上的创新意义》[⑩]等。

其中葛晓音的《论宫廷文人在初唐诗歌艺术发展中的作用》一文通过分析太宗贞观至中宗景龙年间的宫廷文学演变过程，梳理宫廷文学与革新派之间的关系，首次对宫廷文人在初唐诗歌发展中的地位加以肯定。其中在论及武后到中宗时期的宫廷文人时，着重探讨了沈佺期、宋之问等对初唐诗歌的贡献，虽然仅占一节篇幅，但立论新警，论述深透，较之旧说，对沈、宋诗歌成就的评价更为客观，可谓发人先声，此后多数专论沈、宋诗歌的论文，亦

---

① 刘正平：《沈佺期诗集与诗歌研究》，西北师范大学硕士论文 2002 年 5 月。

② 朱红霞：《宋之问研究》，西北师范大学硕士论文 2002 年 5 月。

③ 杨墨秋：《宋之问任职朝廷期间部分诗文系年考辨》，载《南京师范大学学报》1992 年第 4 期，第 118－122 页。

④ 陶敏：《沈佺期〈峡山诗〉〈峡山赋〉均为伪作》，载《铁道师院学报》（社会科学版）1995 年第 4 期，第 49－50 页。

⑤ 刘开扬：《关于沈佺期、宋之问诗的述评》，载《社会科学研究》1981 年第 4 期，第 61－66 页。

⑥ 葛晓音：《论宫廷文人在初唐诗歌艺术发展中的作用》，原载《辽宁大学学报》，后收入《诗国高潮与盛唐文化》，北京大学出版社 1998 年版，第 25－44 页。

⑦ 房日晰：《论沈宋诗继往开来的历史贡献》，载《晋阳学刊》1994 年第 2 期，第 84－89 页。

⑧ 李峰：《宋之问其人其诗》，载《历史教学》1996 年第 10 期，第 50－51 页。

⑨ 张锡厚：《略论沈宋及其诗歌创作》，载《琼州大学学报》（社会科学版）1997 年第 4 期，第 58－64 页。

⑩ 田彩仙：《宋之问诗歌在初唐诗坛上的创新意义》，载《山西师大学报》（社会科学版）2000 年第 4 期，第 63－66 页。

赞同或沿用此文观点，故略摘其要如下：该文具有创见地指出，除了在格律上为唐代诗人"合轨于先"之外，沈、宋对初唐诗还有其他重要贡献，首先突破了唐初以来诗歌写景咏物沿袭齐梁思路的框框，通过炼字炼句以提高对仗的概括力和句意的容量，在创意造境方面多有开拓；其次，努力打破唐初以来五言古诗平板呆滞的局面，并在其他各种诗体形式和语言风格等方面进行了有益的探索；第三，长期游宦和贬谪南方的生活中，写下了大量山水诗，为盛唐山水诗的崛起提供了艺术创作经验；最后总结，沈、宋等诗人在艺术表现上的变革，既是对唐初以来齐梁遗风的突破，又弥补了四杰、陈子昂等革新派的不足，因此，应当本着实事求是的态度，对他们在文学史上的地位和作用给予恰如其分的评价。

此外，在一些文学史和诗歌史论著中，也较为详细地介绍了沈、宋的诗歌创作，如刘开扬的《唐诗通论》、宇文所安的《初唐诗》、乔象钟、陈铁民的《唐代文学史》、章培恒、骆玉明的《中国文学史》等。刘开扬的《唐诗通论》对沈、宋较好的诗歌进行了详细介绍，认为"宋之问的诗就数量和内容说，比沈佺期的诗更多更好"。值得注意的是，刘开扬在论述沈、宋时特别强调其诗歌对后代大诗人的影响，如他认为沈佺期的《自昌乐郡溯流至白石岭下行入郴州》一诗，写景壮美，语亦精工，对日后杜甫在湖南的行旅诗当有启迪和影响，宋之问的《至端州驿见杜五审言王二无竞题壁慨然成咏》一诗"对日后柳宗元作的《登柳州城楼》等诗，应有所影响"；另外，"之问的长律《谒禹庙》已达二十韵，佺期的《移禁司刑》写作在前，更达二十四韵，对杜甫晚年写长律竟达百韵，白居易、元稹更以百韵长律相唱和，当有所影响"。

对沈、宋流贬诗创作的研究　沈、宋在遭到贬谪后，写作了一部分脱离宫体诗旧轨的诗歌，在研究中受到较多关注。大略统计，有以下论文：章继光《宋之问迁流岭南及有关诗作述略》①、储兆文《论杜审言沈佺期宋之问的山水诗》②、章继光《宋之问贬流岭南诗论》③、《在荣辱中升沉的诗魂——宋

---

① 章继光：《宋之问迁流岭南及有关诗作述略》，载《五邑大学学报》（社会科学版）1995年第2期，第17—21页。

② 储兆文：《论杜审言沈佺期宋之问的山水诗》，载《唐都学刊》1999年第1期，第29—31页。

③ 章继光：《宋之问贬流岭南诗论》，载《求索》1999年第5期，第98—101页。

之问李绅迁谪岭南与诗歌创作关系之比较分析》[①]、董连祥《论山水・述离居・叙情怨——略说沈佺期、宋之问诗歌的意蕴、意象》[②]、田彩仙《从宋之问后期诗歌看其贬谪心态》[③]、钟良、罗显克《简论沈佺期在岭南的诗歌创作》[④]、朱红霞《宋之问贬谪的心路历程及逐臣心态研究》[⑤]、王志清《流贬：人性诗性的急转弯——沈宋流贬诗与盛唐山水诗的关系研究》[⑥]等。

其中不少成果注意到沈、宋流贬诗和盛唐山水诗的渊源。论述较集中的是王志清一文，文章认为：“从盛唐山水诗发展的实际情况看，沈、宋实乃盛唐山水诗之先声”，着重分析沈、宋流贬诗和山水创作的关系，指出“他们的流贬，使他们的人性与诗性产生剧变，也使他们的诗歌创作进入了一个崭新的天地，诗歌的题材、情感、主题、意境、风格等都发生了根本性的变化”，并总结了沈、宋这部分写于贬逐期间的山水诗对盛唐山水诗优秀诗人的主要影响，一是清丽的美学原则、二是回归还家的意绪和主题、三是方外之趣以及禅宗审美的方式。

对“沈宋体”及其与律体定型关系的研究　这一时期出现了一篇专论“沈宋体”的论文，许总的《“沈宋体”形式与内涵新论》[⑦]，第一次对“沈宋体”进行了全面细致的观照。另外胡可先的《论武则天时期的文学新体》[⑧]一文中，也对“沈宋体”进行了专门论述。

---

① 章继光：《在荣辱中升沉的诗魂——宋之问李绅迁谪岭南与诗歌创作关系之比较分析》，载《中国韵文学刊》2001 年第 2 期，第 70－75 页。

② 董连祥：《论山水・述离居・叙情怨——略说沈佺期、宋之问诗歌的意蕴、意象》，载《昭乌达蒙族师专学报》（汉文哲学社会科学版）2001 年第 2 期，第 16－22 页。

③ 田彩仙：《从宋之问后期诗歌看其贬谪心态》，载《集美大学学报》（哲学社会科学版）2001 年第 3 期，第 97－100 页。

④ 钟良、罗显克：《简论沈佺期在岭南的诗歌创作》，载《钦州师范高等专科学校学报》2003 年第 4 期，第 33－37 页。

⑤ 朱红霞：《宋之问贬谪的心路历程及逐臣心态研究》，载《南京工业大学学报》（社会科学版）2004 年第 1 期，第 54－57 页。

⑥ 王志清：《流贬：人性诗性的急转弯——沈宋流贬诗与盛唐山水诗的关系研究》，载《学术论坛》2005 年第 5 期，第 162－166 页。

⑦ 许总：《“沈宋体”形式与内涵新论》，载《江西师范大学学报》（哲学社会科学版）2002 年第 3 期，第 55－60 页。

⑧ 胡可先：《论武则天时期的文学新体》，见《政治兴变与唐诗演化》，中国社会科学出版社 2003 年版，第 22－27 页。

许总一文认为，沈、宋的律诗创作实践，主要表现为在律诗体制建设中的体式全面性与格律的进一步精密化，同时，沈、宋律诗的价值除外在的形式方面以外，更重要的在于抒情内质的建构。文章也谈到了“沈宋体”与律体定型的关系，他认为，将“沈宋体”视为律体定型的标志并不确切，同时应肯定“四杰”、“四友”在律化进程中的作用，但并不否定沈、宋律诗有其度越前人与流辈之处，如近体诗合格率由文章四友的百分之八十七左右提高到百分之九十以上、创作中除七言排律以外基本上具备了近体诗的其他各种类型、近体诗创作数量亦大大超过前人，正是这种完全熟练地运用近体诗各种体式的全面性，使得沈、宋成为律诗完全定型乃至精密化的一个重要标志。

八十年代以来，关于沈、宋在律体定型中的具体作用，也开始引起学术界的关注，有刘宝和的《律诗不完成于沈宋》①、綦开云的《论沈宋体诗与近体诗的完成》②等论文。此外，近年来一些以初盛唐诗歌为研究对象的论著中，也较多地涉及了沈、宋与诗歌律化的关系，如尚定《走向盛唐》③、何伟棠《永明体到近体》④、杜晓勤《齐梁诗歌向盛唐诗歌的嬗变》⑤、聂永华《初唐宫廷诗风流变考论》⑥等。

刘宝和一文针对大多数文学史中把律诗的完成直接归之于沈、宋二人的现象，指出在律体定型方面“功劳最大的，应该是杨炯、骆宾王、杜审言和李峤，而不是沈佺期和宋之问”，并分别举这些诗人的五律、七律、排律创作为例加以证明，但在论述后人将律体定型归功于沈、宋的原因时并不充分。

稍后出现的一批年轻学者的论著中，均赞同近体律诗的成熟定型是一个漫长的历史过程、是诸多诗人通力合作的结果的观点，也都不否认沈、宋在其中的重要作用，认为把沈、宋作为一种标志和符号也未尝不可。如尚定的《走向盛唐》中最后一节即为《沈、宋与初唐诗歌的律变》，其中认为“将沈、

---

① 刘宝和：《律诗不完成于沈宋》，载《中州学刊》1984 年第 3 期，第 86—88 页。

② 綦开云：《论沈宋体诗与近体诗的完成》，载《黑龙江教育学院学报》2001 年第 4 期，第 56—57 页。

③ 尚定：《走向盛唐》，中国社会科学出版社 1994 年版。

④ 何伟棠：《永明体到近体》，广东高等教育出版社 1994 年版。

⑤ 杜晓勤：《齐梁诗歌向盛唐诗歌的嬗变》，台湾商鼎文化出版公司 1996 年版。

⑥ 聂永华：《初唐宫廷诗风流变考论》，中国社会科学出版社 2002 年版。

宋作为近体诗完善的标志，也符合诗歌发展的实际”，肯定沈、宋在诗歌史上的地位，进一步指出沈、宋在诗歌律变过程中的贡献主要表现在两个方面：声律理论方面的“精切”化和律诗创作实践上的规范化。聂永华的《初唐宫廷诗风流变考论》在《诗体的全面建设》一章中，直接以“沈宋：近体诗定型的标志”为标题，对沈、宋在律体定型中的重要作用予以肯定。杜晓勤的《齐梁诗歌向盛唐诗歌的嬗变》中，上编即为《从永明体到沈宋体：五言律诗形成过程之考察》，对齐代永明以后直至唐景龙年间的五言新体诗演变做了一次梳理，最后一章着重探讨了沈、宋与五言律体定型之间的关系，认为沈、宋不但将元兢“换头”术付诸实践，奉之为“律”，且通过自己在诗坛上的感召力，使得朝野之士纷纷仿效，乃至于在中宗神龙、景龙中蔚然成风，形成了一个有别于“永明体”、“庾信体”、“上官体”的新诗体——“沈宋体”或“律体”，得出结论：“沈、宋诗歌的合律程度明显高于其他人。他们不但在五言四韵的‘五律’中充分运用了‘换头’术，而且在四韵以上的五言律体中也严遵此法，沈佺期甚至将五言诗之‘律’法，移植到七言新体诗中，促进了七律的产生……所以，沈、宋被人们公认为诗律大师、律体的定型者，也是很自然的事。”

此外，一些论文关注到沈、宋诗歌的其他方面，如论及沈、宋诗歌在后代的影响，有王少华《论沈佺期文学世家对盛唐诗歌的贡献》[①]、周斌《宋之问诗歌艺术接受述论》[②]等；考察沈、宋诗歌用韵的，有师为公、郭力《沈佺期宋之问诗歌用韵考》[③]一文；还有一些文章对沈、宋诗歌进行赏析解读，各有心得，在此不一一详述。

---

① 王少华：《论沈佺期文学世家对盛唐诗歌的贡献》，载《河南社会科学》2003 年第 5 期，第 137—139 页。

② 周斌：《宋之问诗歌艺术接受述论》，载《唐都学刊》2005 年第 3 期，第 5—8 页。

③ 师为公、郭力：《沈佺期宋之问诗歌用韵考》，载《苏州科技学院学报》(社会科学版)1987 年第 2 期，第 4—9 页。

主要参考文献

《北史》：李延寿撰，中华书局 1974 年版。

《沧浪诗话校释》：严羽撰，郭绍虞校释，人民文学出版社 1961 年版。

《插图本中国文学史》：郑振铎撰，北京出版社 1999 年版。

《程千帆全集》：程千帆撰，河北教育出版社 2000 年版。

《初唐宫廷诗风流变考论》：聂永华撰，中国社会科学出版社 2002 年版。

《初唐诗》：[美]宇文所安撰，三联书店 2004 年版。

《初唐诗学著述考》：王梦鸥撰，台北"商务印书馆"1977 年版。

《法苑珠林校注》：周叔迦、苏晋仁校注，中华书局 2003 年版。

《封氏闻见记》：封演撰，学苑出版社 2001 年版。

《高僧传》：慧皎撰，汤用彤校注，中华书局 1992 年版。

《宫体诗派研究》：石观海撰，武汉大学出版社 2003 年版。

《古代汉语》：王力主编，中华书局 1981 年版。

《古典诗律史》：徐青撰，青海人民出版社 1980 年版。

《汉语诗律学》：王力撰，上海教育出版社 2005 年版。

《河岳英灵集注》：殷璠编，王克让注，巴蜀书社 2006 年版。

《经典释文》：陆德明撰，中华书局 1983 年版。

《旧唐书》：刘昫等撰，中华书局 1975 年版。

《郡斋读书志校证》：晁公武撰，孙猛校证，上海古籍出版社 1990 年版。

《困学纪闻》：王应麟撰，商务印书馆 1935 年版。

《梁书》：姚思廉撰，中华书局 1973 年版。

《历代诗话》：何文焕编，中华书局 1981 年版。
《历代诗话续编》：丁福保辑，中华书局 1983 年版。
《马茂元说唐诗》：马茂元撰，上海古籍出版社 1999 年版。
《南齐书》：萧子显撰，中华书局 1972 年版。
《南史》：李延寿撰，中华书局 1975 年版。
《切韵考》：陈澧考，广东高等教育出版社 2004 年版。
《齐梁诗歌向盛唐诗歌的嬗变》：杜晓勤撰，台湾商鼎文化出版公司 1996 年版。
《清诗话》：王夫之等编，上海古籍出版社 1999 年版。
《清诗话续编》：郭绍虞编，上海古籍出版社 1983 年版。
《全上古三代秦汉三国六朝文》：严可均辑，中华书局 1958 年版。
《全唐诗》：彭定球等编，中华书局 1960 年版。
《全唐文》：董诰等编，上海古籍出版社 1990 年版。
《全唐五代诗格汇考》：张伯伟撰，凤凰出版社 2002 年版。
《三国志》：陈寿撰，上海古籍出版社 2002 年版。
《升庵诗话笺证》：杨慎著，王仲镛笺证，上海古籍出版社 1987 年版。
《沈佺期诗集校注》：连波、查洪德校注，中州古籍出版社 1991 年版。
《沈佺期宋之问集校注》：陶敏、易淑琼校注，中华书局 2001 年版。
《诗词格律》：王力撰，中华书局 2000 年版。
《诗赋词曲概论》：邱琼荪撰，中国书店 1985 年版。
《诗国高潮与盛唐文化》：葛晓音撰，北京大学出版社 1998 年版。
《诗品注》：钟嵘撰，陈延杰注，人民文学出版社 1961 年版。
《诗人玉屑》：魏庆之编，上海古籍出版社 1959 年版。
《诗史》：李维撰，东方出版社 1996 年版。
《诗式校注》：皎然撰，李壮鹰校注，人民文学出版社 2003 年版。
《诗薮》：胡应麟撰，上海古籍出版社 1979 年版。
《诗源辩体》：许学夷撰，人民文学出版社 1987 年版。
《四溟诗话》：谢榛撰，人民文学出版社 1961 年版。
《宋书》：沈约撰，中华书局 1974 年版。
《隋书》：魏徵等撰，中华书局 1973 年版。

《隋唐嘉话》：刘𫗧撰，浙江古籍出版社 1986 年版。
《隋唐五代史》：吕思勉撰，上海古籍出版社 2005 年版。
《唐才子传校笺》：傅璇琮主编，中华书局 1987 年版。
《唐代集会总集与诗人群研究》：贾晋华撰，北京大学出版社 2001 年版。
《唐会要》：王溥撰，中华书局 1955 年版。
《唐诗概论》：苏雪林撰，商务印书馆 1933 年版。
《唐诗汇评》：陈伯海编，浙江教育出版社 1995 年版。
《唐诗纪事》：计有功撰，上海古籍出版社 1987 年版。
《唐诗品汇》：高棅编，上海古籍出版社 1982 年版。
《唐诗人行年考续编》：谭优学撰，巴蜀书社 1987 年版。
《唐诗通论》：刘开扬撰，巴蜀书社 1998 年版。
《唐诗选本提要》：孙琴安撰，上海书店出版社 2005 年版。
《唐诗杂论》：闻一多撰，上海古籍出版社 1998 年版。
《唐五代文学编年史》：傅璇琮主编，辽海出版社 1998 年版。
《唐音癸签》：胡震亨撰，上海古籍出版社 1981 年版。
《唐摭言》：王定保撰，上海古籍出版社 1978 年版。
《王力近体诗格律学》：王力撰，山西古籍出版社 2003 年版。
《文赋集释》：陆机撰，张少康集释，上海古籍出版社 1984 年版。
《文镜秘府论汇校汇考》：［日］遍照金刚撰，卢盛江校考，中华书局 2006 年版。
《文心雕龙》：刘勰撰，浙江古籍出版社 2001 年版。
《文心雕龙注》：刘勰撰，范文澜注，人民文学出版社 1958 年版。
《文学原理》：王元骧撰，浙江教育出版社 1989 年版。
《闻一多论古典文学》：郑临川撰，重庆出版社 1984 年版。
《先秦汉魏晋南北朝诗》：逯钦立编，中华书局 1983 年版。
《新唐书》：欧阳修、宋祈撰，中华书局 1975 年版。
《元和郡县图志》：李吉甫撰，中华书局 1983 年版。
《元和姓纂》(附四校记)：林宝撰，岑仲勉校，中华书局 1994 年版。
《颜氏家训集解》：颜之推撰，王利器集解，中华书局 1993 年版。
《瀛奎律髓》：方回撰，黄山书社 1994 年版。

《永明体到近体》：何伟棠撰，广东高等教育出版社 1994 年版。
《中国大文学史》：谢无量撰，中华书局 1918 年版。
《中国历代文论选》：郭绍虞主编，中华书局 1962 年版。
《中国历史人物生卒年表》：吴海林、李延沛编，黑龙江人民出版社 1981 年版。
《中国诗史》：陆侃如、冯沅君撰，百花文艺出版社 1999 年版。
《中国通史》：范文澜撰，人民出版社 1978 年版。
《中国文学发展史》：刘大杰撰，百花文艺出版社 1999 年版。
《中国文学流变史》：郑宾撰，上海北新书店 1936 年版。
《中国文学批评史》：罗根泽撰，上海古籍出版社 1984 年版。
《中国文学史》：游国恩主编，人民文学出版社 1963 年版。
《中国文学史》：章培恒、骆玉明主编，复旦大学出版社 1996 年版。
《中国文学史》：袁行霈主编，高等教育出版社 1999 年版。
《中华韵典》：上海古籍出版社 2004 年版。
《贞观政要集校》：吴兢撰，谢保成集校，中华书局 2003 年版。
《政治兴变与唐诗演化》：胡可先撰，中国社会科学出版社 2003 年版。
《资治通鉴》：司马光撰，中华书局 1956 年版。
《资治通鉴》：司马光撰，上海古籍出版社 1987 年版。
《走向盛唐》：尚定撰，中国社会科学出版社 1994 年版。

关键词索引

后　记

本书的写作完成于2007年6月，是我的博士学位论文。当时对论题选择茫无头绪，询之于业师肖瑞峰教授，瑞峰师建议可考虑两个方向："沈宋体"或有关韩愈的题目。我的想法是"沈宋体"为初唐重要诗体，对律体定型起到重要作用，通过对"沈宋体"的梳理，可稍窥律诗体制之门径，或可为自己将来从事唐代文学研究打下一点基础，故将题目定为《"沈宋体"研究》。

遗憾的是，由于此后实际工作与唐代文学无缘，加之教学任务繁重，故结合工作内容逐渐转变了研究方向，而未能在学术上坚持初心，我的唐代文学研究遂一直止步于《"沈宋体"研究》。此次重新修改校对书稿，温故之余，亦期望自己他日或能重回唐代文学研究领域。

本书的顺利完成得益于瑞峰师的悉心指导，同时，若无老师的鼓励督促，书稿也不能最终得以出版，在此谨致谢忱。

在我写作和出版此书的过程中，还得到了很多帮助，包括：沈松勤教授、胡可先教授和陶然教授等在我论文开题和修改时提出宝贵意见；彭万隆教授得知我的论题后，主动提供王梦鸥《初唐诗学著述考》一书，对我的写作帮助很大；滕春红博士曾在我初稿完成后代为校对；本书的责任编辑张小苹博士仔细审阅书稿，做了大量的工作；浙江省社科联给予本书部分出版资助，于此一并致谢。

此外，本书虽经数次修改，但本人学疏，难免阙漏，敬请读者不吝赐教、指正。

李　娟

2014年10月

图书在版编目(CIP)数据

“沈宋体”研究 / 李娟著. —杭州：浙江大学出版社，2015.3

ISBN 978-7-308-14169-7

Ⅰ.①沈… Ⅱ.①李… Ⅲ.①唐诗—诗歌研究 Ⅳ.①I207.22

中国版本图书馆 CIP 数据核字（2014）第 291005 号

“沈宋体”研究

李 娟 著

责任编辑 张小苹
封面设计 续设计
出版发行 浙江大学出版社
（杭州市天目山路 148 号 邮政编码 310007）
（网址：http://www.zjupress.com）
排　　版 杭州林智广告有限公司
印　　刷 杭州日报报业集团盛元印务有限公司
开　　本 710mm×1000mm 1/16
印　　张 15.75
字　　数 250 千
版 印 次 2015 年 3 月第 1 版 2015 年 3 月第 1 次印刷
书　　号 ISBN 978-7-308-14169-7
定　　价 48.00 元